LA CAJITA DE RAPÉ

Diseño de cubierta:
SYLVIA SANS

© Javier Alonso García-Pozuelo, 2017
© MAEVA EDICIONES, 2017
Benito Castro, 6
28028 MADRID
emaeva@maeva.es
www.maeva.es

ISBN: 978-84-16690-41-1
Depósito legal: M-116-2017

Preimpresión: MT Color & Diseño, S. L.
Impresión y encuadernación: CPI
BLACK PRINT
Impreso en España / Printed in Spain

Javier Alonso García-Pozuelo

LA CAJITA DE RAPÉ

MAEVA

Para mi abuela Alfonsa

«A estar aquí, la jugara
a ella, al retrato y a mí.»
El estudiante de Salamanca,
José de Espronceda

«Los padres tienen derecho de casar a sus hijas
con quien les convenga.»
Don Álvaro o la fuerza del sino,
Duque de Rivas

«Amor de pare, tot lo demés és aire.»
Refrán catalán

Prólogo

¿A quién se le ocurre salir de Brihuega sin despedirse antes de la Santa Virgen de la Peña? Ni siquiera el tío Voltereta, con todo lo que despotricaba de la Iglesia, del Papa de Roma y de los curas, osaba poner un pie fuera del pueblo sin rendirle visita primero a la Virgen Soberana. Pero a lo hecho, pecho. Seguro que su falta estaba ya olvidada, se dice Lorenza, mientras la extraña sensación de bienestar que la invade va disipando poco a poco el remordimiento de los últimos días. La Morenita le habría perdonado el desaire y, a partir de ahora, vuelve a estar bajo su protección. Con el amparo de la Reina Madre de los Cielos nada ha de temer ya. El corazón le late de esperanza. Algo en su interior le dice que, desde hoy mismo, todo va a ir bien. Una vida nueva y feliz le espera en la Alcarria. No es solo un pálpito. Está segura. Sin que ella misma sepa explicar por qué, su ánimo es completamente distinto al de hace cosa de una hora, cuando los Ribalter aún estaban en la casa y ella, hecha un manojo de nervios, repasaba mentalmente lo que debía decirle al ama de llaves.

—¿Se *pue* saber qué *las echao* al vino? —pregunta Lorenza, arrastrando las palabras con lengua estropajosa.

«No importa, no hace falta que contestes», intenta añadir. Pero todo a lo que alcanza es a esbozar una coqueta sonrisa que hace aún más atractivo su hermoso rostro. Aunque no es consciente de ello, Lorenza ya no es dueña de su voz. Ni una sola palabra más brota de sus labios. Siente un gran deseo de hablar, de contar lo que más echa en falta de su pueblo, pero las ideas

7

se le desmigajan en la garganta y las frases ya solo suenan dentro de su cabeza. ¡El pan de Brihuega! No te *pues* hacer una idea de lo rico que está. *Muncho* mejor que el de Vallecas. ¡Dónde va a parar! ¿Y las rosquillitas de alfajor? *¡Güenas* es poco! ¿Y los nochebuenos? ¡Ay, Dios mío! Los nochebuenos que hacen en mi pueblo sí que están ricos. No has *probao* cosa mejor en *toa* tu vida. Es que en Brihuega *to* sabe más sabroso, la verdad. Y de la miel, mejor no decir *na*, ¿verdad? *Onque* miel de la Alcarria nunca falta en los Madriles. Solo aquí, en La Latina, la venden en cuatro o cinco sitios. Pero no te vayas tú a pensar que lo que más añoro de mi tierra es el condumio, eh. ¿Tú sabes lo que más echo de menos de Brihuega? Además de a mi Pedrín, claro. Pues los olores, fíjate tú. Los olores. Qué cosas, ¿no? El olor a tierra mojada por una tormenta de verano. Las hierbas del campo: el tomillo, el romero, el espliego. El airecillo con olor a higuera que te llega cuando descabezas un sueñecito en la huerta, a la sombra de un *emparrao*. El perfume de las flores que hay por *toíto* el pueblo en las fiestas patronales. La pólvora quemada de los cohetes que se tiran antes del encierro. Los olores, *mía* tú, eso es lo que más echo yo de menos de mi pueblo.

De repente, las palabras que suenan en su cabeza cesan de golpe. Los párpados le pesan tanto que es incapaz de mantener los ojos abiertos. Los grandes luceros de Lorenza se eclipsan y en su memoria estalla un recuerdo lleno de luces, de voces, de algazara. Es una agradable noche de mediados de agosto y en Brihuega se celebran, como cada año, las fiestas en honor a la Virgen de la Peña. Sopla una ligera brisa de poniente que, poco a poco, va refrescando el sofocante calor de la jornada. Unos vistosos fuegos artificiales hacen las delicias de los vecinos y los numerosos forasteros que este año han venido a solazarse con las fiestas patronales. Entonces, cuando casi todos piensan que la función ha concluido, la noche se ilumina con un espectacular juego de luces de Bengala. Al cabo de unos instantes, el tiempo necesario para que los que saben leer transmitan al resto el mensaje que refulge en el cielo –«El Ayuntamiento de

Brihuega a S. M. la Reina Isabel II»–, un estallido de amor al trono y devoción a su adorada soberana retumba por las calles y plazas de la villa alcarreña. Lorenza se siente invadida por una profunda alegría. No sabría decir por qué, pero le hace muy feliz que una mujer esté sentada en el trono de las Españas y que, según ha oído, se halle de nuevo encinta. Debe de ser muy hermoso eso de llevar una vida criándose en las entrañas. El mayo pasado ella sangró entre las piernas. Fue su primera vez, aunque no se asustó en absoluto: su madre ya le había prevenido de lo que le pasa a las mocitas de su edad. Algún día ella conocerá el amor y dará hijos a un hombre honrado y hacendoso. Algún día sus hijos la cogerán de la mano como ella coge ahora a su madre. Madre, cuánto la quiero, piensa mientras mira a su madre llena de ternura.

Pero la mujer que estaba a su lado aquella noche no era su madre. No podía serlo: la madre de Lorenza murió el mismo día en que ella vino al mundo. La mujer que le agarraba la mano aquella noche era la segunda esposa de su padre. De su madre ni siquiera guarda un recuerdo. Sabe que era morena y de ojos grandes y oscuros, como ella, porque se lo han contado. Y que era muy devota de la Virgen de la Peña. Poco más podría decir de la que le dio el ser. Aunque eso nada importa ahora. Nadie le va a negar aquí, en esta portería de casa rica de Madrid, que la mujer que la acompañaba aquella noche de agosto en Brihuega era su madre. Su adorada madre estaba con ella y ese recuerdo la colma de contento. Pronto estaré con usted, madre. En unos días iremos juntas a cantarle salves a la Morenita; se lo prometo. Y ya nunca me apartaré de su lado. Va a ver usted qué bien vamos a estar las dos juntitas, madre.

Esa es la última imagen que engendra su cerebro antes de precipitarse en un profundo y sosegado sueño. En la placidez de su rostro se refleja la feliz quimera concebida en su imaginación. Instantes después, la muchacha se desploma sobre la mesa, golpeándose en la frente. No está muerta. Solo drogada. Pero los grandes ojos negros de Lorenza no volverán a contemplar la carita de ángel travieso de su medio hermano Pedro. Antes de que el narcótico que ha ingerido detenga su respiración, una mano recia, de dedos mercenarios, tirará de su cabello hacia atrás y el acero de una navaja recién afilada surcará el cuello de la joven criada de los Ribalter, anegando en charcos de sangre su secreto.

I
Padres e hijos

Al habitual movimiento de transeúntes y carruajes observado en el último tramo de la calle de Atocha desde la apertura de la estación del Mediodía, se le suma esta desapacible noche otoñal el de los numerosos invitados a la inauguración del despacho de vinos y licores de los señores Ribalter y Monasterio. Ajeno al ambiente festivo que lo rodea, José María Benítez, inspector de vigilancia y seguridad del distrito sur de La Latina, medita sobre la cantidad de alcohol que aún le queda por ingerir para poder olvidar el motivo por el que ha asistido a esta celebración.

Las lámparas de gas y las arañas de cristal que iluminan el espacioso departamento de venta al público del nuevo negocio licorero lo inundan todo de una claridad que arranca vivos destellos en la seda de los vestidos, en el fieltro recién planchado de las chisteras, en las leontinas de oro. Faltan apenas unos minutos para las diez de la noche y la escogida concurrencia disfruta de un espléndido bufé dispuesto con el habitual buen gusto de la Fonda de Lhardy. Faisán en galantina, longaniza de Vic, jamón de Trevélez, ostras gallegas, quesos manchegos, sobrasada mallorquina, consomés, pasteles, todo de primera calidad y a la altura de los excelentes vinos que ofrece la legión de camareros que, con pasmosa profesionalidad, se desliza entre los ramilletes de jubilosos invitados. Las innumerables variedades de vino que pueblan las estanterías del local alegran el humor y sueltan la lengua de los convidados. Risas desinhibidas, cuentos subidos de tono, venenosos epigramas, observaciones de gastrónomo sacadas de algún Dumas mal traducido, descabellados juicios enológicos y exaltados brindis entretejen una estridente sinfonía que apenas permite distinguir las delicadas piezas que, en un ángulo del local, interpreta un cuarteto de cuerda.

Todo es buen humor, algazara y excitación y, por un momento, algunos de los invitados, feroces enemigos en materia política, se olvidan de las gruesas palabras que anoche se cruzaron en el café y celebran hoy, hermanados por el vino, los placeres del paladar. En su pequeño y taciturno islote, el inspector Benítez parece no estar aún en disposición de desterrar de su cabeza uno de los muchos fantasmas que lo acosan, el fantasma de la política. Vacía de un trago la caña de manzanilla que acaba de arrebatarle a la primera bandeja que se ha cruzado por delante, siente como el ácido y punzante caldo golpea su estómago, espera unos minutos antes de atraer la atención de otro camarero y, una vez provisto de una nueva dosis de medicinal sanluqueño, se abisma otra vez en sus amargos pensamientos.

Las sesiones de Cortes –suspendidas hace meses a raíz de un puñado de sonadas disidencias en la Unión Liberal, partido en el poder desde 1858– se reanudarán el próximo sábado y el ambiente está que echa chispas. Corre el rumor de que un puñado de senadores y diputados progresistas dejará de brindar su apoyo al Gobierno tras la apertura de Cortes. El general O'Donnell, líder de la Unión Liberal, coalición formada por los miembros más progresistas del Partido Moderado y el ala más templada del Partido Progresista, recibe a diario ataques desde uno y otro lado del espectro político, y en las oficinas del Estado se examina con lupa la actitud de todos y cada uno de sus empleados.

Y el inspector Benítez, mal que le pese, no es una excepción.

A lo largo de su prolongada carrera como empleado público, siempre ha tratado de mantenerse al margen de banderías políticas. Pero no puede olvidar que es a la Unión Liberal a quien le debe el haber recuperado su puesto de inspector después de que los moderados lo cesasen en el 56. El maduro inspector de policía no consigue quitarse de la cabeza que ha acudido a la fiesta sin comunicárselo al gobernador civil de la provincia, no solo su máximo superior, sino uno de los hombres de confianza del general O'Donnell. Podría, al menos, habérselo notificado a su secretario. Pero Benítez no estaba dispuesto a pasar ese mal trago. También podría haber declinado la invitación que el señor Monasterio en persona le hizo hace unos días y no haber venido a la inauguración. De todas formas, qué más da. Nada hubiese ganado con quedarse en casa. Viniera o no a la fiesta, mañana habrá tormenta en el Gobierno Civil.

Benítez se lleva la mano a la boca del estómago. La Ratona, apodo con el que el veterano policía bautizó al molesto inquilino que, desde hace unos años, habita en su estómago, da un primer aviso. El inspector ignora la advertencia y deja que el vino inunde su garganta. Apenas unos segundos después, un servicial camarero se percata de su carencia y le proporciona de inmediato otra caña de manzanilla.

–¿Se divierte, inspector Benítez?

A su lado, bajo la resplandeciente claridad que difunde una de las arañas de cristal, ha aparecido un sexagenario cuyo vozarrón se alza sobre el tremendo bullicio de saludos, cháchara y violines. No viste de frac, pero incluso la elegante levita de fino paño inglés, la cadena de oro que le surca el pecho hasta el bolsillo del chaleco o las lustrosas botas de charol parecen recién compradas para la ocasión. Las frondosas patillas unidas a un canoso bigote sin barba, la nariz grande, aguileña, dotada de unos enormes orificios, y la barriga, redonda como aro de tonel, sí le son propias. Atributos añejos.

–Mucho, señor Ribalter. Estoy pasándola en grande –miente con cinismo el policía, cegado por el destello que desprenden los gruesos anillos de oro que decoran la mano izquierda de su interlocutor, una mano grande, áspera. Mano de menestral al que le ha tocado la lotería–. Una celebración por todo lo alto.

–Todo mérito de mi hijo –responde el otro, henchido de orgullo paterno–. Bueno, suyo y de don Juan Miguel, claro. No vaya a enfadárseme mi socio capitalista, si me oye ningunearle.

José Antonio Ribalter estalla en una ruidosa salva de carcajadas que acentúa los grandes orificios negros de su nariz.

–¡Venga conmigo! –vocifera, aún entre risas–. Les gustará saber que todo está de su agrado.

Sin esperar contestación, el almacenista de vinos pone en movimiento a Benítez con un enérgico manotazo en la espalda y atraviesan la sala, entre los atronadores saludos que el anfitrión prodiga a diestro y siniestro, esquivando aquí alguna bandeja cuajada de copas, allí el miriñaque de una dama, más allá la chistera de algún caballero. Cuando están cerca del corrillo en el que se encuentran don Juan Miguel de Monasterio y Juan José Ribalter, el socio y el hijo del almacenista, Benítez se percata de que una de las uvas del racimo es José Agustín Leal Romero, diputado del Partido Progresista de los que tras brindar su apoyo en el Congreso a la Unión Liberal pasaron a llamarse «resellados». A su lado está doña Crescencia, su esposa, una mujer minúscula, desgraciada de rostro, que mueve sin parar las aletas de la nariz, como si su pituitaria fuese azotada por el tufo de algún alimento podrido que solo ella es capaz de detectar.

–Don José Agustín, aquí le traigo a uno de los suyos –suelta, a modo de saludo, el almacenista–. Para que no se sienta usted en minoría, con tanto progresista puro acosándole.

Leal Romero acoge el comentario de Ribalter con una sonrisa vacilante, pero a Benítez no se le escapa un brevísimo intercambio de miradas entre el diputado resellado y el señor Monasterio. Un cruce de miradas cómplices que Benítez no sabe cómo interpretar.

–¿Cómo no le ha acompañado su encantadora hija, inspector?

La pregunta, clara advertencia para todo el que pretenda introducir el fastidioso tema de la política en este cordial ambiente, la ha formulado doña Rosario, la esposa del señor Ribalter, una señora de cuarenta y tantos años muy bien llevados, que viste un elegante traje de seda negra con encajes en puños y cuello. Sus ojos, el cielo de Madrid en un día de primavera. Su nariz, pequeña, de líneas rectas. Su barbilla, redondeada, sin la menor mácula, deliciosa. Bajo la seda de su vestido se adivinan unas líneas que aún no conocen las flacideces y adiposidades

14

de la edad. Una mujer por la que más de uno de los presentes vendería el alma.

Benítez sonríe a la atractiva dama y vacila unos segundos antes de contestar. No está seguro de que lo de «encantadora hija» encierre algún doble sentido, pero no piensa dar ocasión a que así, como quien no quiere la cosa, la conversación se deslice hacia el frustrado noviazgo de su hija Eugenia con uno de los jóvenes más cotizados de la alta sociedad matritense.

–Está de viaje. No vuelve hasta el jueves. Y su hijo Eusebio, ¿no ha llegado aún?

La sonrisa hipócrita en los labios de Benítez apenas maquilla la intención de la pregunta. Tal vez el veterano sabueso esté demasiado a la defensiva, pero en este Madrid chismoso y maledicente, la mejor defensa es un buen ataque. Y él no piensa dar pasto a cotilleos. La próxima vez que doña Rosario pretenda convertir las veleidades amorosas de su hija pequeña en tema de conversación, a buen seguro se lo pensará dos veces antes de hacerlo. Hace unas cuantas noches, Benítez tuvo un encuentro con Eusebio Ribalter, en el cual el hijo de doña Rosario le dejó tan claro como el agua que no tenía la menor intención de asistir a la fiesta. De vuelta del Café Suizo, el inspector se encontró en la plazuela de la Cebada con una pareja de la Guardia Civil Veterana, que, ayudada por un sereno del distrito, conducía al primogénito de los Ribalter a la prevención civil. Eusebio Ribalter, borracho como una cuba, se había negado a abandonar la taberna de Magadán sin que le sirviesen un último vino y la discusión había terminado con el joven de bruces sobre su propio vómito. En vista de que nadie, salvo Ribalter, había resultado herido y de que el propio tabernero aseguró que no presentaría denuncia, el inspector Benítez se hizo cargo del asunto y acompañó al joven a su domicilio, en la carrera de San Francisco. «Si no hubiese sido el hijo de quien soy, me habrían llevado a la prevención, ¿verdad?», fue lo primero que Eusebio Ribalter dijo, unos pasos antes de llegar a su casa. «No ha lastimado usted a nadie ni ha causado daños materiales. Le habría dado otra oportunidad fuese el hijo de quien fuese.» «Si está teniendo un trato de favor conmigo por ser hijo de José Antonio Ribalter prefiero que me encierren. No quiero deberle nada a ese señor.» «Mire, si tiene algún problema con su padre, los resuelven ustedes dos solitos sin meter a la policía de por medio. Bastante tenemos ya nosotros con lo nuestro. Ahora suba a dormir la mona, que buena falta le hace. Va a ver cómo mañana lo ve todo con otros ojos.»

–Se sentía indispuesto –miente la señora de Ribalter, con una sonrisa tan hipócrita como la del policía, pero mucho más sofisticada, una sonrisa criada en las antípodas de donde se forjaron las toscas maneras de su marido–. Ha insistido mucho en venir, pero su médico le ha aconsejado guardar cama.

–Mándele mis deseos de pronta recuperación. Precisamente hace unas noches...

Antes de que Benítez haya terminado la frase, Juan José, el benjamín de los Ribalter, sale al rescate de su madre y retoma la conversación que sostenían antes de que llegase el policía. Juan José Ribalter es un muchacho delgado, de ojos claros, con un llamativo hoyuelo en mitad del mentón. Engola la voz tanto como es capaz, endurece la mirada, alza el pronunciado surco de la barbilla unos centímetros, y, con los músculos del cuello tensos como cuerda de ballesta en la nuez, retoma su apreciación, sin duda alguna interesantísima, sobre la mediocre ejecución del *Don Juan Tenorio* que la pasada noche se hizo en el Teatro del Príncipe.

–Inspector –interviene el señor Monasterio, tratando de quitar hierro al impertinente comportamiento del hijo pequeño de su socio–, me comentaban hace un rato que el martes tienen a la embajada marroquí en el Novedades. ¿Asistirá usted?

–Alguien de la inspección estará allí, desde luego –contesta Benítez, sin poder dejar de preguntarse por qué un hombre de tan buena planta, exquisito trato y rico, muy rico, repleto de oro, no volvió a casarse nunca tras la prematura muerte de su esposa. Por qué no se le ha conocido noviazgo en todos estos años. Ni un mal coqueteo, siquiera.

–Se lo pregunto –continúa el banquero–, porque en la noche del martes doy una pequeña fiesta en mi casa a la que, por supuesto, está usted invitado. Pero claro, si la inspección de La Latina forma parte del dispositivo de seguridad...

–No sé si podré asistir, don Juan Miguel, pero le agradezco muchísimo la invitación.

–Entiendo, don José María –dice el potentado con una sutil sonrisa que hace todavía más agradable su rostro de finas facciones y cutis mimado por cosméticos franceses–. Como es evidente que de su trabajo no le apetece hablar, ¿qué le parece si hablamos de negocios? O de libros. O mejor aún: de libros y negocios a la vez. ¿Qué me dice, inspector?

Benítez se sonríe. Se sonríe con sinceridad por primera vez en toda la noche. Juan Miguel de Monasterio no eleva nunca el tono de voz, pero su voz tiene color teatral, consigue captar de inmediato la atención de los presentes. Benítez sabe a lo que se refiere el banquero, y este a buen seguro adivina cuál será su respuesta esta vez. La misma que todas las veces que ha sacado el tema. Aun así, Monasterio, uno de los hombres más ricos de España, se expone a ser humillado por un simple inspector de policía. Aunque, en el fondo, Monasterio piense que solo es cuestión de tiempo y de dinero que Benítez termine aceptando una oferta, cada vez que saca el tema a colación y añade quinientos duros al montante previamente ofrecido, se lleva la misma y rotunda negativa.

–¿No me irá a decir que se ha enterado de que estoy traduciendo al castellano las memorias de Vidocq? –bromea Benítez–. ¿Quiere usted publicármelas?

–¿Sabe usted, señor Romero –dice Monasterio, sonriendo ante la ocurrencia del policía–, que aquí, el inspector Benítez, entre las numerosas joyas que atesora en su biblioteca, tiene una por la que yo mataría?

–¿Algún Quevedo? ¿Un Gracián, quizá? –pregunta Leal Romero–. ¿Un Solórzano, tal vez? Tengo entendido que el inspector Benítez es muy aficionado a los autores de nuestro Siglo de Oro.

–Frío, frío –se adelanta Monasterio–. Aunque le agradezco que me haya refrescado la información, señor Romero. De todos los tesoros de don José María, el que yo más anhelo es un tratado de economía política.

–¡Un tratado de economía política! –se extraña el diputado–. Pues yo tengo una buena colección sobre esa materia. A ver si suena la flauta y se puede usted ahorrar unos billetejos.

Leal Romero es un regordete de ojos vivos, amables, oscuros como arrope de uva negra. Manchego de un pequeño pueblo de la provincia de Ciudad Real y uno de los abogados más requeridos de la Corte en asuntos mercantiles, ronda la cincuentena. Hace años tuvo el acierto de establecer su despacho en la calle de Toledo, en cuyos alrededores se hospedan la mayoría de los arrieros y comerciantes manchegos que vienen a Madrid. Hizo correr la voz entre sus paisanos de que había un abogado manchego que llevaba todo tipo de pleitos y, en menos de un año, el ingenioso letrado de la Mancha ya se acompañaba, para poder dar abasto con la clientela, de un pasante, manchego también y refranero como el famoso escudero cervantino, pero más parecido en lo físico al de la Triste Figura. Nadie diría del abogado y diputado unionista que es un lumbreras, que su memoria es prodigiosa o que embelesa con su piquito de oro, pero lo cierto es que sus resultados en el foro son más elocuentes que cualquier elogio que se le pudiese hacer y, hoy en día, en cuestiones mercantiles, el acreditado bufete del manchego no tiene rival.

–No creo que tenga nada igual, amigo Romero. Aquí nuestro respetado inspector Benítez tiene, ni más ni menos, que un Say en francés con anotaciones manuscritas por el mismísimo Mariano José de Larra.

Con lo de «un Say», Monasterio se refiere a una edición francesa del *Tratado de economía política* de Jean Baptiste Say. Un libro por el que hace un par de meses el capitalista ofreció a Benítez una considerable suma, cantidad que ha incrementado en quinientos pesos duros –casi el sueldo anual de un inspector de vigilancia– en cada nueva puja.

–Un Say del que, mientras ni mi familia ni yo estemos pasando por apuros, no me desprendería por nada del mundo.

–De todas formas, súmele quinientos pesos a mi oferta y consúltelo con la almohada.

–No hay nada que consultar, don Juan Miguel. El Say sigue conmigo.

–Cuéntenos, al menos, por qué le tiene tanto cariño a ese libro. Eso me lo debe.

Benítez entiende la buena intención de Monasterio, pero comienza a hartarse de esta pantomima. Está aquí solo porque esta noche será muy especial para su sobrino José Francisco. No tiene nada contra el banquero. Es más, le resulta simpático. En otras circunstancias podrían haber llegado a ser buenos amigos. Pero la realidad es la que es y maldita la gracia que le hace la noticia que, en algún momento de la noche, va a hacer pública el señor Monasterio. Así que no solo no satisface la curiosidad del banquero, sino que, en cuanto se le presenta la ocasión, se escabulle hasta un rincón poco concurrido, donde, con otra caña de manzanilla en la diestra, se deja invadir por memorias de sus primeros años de policía, cuando nadie en su entorno daba un duro por él. Cuando todos pensaban que aquella sería otra más de sus descabelladas ideas. Cuando su padre lo miraba con la misma mirada de incomprensión con la que él suele mirar a su hija Eugenia.

–¿Qué bebe, tío? –pregunta José Francisco, sacando a Benítez de su ensimismamiento.

–Una manzanilla de Argüeso.

–¿Buena?

–Gloria bendita.

–Pues me apunto. Espere aquí que ahora mismito estoy con usted.

Hasta donde está Benítez llega la atronadora voz de José Antonio Ribalter. Curiosa sociedad la formada por el banquero gaditano y el viejo comerciante catalán, se dice el policía. Buena parte del vino de Valdepeñas llega hoy a Madrid en el ferrocarril de Alicante y es de esperar que, en un futuro próximo, también los vinos andaluces entren en la Corte por los caminos de hierro. Estableciéndose en las cercanías de la estación de ferrocarril, el señor Ribalter, con almacén de vinos en la calle de Toledo y proveedor de la mayor parte de los figones y tabernas de los distritos del sur de Madrid, se hace con una posición muy aventajada frente a sus competidores. Su tienda del barrio de La Latina seguirá funcionando, aunque, a partir de mañana, el almacenaje general, la distribución al por mayor y la administración del negocio se llevarán a cabo en el establecimiento de la calle de Atocha, mucho más amplio y mejor situado. El interés de Ribalter por asociarse con un capitalista que le permitiese llevar a cabo la operación es obvio, se dice Benítez, mientras contempla los exagerados aspavientos con los que el almacenista acompaña su atronadora voz. Menos clara le resulta la participación de Monasterio en el negocio de los vinos. Pero quién es él para meterse en honduras económicas. Él, un humilde inspector de distrito cuya holgada posición debe, en gran parte, a la herencia recibida de su padre. A él lo que ahora le debería importar es que esta misma noche el señor Monasterio anunciará la fundación de un periódico literario que será dirigido por su sobrino. Un periódico dirigido por José Francisco Bejarano y financiado por uno de los más firmes detractores de la Unión Liberal, se dice, mientras imagina la cara que pondrá el señor González Cuesta, secretario y perro de presa del gobernador civil de la provincia, cuando llegue a sus oídos la noticia.

Cuando José Francisco regresa con su caña de manzanilla, encuentra a su tío con la mirada fija en el grupo en el que están Monasterio y el menor de los Ribalter.

—Nunca he conocido a nadie con las ideas tan claras como ese muchacho —comenta José Francisco—. Hace un rato, le he oído hablar con tanto entusiasmo de los planes que tiene para el negocio de los vinos que, si le soy sincero, no he podido evitar sentir un poco de envidia.

—¿Quiere involucrarse en el negocio del padre?

–Mucho más que eso. Este muchacho piensa a lo grande. Después de afianzar el negocio de distribución en España, tiene en mente dar el salto al extranjero.

–¡Vaya con el renacuajo! Tal vez esos planes tan ambiciosos son lo que ha empujado a Monasterio a asociarse con el señor Ribalter.

–Bueno, eso y que se habrá dado cuenta de que, en España, vender vinos es mucho más lucrativo que invertir en ferrocarriles. Sobre todo si, además de venderlo, lo produces.

–Pero Ribalter no es cosechero.

–Ribalter no, pero Monasterio ha adquirido la mitad de una bodega de Jerez, se ha asociado con un productor de Sanlúcar y se ha hecho con la mayoría de las acciones de una bodega malagueña que estaba a punto de quebrar.

–No da puntada sin hilo don Juan Miguel.

–Y no conoce usted ni la mitad, tío. No se imaginaría cuál ha sido su última jugada.

–Ni en mil años. Ya sabes que a mí, sacándome del papel del Estado al tres por ciento, toda la economía me suena a chino.

–Monasterio, junto a otros librecambistas de los que se reúnen los domingos en la Bolsa, va a fundar un periódico mercantil para promover la firma de un acuerdo comercial con Gran Bretaña.

–Para vender más vino a los ingleses, supongo.

–Claro. ¿Se imagina usted lo que significaría para su nuevo negocio que los vinos españoles pagasen por derechos de entrada en Inglaterra lo que pagan los franceses?

–Pero entonces... –mascula el policía que, de pronto, ha caído en la cuenta de lo que implica la noticia que le acaba de dar su sobrino–, ¿lo que va a fundar es un periódico económico?

–Sí. ¿Y a que no adivina a quién le ha ofrecido la dirección? A Leal Romero.

Benítez no da crédito a lo que oye. Tal vez no entendió bien a Monasterio cuando hace unos días se presentó en su despacho. Tal vez el banquero no le anunció que lo que iba a fundar era un periódico literario, pero está convencido de que de sus labios escuchó que había pensado en su sobrino para dirigirlo. ¿Y qué pinta Leal Romero, un resellado, en tratos con un enemigo declarado de la Unión Liberal?

–¿A Leal Romero, el diputado de la Unión Liberal? –pregunta Benítez, incapaz de digerir la noticia.

–Antiguo diputado unionista, diría yo. Con lo que le va a pagar Monasterio por dirigir el *Semanario Económico y Mercantil*, me da a mí que su fidelidad al gabinete O'Donnell se va a ver bastante afectada.

–¿Así que se trata de una publicación económica?

–Sí –contesta José Francisco, visiblemente intrigado por la insistencia de su tío–, la parte principal va a ser la mercantil, aunque también va a tener otras secciones. De hecho, don Juan Miguel me ha propuesto a mí encargarme de la parte literaria.

–¿Y qué le has dicho tú?

–Que no me interesa. Que no quiero terminar hecho un azacán, sin tiempo para nada. Con mi sueldo en *El Observador* y lo que me rentan algunos ahorrillos, me basta y me sobra.

–Bien dicho, hijo –aprueba Benítez, aliviado de no tener que enfrentarse mañana a la cólera del gobernador, reprochándole el nuevo puesto de su sobrino, pero triste, en el fondo, por comprobar que se trata de un malentendido y que José Francisco nunca fue el elegido para ocupar un cargo que parecía hecho a su medida.

–A propósito, por allí veo al director del periódico –dice José Francisco–. Le abandono un momento, tío. Tengo que hablar de un asunto con él.

–Claro, ve, hijo. Yo voy a ver si como algo que le haga de colchón a la manzanilla. Una cosa solo, no sea que se me olvide con el vino: el jueves vuelve Eugenia de Badajoz.

–¿Quiere que vaya a recogerla?

–No, quiero que vengas a comer a casa el domingo. Y esta vez no te acepto excusas.

–No se lo aseguro, tío. Llevo mucho atraso con la traducción de un Balzac que vamos a publicar en el folletín a partir del quince, tengo pendiente leerme *Lo trovador de Montserrat*, casi trescientas páginas de poesías en catalán, para escribir un artículo, y, por si eso fuera poco, con lo de la apertura de Cortes, me han quitado el redactor que me ayudaba con la revista de teatros.

–¿No será alguna otra cosa?

–¿Alguna otra cosa? ¿Qué quiere decir?

–¿Te pasa algo con tu padre? De un tiempo a esta parte, tengo la impresión de que lo evitas. ¿Habéis tenido alguna discusión?

–Es bastante más complicado que eso, tío.

–Pero no me lo vas a contar, ¿verdad?

–Me parece que debe ser él quien lo haga.

–Yo no soy nadie para meterme en tu vida, pero...

–No se equivoque, tío, quien no es nadie para meterse en mi vida es Manuel. Usted es quien ha ejercido de padre mientras él andaba rodando por Dios sabe dónde, sin importarle un comino lo que fuera de su hijo.

–Bueno, ya sabes que yo soy partidario de segundas oportunidades.

–De segundas oportunidades, usted lo ha dicho. De *segundas*.

–No insisto más. Si puedes venir, será una alegría para todos. Te hemos echado de menos los últimos domingos.

–Haré lo que pueda, tío. Ahora, si me disculpa, voy a hablar con mi jefe.

Benítez siente que si bebe un sorbo más de vino terminará de rodillas en el retrete. Será mejor comer algo. «Es bastante más complicado que eso, tío», se repite de camino a una de las mesas con mayor provisión de comida y allí, entre emparedados de jamón en dulce y pastelitos de *foie-gras,* no deja de pensar en qué habrá hecho esta vez su cuñado Manuel para que José Francisco esté tan enojado. Al fin y al cabo, el tiempo que consume conjeturando sobre las trapisondas y desatinos de su cuñado, es tiempo que no está pensando en todo lo que él habrá hecho mal como padre para que la relación con sus tres hijas sea a cada cual más difícil. Mientras imagina tejemanejes que tienen a Manuel Bejarano por protagonista, se olvida, aunque sea por un breve momento, de que Eugenia salió el jueves hacia Badajoz y él no tuvo el valor de entregarle la carta que le había escrito a Carlota, su hija mayor. Cada minuto que dedica a cavilar sobre cuál habrá sido la última barrabasada de su cuñado, es un minuto que no emplea rumiando que si en el otoño del 54 él no hubiese aceptado aquel cargo como secretario en el Gobierno Civil de Badajoz, su vida no sería hoy ni la mitad de complicada de lo que es. Hace ahora siete años, dio un paso en falso y no hay un solo día en que no piense que aún sigue pagando la factura.

Sumido en amargas reflexiones sigue cuando se percata de que uno de los porteros que vigilan el acceso al establecimiento se dirige a grandes zancadas, con semblante preocupado, hacia donde están el señor Monasterio y su secretario particular, Pantaleón Moreno, un cuarentón tirando a bajito, con el pelo castaño oscuro y la cara picada de viruelas. Apenas unos segundos después, el capitalista se dirige con expresión grave hacia donde se encuentra el policía.

A Benítez le flaquean las piernas, se siente atacado por los vapores del alcohol, una arcada agria y espesa trepa por su esófago. No está seguro de poder aguantar en pie. Se imagina a sí mismo desplomándose contra el suelo como un muñeco de trapo abandonado por los dedos que lo sustentan. Mientras ve avanzar al banquero, abriéndose paso entre la multitud, como un Moisés ante el mar Rojo, le asalta la visión de Eugenia mostrándole el bolso de viaje en el que, a última hora, accedió a meter una pistola.

Juan Miguel de Monasterio acorta distancias sin que Benítez, a pesar de que es evidente que el banquero se dirige hacia él, se sienta con fuerzas como para salir a su encuentro. Si fuese capaz de pensar con lucidez, tal vez se diría que es absurdo el temor que le invade y daría unos pasos hacia delante. Pero los temores absurdos, además de nublar la razón, agarrotan los músculos, y el inspector Benítez no puede dejar de pensar en que algo le ha pasado a su hija Eugenia.

–Un oficial de policía le busca, inspector –anuncia el banquero–. Ha ocurrido algo horrible.

II
Una criada algo enamoradiza

Frente a la puerta de la flamante licorería, bajo una farola de gas que arranca tenues destellos a los charcos que salpican la acera, se recorta la figura de un hombre de unos cincuenta años, tripudo, más bien bajo, con un rostro completamente rasurado en el que se destacan unas orejas grandes, terminadas en un marcado ángulo lobuno que besa el ala de un deslustrado bombín.

–¿Qué ocurre, Fonseca? –pregunta Benítez, con el corazón en la boca–. Está usted pálido.

–Una desgracia, inspector –contesta Fonseca, con una sombra de espanto en el rostro–. Se ha cometido un robo en el distrito. En la carrera de San Francisco.

En la cabeza de Benítez se agolpan varios pensamientos a un tiempo. Por un lado, piensa en lo absurdo que ha sido temer que algo le hubiese pasado a Eugenia. El Benítez de hace unos años nunca se hubiera dejado invadir por el pánico como lo ha hecho hace un momento. Por otro, se felicita de haber pedido a Luis Fernando Fonseca, el oficial de policía más veterano de La Latina, que se quedase haciendo guardia. Al principio tuvo sus reparos, le pareció cruel pedírselo: mañana se incorpora el nuevo secretario de la inspección, cargo que Fonseca ha ocupado en funciones los últimos tres meses, y esta no era, desde luego, la mejor forma de despedirse del puesto. Con serenos en cada barrio del distrito, un retén de la Guardia Civil Veterana en la prevención civil de la calle de Don Pedro y otro en el puesto de la calle de Oriente, era innecesario que alguien se quedase en los locales de la inspección. Aún así, Benítez le pidió a Fonseca que lo hiciese. Ahora lo agradece. Por último, aunque su oficial no haya precisado el lugar exacto de la carrera de San Francisco donde se ha cometido el robo, se apostaría la cabeza a que sabe dónde ha sido.

—En casa de los Ribalter, ¿me equivoco?

—No, jefe, no se equivoca. Han robado en casa de los Ribalter y una criada del servicio ha resultado muerta.

—¡Dios del cielo! ¿Ha dado usted parte al juzgado?

—No, inspector. He dejado a Carmona en la casa y me he venido volando aquí.

—¿A Carmona?

—Sí, jefe. Da la casualidad de que, cuando han llegado a la inspección a dar el aviso, Rafael estaba allí conmigo. Había venido a hacerme una visita.

—¿A hacerle una visita? —pregunta Benítez, aunque sabe de antemano la respuesta.

—Ya sabe, jefe. Le han salido algunos trabajillos y como en la inspección se está caliente y hay buena luz.

—Pues me tranquiliza saber que Carmona se ha quedado al mando —dice Benítez, sintiendo cómo el vapor de las manzanillas desaparece a marchas forzadas de su cabeza—. Ahora cuénteme lo más resumido que pueda todo lo que sepa.

—Una media hora después de que la señora Ribalter se viniese para la fiesta, el portero de la finca, Casimiro Colomer, se ha ausentado de la casa y ha dejado al cuidado de la portería a la criada, Lorenza Calvo Olmeda, de veinte años, natural de Brihuega, al servicio de los Ribalter desde... —saca de un bolsillo del gabán un pequeño cuaderno de notas y confirma el dato— diciembre del año pasado. Cuando el señor Casimiro ha vuelto, se ha encontrado a la criada en el suelo de la cocina, ensangrentada, con un enorme corte en el cuello... En poco más de diez minutos ha llegado el médico de la casa de socorro, quien no ha podido hacer otra cosa que certificar la muerte... Acompañados del portero, del sereno del barrio y de dos números de la Guardia Civil Veterana, hemos entrado en el domicilio de los Ribalter... En la cocina estaba el ama de llaves, atada y amordazada, pero sin ninguna herida de consideración... Da la impresión de que los ladrones conocían a la víctima: no hay signos de fractura en ventanas, puertas ni acceso a los subterráneos... Además, hay otro dato importante, inspector: al parecer la criada se ha valido de una argucia para hacer que el portero se ausentase.

Benítez anima con un movimiento de cabeza a que Fonseca prosiga su relato, mientras él, en su fuero interno, trata de no prejuzgar la situación. En los últimos años se han cometido en España tantos robos con la complicidad de la servidumbre que jueces y promotores fiscales trabajan desde hace tiempo con un punto de vista muy sesgado. Su misión consiste en reunir todas las evidencias posibles, sin partir de ninguna hipótesis previa, sin plantear conjeturas hasta haber recabado suficiente información. Por eso, mientras le indica a Fonseca que le explique la treta de la que se ha valido la criada para obligar al portero a dejar desatendido su puesto de trabajo, él intenta desprenderse de cualquier explicación apriorística.

—El señor Casimiro —prosigue Fonseca— dice que Lorenza estaba acatarrada y que por eso, con la noche de perros que hace, se ha ofrecido a ir él a por los huevos que iba a comprar la chica.

—¿Huevos?

—Sí, señor. Al parecer la chica se había preparado un potingue para la cara que lleva huevo. Cuando se ha dado cuenta de que no quedaban huevos para el desayuno del señor Ribalter, ha pedido permiso al ama de llaves para salir a comprarlos.

—Explicaciones más raras he oído. Y no todas eran mentira.

—Sí, pero es que hay otra cosa, señor: el ama de llaves asegura que la chica no estaba enferma; al menos delante de ella no ha dado ninguna muestra de estar acatarrada. Y, por si eso no fuera ya bastante sospechoso, en la portería se ha encontrado una botella de vino que, según refiere el señor Casimiro, no es suya.

—Y de lo que se han llevado los ladrones, ¿se sabe algo?

—El ama de llaves, que es quien podía saber algo, no estaba en condiciones de decir gran cosa. Lo poco que ha sido capaz de declarar es lo que ya le he dicho, jefe.

–Muy bien, Fonseca, buen trabajo. Ahora voy a hablar con el señor Monasterio para ver cómo le damos la noticia a los Ribalter y en un par de minutos estoy con usted. ¿Ha venido en ese simón?

–Sí, señor.

–Dígale al cochero que espere, nos vamos en cinco minutos.

—Que se quede el niño contigo, José Antonio –indica doña Rosario Gutiérrez de Ribalter–. Hasta que no me asegure con mis propios ojos de que Guillermina está bien, no me quedo tranquila.

Loable pensamiento, se dice para sí Benítez, comparando la manera con que los tres miembros de la familia Ribalter han afrontado la noticia. Mientras el señor Ribalter ha sido incapaz de disimular la angustia que le producía pensar que los cacos hubiesen podido dar con el lugar donde guardaba el dinero –cuya suma y escondite ha preferido no comunicar, por el momento, al inspector–, el joven Juan José, pese a los evidentes esfuerzos que hace para mantener la compostura, parece sobrecogido y el húmedo brillo de sus ojos delata una emoción a duras penas contenida. Por primera vez en la noche, ha mostrado un comportamiento propio de su edad. La señora de Ribalter, por su parte, salvo en el arranque un puntito arrebatado con que ha exigido acudir de inmediato a comprobar cómo se encontraba su fiel ama de llaves, se ha conducido en todo momento con la más exquisita circunspección.

Luis Villalpardo Martínez, un cincuentón de corta estatura, escurrido de carnes y ojeroso, secretario personal y dependiente principal en el negocio de vinos del señor Ribalter, escucha atento las instrucciones de su patrón y abandona el almacén de vinos y licores para ir en busca de la berlina que la familia Ribalter ha alquilado para esta velada. El coche de punto que ha traído a Fonseca y que ahora les espera fuera es un pequeño vehículo de dos plazas y solo el miriñaque de doña Rosario ocupa una y media, así que la resolutiva dama ha decidido que ella, Benítez y Fonseca se trasladarán en su carruaje.

Segundos después de que el simón que ha traído a Fonseca desaparezca calle de Atocha arriba, la espaciosa berlina de alquiler de los Ribalter estaciona en el lugar donde estaba el pequeño y destartalado coche de plaza. Villalpardo baja del carruaje y entra, con paso apresurado y semblante de empleado diligente, en el despacho de licores, ante la atenta mirada de los policías.

–Fonseca, en la medida de lo posible, déjeme hablar a mí –indica Benítez–. Si la señora de Ribalter le pregunta algo directamente a usted, dé la menor información que pueda y, salvo que sea imprescindible, no mencione nada sobre el supuesto catarro de la criada. ¿Entendido?

Fonseca asiente con la cabeza y, casi a un tiempo, levanta las cejas para llamar la atención de Benítez. Este se gira y ve a doña Rosario, cogida del brazo de Villalpardo, quien una vez acomodada la dama en la berlina, se ofrece a acompañarla.

–No, Luis, muy amable de su parte –responde ella–. Será usted de mucha más ayuda aquí. Pero gracias, de todas formas.

Apenas ha echado a rodar el vehículo, sin tiempo para que el inspector Benítez haya podido formular una sola pregunta, la señora de Ribalter, sentada frente a él, se gira hacia su derecha, donde está Fonseca, y le suelta:

–Dígame, agente, ¿cómo han entrado en la casa?

–¿Perdone? –contesta Fonseca, azorado.

–¿Me puede decir cómo han entrado los ladrones? –insiste doña Rosario–. ¿Por el patio? Alcantarilleros, supongo. Le tengo dicho a mi marido que...

–Disculpe, doña Rosario –la interrumpe Benítez–. ¿Sería usted tan amable de facilitarnos algunos datos sobre la servidumbre?

–¿Creen que algún sirviente ha participado en el robo?

–Aún es pronto para aventurar nada, pero sea como fuere, necesitamos la relación de sirvientes que trabajan para ustedes, desde cuándo lo hacen y cómo los contrataron.

–¿No disponen ustedes de esa información en sus archivos?

Benítez no responde a la impertinencia, limitándose a clavar una gélida mirada en los ojos garzos de la atractiva dama.

–Disculpe, inspector, le ruego me perdone –añade ella, tras unos instantes de tenso silencio–. Estoy hecha un flan.

–No es necesaria ninguna disculpa, doña Rosario. Puedo imaginarme por lo que está pasando.

No es necesario que se disculpe, pero sí que conteste a mi pregunta, trata de añadir Benítez mediante la expresión firme e inquisitiva de su cara. En el extremo opuesto del asiento, Fonseca, encogido y en el más absoluto mutismo, observa a la señora de Ribalter con el rabillo del ojo.

–La señora Guillermina, mi ama de llaves –explica, por fin, doña Rosario–, ya trabajaba para mis padres en Cádiz cuando nos vinimos a vivir a Madrid. Es como de la familia, así que puede comprender por qué estoy tan preocupada por su estado. Nuestro portero, el señor Casimiro, es natural de Sant Feliu de Guíxols, en la provincia de Gerona, de donde es mi marido, y lleva trabajando con nosotros desde que nos trasladamos aquí, es decir, lleva con la familia más de veinte años. Lo mismo que el ama de llaves, es de total confianza. Lorenza, la criada de servir, no llevaba con nosotros ni un año. La contratamos a través del señor Matías Moratilla, el tendero de ultramarinos de la calle de Toledo. No traía referencias, pero nos fiamos de la recomendación de Moratilla, con quien mi marido tiene amistad desde hace años. Además de ellos, que son los sirvientes que viven en casa, tenemos una cocinera, que antes trabajó como criada de servir y vivió con nosotros mucho tiempo. Nicanora Alonso, se llama. La contratamos por agencia, una que hay en la calle de la Montera, casi en la Red de San Luis, hace más de diez años. En agosto del 58 pudo contraer matrimonio gracias a la dote que le dimos y, como coincidió que por esas fechas nos habíamos quedado sin cocinera y ella guisa muy al gusto de mi marido, le ofrecimos el puesto. Buena mujer, muy trabajadora y muy temerosa de Dios. Pondría la mano en el fuego por ella.

–¿Aguadores, lavanderas o algún otro trabajador que entre habitualmente en la casa?

–Aguadores, ninguno. Tenemos pozo con agua potable en el patio. Lavanderas sí, pero apenas pasan del zaguán. El señor Casimiro avisa desde la portería a la casa y Guillermina baja con el libro de colada. Revisa abajo que todo esté en orden y ella misma sube el cesto.

–No tienen coche propio, ¿verdad?

–Tuvimos una berlina hace tiempo, pero quedándonos tan cerca de casa parada de coches de plaza y empresas de alquiler de carruajes, lo consideramos un gasto innecesario.

–¿Las antiguas cocheras dan acceso directo al vestíbulo?

–Sí.

–¿Algún cochero o mozo de cuadra de entonces puede conservar la llave de las cocheras?

–Pudiera ser, pero tanto la cerradura del exterior como la de la puerta que da al zaguán las cambiamos cuando dejaron de trabajar para nosotros.

–¿Han echado en falta dinero o algún objeto de valor desde que Lorenza entró a servirles?

–No, inspector. Lo habría denunciado de inmediato. Pero ¿no sospecharán ustedes que Lorenza...?

–Doña Rosario, ¿nos podría informar usted sobre las rutinas de Lorenza? –pregunta Benítez con aspereza–. Si salía mucho de casa. Qué solía hacer en su tiempo libre.

–Si salía mucho o poco no puedo asegurarlo, porque de darle permiso para salir se ocupaba Guillermina, pero salvo la compra diaria en el mercado, que la hace la cocinera, del resto de mandados se encargaba Lorenza, así que tiempo para andar por la calle ha tenido de sobra.

–¿Sabe usted si estaba en relaciones con algún hombre?

–La señora Guillermina vela por que los sirvientes a nuestro cargo cumplan con los preceptos de la Iglesia y observen una vida arreglada, decorosa y cristiana. De la conducta de Lorenza en nuestra casa, yo respondo, pero de lo que hiciera fuera no puedo asegurarle nada.

Benítez se queda mirando fijamente a doña Rosario, sin despegar los labios. Ella, tras unos segundos en los que parece meditar la conveniencia de proseguir o no el relato, añade:

—Lorenza era una muchacha muy bonita y bastante coqueta, así que supongo que admiradores no le faltarían.

–Pero no sabe usted de ninguno en concreto, ¿me equivoco?

–No me consta que estuviese en relaciones formales con ningún hombre. Lo que sí puedo decirle es que a mí me parecía una chica algo enamoradiza. Aunque... ¿a qué muchacha de su edad no le gusta que le hablen de amores?

Tras cruzar Madrid de este a oeste, la berlina se detiene en la carrera de San Francisco, esquina con la calle de las Aguas, frente a un inmueble de nueva planta levantado sobre las ruinas de un vetusto caserón aristocrático. Pobremente iluminados por la tísica y vacilante luz de un farol de aceite, una pareja de la Guardia Civil Veterana custodia la entrada.

Doña Rosario sale como un cohete de la berlina y entra en la casa sin esperar a los policías. Los guardias de la puerta se cuadran ante el inspector Benítez, y el agente al mando, un cabo de anchos hombros y ojos hundidos, le pone al corriente de la situación con impecable orden expositivo.

El oficial de policía Rafael Fernández Carmona se encuentra en el salón del piso principal, junto al médico de la casa de socorro, quien está atendiendo al ama de llaves. Arriba están también el señor Casimiro, portero de la finca, y el sereno del barrio, que acudió a la llamada de auxilio del portero. Se le ha pedido que permanezca en la casa por si fuera necesario tomarle declaración. La demarcación a su cargo la cubren entre dos serenos de los barrios aledaños. Salvo los citados, su compañero y él mismo, nadie más ha entrado o salido del edificio una vez descubierto el crimen. Una pareja de guardias del puesto de la calle de Don Pedro y otra pareja del puesto de la calle de Oriente están batiendo los alrededores y, en cuanto el inspector Benítez lo ordene, se pasará parte de lo ocurrido a comandancia para que todos los agentes de servicio esta noche permanezcan alerta ante cualquier movimiento sospechoso. Una vez certificada la muerte de la criada por el médico, han abandonado la portería donde ha sido encontrado el cadáver, y nadie más ha entrado allí. Sobre una silla de la portería encontrará una linterna que han mandado traer del puesto de Don Pedro para facilitar la inspección.

–Buen trabajo, mi cabo. En cuanto tenga una primera valoración, daremos parte a comandancia. Señor Fonseca, hágame el favor de decirle a Carmona que hemos llegado. En unos minutos me reúno con ustedes. Quiero echar primero un vistazo por aquí abajo.

Mientras penetra en la vivienda de los Ribalter, Benítez no puede evitar pensar en que tras la más que notable diligencia del cabo de la Guardia Civil están las instrucciones explícitas de Fernández Carmona, uno de los policías más concienzudos con los que ha trabajado nunca. Un joven que le recuerda, quizá demasiado, a sí mismo cuando empezó su carrera como policía hace un cuarto de siglo. Las personas rara vez cambian su forma de ser. Salvo que, como les pasó a ambos, las circunstancias les obliguen a cambiar.

El ventanillo de la portería tiene el postigo echado y la puerta está cerrada. Tras esa puerta se ha cometido un crimen y, gracias al buen hacer de Fonseca y Fernández Carmona, es posible que Benítez encuentre algún indicio material que, de no haber estado sus hombres de por medio, muy probablemente se hubiese bastardeado o, incluso, perdido antes de que él llegase.

La lámpara de gas que ilumina el zaguán le permite examinar con comodidad el pavimento. La puerta de la calle no presenta signos de fractura. En la pared que queda frente a la portería está la puerta de las antiguas cocheras, que tampoco muestra signos de violencia. Echa un último vistazo a su alrededor y penetra en la portería en un estado de alerta extremo, casi patológico. Nada de lo hallado en el escenario de un crimen es desdeñable. Ni un detalle, por más insignificante que parezca, puede despreciarse. La ciencia policial está aún en mantillas, pero con observación atenta, inteligencia y método, mucho método, se puede intentar suplir la falta de instrumentos científicos de que se dispone en otras disciplinas.

Al abrir la portería, se encuentra con un cubículo en el que apenas hay espacio para un pequeño pupitre y una silla. Toma la linterna que hay sobre la silla, enciende la bujía y observa a su alrededor. La cerradura del pupitre ha sido forzada, la tapa está alzada y una de las casillas, la que debía de albergar una copia de la llave del piso principal, está vacía.

Desde este minúsculo espacio, a través de dos vanos cubiertos con cortinillas de algodón teñidas de azul, se accede a una alcoba, al frente, y a una cocina, a la derecha.

Tras echar un fugaz vistazo a la alcoba, de tamaño más que respetable, Benítez se dispone a enfrentarse con la parte más dura de su trabajo, la contemplación de un ser humano muerto por otro ser humano.

Sobre el pavimento de la cocina, solado con baldosa roja de buena calidad, tendida bocarriba, con la ropa ensangrentada, yace Lorenza Calvo Olmeda. Benítez trata, según su costumbre, de extraer una visión de conjunto antes de pasar a estudiar el cadáver. Sin embargo, algo en el rostro de la víctima atrae hasta tal punto su atención que no puede evitar seguir contemplándolo. Tras unos instantes, magnetizado por la expresión de placidez dibujada en los labios de Lorenza, cuelga la linterna de un largo clavo que hay en una pared y se agacha para estudiar de cerca el cadáver.

Un profundo corte atraviesa el cuello de la joven desde la cara lateral derecha hasta cruzada la línea media. Una herida de unos diez centímetros, practicada casi con toda seguridad de derecha a izquierda. No es un experto en materia forense, pero los años cursados en el Real Colegio de Cirugía de San Carlos más el cuarto de siglo como policía, son un grado. En la mitad izquierda de la frente se observa una tumefacción. Separa los párpados del cadáver y comprueba que ambas pupilas están reducidas al tamaño de una cabeza de alfiler. En los labios se aprecian unas pequeñas manchas amarillentas. Las manos, callosas y colmadas de padrastros y panadizos, exhiben todas las uñas parejas y no se evidencian signos de defensa en manos o brazos.

34

Se incorpora, echa unos pasos hacia atrás y obtiene, ahora sí, una visión de conjunto. Sobre la mesa de pino próxima a la pared de la derecha, se evidencian varias salpicaduras de sangre de distinto tamaño. A la izquierda de la mesa, del lado opuesto a la pared, se extiende un gran charco de sangre coagulada recorrido por una confusa maraña de pisadas superpuestas. Entre todas las huellas, una llama la atención por ser bastante más grande que las demás. Pero ni siquiera esa huella se aprecia con claridad. Entre el charco de sangre y el fogón de la cocina, yace Lorenza, en el lugar donde ha debido de ser examinada por el médico de la casa de socorro. Sobre el hornillo del fogón, reposa un puchero de barro con un cucharón de madera dentro. A la derecha del hogar, sumergidos en un artesón, aguardan para ser lavados un plato, una cuchara y un vaso de vidrio. En la pared que queda tras el fogón, revestida de azulejos blancos ennegrecidos, se ve un soporte de madera con tres ranuras y un cuchillo de cocina insertado en cada una de ellas. En un extremo de esa pared, la puerta de un minúsculo cuarto escusado.

Benítez devuelve su atención a la mesa, en la que reposan una palmatoria de bronce, una cesta de mimbre con un puñado de huevos sobre un lecho de paja, una botella de vino y dos vasos vacíos.

Da unos pasos hacia la mesa, toma la cesta por el asa y comprueba que, pese a estar cerca de varias salpicaduras de sangre, la cesta solo está manchada en la base, lo cual sugiere que ha sido colocada sobre la mesa después de cometido el crimen.

Deposita la cesta en el lugar donde estaba, toma la botella y contempla la etiqueta, una sencilla etiqueta sin grabados en la que se lee el tipo de vino, málaga dulce, y el nombre del bodeguero, M. Casado. Contempla la botella al trasluz, huele el contenido a través del gollete y examina los vasos. En uno de los vasos se aprecian posos de un tono amarillento. A continuación, con el índice y pulgar de la mano derecha, toma lo que parecen ser las migajas de algún dulce, se las acerca, las huele y a continuación se las lleva a la boca. Bizcocho de soletilla. Demasiada información para fiarla a la memoria, hasta para una tan ejercitada como la suya. Extrae de la levita un cuadernillo de notas y un lapicero, escribe los hallazgos encontrados y, a continuación, esboza un dibujo esquemático de la escena del crimen.

Después de registrar el escusado y antes de abandonar la cocina, se fija en un último detalle. Bajo el vestido de Lorenza, de humilde percal, pero nuevo y muy limpio, no se adivina zagalejo. Se agacha, levanta el borde del vestido y confirma su sospecha. No quiere precipitarse, pero si al hecho de que la muchacha no se había puesto esa prenda de abrigo que las mujeres de las clases menesterosas suelen llevar bajo la saya en épocas de frío, se le añaden unos zapatos de cabritilla que lucen demasiado nuevos para esta húmeda noche de calles enfangadas, la conclusión parece obvia: Lorenza, pese a lo que haya podido contarle al ama de llaves, no tenía la menor intención de salir al exterior.

De pronto, una primera reconstrucción de lo que puede haber pasado en esa cocina cobra vida en su cabeza.

Lorenza, con su inmaculada camisola blanca, está sentada a la mesa. En su boca de gruesos labios asoma una hermosa sonrisa. Los párpados le pesan. Siente sueño, un sopor agradable, muy placentero. Alarga un brazo con la intención de coger su vaso, pero a medio camino, los párpados terminan de cerrársele y su cabeza se desploma sobre la mesa golpeándose en la frente. El hombre sentado al otro lado se levanta, se coloca a su espalda, la agarra del moño y con la zurda hunde un arma cortante en el cuello de esa joven algo enamoradiza que hace menos de un año dejó la Alcarria.

No puede asegurarlo, pero algo le dice que en cuanto el inspector especial de vigilancia regrese a Madrid, el gobernador le asignará el caso. No sabe de cuánto tiempo dispone, pero no piensa desaprovecharlo. Si hay algo de lo que Benítez puede presumir, tal vez lo único, es de ser bueno en su oficio.

III
Durmiendo entre rejas

En la cocina de la familia Ribalter todo está limpísimo y reluciente. Casimiro Colomer, su portero, es un hombre corpulento, de cara cuadrada y estrechos ojos castaños, que debe de andar por los cincuenta y cinco años, aunque, por las profundas arrugas que surcan su ancha frente, aparente algunos más. Huele a agua de colonia y ropa limpia recién sacada de un armario. Las prendas que vestía cuando se ha encontrado con el cadáver de la criada han sido confiscadas, para examinar la presencia de señales que pongan en duda su versión de los hechos. A un costado de la mesa donde están sentados, frente a frente, Benítez y el señor Casimiro, Fonseca toma notas en un cuadernillo, de pie derecho. Mientras Benítez le interroga, el portero no puede evitar dirigir discretas miradas hacia el tablero de mármol contiguo al fogón, donde los policías han colocado el material con el que los ladrones han maniatado y amordazado al ama de llaves: un grueso calcetín de lana, dos pañuelos vulgares, sin bordados de ningún tipo, y tres pedazos de cuerda, aparentemente procedentes los tres de la misma bobina.

—A ver si lo entiendo, señor Casimiro —dice Benítez—. Lo que usted está tratando de explicarnos es que el motivo para haber abandonado su puesto de trabajo, dejando en la portería a una criada que no llevaba ni un año sirviendo en la casa, es que la chica estaba acatarrada. ¿Esa es su explicación?

—Sí, señor inspector —replica el portero, con la misma actitud sumisa y afable que ha mostrado hasta el momento—. La he visto tan fastidiada que me he ofrecido a ir yo a por los huevos.

–¿A comprar huevos, un domingo a las nueve de la noche?

–El señor Ribalter siempre se desayuna con pan, tomate, huevos fritos y fiambre, y ella, en un descuido, ha usado los últimos huevos que quedaban para hacerse un potingue de esos que usan las mujeres.

–¿Cuánto ha tardado?

–¿En hacerse el potingue? –pregunta el portero con una expresión de perplejidad en su cara cuadrada de ojos estrechos y nariz ancha.

Benítez se muerde el labio inferior y, sin poder evitar que un sarcástico bufido se le escape por la nariz, le corrige:

–¿Cuánto ha tardado usted en ir a por los huevos, señor Casimiro?

–Ah, eso... Unos cuarenta y cinco minutos. He ido donde la huevera de la calle de la Ventosa, la señora...

–Sí, la señora Amparo –ataja Benítez–. Más tarde le haremos una visita. Ahora dígame una cosa, señor Casimiro, de vuelta a casa ¿se ha parado usted a hacer algo o a conversar con alguien?

–No, señor inspector.

–¿Y está seguro de que ha tardado tres cuartos de hora en llegar hasta la calle de la Ventosa, comprar unos huevos y volver derecho a la carrera de San Francisco?

–Como la señora Amparo sabe que yo viví muchos años en Cuba, me ha convidado a un aguardiente de caña y, entre unas cosas y otras, me habré demorado unos quince o veinte minutos.

Benítez contempla por un instante la posibilidad de insistir en el asunto del poco tiempo que Lorenza llevaba empleada para la familia Ribalter, pero finalmente cambia de estrategia.

–¿Mientras en su portería estaba una muchacha enferma?

–Cuando ha bajado la Lorenza, acababa de cenarme unas patatas con costillas que me ha traído la Nicanora antes de irse. La chica ha visto la loza sucia y se ha ofrecido a fregármela y a limpiarme un poco la cocina mientras yo regresaba. Le he contestado que no, por supuesto, pero ella ha insistido en que me lo ponía como condición para dejarme ir a por los huevos, así que, la verdad, como la Lorenza iba a estar un rato ocupada, pues tampoco me he dado tanta prisa en volver.

Benítez se queda mirando fijamente al señor Casimiro, esperando que, de manera voluntaria, continúe su relato u ofrezca alguna otra información relacionada con el caso. Tras unos segundos en completo silencio, el policía continúa el interrogatorio:

–¿Cómo es que no ha tomado usted la precaución de llevar consigo la llave del piso principal?

–Pues no lo sé, inspector –responde el portero, llevándose la mano a la frente–. ¿Que debía haberlo hecho? Pues claro que debía haber sacado la llave de mis señores del pupitre, pero quién iba a pensar que...

–Desde luego parece que usted no lo ha pensado –interviene Fonseca, incapaz de seguir mordiéndose la lengua.

–Una última cosa –dice Benítez, mientras con una mirada de reojo recrimina la intervención de Fonseca–: ¿con quién ha compartido usted la botella de vino que hay en su cocina?

–Ya se lo he dicho al oficial aquí presente. La botella no es mía ni estaba en la cocina cuando salí.

–¿Insinúa usted que la han traído quienes han matado a Lorenza Calvo? –pregunta Benítez.

–Yo no bebo vino, inspector Benítez –replica el portero, ceñudo por primera vez en todo el interrogatorio–. El señor Ribalter se lo puede confirmar en cuanto llegue. Me bebo mi copa de ron de cuando en cuando, eso no se lo voy a negar. Al aguardiente tampoco le hago ascos. Ni al anisado. Hasta algún buche de ginebra me doy si viene al caso. Pero el vino no me entusiasma. Ni el blanco ni el tinto. Y mucho menos ese vino de Málaga, que más que vino parece jarabe.

–Muy bien, señor Casimiro, pues eso es todo por ahora.

–¿Puedo retirarme, inspector?

–Sí, pero antes dígame algo. ¿Sabe usted dónde podemos encontrar al hijo mayor de los Ribalter?

–Lo siento mucho, inspector. Lamento no poder ayudarles con eso. El señor Eusebio es muy reservado.

Hay un piso segundo, de un estrecho edificio de la céntrica calle del Príncipe, donde todas las noches se practican juegos prohibidos por la ley. Todo tahúr que se precie de serlo sabe que al anochecer, en la casa de doña Paca, viuda de Pedro Alfonso Armendáriz, sargento de artillería muerto en la acción de Artaza, en la primavera del 35, se apuesta fuerte. Todo aficionado a los naipes sabe que en casa de doña Paca se practica la ciencia de Vilhán sin sobresaltos gracias a los mil o dos mil reales que, cada mes, puntualmente, el inspector del distrito recibe de la viuda de Armendáriz.

En el comedor de doña Paca, en torno a una amplia mesa ovalada cubierta con tapete verde gastado por el roce del metal, un grupo heterogéneo en edades y atavíos juega al monte. En un extremo de la mesa, un hombre de mediana edad, elegantemente vestido, va colocando parejas de cartas bocarriba sobre el paño verde. Sentada frente al hombre encargado de tallar, hay una mujer de veinte y pocos años, pizpireta y de ojillos ratoniles, cuya función es pagar y cobrar las apuestas. Un quinqué con pantalla color esperanza, como el tapete, cuelga del techo concentrando su luz sobre la mesa de juego, mientras el resto de la sala permanece casi en penumbra. Alrededor de los jugadores una galería de mirones y mironas habla a media voz, expectante ante la desventura, dominada por un placer morboso similar al de quienes asisten a una ejecución en el Campo de Guardias. Cortada la baraja, el banquero coloca sobre la mesa las dos cartas del albur: un as y un cinco.

–¡Un cinco, gran carta! –asegura un viejecillo muy emperifollado de ojos saltones y barbita de chivo–. Allá van un par de onzas. Según mis cuentas, otro cinco está en la puerta.

–Pues a mí el corazón me dice que lo que va a salir antes es un as –aventura el que queda a su diestra, un flacucho de traje humilde con aspecto de jugador profesional–. Cinco duros al as. Esta noche me voy a llevar hasta el tapete.

–No juego –dice un hombretón de unos treinta años, cejas corridas y boca de buzón.

–Ni yo –se adhiere don Onofre de la Parra, el tahúr de más edad, más sortijas y más vicios de todos los concurrentes.

Cuando el banquero considera que las posturas han acabado es el turno de extraer de la baraja el segundo par de naipes, la pareja llamada del gallo. Saca un tres y una sota y los coloca junto a la pareja previa, la del albur.

Eusebio Ribalter extrae un peso duro de un elegante portamonedas de nácar, sin apartar los ojos un instante de la atractiva joven que lo acompaña, María Montoro, una bailarina gaditana en boca de medio Madrid, no tanto por sus actuaciones en el Teatro del Circo, como porque, tras dar calabazas a una larguísima nómina de potentados, haya dejado que un joven pintor, hijo de un vulgar almacenista de vinos, le ponga casa en un lujoso principal de la calle de la Reina.

–Un durito a... –dice el pintor, sin acabar de decidir la apuesta.

–Está claro que esta no es su noche, amigo Ribalter –le espeta el viejecillo de los ojos saltones–. Ha perdido usted un dineral.

–Ya sabe lo que se dice: desafortunado en el juego...

Eusebio se vuelve hacia María Montoro, sentada a su diestra, y le dedica una sonrisa de hombre enamorado hasta lo más recóndito de los tuétanos.

–A pelar la pava al Retiro, tortolito –gruñe el hombretón cejijunto, frunciendo en una mueca horrible su enorme boca de buzón–. ¿Apuesta o no?

–Al tres –dice el pintor, sin poder apartar sus ojos de la despampanante bayadera de ojos aceituna–. Un durito al tres.

–Buena apuesta, señor Ribalter –afirma una elegante dama de mirar coqueto–; el tres está al caer.

–Pues si tan seguro lo ve, ¿por qué no juega usted al tres, señorita Teresa? –pregunta don Onofre, clavando su lúbrica mirada en el escote de la dama.

–Dé por seguro que, si en la anterior talla no hubiese perdido mi última onza, jugaría al tres –responde la dama y, acto seguido, con la más seductora de sus sonrisas, añade–: ¿Por qué no se hace una vaca conmigo, don Onofre? Aunque sea de una oncita.

–Ahí tiene una oncita para perderla –contesta el viejo–. Que nadie pueda decir nunca que don Onofre de la Parra le ha negado alguna vez dieciséis duros a una dama hermosa.

–Va a ver usted cómo no se arrepiente, don Onofre. Si no ganamos, mañana mismo le pagaré a usted los ocho duros que me tocan.

–Cinco duros a la sota y quien quiera ganar que tome nota –dice el de los ojos saltones tendiendo una moneda de cien reales.

Los jugadores terminan sus posturas y a continuación se hace un momento de silencio en el que solo se escucha el cuchicheo de los mirones que guardan las espaldas de los jugadores. La suerte está echada y todo se reduce a ver si el as sale antes que el cinco o viceversa y si el tres lo hará antes que la sota o al contrario. El naipe aterriza sobre el paño verde y, de inmediato, estalla un concierto de monosílabos quejumbrosos e interjecciones más o menos decorosas.

–¡Cómo que un dos! –se queja el de los ojos de camaleón–. Pero si tocaba una sota, hombre. Tocaba una sota –insiste, como si la seguridad de tal aseveración le viniese del dominio de alguna ciencia probabilística desconocida por el resto de los mortales.

–En asuntos de azar no hay reglas, señor Mendoza –le corrige otro.

–Eso lo dirá usted, don Saturnino –insiste el aludido.

En el rostro de Eusebio Ribalter aflora una sonrisa olímpica. No ha salido un tres, pero María Montoro sigue a su lado, acariciándole, sumergiendo sus sedosos dedos entre los rizos de su melena, haciéndole el hombre más feliz de la Tierra.

Tras inspeccionar la habitación de Lorenza, donde, salvo un vaso de hojalata con restos de una sustancia pringosa que parece contener huevo, no ha encontrado nada de interés, Benítez está en el gabinete de José Antonio Ribalter, cuyas maldiciones y juramentos aún resuenan en el pasillo. La habitación se halla en relativo orden, excepto por el puñado de carpetas y papeles desparramados a los pies de una cómoda-escritorio, la cual tiene ahora el tablero abatido. Las cerraduras de todos los cajones de la parte superior de la cómoda, dividida a su vez en dos hileras laterales de tres cajones y un compartimento central de mayor tamaño, han sido forzadas. Por el contrario, en ninguno de los cuatro cajones de la parte inferior del mueble se observa la menor señal de violencia.

Instantes después de comenzarse a oír un retumbar de pisadas sobre el entarimado del pasillo, en el hueco de la puerta aparece la achaparrada figura de Fonseca.

–Pase, Fonseca –dice Benítez–. Eche un vistazo a este mueble. Al compartimento de en medio de la parte superior. Mire a ver si hay algo que llame su atención.

Sobre el tablero de la cómoda-escritorio reposa una palmatoria de plata con una bujía encendida, aunque la habitación se halla ricamente iluminada con la luz de un potente quinqué de pared. Fonseca toma la palmatoria y la acerca a la cerradura del compartimento central. Después abre la puertecilla, introduce la palmatoria y examina el interior.

–Nada de particular, jefe –responde Fonseca, encogiéndose de hombros–. Que la puerta ha sido forzada y que no hay nada dentro. Supongo que las carpetas y papeles del suelo estarían ahí.

–Permítame –solicita el inspector.

Benítez se apoya sobre el tablero de la cómoda, introduce una mano en el compartimento central y, al cabo de un par de segundos, se oye un chasquido metálico.

–Eche un vistazo ahora.

En el interior del compartimento central ha aparecido un cajoncito secreto.

–¡Vaya, parece que los cacos han tenido mejor olfato que yo! –exclama Fonseca, con ojos llenos de suspicacia–. ¿Qué había dentro?

–Treinta mil duros en billetes de banco.

–¡Canastos! Eso es más de medio millón de reales, jefe.

–Acompáñeme. Quiero enseñarle algo más.

En la alcoba matrimonial reina el más completo desorden. Los dos quinqués colgados de la pared, a ambos lados del cabecero de la cama, iluminan la estancia con tanta claridad como si fuera pleno día. Amontonadas al pie de un enorme armario ropero con luna de espejo, yacen multitud de prendas de vestir. Los tres cajones de una cómoda-tocador que hay frente a la cama han sido completamente vaciados. Esparcidos sobre el alfombrado suelo hay multitud de pañuelos, prendas de ropa interior, botecitos de afeites y frascos de perfume. Sobre la repisa de la chimenea descansan un ostentoso reloj de sobremesa y dos candelabros de plata.

–Dígame, Fonseca, ¿qué le llama la atención?

Fonseca echa un vistazo alrededor y, señalando con el mentón hacia un palanganero situado en una esquina, al lado del tocador, dice:

–Que el palanganero siga en pie, jefe.

Benítez se sonríe.

–Los candelabros parecen de plata de la buena –prosigue el rollizo oficial, dirigiendo la vista hacia la chimenea–. Y el reloj, de cien duros no baja.

–Entre dos mil quinientos y tres mil reales le había calculado yo –observa Benítez–. ¿No le parece extraño que lo hayan dejado?

–La avaricia rompe el saco, inspector. Si yo hubiese encontrado treinta mil duros en billetes de banco, también me habría largado de inmediato.

En un fulgurante movimiento cerebral, Benítez reconstruye la escena: uno de los dos hombres que han atado al ama de llaves, revuelve el armario ropero de la alcoba matrimonial, donde su impericia, o falta de experiencia, le impide ver un discreto botoncito que al ser presionado deja al descubierto el doble fondo donde está escondido el cofre en el que doña Rosario guarda las alhajas. De repente, de la habitación contigua, el gabinete del señor Ribalter, entra el segundo hombre con un voluminoso fajo de billetes de banco en la mano y ambos ponen pies en polvorosa.

–Es una explicación –responde Benítez, torciendo el gesto en señal de que algo, aún no sabe qué, no termina de encajar–. De todas formas, vayamos a preguntar al señor Ribalter quién más sabía lo del dinero. Veamos, de paso, si el ama de llaves está ya en condiciones de contarnos algo más.

Guillermina Jurado, el ama de llaves de los Ribalter, es una mujer delgada, de casi sesenta años, facciones angulosas y mirada altiva, impetuosa e inteligente. Resulta llamativo el marcado contraste entre el ardor meridional que transmiten sus expresivos ojos negros y la septentrional contención con que reviste cada una de sus frases, gestos y movimientos. Viste un traje gris con listas verdes demasiado nuevo como para haber pertenecido antes a la señora de Ribalter.

Por prescripción del médico de la casa de socorro que la ha atendido en un inicio, Fonseca apenas si ha podido intercambiar con ella un par de frases antes de salir en busca de su jefe a la calle de Atocha. Dos hombres con caretas negras, los dos de gran estatura, uno muy delgado y el otro robusto, han entrado mientras ella se hallaba en la cocina. Cuando se ha querido dar cuenta, le habían metido un calcetín enrollado en la boca y estaba atada de pies y manos. Apenas si les ha oído hablar entre ellos. Lorenza había salido a comprar huevos. No, no parecía enferma en absoluto. Ella misma se hubiese ofrecido a ir a comprar los dichosos huevos de haberla notado enferma. Poco más ha sido capaz de sacarle Fonseca antes de que el médico de la casa de socorro, una vez terminado de redactar su dictamen, recomendase al policía posponer la declaración. Más tarde, sin embargo, ha sido por exigencia de doña Rosario que el inspector no ha podido completar la declaración del ama de llaves hasta que esta no se hubiese bebido una taza de tila con agua de azahar para calmar los nervios. Ahora, por fin, Benítez está sentado frente a ella en la mesa de la cocina, donde se encontraba cuando los ladrones irrumpieron en la casa, y mientras la oye responder con voz firme y sin vacilación, tiene la impresión de que el amago de ataque de nervios que ha sufrido la señora Guillermina ha podido ser magnificado en buena parte, primero por el doctor de la casa de socorro y después por la sobreprotectora señora de Ribalter. Benítez no niega el efecto tranquilizador de la infusión que se ha bebido, pero al inspector le parece que debajo de ese rostro de mirada ardiente se esconde una mujer con gran dominio de sí misma. Incluso en situaciones extremas como la de ser amordazada y atada de pies y manos. Es una valoración precipitada y sin datos objetivos en que fundarla, reconoce, pero hasta que disponga de información que demuestre lo contrario, ha de dejarse llevar por sus intuiciones.

–Le aseguro que Lorenza no estaba acatarrada –repite el ama de llaves–. A menos que se pueda estar acatarrada sin estornudar ni toser ni destilar...

–¿Y a usted no le extraña que el señor Casimiro haya dejado desatendido el portal en ausencia de los señores?

–A mí lo que no me extraña es que un buen cristiano, como lo es sin duda el señor Casimiro, haya querido evitar que una muchacha que él creía enferma saliera a la calle tal como está la noche. ¿No sabe usted que mojarse cuando uno tiene calentura hace que los catarros se agarren al pecho?

Benítez observa con el rabillo del ojo cómo Fonseca se muerde los labios para no soltar una de las suyas.

–¿Y a qué tanta prisa para salir a comprar huevos?

–Hace un par de días a Lorenza se le pegaron las sábanas y cuando el señor Ribalter fue a asearse no tenía agua caliente. Al confesarme que había gastado los últimos huevos en un mejunje para la cara, yo misma le he sugerido que fuera a comprarlos. Para evitarle otro rapapolvo del señor, ¿sabe usted?

–Sí, me hago cargo –replica Benítez, que encuentra la explicación perfectamente razonable. Y muy compasiva, dicho sea de paso–. Dígame, señora Guillermina, según su opinión, ¿Lorenza estaba contenta con su trabajo en esta casa?

–El trabajo de servir no es fácil, inspector, pero dentro de lo que cabe, aquí no estaba mal. Una cocinera hace la mayor parte de la compra, yo me encargo de servir la mesa, de arreglar la alcoba de los señores y de limpiar la plata y objetos delicados, y la ropa sucia nos la lavan fuera. Con esto no quiero decir que no tuviera faena, pero desde luego bastante menos que en la mayoría de casas en las que pudiera servir.

—¿Tenía libertad para salir de casa sin permiso?

—Eso sí que no, inspector. De casa, salvo la tarde del domingo, no se sale nunca sin licencia. Entre mis funciones está la de vigilar de cerca a la servidumbre. El tiempo que emplean en hacer mandados, las compañías que frecuentan, si cumplen con los deberes religiosos...

—¿Y hoy por qué se ha quedado en casa?

—Engracia Fernández, una muchacha con la que Lorenza suele salir a pasear, alcarreña también como ella, se ha ido por Difuntos a su pueblo. Entre que no estaba su amiga y el día tan malo que hace...

—Otras amigas o amigos, que usted sepa.

—Ninguno. A la única que mentaba era a esa chica que les he dicho.

—¿Me podría decir si había notado algún cambio en Lorenza últimamente?

—Ninguno, salvo que andaba un poco inquieta por un problema familiar. Su padre, que es arriero, se accidentó con el carro hace unos meses y a ella le preocupaba que, hasta que se le soldasen los huesos rotos, pusiera a trabajar a un hermanito suyo que está yendo a la escuela.

—¿Sabe si Lorenza tenía deudas?

—No creo. Al enterarme de lo del accidente de su padre, yo misma le ofrecí un anticipo a cuenta de su paga y me dijo que no era necesario, que se las apañaban bien.

—Quizá los adelantos le venían de otro lado —interviene Fonseca.

Benítez le dedica una mirada ambigua, que lo mismo puede significar reproche que conformidad. Antes de que haya podido retomar el interrogatorio, un guardia civil veterano carraspea en el umbral de la cocina.

–Con su permiso, inspector. Ha llegado su señoría. Le espera en el vestíbulo.

Desde el recodo de la escalera, Benítez ve bostezar a Ricardo Pérez Elgueta, juez de primera instancia del distrito de las Vistillas, un cuarentón de estatura media, cara vulgar y ojos displicentes.

–Inspector Benítez –saluda el juez, reprimiendo un bostezo con la mano izquierda. La derecha descansa sobre el bastón con puño de oro y borlas negras, propio de la autoridad que ostenta–. Buenas noches.

–Buenas, por decir algo, señoría. Buenas noches, señores –añade Benítez, refiriéndose a los hombres que acompañan al juez: un escribano, envuelto en un largo gabán negro en el que se ve un bolsillo abultado por un tintero de asta; un médico forense con un gran maletín de cuero asido con la diestra, y dos alguaciles, con su uniforme azul de galones plateados en la bocamanga, su sombrero apuntado con presilla del mismo galón y el sable ceñido a un lado, dentro del tahalí.

Tras un sucinto informe sobre lo ocurrido, el juez, acompañado por el forense, el escribano y el inspector, penetra en la portería, donde Benítez, después de intercambiar un par de impresiones con el médico, termina de poner al corriente del caso al magistrado.

–Inspector, ¿han hecho ustedes la relación de objetos robados? –pregunta Pérez Elgueta, después de arrojar una bocanada de humo del cigarro puro que se ha encendido antes de entrar en la portería.

–En medio minuto –contesta Benítez, mientras con el rabillo del ojo observa el quehacer del forense, quien en cuclillas examina el cuerpo de Lorenza–. Además del dinero, solo se han llevado un reloj de bolsillo con cadena de oro, sin inscripciones ni nada particular que nos pueda servir, y una cruz de oro y perlas que perteneció a la abuela de doña Rosario. Estaba atada a una cinta de seda negra. Quizá nos sirva, aunque dudo que con el dineral que se han llevado vayan a exponerse, intentando venderla.

—¿Sabemos por qué disponía el señor Ribalter de tanto dinero en casa?

—Esa suma más el edificio de la calle Atocha en el que han abierto el negocio de licores es la aportación que ha hecho el señor Monasterio para asociarse con él al cincuenta por ciento.

—¿Tan en serio va el banquero con esto de los vinos?

—Eso parece, señoría.

—Y además de Monasterio, ¿quién más sabía de la fuerte suma que Ribalter tenía en casa?

—Su esposa, sus dos hijos y su secretario particular, Luis Villalpardo, un empleado de toda confianza que lleva al servicio del señor Ribalter desde que abrió el almacén de la calle de Toledo.

—Investíguele de todas formas, inspector. En esta maldita época que nos ha tocado sufrir no se puede uno fiar de nadie. ¿Y la criada? ¿Se pudo enterar de algún modo de lo del dinero?

—No, que se sepa.

El forense se incorpora.

—Díganos, profesor —insta el juez—. ¿Qué tiene?

—Una herida por arma blanca de hoja muy bien afilada —responde el forense—. Un agresor fuerte y zurdo, muy probablemente. La muchacha debía de estar sentada a la mesa. Por la localización de la herida, el agresor ha debido de hiperextender el cuello antes de degollarla.

—En cristiano, por amor de Dios.

—Que el asesino ha tirado de la cabeza hacia atrás antes de rebanarle el pescuezo. —Y dirigiéndose a Benítez, añade—: Respecto a su sospecha, inspector, estaba usted en lo cierto. La causa de la muerte parece ser el corte del cuello, pero muy probablemente la chica estaba bajo los efectos de alguna droga con azafrán.

—¿Azafrán? —pregunta el juez.

—Si se fija atentamente en los labios de la muchacha, están manchados de amarillo —explica el forense—; lo que bien puede deberse a que haya bebido alguna droga que contuviese azafrán.

—¿Y no puede ser que la chica haya cenado arroz a la valenciana?

—O sopa marinera, no lo descarto, su señoría, pero si se fija en los dos vasos que hay sobre la mesa, como a buen seguro ha hecho el inspector, quizá aprecie que el color y el olor que desprenden los posos de los dos vasos son distintos. Veremos qué dice el laboratorio, pero yo apostaría a que en el vaso en que bebió la víctima echaron láudano de Sydenham.

—Mientras tanto, daré su teoría por buena, doctor, así que inspector, ponga a alguien a buscar por los alrededores. Quizá los granujas se han deshecho del frasco por aquí cerca. De paso, pregunten a los vecinos del barrio. Tal vez alguien haya visto u oído algo. La criada conocía, como poco, a uno de los malhechores, así que aprovechen para averiguar algo sobre sus hábitos. En cuanto el doctor termine el examen preliminar estableceré el juzgado en el piso principal. Si encuentra algo relevante para la indagatoria me lo hace saber de inmediato, ¿de acuerdo?

Benítez asiente con la cabeza.

—Los Ribalter están arriba, ¿verdad? —pregunta el juez.

—El matrimonio y el hijo pequeño. El hijo mayor no ha asistido a la fiesta.

—¿Y dónde está el muy descastado?

—No lo sabemos con certeza, señoría, pero he mandado a uno de mis hombres a un lugar donde suele vérsele con cierta frecuencia.

Justo cuando un siete de oros va a posarse sobre el tapete verde de la popular timba de la calle del Príncipe, un ruido sobresalta a todos los presentes. De la puerta de entrada a la vivienda llegan recios golpes y una voz varonil, con un leve deje sevillano, que insta a que se abra la puerta a la autoridad.

Casi en el acto, por el quicio de la puerta que comunica el comedor con el salón se asoma doña Paca, cubiertos los brazos de abalorios, la cara de polvo de arroz y los ojos de preocupación.

–¡Aire, Ramiro! –espeta la dueña de la casa, dirigiéndose al banquero–. La policía.

En un abrir y cerrar de ojos, la sala donde se juega se vacía y todos los que hace un minuto concurrían a la timba ocupan ahora un asiento en el salón contiguo, una sala de paredes estucadas decorada con lujosos cortinajes de damasco y divanes de terciopelo, en la que aparentemente un grupo de amigos celebra una velada musical. El banquero se ha sentado al piano y a su lado la dama de mirar coqueto que había apostado al tres con el dinero de don Onofre canta ahora la *Romanza de la duquesa* de la zarzuela *Jugar con fuego*.

A través de la puerta entreabierta que da al vestíbulo se oye la enérgica voz de Fernández Carmona, quien, pese a que la calle del Príncipe está fuera de su demarcación y que carece de motivo alguno para entrar a la fuerza en ese domicilio, trata de hacer creer a la dueña de la casa que, de ser necesario, está dispuesto a echar la puerta abajo.

–Abran de inmediato a la autoridad.

En el último tramo de la calle de Toledo, del lado derecho según se sale de la Villa y Corte, arranca una miserable calle que, más o menos paralela a la vieja cerca que rodea Madrid, finaliza en el campillo de Gil Imón, explanada desde la cual se dominan el Manzanares y los áridos campos del sur. Hacia la mitad de esa calle, llamada de la Ventosa, se alza una estrecha casa de dos plantas, situada entre una fábrica de cuerdas para guitarra y una trapería. En la planta baja de esta ruinosa casa tiene su pequeño despacho de aves y huevos la señora Amparo García, mientras el corral y matadero de aves están en la parte trasera de la finca. En la planta principal, a través de cuyo balconcito de barandillas cubiertas de orín se ve una luz encendida, se encuentra la reducida vivienda de la huevera, en la que se alojan ella y una sobrina de poco más de veinte años que le ayuda en las faenas de casa y el corral.

Casi al tiempo que Benítez golpea en la puerta de la casa donde vive la señora Amparo, desgarrando el silencio de la noche, comienza a oírse el retumbar de ruedas y herraduras sobre el empedrado, y al poco, por el extremo sur de la calle del Águila, aparece un elegante carruaje tirado por dos hermosas yeguas blancas, que, con su endemoniado estruendo, espanta a un escuálido perro vagabundo que andaba hurgando en un montón de basura abandonado en mitad de la irregular calzada. El carruaje gira hacia la izquierda y, tras detenerse a pocos pasos de donde está Benítez, se apean de él dos caballeros con la chistera bien calada y el embozo de sus capas subido. Por el modo en que hablan, se dice el policía, casi seguro habrán bebido más champaña de la cuenta. Uno de los caballeros ordena al cochero que los espere y, acto seguido, penetran en un edificio algo menos ruinoso que el resto de los de la calle, en cuyo piso principal funciona una de las numerosas casas de mujeres públicas del distrito.

–¿Quién llama? –pregunta una voz femenina al otro lado de la puerta frente a la que está Benítez.

–Inspector Benítez. Abra, por favor. Tengo que hacerle unas preguntas.

–¿Preguntas? ¿Qué clase de preguntas? ¿No se habrá *equivocao usté*, inspector?

–No, es usted con quien quiero hablar, señora Amparo.

–Esta es una casa decente, señor inspector. Pago mi contribución puntualmente y tengo *toos* los papeles del ayuntamiento en regla.

–Lo sé, señora. Estoy aquí por un crimen que se ha cometido en el distrito.

–¿Han *matao* a alguien? –pregunta la mujer, sin que se oiga el más mínimo sonido que indique la intención de abrir la puerta.

–¿Me puede abrir, por favor? –insiste el inspector Benítez con cierta rudeza–. Me estoy quedando helado.

Por fin, se oye el ruido que hace una tranca de hierro al ser retirada y, a continuación, el de una llave alojándose en la cerradura.

–¿A quién han *matao*? –pregunta la huevera, con la puerta a medio abrir.

–Aquí las preguntas las hago yo, señora –replica el inspector Benítez, una vez dentro del minúsculo zaguán, en el que reina un olor rancio, mezcla de corral, moho y humo de la bujía de sebo que arde en el candelero de hierro que porta la señora Amparo.

Es la huevera una mujer de cincuenta y tantos años, abultado pecho y atractivo rostro de ojos gatunos y cejas angulosas.

–Pues *usté* dirá –dice ella, ciñéndose el mantón de lana en el que va envuelta, sin mostrar la menor intención de que la entrevista se celebre en un lugar algo más acogedor que el frío zaguán de enmohecidas paredes en que se encuentran.

–¿Ha despachado usted a alguien esta noche?

–No me eche la regañina, inspector, ya sé que debiera seguir el ejemplo del Señor y descansar en domingo, pero imagínese, con lo mal que está *to*...

–Al grano, señora Amparo, que no tengo toda la noche.

–A eso de las siete, media docena de huevos al trapero de aquí al lado y, cosa de las nueve, una docena al portero del señor Ribalter, el del almacén de vinos.

–¿Cuánto tiempo ha estado aquí el señor Casimiro?

–¿Que cuánto ha *estao*? –pregunta la huevera.

Benítez se queda mirándola fijamente a los ojos de gata sin pronunciar palabra. La mujer rehúye la mirada y, al cabo de unos segundos, en los que simula hacer memoria, contesta a la pregunta.

–Pues un ratillo, la verdad. Como sé que ha vivido algunos años en Cuba, le he invitado a tomar una copa de aguardiente de caña y yo me he gloriado un cafetito, como dice mi sobrina, que nació en La Habana y ha vivido allí hasta hace un año, con un chorrito de anís.

–¿Y me puede decir cuánto tiempo ha estado disfrutando el señor Casimiro de su hospitalidad?

–Quince o veinte minutos, cosa así. Se ha puesto a hablar de las Antillas con mi sobrina y ya sabe *usté* cómo son esas cosas, inspector..., pero dígame, ¿no le habrá *pasao na* malo al señor Casimiro?

Tras la conversación mantenida con la huevera en el desapacible portal de su casa y la tenaz llovizna que ha comenzado a caer al poco de ponerse en marcha de vuelta a la carrera de San Francisco, Benítez agradece sobremanera el caldeado ambiente que encuentra en el salón de la familia Ribalter.

Los alguaciles del juzgado flanquean la puerta de doble hoja de roble labrado que da acceso al comedor contiguo, donde el juez instructor toma declaración al señor Casimiro.

En mitad del elegante salón de tonos amarillos, bajo un gran retrato familiar al óleo, están sentados, con semblante serio, el señor Ribalter, su esposa y su hijo Juan José. Sus rostros reflejan aún la conmoción causada por lo ocurrido, aunque solo el del muchacho expresa el horror que se experimenta a esa edad ante la muerte de alguien cercano.

Separado del resto de la familia, Eusebio Ribalter contempla un óleo enmarcado en dorado que descansa sobre la repisa de la chimenea, en la que arden gruesos troncos de encina y roble.

Benítez saluda con un movimiento de cabeza a los presentes y camina en silencio hasta colocarse al lado del joven pintor.

–Magnífico retrato –comenta Benítez.

El cuadro al que se refiere el inspector es un retrato de medio cuerpo de un oficial de la Real Armada Española con el brazo apoyado sobre una mesa de despacho en la que descansa un gran globo terráqueo.

–Mi bisabuelo materno –dice Eusebio Ribalter, sin volver la vista hacia su interlocutor–. Don Juan Pedro Gutiérrez Saravia, en uniforme de teniente de navío.

–Ha sacado usted sus cejas –observa el inspector–. ¿Recuerda si consta el dato de las cejas en su cédula de vecindad?

–Creo que no –responde el joven, ahora sí, mirando con curiosidad al policía–. Pelo castaño hasta los hombros, boca regular, nariz grande, ganchuda, ojos pardos. Creo que de las cejas no dice nada.

—Pues debería, es un rasgo muy característico en su fisonomía. Haré que conste en la nueva. Cejas pobladas, con notable separación central y ángulo alto y sesgado hacia afuera.

—¡Caramba, inspector! Está usted hecho un Lavater.

Va a responderle que no tiene mérito, que el estudio de los rostros forma parte de su trabajo, pero cuando se dispone a hacerlo, oye el ruido de unas puertas pesadas al abrirse y se gira para ver salir al señor Casimiro del comedor.

Benítez sigue con los ojos el paseo del atribulado portero, sin perder detalle del intercambio de miradas entre este y sus amos, en cuyos rostros se refleja la confianza ciega que tienen en su empleado.

Cuando el portero ha abandonado la estancia, Benítez se encamina hacia el comedor.

—¿Alguna novedad, inspector? —pregunta el juez nada más verle asomar por la puerta.

—Vengo de hacerle una visita a la señora Amparo —responde el policía, tras cerrar la puerta—, la mujer que le ha vendido los huevos al portero, y algo no me huele bien en este asunto, señoría.

—Explíquese, inspector.

—Lo que dice la huevera encaja, con puntos y comas, con lo que ha declarado el portero, aunque me da la sensación de que oculta algo.

—Eso mismo he pensado yo del portero. El señor Casimiro insiste en que estima su trabajo por encima de cualquier cosa y que jamás traicionaría al señor Ribalter, pero a mí también me da que oculta algo. ¿Cree usted que puede estar en el ajo?

—No lo sé, señoría, pero, con su permiso, me gustaría echar otro vistazo a la portería.

—Vaya, vaya, inspector. Yo voy a tomar declaración a los hijos. A propósito, ¿dónde han encontrado al mayor?

—En una timba. En la calle del Príncipe.

El juez arquea las cejas, menea la cabeza a los lados y, tras exhalar un suspiro de resignación, añade:

—En casa de doña Paca, supongo.

—Sí, señoría. Solo le falta poner un despacho de billetes en la puerta.

—Hágale pasar, por favor. Voy a ver qué se cuenta este calaverón.

Sobre la mesa de madera de nogal, bien barnizada y sin el más leve desperfecto, que hay en la alcoba de la portería arde una vela de esperma de ballena, no una de las baratas y hediondas velas de sebo que uno espera encontrar en el tabuco de un portero. El resto del mobiliario, dos sillas de Vitoria, un espejo con marco de madera, un amplio armario ropero y una espaciosa cama, se encuentran también en perfecto estado. Todo en esta habitación, en cuya pared del fondo hay una ventana con gruesos barrotes de hierro que se abre a un estrecho patio de luces, sugiere que, al menos, en lo tocante a las condiciones materiales, el portero de los Ribalter vive mejor que la mayoría de los de su gremio.

A un lado de la cama del señor Casimiro, en cuclillas, Fonseca examina sin mucho interés los libros que contiene una caja de cartón que ha extraído del armario hasta que uno, *El libro de la democracia* de Juan Bautista Guardiola, llama su atención. Extrae otro par de volúmenes de la caja y, con uno de ellos en la mano, se dirige a la cocina, donde, ahora que el cadáver de la criada ha sido trasladado al Hospital General, Benítez se afana en la busca de alguna pista que le ponga en el camino correcto.

—Mire, jefe —dice Fonseca, mostrando la portada del libro.

—*La cuestión social* de Sixto Cámara —lee Benítez, sin dar demasiada importancia al hallazgo.

—Hay unos cuantos más por el estilo —añade Fonseca.

Benítez, con una mueca de decepción en la cara, acompaña al oficial a la alcoba.

–Hasta donde alcanzan mis conocimientos en leyes, señor Fonseca, no es ningún delito tener libros autorizados por el fiscal de imprenta –dice el inspector mientras hojea *Reseña de doctrinas sociales* de Narciso Monturiol.

–Ya, inspector, pero puede que a sus amos no les haga mucha gracia que en su casa existan ciertas lecturas. ¿No cree que tal vez eso explique por qué el señor Casimiro parece tan nervioso desde que han aparecido los Ribalter?

–Puede –contesta Benítez, con el gesto torcido–. ¿Quedan más libros en la caja?

–Sí.

Benítez se acuclilla al lado de la cama y va sacando libros de la caja, la mayoría libros y folletos políticos, todos ellos con su correspondiente autorización gubernativa para ser imprimidos, hasta que un grueso volumen, *Principios de fisiología humana* de Francisco Javier Calzada, llama su atención.

–¡Vaya! No sabía que el doctor Calzada había escrito un tratado de fisiología.

–¿Conoce al autor? –pregunta Fonseca.

–Fuimos compañeros de aula desde las primeras letras hasta que nos graduamos de bachiller en medicina. Él siguió luego con los años de clínica y yo..., vamos, que nos distanciamos.

–¿Y qué pinta un tratado de Medicina en la habitación de un portero?

–Supongo que pertenecerá a su sobrino –replica Benítez–. Hasta hace poco el señor Colomer ha compartido la portería con un sobrino que estudiaba Medicina, ¿no?

–Ah, sí, inspector. No lo recordaba –reconoce Fonseca, azorado–. Yo mismo le entregué la cédula de vecindad el pasado enero. Nicolás Vilanova, se llama. Se mudó a principios de julio a otra casa en el distrito.

–Supongo que los libros son suyos. Devuélvalos a la caja y termine de examinar el cuarto. Ya le haremos mañana una visita al joven.

El inspector regresa a la cocina de la portería con la vana esperanza de encontrar algún hallazgo que se les haya escapado hasta el momento. Tras unos minutos de infructífera búsqueda, algo hace que se le tense el cuerpo entero. Es la voz de Fonseca reclamando de nuevo su presencia y, por el tono, juraría que esta vez sí, el secretario en funciones ha encontrado algo relevante.

—Por el momento es todo, señor Ribalter –dice el juez, dando por concluida la indagatoria a Eusebio Ribalter–. A continuación, el señor escribano del juzgado le leerá la declaración para que la firme si está conforme.

Justo cuando el hijo mayor de los Ribalter sale del comedor, el inspector Benítez entra en el salón con una expresión en el rostro que hace que todos los presentes giren sus ojos hacia él con expectación. Benítez va en derechura hacia el comedor, llama a la puerta y, sin esperar respuesta, la abre.

—Con la venia, señoría –dice desde el umbral.

—Pase, pase, ¿de qué se trata?

—Hemos encontrado algo...

Despliega un pedazo de papel y lo deposita sobre la mesa. Sobre la blancura del papel se destacan un par de cabellos negros muy largos.

—Los ha encontrado el señor Fonseca en la cama del portero –prosigue–. No he podido cotejarlos con los de la víctima, porque el cadáver ya ha sido trasladado al Hospital General, pero me da que pueden ser de Lorenza Calvo.

—Buen trabajo, inspector, buen trabajo. Hágaselos llegar al forense para que los analice. Ahora, si me hace el favor, vaya en busca del portero. A ver qué explicación nos da.

Apenas unos minutos después de que el juez interrogue por segunda vez en la noche al señor Casimiro, la puerta del comedor se vuelve a abrir de par en par.

—Que conduzcan al señor Colomer a la prevención –ordena el juez instructor en cuanto Benítez asoma la cabeza–. Que no se le permita comunicación con nadie. Tal vez durmiendo entre rejas se avenga a contarnos lo que sabe.

El policía responde con un gesto afirmativo.

–Que le acompañe uno de los alguaciles del juzgado, inspector –añade el juez, con signos evidentes de cansancio–. ¿Queda alguien por declarar?

–Juan José Ribalter, el hijo pequeño.

–Ah, sí, claro, el otro hijo. Hágale pasar, por favor. A ver si acabamos de una vez la indagatoria y podemos irnos a descansar. Mañana nos espera un día duro.

No lo sabe usted bien, se dice para sí Benítez, quien acaba de recordar que mañana, para complicar aún más el día, se incorpora a la inspección el nuevo secretario. Aunque en el fondo, el exceso de trabajo nunca ha sido un problema para él. Más bien lo contrario.

IV
Uno de los nuestros

Madrid, Villa y Corte, ciudad soñada por artistas y literatos de provincia, por hacendados y capitalistas de provincia, por embaucadores y tahúres de provincia. Madrid, babel de ceceos y seseos, de andaluces, catalanes y montañeses, de banqueros, empedradores y amas de cría, de abogados, diputados, libretistas de zarzuela y chalanes. Madrid, coronada villa de ollas repletas, ollas vacías y restos de pucheros trasegados por porteras y criadas desde el piso principal a los sotabancos y buhardillas. Madrid, capital de un reino de tercera categoría que siglos ha fue un imperio, ciudad en la que usureros y mendigos de levita, doctores en jurisprudencia y analfabetos, agentes de bolsa, ingenieros y artistas, viven puerta con puerta o, por mejor decir, techo con suelo. Es este Madrid de Isabel II una ciudad de contrastes entreverados. Y el distrito sur de La Latina más si cabe.

En La Latina, calles estrechas, retorcidas y empinadas, como las del barrio de la Morería, conviven con otras espaciosas y de rectilíneo trazado, como las de Don Pedro, carrera de San Francisco o el Humilladero. El bullicio de las calles de Toledo, de la Cava Alta y Baja o de la plazuela de la Cebada se transforma en un silencio de cartuja al penetrar en el Alamillo. Los lujosos carruajes que paran frente a la capilla de la Virgen de la Paloma lo hacen a escasos pasos de los lúgubres prostíbulos de la calle de la Solana. Los mismos mendigos que merodean por los alrededores del espléndido palacio del duque de Osuna en las Vistillas, buscan cobijo al anochecer en las inmundas casas de dormir de la calle de la Ventosa, en las que hombres, mujeres y animales pasan la noche en sórdido contubernio. En ocasiones, en una misma calle, junto a una de las llamadas casas de corredor, en las que decenas de familias habitan espacios diminutos con escusado compartido, se puede contemplar una soberbia construcción de dos o tres plantas ocupadas por una sola familia y su servidumbre.

En uno de los últimos números, el 17, de la calle de Tabernillas –calle espaciosa y tranquila, a medio camino, geográfico y social, entre las casonas aristocráticas de la calle de Don Pedro al norte y las humildes casas de corredor de la calle del Águila al sur– se alza un edificio moderno de cuatro plantas en el que se halla establecida, desde hace unos años, la inspección de vigilancia y seguridad del distrito de La Latina. Las oficinas de la inspección ocupan el cuarto principal derecha del edificio, mientras el inspector Benítez, Eugenia, la única de sus tres hijas que sigue soltera, y la señora Gregoria, la vieja criada de la familia, residen en el principal izquierda.

Al otro lado de la doble puerta corredera del despacho del inspector Benítez reina el más absoluto silencio. Faltan aún quince minutos para que en la sala de oficiales estalle la mañana, una de las mañanas con más ajetreo de los últimos tiempos. Benítez trata de distribuir las tareas del día entre los escasos recursos de los que dispone, pero algo le impide concentrarse.

Sobre la humilde madera de pino del desvencijado escritorio descansa un quinqué de aceite cuya viva luz centellea sobre la pluma de acero que el veterano policía sostiene, inmóvil desde hace rato, en la diestra. En un folio negrean tres nombres –Fonseca, Domínguez y Carmona–, los oficiales de policía de los que dispone para, sin olvidarse de los quehaceres habituales de la inspección, continuar con las pesquisas del caso de la carrera de San Francisco. Al lado de sus nombres, las tareas asignadas. Junto a ese papel, yace otro. El motivo de su desasosiego. La carta que la semana pasada le escribió a su hija Carlota y que permanece ahí, sobre su mesa, acusadora, atormentándole.

Cinco minutos antes de que den las ocho en el campanario de la iglesia de San Andrés, la calle se llena de voces quejumbrosas. El carro de la basura, con su campanilla tintineante, avanza ya por la calle del Águila en dirección sur cuando se alza, chillona, la primera de las voces femeninas de protesta.

–*Pogreso, pogreso.* ¡Leñe con el *pogreso*! –refunfuña una muchacha de unos quince años, la cabeza cubierta con un pañuelo negro y envuelta en un mantón de estambre con algún que otro agujero–. Siempre *pogresan* los mismos.

–*Mu* bien *hablao,* mi niña –secunda otra vecina desde el portal de la casa de enfrente, una mujer de unos cuarenta otoños, el cuerpo, delgado como escoba, envuelto en una bata de percal color chocolate, y el rostro maltratado por los años, la intemperie y las dentelladas de la vida–. A ver qué daño se hacía sacando la basura en la noche. *Pos nenguno.* Y a los traperos buen avío que les hacía. No que ahora ni manera encuentran los *desgraciaos* de ganarse el jornal honradamente. ¡Carámbanos!

Desde su despacho, Benítez escucha cómo a los airados comentarios de las dos mujeres se le suman poco a poco otros similares en protesta contra la normativa municipal que obliga a sacar las espuertas de basura a la calle en la mañana, antes de que haya pasado el carro municipal. Para cuando el policía se asoma a la ventana, en el cruce entre Tabernillas y la calle de las Aguas se ha formado un bullicioso corrillo de mujeres en entretenida charla. Los escasos rayos de sol que consiguen abrirse paso por entre las negras nubes que embaldosan el cielo caen de soslayo, raquíticos, con una tibieza deprimente. Pese al frío y la humedad, la conversación de las mujeres es cada vez más relajada y alegre, y de las quejas contra la normativa municipal de basuras y demás *injusticias del progreso* se da paso a un variadísimo repertorio de cotilleos y chanzas que solo interrumpen cuando el mozo de una tahona, que regresa de repartir el pan con el cesto vacío sobre la cabeza, le dedica toda una cosecha de piropos de muy dudoso gusto a la joven criada del pañuelo negro.

La asamblea de mujeres se pone en alborotado movimiento tras el intrépido piropeador, el cual se aleja con las mejillas encendidas, las orejas gachas y los pies en polvorosa, zaherido por la furibunda granizada de insultos recibida en respuesta a su atrevido requiebro.

Sobre el pedazo de calzada en el que, hasta hace unos instantes, se celebraba la vocinglera junta de vecinas queda al descubierto una pequeña mancha de color blanco que atrae la mirada de Benítez. Hace unos días ese pequeño trazo de tiza formaba parte de una figura con pretensiones de círculo que unos rapazuelos dibujaron para jugar al bote. Plantado frente a la ventana, con la pluma en la diestra, como ahora, el inspector Benítez permaneció largo rato mirando hacia la calle. Los minutos pasaban, los ojos del policía seguían atentos el bullicioso ir y venir de la chiquillería, pero su imaginación volaba lejos, rumbo a Badajoz, donde vive su único nieto, un varoncito de casi cinco años con quien lleva demasiado tiempo sin jugar. Hoy no, hoy Benítez no deja arrastrar su mente hacia la capital de provincia donde vive su hija Carlota, y en la que él estuvo empleado como secretario del Gobierno Civil hace unos años. Hoy su pensamiento no vuela tan lejos. Al menos geográficamente. Hoy vuelven a su memoria felices recuerdos de su casa en la calle de Preciados, en el corazón de Madrid, donde él y su familia vivían antes de que, en el otoño de 1854, José María Benítez Galcedo, comisario del distrito Centro, aceptase –sin sospechar ni remotamente todas las consecuencias que aquella decisión traería consigo– el primer cargo de carácter político de su larga carrera como empleado público.

Ensimismado en el recuerdo de cómo transcurría su existencia antes de la revolución del 54, sigue el policía cuando a su espalda se oye un triple, rudo y arrítmico golpeteo de nudillos. Un sonido que Benítez conoce de sobra.

–¿Se puede, inspector? –pronuncia una voz masculina, un tanto cascada, al otro lado de la puerta.

–Adelante, señor Fonseca –responde Benítez, mientras esconde en lo más profundo de un cajón del escritorio la carta que le escribió a Carlota. No tanto para alejarla de ojos ajenos como de los suyos.

–Muy buenos días, inspector –saluda el recién llegado, con el gesto grave.

–Buenos días, señor Fonseca. ¿Cómo se encuentra?

–Descansado, inspector. Descansado y dispuesto a no parar hasta que demos con los malnacidos que...

–Eso está bien –ataja Benítez–. Tenemos que estar descansados y serenos. Va a ser un día largo y complicado. Ande, tome asiento.

Fonseca acomoda su rechoncha figura en una de las dos sillas que hay frente al escritorio de su superior y Benítez no puede evitar pensar en todas las veces que han vivido esa misma escena desde que Fonseca es secretario en funciones. Por su cabeza se cruza un lunes cualquiera de los últimos meses. Una escena que, en cuanto el nuevo secretario ocupe el cargo, no se volverá a repetir. Que ni siquiera hoy será igual. Una rutina que ha marcado el comienzo de la semana en los últimos tiempos y que Benítez ya echa de menos. En ese lunes cualquiera que ahora Benítez recuerda con nostalgia Fonseca llega un poco antes que el resto de los empleados, saluda con una amplia sonrisa y se sienta frente a él. Tras intercambiar algún comentario sobre cómo han pasado el domingo, sin entrar en detalles, Fonseca tiende a su jefe un papel sellado y firmado por el oficial al mando de la prevención civil del distrito. Benítez toma el parte de incidentes y lee en silencio la relación de sujetos conducidos durante la noche a los locales de la prevención civil en la calle de Don Pedro. Un mendigo sin licencia al que se encontró orinando la borrachera en la vía pública. Una conocida prostituta que, pese a la reconvención de una pareja de la Guardia Civil Veterana, siguió entonando sus lúbricos cantos de sirena acodada en el alféizar de su cuarto. Un peón de albañil que se ha liado a golpes con otro de los huéspedes de una de las muchas casas de dormir que proliferan en el distrito. No se ha precisado asistencia facultativa. Nada fuera de lo corriente. El pan nuestro de cada noche. En la escena que Benítez recrea en su imaginación, deposita el parte sobre la mesa, levanta la mirada y, tras pensárselo un instante, rompe la barrera jerárquica que le separa de su empleado y le habla como a un amigo. Son solo unos minutos en los que apean el «usted» y se tratan como dos viejos camaradas. Un breve paréntesis que siempre se cierra, poco antes de que la inspección se abra al público, con la rosquillita de anís que Fonseca le ofrece. «Por si a la Ratona le da por hacer la puñeta, jefe», dice su viejo compañero. Son solo unos minutos de intimidad los que comparte con Fonseca antes de que el resto de la plantilla llegue, pero más tarde, mientras camine hasta el Gobierno Civil para entregar el parte de incidencias, paladeará esos instantes como uno de los mejores momentos del día.

Pero hoy no es un lunes cualquiera. El inspector de vigilancia especial de Madrid está fuera de la ciudad y el caso de la carrera de San Francisco, por el momento, lo llevan ellos. Antes de ponerse con él, sin embargo, hay otro asunto que le remuerde la conciencia y que no puede esperar. Lleva días queriendo hablar con Fonseca sobre algo y es ahora o nunca.

–Fonseca –dice Benítez, tras colocar el parte de incidencias que le ha entregado el secretario en funciones encima del informe del caso de la carrera de San Francisco–, sabe usted que nada más enterarme de que el señor Santonja era ascendido a inspector y dejaba el distrito, le recomendé a usted para el puesto. ¿Verdad?

–Sí, señor. Y le agradezco mucho la confianza.

–No tiene nada que agradecer, señor Fonseca. Ha servido usted al Estado el número de años requerido para poder optar al puesto y siempre que ha desempeñado el cargo en interinidad su labor ha sido impecable. Lo que quiero decir es que estoy totalmente en desacuerdo con la decisión que han tomado en Gobernación.

–Ya sabe, donde hay patrón... Pero no se preocupe, jefe, tampoco me había hecho muchas ilusiones, no se crea.

–Pues yo sí, Fonseca. Yo daba por hecho que se tendría en cuenta mi opinión.

–Pues si me permite la franqueza, inspector, hizo usted muy mal dándolo por hecho. Una cosa es que accediesen a darme el cargo en interinidad cuando usted lo solicitó y otra muy distinta es nombrar secretario de un distrito tan conflictivo como el nuestro a alguien que, por decirlo de algún modo, no es de su total confianza.

–¿Y yo soy de su total confianza?

–Toda regla tiene su excepción, inspector. ¿A ver quién es el guapo que se atreve a firmar la cesantía del inspector Benítez con su impecable hoja de servicio y el magnífico trabajo que ha hecho en el distrito en estos tres años?

–Pues en el 56 los moderados me pusieron de patitas en la calle.

–¡Hombre, inspector! No me compare. Aquello fue distinto.

–Bueno, Fonseca, solo quería que supiese que no dejaré de insistir hasta que sea usted recompensado con el ascenso que se merece.

–Muchas gracias, José María, pero la verdad es que prefiero mil veces trabajar como oficial a tu cargo que como secretario para cualquier otro.

Benítez se queda unos segundos contemplando a su amigo, agradeciendo el tuteo. Pese a que los rasgos de Fonseca, tomados por separado, podrían resultar desagradables, su rostro, en conjunto, no lo es en absoluto, lo cual tal vez se deba a la perenne sonrisa que lo preside. Una sonrisa limpia, espontánea, humilde. Una sonrisa de hombre conforme con las cartas que le han tocado en suerte en la vida. Una sonrisa de placidez que el inspector Benítez envidia en lo más profundo de su alma.

Benítez intenta dotar la expresión de su rostro de toda la calidez de la que es capaz.

–¿Quieres una rosquillita de anís? –pregunta Fonseca, introduciendo una de sus carnosas manos en las profundidades del bolsillo de su viejo gabán de entretiempo.

–Te lo agradezco mucho, Fernando, pero hay que ponerse manos a la obra.

–Mira, que luego la Ratona se encabrita y no tienes un mal mendrugo de pan con que entretenerla.

–En cuanto salga del Gobierno Civil, desayuno. Te lo prometo. Ahora, al tajo.

Una hora después de que Fonseca le haya ofrecido una de las muchas rosquillas de anís que albergaban los bolsillos de su gabán, el inspector Benítez se lleva una mano al estómago. A eso de las ocho y veinte el inspector entraba en el palacio de Cañete, caserón tardorrenacentista de la calle Mayor en el que fue instalado hace algunos años el Gobierno Civil de la provincia de Madrid. Tras cerca de quince minutos esperando en un pasillo de la planta baja, el secretario del Gobierno Civil le ha hecho llamar para informarle de que el gobernador deseaba despachar personalmente con él. El propio González Cuesta le ha conducido, sin mediar palabra alguna, a una antecámara de la primera planta para que esperase allí al gobernador. Un cuarto de hora después, la Ratona ha comenzado a dar muestras de exasperación. Entiende que el gobernador quiera conocer los pormenores de la investigación, pero la gravedad del crimen también exige celeridad. A las once deberá estar de vuelta para recibir al nuevo secretario de la inspección y antes hay algo importante que debe hacer. Además de desayunar.

Asomado a uno de los ventanales que dan a mediodía, Benítez pasea su mirada por los senderillos que forman los bojes y cipreses del jardín, por el primoroso grupo escultórico de la fuente, por el grueso muro de ladrillo que lo resguarda de la fuerte ventisca otoñal que, al otro lado, recorre aullando la calle del Sacramento. Pasea la mirada por el jardín y se entretiene intentando recordar los datos de filiación del jardinero. Nombre y apellidos, lugar de nacimiento, esposa, hijos, parientes y criados a su cargo, edad, señas particulares y demás datos consignados en su cédula de vecindad. Benítez recuerda la mayoría de esos datos por tres motivos. El primero, que la plaza del Alamillo, donde reside el empleado del Gobierno Civil, cae dentro de ese cono truncado que configura el distrito de La Latina. El segundo, que durante la campaña de renovación de cédulas de vecindad del año pasado, Benítez en persona acudió al domicilio del jardinero para entregar los nuevos documentos. Y el tercero, que en momentos de antecámara como este, momentos de no hacer nada, repasar cédulas de vecindad adormece, aunque solo sea en parte, a la Ratona.

Hoy, sin embargo, esta singular terapia no parece estar surtiendo efecto alguno sobre su fastidioso huésped estomacal y cuando dan las nueve en la iglesia del Santísimo Sacramento, Benítez, con una mueca de rabia en los labios, exasperado por la interminable espera, se dirige a pasos atropellados hasta el cordón de una campanilla, que agita con violencia, en sacudidas de rabia espasmódica.

Ha sido un arrebato, es consciente de ello, pero de un tiempo a esta parte, Benítez no reprime ya sus arrebatos como antes.

–Buenos días, inspector –saluda un ordenanza con cara de haber sido sacado de una placentera cabezada matutina–. ¿Se sirve usted algo, señor?

–Sí, por favor. He de tomarme una píldora estomacal.

–Claro, inspector –contesta el ordenanza, sofocando un bostezo–. Enseguida le traigo un vaso de agua.

–Si no es molestia, me caería mejor una tisana de manzanilla y menta.

La espaciosa antecámara está escasamente amueblada. Una gran mesa escritorio con un sillón a un lado y dos sillas al otro, una mesa baja de patas torneadas en el centro de la habitación con dos butacas a cada lado y un buró componen todo el mueblaje de esta amplia y fría sala que comunica directamente con el despacho personal del gobernador. Se suceden los minutos y del exterior no llega el ansiado ruido de pasos. Benítez se recorre la sala arriba y abajo hasta detenerse frente al buró. Los infolios encuadernados en pergamino que colman las estanterías actúan como azogue de espejo y Benítez ve reflejado en él su rostro crispado. De un bolsillo de la levita saca un estuche que contiene unas lentes con montura de acero y cristales oscuros. Devuelve el estuche al bolsillo y coloca las gafas tintadas sobre la delgada nariz, herencia de su padre, como también lo es la boca ancha de labios delgados. Los ojos no son Benítez, no son manchegos. Esos ojos, de un castaño veteado de verde que ahora oculta tras las lentes, son herencia de su abuelo materno, un asturiano que, con quince años recién cumplidos, en el otoño de 1761, justo ahora hace un siglo, partió de su pequeña aldea en el concejo asturiano de Tineo para dar comienzo a una nueva vida en el Madrid de Carlos III, una nueva vida sin prados verdes, xanas, ni madreñas. Benítez juega a quitarse y ponerse las lentes, ocultando y descubriendo el fuego iracundo de sus ojos hasta que la imagen que le devuelve el cristal le inunda de recuerdos, un torrente de recuerdos que comienza en los felices días en los que de niño enredaba en el almacén de velas de su padre en la calle del Lobo y termina, quiera o no quiera, en una trágica noche en la ciudad de Badajoz. Una noche que vuelve día tras día a su memoria, que le acosa, que le despierta de madrugada en forma de pesadilla.

–Inspector Benítez –pronuncia, a su espalda, una voz nasal, engolada, falsamente resuelta, que le devuelve bruscamente al presente–. Perdone el retraso, pero me han surgido algunos asuntos que requerían de mi atención inmediata.

Benítez contrae con todas sus fuerzas la mano diestra –con la zurda agarra el pomo dorado del bastón de caña de Indias con borlas de seda propio de su cargo– y sin apartar la mirada del buró, contesta:

–¿Y el señor gobernador? –Vuelve la cabeza hacia el recién llegado y añade–: Creí haber entendido que quería despachar conmigo en persona.

–Su excelencia está ocupado en gravísimos asuntos –anuncia González Cuesta, un cuarentón de escasa estatura y hombros caídos, boca de labios delgados que apenas abre para hablar, mirada ceñuda y cara alargada circundada por un fino ribete de barba negra sin bigote–. Me ha mandado recado para que le atienda yo.

Benítez le dedica una mirada furibunda y guarda silencio.

–Tome asiento, inspector –añade el secretario, indicándole una de las sillas que hay junto al escritorio–. A propósito, he pedido que le preparen desayuno.

–Muy amable, señor Cuesta –responde el policía, mientras deposita la chistera en la silla que queda vacía–. No tenía que haberse molestado.

–Lo sé, inspector, lo sé. Pero con lo delicado que anda siempre del estómago...

–Muy agradecido.

–Tiene que cuidarse, inspector. Pronto viajará de nuevo a Badajoz. ¿No es así?

–Sí, así es. Mi hija mayor me vuelve a hacer abuelo.

–Pues mis más sinceras felicitaciones, inspector. A ver si su yerno se decide a poner en movimiento sus influencias y le tenemos pronto de regreso en Madrid. Todavía no me explico cómo un hombre de tanto talento como él pudo renunciar a un negociado en Hacienda por un puesto tan insignificante en Badajoz.

–Su padre se estaba muriendo.

–Ah, sí, había olvidado ese particular –se limita a decir el secretario, con una expresión en su alargada cara de mirar ceñudo que lo mismo puede significar que se arrepiente de su comentario como que no entiende qué tipo de persona es capaz de dejar escapar un negociado en el Ministerio de Hacienda por pasar unos cuantos días, semanas a lo sumo, con un moribundo.

Suena un golpeteo de nudillos y del otro lado de la puerta se oye la voz de un ordenanza que pide permiso para entrar. El secretario señala con un gesto la mesa baja que hay en mitad de la sala y, mientras el ordenanza, el mismo que acudió antes al campanillazo del inspector, coloca una bandeja sobre ella, él encamina su cuerpecillo de hombros caídos hacia el buró, lo abre con una llave que saca del bolsillo del pantalón, extrae un periódico del interior y regresa hacia el escritorio. Tan pronto como el ordenanza abandona la sala, González Cuesta, arrellanado en el sillón como si fuese el de su propio despacho, alarga el periódico al inspector.

–¿Me hace usted el favor de leer en alto lo que está enmarcado en rojo?

Benítez mira fijamente a González Cuesta sin pronunciar palabra. La Ratona muerde con rabia el píloro y, merced a una conexión anatómico-fisiológica que ningún profesor médico, catedrático de historia natural, ni rapabarbas le ha explicado, pero que Benítez conoce al dedillo, su entrecejo se contrae hasta el punto de desfigurar su fisonomía y el castaño verdoso de sus ojos, sin llegar a perder por completo su fondo sereno, adquiere una fuerza animal. El fulgor de un hombre cuerdo encerrado a traición en un manicomio.

–Lea, lea. Se me está haciendo un poco tarde.

–«Nueva baja en el barco unionista –lee por fin Benítez, tras una larga y profunda inspiración–. La Unión Liberal de don Leopoldo O'Donnell, desquiciada torre de Babel en la que conviven, sin entenderse, los miembros más avanzados del Partido Moderado con los diputados más timoratos del progreso, se queda sin uno de sus más firmes valedores. Según fuentes fidedignas, el señor don José Agustín Leal Romero, antiguo diputado del Partido Progresista y adscrito a la Unión Liberal desde el año 58, no solo ha decidido retirar su apoyo al ministerio O'Donnell, sino que, a fin de promover un pacto entre las facciones opositoras al gabinete actual, ha mantenido en días recientes varias entrevistas con destacados próceres del progresismo puro, del Partido Moderado y de la democracia. Parece ser que el señor Leal Romero (quien, como bien saben nuestros lectores, siempre ha sido partidario de tender puentes entre las dos orillas de la familia liberal) ve imposible seguir entendiéndose con un gabinete que, pese a blasonar de liberal, secuestra periódicos día sí, día también, envía a presidio a personas por sus ideas políticas y condena a trabajos forzados a los pobres campesinos levantados en Loja (hombres cuyo único delito ha sido gritar en demanda de pan y trabajo), mientras indulta a los

71

responsables del levantamiento faccioso de San Carlos de la Rápita. A ese "gobierno liberal" es al que Leal Romero piensa retirar su apoyo, lo cual demuestra que, pese a lo que le hayan hecho creer al señor O'Donnell, en política es harto peligroso andar poniendo a un tiempo cirios a Dios y al diablo.»

–Suficiente, inspector. Más que suficiente –indica González Cuesta, acompañando las palabras con un gesto de desagrado–. ¿Puedo ofrecerle un cigarro?

–No, gracias. Me sienta fatal con el estómago vacío.

–A mí, sin embargo, me sienta de maravilla. Siempre que el tabaco sea de calidad, claro –dice, mientras saca una lujosa petaca de oro cincelado del bolsillo del chaleco–. Estas brevas son canela en rama, ¿seguro que no quiere fumarse una?

Benítez se limita a decorar su rostro con una sonrisa desdeñosa.

–Mire, inspector, al general O'Donnell le importa un pimiento que al periódico ese en el que escribe su sobrino le haya dado ahora por hacernos la guerra cuando hace tan solo unos meses se deshacían en elogios por la Unión Liberal. –Hace una pausa para encender el habano con una larga y expresiva chupada–. Sin embargo, con las Cortes a punto de abrirse y las oposiciones negociando entre ellas para ver si nos escamotean la presidencia del Congreso, la noticia no se puede echar en saco roto. ¿No cree?

–Con todos mis respetos, señor Cuesta, ¿se puede saber qué pinto yo en todo este asunto?

–Pues mucho, inspector Benítez, pinta usted mucho. Primero, pinta que su sobrino trabaja en ese periodicucho en el que han dado la noticia. Segundo, que el señor Leal Romero, como bien sabrá ya, va a dirigir un periódico para el indeseable de Juan Miguel de Monasterio. Íntimo amigo de su sobrino, a propósito. Y tercero, que es usted uno de los nuestros.

–¿Y bien?

–¿Cómo qué «y bien»? Hable con José Francisco y consíganos los nombres de los diputados que se han reunido con Leal Romero en los últimos días y, dentro de lo posible, averigüe usted quiénes piensan retirar su apoyo al Gobierno. Que no quiere poner a su sobrino en la tesitura, pues le hace usted una visita a Romero y le saca la información directamente a él. Seguro que tiene alguna cosilla con la que poder apretarle las clavijas.

–Tengo con qué apretarle las clavijas a muchas personas, señor Cuesta. –Hace una breve pausa para dejar patente la intención de sus palabras–. Pero al señor Romero no se las voy a apretar.

–Le diré una cosa, inspector. No es usted el único que sabe jugar a ese juego.

–No estoy jugando, señor Cuesta. Simplemente no veo por qué debía chantajear a un ciudadano por el simple hecho de haber cambiado su opinión política. ¿Me estoy explicando?

–Creo que debo de ser yo el que no se está explicando bien. Acompáñeme.

González Cuesta da una larga chupada al cigarro, expele una bocanada de humo hacia el techo, lo apaga y, tras guardar el ejemplar de *El Observador Imparcial* en el buró, se encamina hacia la puerta de la antecámara. Benítez le sigue despacio.

Hasta que no llegan al despacho del secretario, situado muy cerca de los calabozos donde se aloja a ciertos presos *especiales* antes de ponerlos a disposición judicial, guardan el más absoluto silencio. Una vez dentro del despacho, González Cuesta pide al inspector que tome asiento, mientras él busca algo en el interior de un enorme archivador de hierro colado. Instantes después, arroja sobre el tapete carmesí de su escritorio un papel doblado.

–Léalo, inspector, le interesa.

Benítez desdobla el papel. Se trata de un anónimo, escrito a lapicero y plagado de faltas de ortografía. En él se denuncia una conducta de todo punto reprobable de uno de los empleados civiles del resguardo de consumos de la Puerta de San Vicente.

–¿Se ha pasado parte al comandante del resguardo?

–Aún no –contesta González Cuesta, mientras frota una cerilla contra el canto de una fosforera.

73

–¿Puedo saber el motivo de por qué no ha sido informado el oficial al mando?

–Tratándose de su cuñado –contesta el secretario, después de encenderse de nuevo el cigarro–, he creído oportuno que hable usted primero con él. Si nos asegura que no volverá a ocurrir nada parecido a lo que dice ese papel, podemos evitar que sea cesado. Le recuerdo, por si lo ha olvidado, que el señor Bejarano no tiene derecho a percibir haber alguno en caso de cesantía.

–Entiendo. Y a cambio de esa deferencia que usted tiene con mi cuñado Manuel, yo...

–Mire, Benítez –replica el secretario, esbozando una sonrisa condescendiente tras la nube de humo que le envuelve–, si el general O'Donnell cae, caemos todos. Su propio yerno, el señor gobernador y yo mismo tuvimos parte importante en la revolución, pero nuestros empleos no son los únicos que peligran si la reacción vuelve al poder. ¿O ya ha olvidado qué hicieron con usted en el 56? Que Leal Romero nos retire su apoyo es lo de menos. Lo han hecho ya Pacheco y Ríos Rosas, que tenían mucho más peso en el partido, y aquí paz y después gloria. Lo que su excelencia desea, necesita, más bien, es saber con qué diputados se ha reunido Romero y qué piensan hacer tras la apertura de Cortes. ¿Comprende? Así que consiga la información. Por el conducto que prefiera, pero consíganosla. Tiene de plazo hasta el miércoles por la tarde. Dos días y pico. Seguro que le sobran la mitad.

Cuando sale del Gobierno Civil, soplan frías y secas ráfagas de viento, aunque, al menos, el cielo se ha despejado en parte. No obstante agradece haber echado la capa sobre la levita. Plantado en mitad de la acera, a las puertas del palacio de Cañete, permanece inmóvil, asimilando el desinterés de González Cuesta sobre un crimen del que todo Madrid habla. Hasta que el cantarín pregón de un vendedor ambulante le pone en movimiento y, tras comprarle cuatro buñuelos de a ochavo, mucho menos *calentitos* de lo que prometía la voz de pito del joven

74

vendedor, se encamina hacia la plazuela de la Villa, donde toma un coche de punto.

El simón entra en la calle del Pez, en el distrito de Universidad, justo cuando en la campana de la cercana iglesia de San Plácido dan las diez de la mañana. Dobla la campana de esta vieja iglesia remedando el toque de difuntos en recuerdo de un episodio –suceso histórico con ribetes de leyenda, leyenda con esqueleto histórico– que atañe a Felipe IV y a una hermosa monja del convento de San Plácido.

Instantes después de que se extinga el lúgubre toque de campanas, Benítez se apea frente a una casa de viviendas situada casi en el cruce de la calle del Pez con la Corredera Baja de San Pablo.

A través de los cristales levemente tintados de las lentes que se ha puesto antes de bajar del simón, Benítez contempla un estrecho edificio de tres plantas y modesta apariencia cuya fachada parece haber sido recientemente remozada. Frente al escaparate de una pequeña tienda de cestos que ocupa un local de la planta baja, dos muchachuelos envueltos en harapos fantasean con poder adquirir algún día esa cabeza de toro que, entre cestas de mimbre, se exhibe tras el escaparate. Con el recuerdo de los lejanos días de la infancia en los que jugaba al toro, en la plazuela de Santa Ana, con su amigo Francisco Javier Calzada, el inspector Benítez penetra en el estrecho vestíbulo y explica a la portera el motivo de su visita. Apenas ha puesto un pie sobre los carcomidos peldaños de la escalera cuando en el primer rellano aparece la alta y corpulenta figura de un joven aguador que lleva a cuestas una enorme cuba de madera. Benítez recula unos pasos, obligado por las estrecheces, espera a que el fornido azacán despeje las escaleras y sube corriendo hasta la tercera planta, sin apenas fatigarse.

–¿En qué puedo servirle, caballero? –pronuncia una voz femenina tras la puerta del tercero derecha.

–Buenos días, señora. Soy el inspector José María Benítez –contesta el policía, mostrando, a través de las lágrimas abiertas en la mirilla circular, el dorado puño de su bastón en el cual están grabados su cargo y destino–. ¿Trabaja en esta casa una joven llamada Engracia Fernández?

Al instante se abre la puerta y en el umbral aparece una señora de unos cuarenta y cinco años, de delicadas facciones, preciosos ojos negros y unos graciosos hoyuelos flanqueando unos labios carnosos que le recuerdan a los de Lorenza.

–Sí, señor inspector –responde la atractiva señora, envuelta en una bata de buena tela, aunque bastante desgastada–, pero no está en casa. Salió el jueves para Guadalajara y aún no ha regresado. Pero entre usted, por favor, no se quede en la puerta.

El espacio que hace las veces de recibidor es, en realidad, la boca de un largo y oscuro pasillo que recorre toda la vivienda y en el que apenas si cabe un perchero en el que Benítez ha dejado su capa, bastón y chistera. La señora Campos conduce al policía hasta una sala que queda al final del pasillo, un saloncito pobremente amueblado, aunque extremadamente limpio. Se respira el buen gusto de una persona que, aunque ahora atraviese por estrecheces, ha debido de vivir tiempos mejores. En el hueco que queda entre los dos pequeños balcones que dan a la calle del Pez se distingue una porción de entarimado de distinta tonalidad al resto, tal vez ocupada hasta hace no mucho por una lujosa consola de caoba que ahora estará a la venta en alguna prendería de la cercana calle Tudescos. Las paredes no ostentan cuadros ni láminas, aunque sobre una estantería, que alberga media docena de libros, reposa una fotografía enmarcada en plata de la señora Campos junto a un hombre al menos veinte años mayor que ella. Colocados junto a la habitual balaustrada con cortina que emplean los fotógrafos en sus estudios, el anciano, que mira con orgullo al frente, está sentado en una butaca y sostiene un bastón con una mano, mientras que ella está de pie, ligeramente inclinada hacia el caballero, a quien contempla con ternura y sobre cuyo hombro apoya una mano. Bajo la estantería, al pie de una mesa de costura con un montoncito de pañuelos de seda bordados, hay un cesto grande que sugiere que en esa casa se cose para afuera.

–Tome asiento, por favor. ¿Puedo ofrecerle algo de beber?

–No, muy amable –contesta el policía, mientras toma asiento en una vieja silla de Vitoria–. Dígame, señora...

–Campos. Ana Isabel Campos Arellano, para servirle.

–Dígame, señora Campos, ¿para cuándo esperan a la muchacha?

–Para esta tarde, llega en la diligencia de Guadalajara a las cinco.

–¿Y dice usted que lleva fuera desde el jueves?

–Así es, inspector. Se ofreció a tomar el ferrocarril el domingo, pero lo dijo con la boca pequeña. Le impone un poco de respeto eso de los caminos de hierro, ¿sabe?, así que le di permiso para volver como acostumbra, en la diligencia. Pero dígame, por favor, ¿le ha ocurrido algo?

–No, no. No se trata de ella. Investigamos un robo cometido en la carrera de San Francisco y al parecer Engracia tenía bastante amistad con la criada de la casa donde han robado.

–Debe de tratarse de Lorenza, una muchacha de Brihuega, alcarreña como nosotras.

–¿Conoce usted personalmente a Lorenza?

–Sí, claro, viene mucho por aquí. Yo enseñé a leer a Engracia y cada vez que Lorenza recibe carta de su hermano viene para que ella se la lea. Precisamente hace un par de domingos estuvimos un ratito charlando.

–¿La notó algo extraño? ¿Alguna preocupación?

–Ahora que lo dice, sí que le noté algo raro. Había invitado a Engracia a la inauguración de la temporada de baile en el Salón de Capellanes y, pese a que suele ser una chica muy alegre, no me dio la impresión de estar muy entusiasmada con la salida. No sé, tal vez sean solo imaginaciones mías.

–¿Sabe usted si fueron acompañadas?

–No, fueron ellas dos solas, pero conocieron a un par de jóvenes con los que estuvieron buena parte de la noche. Engracia es como de la familia. Lleva casi desde niña conmigo y me tiene mucha confianza.

–¿Me puede decir algo sobre esos dos jóvenes a los que conocieron?

–No mucho, inspector. Que les convidaron a cenar en el ambigú, eso sí. Engracia estuvo días dando la matraca con lo buena que preparan la tortilla de patatas allí. Pero por favor, inspector, dígame, ¿qué ha pasado?

–Lamento mucho tener que darle la noticia, señora, pero Lorenza Calvo ha sido asesinada.

–¡Dios mío! ¿Lorenza, muerta? ¿Han cogido al asesino?

–Aún no. Por eso estoy aquí: para ver si su criada sabe algo que nos sea de ayuda. ¿Sería usted tan amable de pedirle que se persone en estas señas en cuanto regrese?

–Por supuesto, inspector, yo misma iré con ella nada más verla entrar por la puerta.

Benítez agradece con un gesto la actitud de la alcarreña y, tras sacar de un bolsillo de la levita el reloj de oro que su esposa le regaló para celebrar su nombramiento como secretario del Gobierno Civil de Badajoz, se recuerda para sus adentros que a su excelencia no le gusta un pelo que le hagan esperar.

V
Ortega Morales

Hoy hace una semana exacta del batacazo. González Cuesta, con un habano en la boca, leía, sin mucho interés, el parte de incidencias de la noche del domingo cuando, sin levantar siquiera la mirada del papel, soltó la noticia.

–Mañana saldrá publicado oficialmente el nombre del nuevo secretario de su distrito. Su excelencia ha creído oportuno que se enterase usted a través de nosotros y no de la prensa.

–Enterarme de qué.

El rostro de Benítez era la viva imagen del desconcierto.

–Hemos hecho todo lo que ha estado en nuestra mano para que nombraran secretario al oficial que usted recomendó.

–El oficial al que se refiere es el señor Luis Fernando Fonseca Latorre y lleva desde el año 44 trabajando a mi lado.

–Me hago cargo, inspector, pero qué quiere que le diga, altas influencias han sido determinantes para darle el puesto a otro.

–¿Altas influencias?

–El nombre del elegido viene directamente del Ministerio de Gobernación. Alguien a la diestra de Posada Herrera.

–¿Conozco al recomendado?

–No lo creo. Tal vez su sobrino lo conozca. Tengo entendido que ambos se doctoraron el mismo año.

–José Francisco se doctoró en el 54.

–Sí, el año de la revolución, me consta, con veintidós años. Todo un logro. El señor Ortega también se doctoró en el 54, aunque es algo mayor que su sobrino.

–¿Ortega qué más?

–José Eduardo Ortega Morales.

–¿Y qué cargo ocupa actualmente el señor Ortega Morales?

–Oficial primero en el Gobierno Civil de Málaga. La familia de su madre es muy conocida allí. Quizá haya oído hablar de un tío abuelo, el señor...

–¿Tiene experiencia en algún cuerpo de policía? –interrumpió Benítez con indisimulada acritud.

–No, pero es un joven brillantísimo –enfatizó González Cuesta, con el rescoldo de la sonrisa aún latiéndole en la boca–. No tanto como su sobrino, claro, pero ya verá usted como, en dos días, se pone a la altura del cargo. Además, el señor Ortega ha dado sobradas muestras de...

–¿Y qué le digo yo ahora a Fonseca? –volvió a interrumpirle el policía.

–¡Y a mí qué me cuenta, inspector! Bastante debía imaginarse usted que, a pesar de su recomendación, el nombramiento de ese Fonseca no iba a ser nada fácil.

–¿Desde cuándo lo saben?

–No creo que eso sea de su incumbencia, inspector. Yo ya he cumplido con mi encargo.

–Muy bien. ¿Algo más, señor Cuesta?

–Sí. El señor Ortega tomará posesión del cargo el lunes próximo. Su excelencia le ha citado aquí a las once para presentárselo. Sea puntual, por favor. Ya sabe que al señor gobernador no le gusta ni un pelo que le hagan esperar.

–Puntual como un clavo. No se preocupe.

Eso fue el pasado lunes y, hoy por fin, tiene frente a sí al chupatintas que le han endiñado desde las altas esferas. Al menos, el gobernador, después de hacer las presentaciones y de ponderar lo indecible la capacidad del malagueño, ha tenido la deferencia de pedirle que le ponga al día sobre lo ocurrido la pasada noche. Benítez comienza a informar sobre los pormenores de la investigación con buena predisposición y ánimo, un buen humor que se evapora tras comprobar que el gobernador tiene la cabeza en cualquier otro sitio menos en la carrera de San Francisco. Tal vez el mismo sitio donde esté el pensamiento de su acólito, González Cuesta, que ni siquiera disimula su indiferencia. Solo el nuevo de la pandilla, José Eduardo Ortega Morales –alrededor de los treinta y tres años, de buena planta, pelo negro muy corto y bigote demasiado fino para su rostro de facciones grandes– aparenta cierto interés. El interés del recién llegado. Del que aún no ha tenido la oportunidad de demostrar su valía. Un interés de cortesía. Forzado. Así que Benítez abrevia todo lo posible el informe, rematándolo con un «le mantendré puntualmente informado, excelencia», que pone fin a los viajes mentales del señor gobernador de la provincia y su secretario.

Minutos después, mientras el inspector Benítez cruza a pie la calle Segovia acompañado de Ortega Morales, en el otro extremo del distrito, Luis Fernando Fonseca atraviesa el corredor más alto de una humilde casa de vecindad de la calle del Águila, muy cerca del campillo de Gil Imón, en el que esta mañana, a medida que el cielo se iba despejando, una tropa de mujeres ha sacado a tender sus ropas al sol.

Fonseca avanza hasta la penúltima puerta de la galería, se detiene frente a ella y golpea en la madera con rudeza. Espera apenas un par de segundos, vuelve a llamar con idéntico resultado y se asoma a través del oxidado alambre que cubre los cristales de la única ventana del cuarto.

–No se moleste –advierte una vecina en el umbral de la última puerta del corredor, una mujer gorda de doble papada que lleva la cabeza envuelta en un grasiento pañuelo de hierbas y la barriga cubierta con un delantal sembrado de lamparones.

–Buenos días, señora. ¿Vive aquí un tal Nicolás Vilanova?

–Sí, señor, ahí mismo vive, pero *sa marchao* esta mañana y con pinta de irse *pa* rato –contesta la vecina, detrás de cuyo mantecoso cuerpo ha aparecido una muchacha de veinte y pocos años con la cara pálida, la mirada sombría y una barriga de siete u ocho meses de embarazo–. Llevaba un bulto en cada

81

mano y a la espalda una mochila *parecía* a la que usan los *melitares*.

–¿Ha dicho adónde iba?

–Quia. Si no me ha *dao* tiempo siquiera a decirle «con Dios». Cuando me he *asomao* a la baranda, iba ya saliendo del patio.

–¿Es usted de la policía? –pregunta una voz a espaldas de Fonseca.

–Puede –contesta el oficial, girándose hacia donde ha aparecido una mujer muy delgada con la melena desgreñada–. ¿Por qué lo pregunta?

–*Güenos* días, Maripaz –dice con una sonrisa burlona la vecina del delantal–. ¡Qué madrugadora estás hoy! ¿Hubo caza anoche?

–Lo pregunto porque servidora sabe *argunas* cosillas del Nicolás que *puen* interesar mucho a la policía –añade la delgaducha, haciendo oídos sordos al malintencionado saludo de su rolliza vecina.

–Yo también sé cosas del Nicolás, señor agente –interviene la primera mujer–. Por de pronto sé que, hace unas semanas, terminó con un ojo a la funerala por intentar quitarle a esta y al *marío* la afición al tintorro. ¿No es verdad eso, Maripaz?

–*Pa* mala afición, la de tu Juliana a *espatarrase* con marido ajeno, pedazo de bocona.

–*Mía,* grandísima gandula, borrachuza, a mi Juliana ni se te ocurra mentarla si no *quies* que *t'arranque* las greñas de cuajo.

–¿Tú o el chulazo ese al que mantienes, tía zorrona, pendonazo?

–Eso no me lo repites cuando *saya* ido la *autoredá,* comegatos, borrachuzona.

–¡Silencio, cojondrios! –ruge Fonseca, dando un vigoroso porrazo en la puerta–. Silencio las dos ahora mismo o me las llevo de un puntapié a la prevención. ¿Estamos?

Para cuando Benítez y el nuevo secretario llegan a Tabernillas, 17, el inspector ha tenido tiempo de describirle al detalle cómo funciona el servicio de vigilancia pública de Madrid, de soltarle de corrido, como el colegial que recita la lista de reyes godos, la relación de obligaciones y conductas punibles del último reglamento de policía y hasta de aconsejarle un par de lugares donde poder almorzar decentemente en las cercanías de la inspección. Sobre el crimen cometido la noche anterior en la casa de los Ribalter, pese al más que evidente interés de Ortega, apenas si le ha referido lo que en unas cuantas horas todo Madrid podrá leer en la prensa de la tarde. Ortega, por su parte, no ha intentado que Benítez abundara en detalles, y eso que se ha ahorrado porque, de momento, su nuevo jefe no tiene en mente hacer partícipe de la investigación a un neófito sin experiencia policial.

En la sala de oficiales, se encuentran Domínguez y Fernández Carmona, junto a tres escribientes y un ordenanza, todos los cuales, sin excepción, reciben al nuevo secretario con manifiesta frialdad.

Benítez le muestra a Ortega el escritorio que tiene asignado, le entrega la llave del cajón y pide a Domínguez que le enseñe las dependencias.

—Cuando se haya instalado y le hayan enseñado esto, pase a mi despacho.

—Sí, señor —responde Ortega, con la misma expresión de complacencia que lleva pintada en el rostro desde que han sido presentados.

—Carmona, pase a mi despacho, por favor —dice Benítez.

Fernández Carmona toma un papel de su mesa y va en pos de su jefe.

—Carmona, ¿se ha acercado usted a la cordelería? —pregunta Benítez, mientras coloca la capa, la chistera y el bastón en el perchero.

—Sí, señor, me he acercado a la cordelería del Humilladero, como usted me ha dicho, y a otra de la calle de Toledo. He creído oportuno tener una segunda opinión.

—¿Y qué le han dicho?

—En las dos lo mismo, inspector: que la cuerda la puede haber confeccionado cualquier cordelero de Madrid o de fuera, pero que se trata de una cuerda de buena calidad y que el tipo de trenzado es el que suele darse a las cuerdas de gran resistencia, como las que emplean mozos de almacén, albañiles, mozos de cordel y otros oficios por el estilo.

Benítez se queda unos segundos contemplando a su oficial. Hace menos de tres años que está a su cargo, los mismos que él lleva en La Latina, pero parece un hombre totalmente distinto a aquel joven sevillano, recién licenciado en Leyes, que llegó a la Corte con la intención de doctorarse y tratar de hacerse un hueco en el mundo de la política. Un abismo separa al despreocupado vivalavirgen de entonces del meticuloso policía que ahora tiene frente a sí. El abismo abierto tras leer la carta de su cuñada en la que le informaba de la muerte de su único hermano en la guerra de África.

–Buen trabajo, Carmona –dice Benítez, pese a que lo primero que le viene a la cabeza es que la información es demasiado genérica como para serles de ayuda–. Ahora, si es usted tan amable, necesito que se ocupe de algo.

Benítez le explica lo que ha averiguado en casa de la señora Campos y le encarga procurarse una relación de todos los empleados que trabajan las noches del domingo en el Salón de Capellanes.

Minutos después de que Fernández Carmona haya abandonado el despacho, aparece el nuevo secretario.

–¿Qué me dice, señor Ortega? ¿Se imaginaba así su nuevo lugar de trabajo?

–En absoluto.

–¿Tanto le ha decepcionado la inspección?

–Todo lo contrario, inspector. Me he llevado una grata sorpresa. Debería usted ver cómo son las comisarías de Málaga, al menos la que yo conozco.

–Tenía entendido que no había trabajado para la policía hasta ahora.

–Y no lo había hecho, inspector, pero desde que se me notificó el nombramiento he pasado todo el tiempo que he podido en la comisaría del segundo distrito de Málaga: un celador de policía, buen amigo de mi padre, ha sido tan amable de enseñarme cómo trabajan allí y ya quisieran tener la mitad de orden que hay en esta oficina.

–Me alegra que su primera impresión haya sido buena. Veremos si sigue pensando lo mismo al final del día.

–Precisamente de eso quería hablarle, inspector.

–Soy todo oídos, señor Ortega.

–Se trata del asunto de la carrera de San Francisco. Me gustaría ayudar en el caso. ¿Quiere que me revise el expediente?

–Agradezco su buena disposición, señor Ortega, pero todo el que trabaja a mis órdenes, me da igual su formación académica, su experiencia profesional o a quién le deba el nombramiento, ha de empezar del mismo modo: pateándose la calle hasta conocerse al dedillo cada esquina del distrito. Ese es el catón de nuestro oficio.

–Por supuesto, inspector.

–Quiero que entre hoy y mañana acuda a todos y cada uno de los establecimientos de hospedaje del distrito. Asegúrese de que los libros de registro están en orden. Que no haya ni un alma alojada en La Latina sin estar registrada en la inspección. Domínguez le acompañará. Lleva más de diez años viviendo en el distrito. No se me ocurre mejor cicerone que él.

–Como usted considere, inspector –responde Ortega, sin que Benítez pueda leer en su rostro el menor atisbo de decepción–. De todas formas, si no tiene inconveniente, al acabar mi jornada de trabajo me gustaría echarle un ojo al expediente del caso.

–Claro, hágalo, aunque sea a beneficio de inventario.

Cuando se dispone a dar por concluida la entrevista con el malagueño, se oye un golpeteo de nudillos en la puerta y aparece Fonseca.

–Adelante, señor Fonseca. Le presento al señor Ortega, el nuevo secretario de la inspección.

Ortega Morales se levanta para estrechar la mano de Fonseca, quien, contra lo que pudiera esperarse, brinda una efusiva y aparentemente sincera bienvenida al recién llegado.

Los ojos de Ortega se inundan de gratitud y el inspector Benítez, pese a su escasa predisposición para mostrarse amable con él, no puede evitar sentirse contagiado por la buena actitud con que Fonseca ha acogido al hombre que viene a desplazarle del cargo que él ha ocupado interinamente durante los últimos meses. El joven por el que el veterano policía pasa hoy mismo a ser un mero oficial más de los tres que están bajo su mando.

–Cuéntenos, señor Fonseca, ¿algún adelanto? –pregunta Benítez, una vez que el recién llegado ha tomado asiento en una de las dos sillas que quedan frente a su mesa.

–Algún hilillo del que tirar, inspector. Ya veremos en qué acaba.

–Empiece con la cocinera. ¿Le ha sacado algo?

–Sí: que de la puerta de la cocina para fuera ella no sabe nada de nada. Le he preguntado sobre Lorenza, si la vio alguna vez salir de la portería, si se entendía con alguien o si se le conocía algún pretendiente y a todo me ha dado la misma respuesta.

–Que de la puerta de la cocina para fuera... –adivina Benítez.

–Eso mismo, inspector. Además me ha parecido que se pensaba demasiado las respuestas y durante toda la entrevista apenas me ha mirado directamente a los ojos salvo cuando le preguntaba por algún asunto que no tuviera que ver con Lorenza.

–¿Vive en el distrito?

–No, en la calle de la Espada.

–Habrá que dejarse caer por la inspección de la Inclusa a ver qué nos cuentan de ella.

–Ya lo he hecho, inspector, me he pasado nada más salir de casa de los Ribalter.

Benítez, con una enorme y complacida sonrisa de satisfacción decorándole los labios, dedica una fugaz mirada a Ortega. No está en su ánimo hacerle la situación más difícil de lo que ya de por sí es, pero celebra que quede bien patente que el hombre a quien él había recomendado, pese a sus maneras algo rudas en ocasiones, es un policía de primera. Un policía con larga experiencia que merecía el puesto de secretario más que cualquier otro.

–La cocinera está más limpia que una patena, pero... –hace una breve pausa, que acompaña de un visaje algo teatral– la buena mujer está casada con un pieza de cuidado.

–¿Con antecedentes?

–Nunca ha estado preso, inspector, pero se junta con muy malas compañías. ¿Recuerda a los que prendieron en mayo intentando robar en un comercio de la calle de Postas?

–Sí, unos alcantarilleros de Avapiés.

–Esos mismos, jefe. Pues, hasta que los alcantarilleros cayeron presos, al marido de la cocinera se le solía ver muy a menudo con el cabecilla de la banda.

–¿Cómo se llama?

–Manuel Calatrava.

–¿Y qué ocupación tiene el tal Calatrava?

–Está empleado de cochero de punto, en la plazuela del Progreso, aunque, como siga así, la colocación le va a durar poco.

–¿Por?

–Pues porque bebe tintorro sin tasa estando de servicio, porque ha tenido más de una pelotera con los pasajeros y porque, esto es lo más gordo, hace unos meses atropelló a un recadero al sacar el simón de las cocheras.

–¿Fue grave?

–Se pasó seis semanas en el Hospital General, aunque al final la cosa no llegó a los tribunales. Parece que Calatrava le soltó un buen montante y todo quedó arreglado entre ellos.

–Habrá que hacerle una visita a ver por dónde respira. ¿Ha averiguado algo más?

–Claro, jefe. Lo bueno viene ahora.

Benítez enarca las cejas mientras deja que se le dibuje una amplia sonrisa en los labios.

–Nicolás Vilanova, el sobrino del portero, ha ahuecado el ala.

–¡Cómo!

–Se ha marchado esta mañana. Con varios bultos. Pero eso no es todo, jefe, la vecina que vive en el cuarto de al lado asegura que desde hace un tiempo hay muchas noches que en la habitación del muchacho se oyen conversaciones entre dos hombres, aunque luego ella no ha visto ni sentido salir nunca del cuarto a nadie que no fuera Vilanova.

–Estaría dormida. O borracha.

–No digo yo que no, jefe, pero lo que ella me ha dado a entender es que alguna noche se la ha pasado entera en vela y del cuarto de su vecino no se ha sentido salir a nadie.

–Inspector, si me permite una pregunta –interviene Ortega.

Benítez se limita a asentir levemente con la cabeza, sin ocultar el fastidio.

–¿Le ha dicho exactamente desde cuándo oía las voces? –pregunta, dirigiéndose a Fonseca.

–Desde finales de agosto, cree recordar.

–Lo digo porque coincide con las fechas en que se supone que entraron en Madrid algunos de los prófugos de Loja –explica Ortega–. ¿Se conoce la filiación política de ese hombre?

–Señor Ortega –replica Benítez con aspereza–. Ni esto es el Gobierno Civil de Málaga ni aquí se está persiguiendo a agentes republicanos, socialistas, protestantes o lo que quiera que fueran esos campesinos andaluces a los que han mandado a construir carreteras a Santo Domingo. Está usted en Madrid, en la inspección de La Latina y nuestra prioridad ahora es investigar quién le ha cortado el cuello a una muchacha que trabajaba para la familia Ribalter.

–Con todos mis respetos, inspector Benítez –replica Ortega con una expresión en su mirada que transmite una enorme seguridad en sí mismo–, precisamente por eso me he permitido hacer la observación. Si Vilanova se ha marchado porque escondía en su cuarto a un prófugo político, es mejor saberlo cuanto antes, ¿no cree usted? Para no andar dando palos de ciego y descartar a un posible sospechoso, quiero decir.

Durante un brevísimo instante, con la mirada fija en el rostro bronceado de facciones grandes y fino bigote del nuevo secretario, Benítez duda entre si sus palabras expresan lo que verdaderamente piensa o si se trata de una salida que el malagueño ha improvisado sobre la marcha para no contrariar a su superior. Sea como fuere, Ortega Morales parece un tipo espabilado y Benítez es de los que piensan que dos inteligencias juntas son mucho más que la suma de sus capacidades individuales.

–Lleva razón, señor Ortega. Si Vilanova se ha marchado por algo que no tenga que ver con el caso, cuanto antes lo sepamos, mejor. ¿No quería usted participar en la investigación? Pues ahí tiene su oportunidad. Échele una lectura rápida al expediente y después vaya a ver qué más averigua en la calle del Águila. Que le acompañe el señor Fonseca. A las tres estoy citado con el juez, así que quiero un parte por escrito en mi mesa a las dos y media a más tardar. Yo voy a hacerle una visita al portero antes de que le suelten. A ver si consigo sacarle algo.

No es la primera vez que experimenta esta sensación, aunque pocas veces antes ha sido tan intensa como ahora. Con frecuencia, tras cruzar una simple mirada con un sospechoso, hay algo en él, en su rostro, en sus gestos o hasta en su postura, que le permite saber de antemano si el interrogatorio va a ser fructífero o si el individuo en cuestión no va a soltar prenda. El portero de los Ribalter no va a decirle nada comprometedor. Está completamente seguro. De todas formas, tiene que intentarlo.

Mientras trasladaban al señor Casimiro a la sala de interrogatorios, un cuartucho de paredes enmohecidas en el que apenas si caben una mesa y dos sillas, el comandante de la prevención le ha informado de que José Antonio Ribalter ha venido a verle en dos ocasiones a lo largo de la mañana. No se ha podido entrevistar con él, pero de algún modo su patrón le ha transmitido su total apoyo. Su cara, se dice Benítez antes de romper a hablar, refleja la certeza de que en unas horas estará en la calle, así que mejor desviar el foco del interrogatorio fuera de su persona.

–Señor Colomer, ¿le han informado ya de lo de su sobrino?

–¿A qué se refiere, inspector? –replica de inmediato el portero sin que su rostro refleje la más mínima preocupación.

89

–¿Nadie le ha dicho que esta mañana Nicolás se ha marchado de su casa con aspecto de ir a estar ausente durante unos días?

–¿Y eso cómo lo saben?

–Llevaba una mochila.

–A veces se pasa el día en el campo. Le gusta mucho estudiar las plantas.

–¿Con su tío encerrado en la prevención?

–Pedí a mis señores que nadie le dijese que estaba preso. Habrá dado la casualidad de que tenía proyectada una gira al campo.

–¿Vive con alguien en el cuarto de la calle del Águila?

–No, que yo sepa.

–¿Por qué se fue de la casa de los Ribalter?

–Cosas de la edad. Dijo que quería valerse por sí mismo.

–¿Y se vale?

–Yo no le doy ni un ochavo.

–¿Cómo se gana la vida?

–Escuche, inspector, no se lo tome usted a mal, pero si quiere seguir preguntándome cosas sobre mi sobrino va a tener que estar presente el señor juez.

Preveía el escollo, aunque se ha presentado un poco antes de tiempo. No importa, la falta de colaboración también es un hecho a tener en cuenta. Algo sabe, señor Casimiro. Algo me oculta. Durante unos segundos Benítez se limita a expresar mediante su silencio que su actitud le acarreará más problemas de los que ya tiene. El portero le sostiene la mirada sin inmutarse.

–¿Sabe que si está ocultando información se le juzgará por encubridor?

–No tengo nada más que decirle, señor inspector.

–¡Guardias!

Se abre la puerta y aparece un guardia civil veterano.

–Devuelvan al detenido a los calabozos –ordena Benítez.

VI
Tunantes de marca mayor

Cuando Benítez saca el reloj del bolsillo del chaleco faltan quince minutos para las tres de la tarde. Apura su vaso de café con leche y pide la cuenta al joven camarero que atiende en el entresuelo del Café del Gallo, situado junto a la escalerilla que, desde la Plaza Mayor, conduce a la Cava Baja de San Miguel. La oscura losa que cubría Madrid esta mañana se ha ido deshaciendo poco a poco a medida que avanzaba el día y solo alguna que otra nube blanquecina se desliza por el cielo azul, privando de sol por breves momentos a la abigarrada multitud que puebla la plaza.

Avanza junto a los soportales del sur y, mientras lo hace, no puede evitar que le vengan a la memoria las distintas ocasiones en las que, a lo largo del siglo, la Plaza Mayor ha sido designada unas veces con el nombre de plaza de la Constitución, otras con el de Plaza Real, según Fernando VII fuese obligado a capitular por los liberales o estos tuviesen que agachar la cabeza ante el despótico Borbón.

Con la dolorosa conciencia de toda la sangre que ha sido necesario derramar para llegar a la España constitucional en la que vive, Benítez abandona la Plaza Mayor por el arco de la calle Gerona, con sus tiendas de paños, sedas y cintas, y entra en la plazuela de la Provincia, justo cuando el ostentoso carruaje de un alto magistrado de la Audiencia Territorial de Madrid se detiene frente a la portada principal del palacio de Santa Cruz.

La plazuela de la Provincia es una de las muchas plazuelas del distrito de Audiencia, las cuales o bien son el resultado de un mero ensanchamiento en el cruce de dos calles o bien se han formado tras el derribo de algún convento desamortizado por el Ministerio Mendizábal, durante la regencia de María Cristina. Benítez atraviesa la concurrida plazuela con la mirada fija en una de las dos torres que flanquean la fachada de ladrillo visto y granito del palacio de Santa Cruz: la torre que hace esquina con la calle de Santo Tomás. Esta torre, como su gemela de la calle del Salvador, estuvo coronada por un chapitel de pizarra hasta que un incendio ocurrido el siglo pasado lo destruyó. El policía se detiene un par de segundos para contemplar la desmochada torre, perfecta representación de este Madrid a medio hacer en el cual le ha tocado existir.

Un par de minutos antes de que el reloj de la iglesia de Santo Tomás dé las tres de la tarde, el inspector penetra en el palacio de Santa Cruz. Este sobrio edificio, construido en el siglo XVII como cárcel de Corte, se articula alrededor de dos grandes patios enlosados separados uno de otro por una monumental escalera de piedra que conduce a la planta superior, ocupada antaño por la Sala de Alcaldes de Villa y Corte y hoy por la Audiencia Territorial de Madrid. Ambos patios, en sus dos pisos, están rodeados por dos amplias galerías abovedadas. En torno a las galerías de la planta baja se distribuyen los juzgados de primera instancia, los despachos de jueces de instrucción y las escribanías de la villa.

Benítez se encamina, por la galería que circunda el patio oeste, hacia el despacho del juez de primera instancia de las Vistillas. Sus grandes zancadas retumban sobre el inmenso laberinto de pasillos y sótanos que se extiende bajo sus pies. Las pisadas resuenan como si las entrañas del edificio trataran de librarse de los lamentos que han acumulado a lo largo de sus doscientos años de existencia.

Tras casi media hora de espera, el inspector Benítez se halla, por fin, ante la enorme mesa de Pérez Elgueta, quien, mientras le indica con una mano que tome asiento, hunde las mejillas de su alargado rostro para aspirar el humo de un aromático cigarro habano.

—Dígame, inspector, ¿cómo van sus pesquisas?

–Tal vez no tenga relación con el crimen, señoría, pero creo que, antes que nada, debería informarle de algo.

–Cuénteme, Benítez.

–El señor Casimiro tiene un sobrino que hasta hace unos meses ha compartido con él la portería y que ahora vive en una casa de vecindad en la calle del Águila.

–Pues a buen seguro que ha salido perdiendo con el traslado. ¿Saben por qué dejó la portería?

–No, señoría, hace un rato he ido a la prevención a ver qué contaba el señor Casimiro y no ha soltado prenda. El caso es que esta mañana se ha visto a Nicolás Vilanova salir con unos bultos de su habitación, como si no pensara volver por el momento.

–¿Cuál es su ocupación actual?

–Hasta junio pasado ha estado cursando Medicina, con muy buenas calificaciones, que es de las pocas cosas que su tío ha tenido a bien contar. No nos constaba trabajo alguno mientras se alojó con su pariente. En julio comunicó en la inspección su cambio de domicilio y, para justificar su modo de vida, nos dio las señas de una imprenta para la que dibuja.

–¿Y por qué ha dicho que no tiene relación con el caso?

–Que tal vez no tenga relación con el crimen, señoría, porque...

–Pues yo veo aquí un sospechoso como la copa de un pino –le interrumpe Pérez Elgueta–. Un joven que ha tenido la oportunidad de relacionarse con la criada muerta, que, tras irse de un sitio donde tenía techo y puchero de balde, no debe de andar muy boyante y que, por sus estudios, conocía con toda probabilidad el medicamento con que han drogado a la muchacha. Solo faltaba su desaparición para convertirle en el principal sospechoso. ¿No le parece a usted?

–La verdad es que todo lo que dice está muy puesto en razón, señoría.

–¿Pero?

–Aún necesitamos recabar más información, pero sospechamos que podía tener escondido en su cuarto a alguien.

–¿Y en qué sustentan esa sospecha?

–En su habitación se oía con frecuencia hablar quedo a dos personas, aunque luego nunca se ha visto salir de ella a nadie que no fuese Vilanova. Además, varios vecinos nos han dicho que últimamente se le veía bajar a descargar el orinal a las letrinas que hay en el patio con mucha frecuencia y a horas poco habituales.

–De acuerdo, había alguien escondido en su cuarto. Tal vez uno de los cómplices del robo.

–Pensamos que podía tratarse de alguien perseguido por motivos políticos, concretamente alguno de los cabecillas que consiguieron escapar de Andalucía tras los sucesos de Loja. Por las fechas en que comenzaron a oírse las voces, varios prófugos de la revuelta entraron en Madrid. Que Vilanova simpatiza con su doctrina parece más que probable. Por sus lecturas, porque frecuenta lugares donde se suelen reunir miembros del Partido Democrático y porque en la misma vecindad dicen que en cuanto tiene ocasión se pone a perorar sobre las sociedades de socorros mutuos, la unión de los obreros y cosas por el estilo.

–Pueden darse los dos extremos, inspector, que tuviese escondido a algún agitador socialista y que entre ambos hayan organizado un golpe para financiar su secta. Si mañana a primera hora no está de vuelta, registraremos su cuarto a ver qué se encuentra.

–Sí, señoría... ¿Y sobre el señor Casimiro? ¿Ha decidido ya qué va a hacer?

–Lo único que puedo hacer, inspector, firmar el auto de libertad –sentencia el juez, tras arrojar una salva de espirales de humo hacia el techo–. No tenemos nada de peso para proceder contra él. Unos cabellos de la víctima en su cama no bastan para mandarlo al Saladero. Eso sí, quiero que no descansen hasta averiguar qué hacían esos pelos en su cama. Si él o su sobrino se entendían con la criada, alguien debe de saberlo.

–Nos pondremos con ello, señoría.

–Muy bien. ¿Algún otro adelanto?

–Puede ser. Lorenza Calvo y otra muchacha alcarreña estuvieron el último domingo de octubre en el Salón de Capellanes y, al parecer, dos hombres a los que conocieron esa noche las convidaron a cenar. La amiga llega esta tarde de Guadalajara. En cuanto hable con ella, le informo de lo que me diga. No obstante, iremos a hablar directamente con los empleados de Capellanes que trabajaron esa noche. Por si la tal Engracia es también de *poc parlar*. Lo digo, además de por el portero, porque el señor Fonseca ha ido esta mañana a hablar con la cocinera de los Ribalter y, al parecer, ha tenido que arrancarle las palabras con tenazas.

–¿Se han informado sobre sus antecedentes?

–Más de diez años trabajando con los Ribalter sin dar un solo motivo de queja, aunque tiene una manchita que la afea un tanto: lleva unos años casada con un cochero de plaza bastante conocido por la policía.

–¿Por incumplir el reglamento?

–Por incumplir el reglamento repetidamente, por embriaguez y alteración del orden público, por atropellar a un viandante y porque se le ha relacionado con la banda de alcantarilleros que fueron prendidos en mayo.

–En la calle de Postas, lo recuerdo. Vamos, un tunante de marca mayor.

–Eso parece. Tiene asignada la plazuela del Progreso, así que aprovecharé que estoy cerca para ir a hacerle una visita.

En el solar en que se alzaba hasta hace un par de décadas el convento de la Merced se abrió, tras la desamortización eclesiástica de Mendizábal, una espaciosa y arbolada plaza con forma triangular que fue bautizada con el nombre de plazuela del Progreso. En este concurrido punto, antesala de los barrios bajos, hay dos paradas de coches de alquiler, una establecida en el extremo oriental de la plazuela, cerca del vértice del triángulo que se continúa con la calle de la Magdalena, y otra hacia poniente, entre las embocaduras de las calles de la Colegiata y del Duque de Alba. Frente a los simones estacionados en esta última parada de coches públicos, el inspector Benítez se deja arrastrar por un recuerdo de su adolescencia.

95

En algún lugar cercano al sitio que ahora pisa, estuvo hasta hace un par de décadas la celda monacal en la que vivió Tirso de Molina y que Benítez tuvo la ocasión de visitar con Francisco Javier Calzada, cuando ambos cursaban bachillerato en los cercanos Reales Estudios de San Isidro. Fue precisamente Calzada quien contagió al joven José María la manía por todo lo que tuviera que ver con la España de Felipe IV.

Una tarde, a la salida de clase, en el camino de vuelta a casa, Francisco Javier le habló sobre la precoz muerte del príncipe Baltasar Carlos, heredero al trono de Felipe IV, a los dieciséis años de edad, aquejado de unas fiebres que acabaron con su vida en apenas cuatro días. «He leído que pudo ser por haber estado con una ramera –comentó el joven Francisco Javier en aquella ocasión–. ¿Tú has estado ya con mujer?»

Fue precisamente aquella conversación la que, en vez de prender la mecha de la concupiscencia, como hubiera sido de esperar en dos chicos de su edad, despertó en ellos unas ansias locas de conocimiento.

¡Qué deseo de saber se despertó en los dos muchachos! ¡Qué placer al rebuscar en librerías y puestos de libros hasta dar con un volumen que les hablase de aquella España de dos siglos atrás, la España del lúbrico y veleidoso Felipe IV, aquel soberano con puntas de poeta que, solo muy al final de su vida, intentó tomar las riendas de un país en ruinas!

Aquella España los embrujaba y la geografía recorrida por el pícaro *Bachiller Trapaza*, en la célebre novela de Alonso de Castillo Solórzano, el periplo con el que soñaban al irse a dormir y que algún día, tarde o temprano, José María y Francisco Javier recorrerían juntos.

Dramas, poesías, novelas, anales, crónicas, relaciones, avisos de noticias, memoriales, libros de viajes, de botánica, de medicina, de astrología, de esgrima, vidas de soldados y de santos, libros devotos y de gastronomía, libros de indumentaria, de juegos, de usos y costumbres, de etiqueta cortesana, todo lo relativo a aquella España les fascinaba hasta tal punto que, sin darse cuenta, comenzaron a descuidar las materias que cursaban en el bachillerato.

El príncipe Baltasar Carlos, cuya estampa litografiada José María y su amigo llevaban siempre en el bolsillo del pantalón, se había convertido con el paso del tiempo en una especie de emblema de aquella amistad adolescente, de aquella afición común que empezó con el malogrado príncipe heredero y que, al menos para Calzada, acabó con Tirso de Molina.

Un buen día, mientras paseaban por Madrid, evocando leyendas de aquellos tiempos de capa y espada, en el momento más inesperado, Calzada le soltó la noticia de que abandonaba la Cofradía del Bachiller Trapaza. La noche previa su padre le había encontrado en su cuarto leyendo *El burlador de Sevilla,* que su amigo le había prestado esa misma mañana. El señor Calzada arrebató a su hijo la célebre obra de Tirso –en una edición de mediados del siglo pasado, un cuadernillo de no más de treinta páginas a dos columnas–, y no contento con hacerla trizas, le amenazó con ponerle a trabajar en una de las dos salchicherías de su propiedad si volvía a entrar en su casa un solo libro que no fuese recomendado por los profesores del Colegio Imperial de la Compañía de Jesús, como él seguía llamando a los Reales Estudios de San Isidro.

Si el príncipe Baltasar Carlos personificó el comienzo de la Cofradía del Bachiller Trapaza, Tirso de Molina representó el final.

Francisco Javier quería continuar los estudios. Deseaba con toda su alma estudiar Medicina para poder evitar algún día que muchachos de dieciséis años muriesen por unas fiebres producidas por Dios sabe qué y, por más que le doliese tener que hacerlo, renunciaba a sus actividades libreriles.

–¿Por qué no estudias tú también Medicina? –le preguntó su amigo.

–Sí –contestó José María–, yo también me matricularé en San Carlos.

Pero en un rinconcito de su cabeza, José María sabía que el veneno de los libros le impediría centrarse en una sola carrera. Había tantas y tantas cosas escritas, tantos volúmenes en los que aprender sobre los misterios de la vida, que difícilmente podría consagrarse en cuerpo y alma a un solo saber. Aunque se tratase de uno tan apasionante como el arte de sanar.

Al lado del inspector, sentada en una silla de tijera y arrebujada en un mantón con más remiendos que trozos de tela original, una vieja pregona su mercancía, devolviendo a Benítez al presente.

–Patatas cocidas, calentitas que queman, castañas *asás,* nueces riquísimas.

Antes de que la vendedora vocee de nuevo su pregón, frente a ella se planta un muchacho con la cara tiznada, un astroso pantalón de pana atado a la cintura con una soga de esparto y dos generosos agujeros en la punta de los zapatos.

–¿Quiere los fijos de la lotería, señora? Son solo dos cuartos.

–No, hijo, no; eso de la lotería es tan *pecao* como la baraja..., aunque claro, como el *gobernio* se beneficia... Pero tú no tienes la culpa de *na,* hijito. Siempre será mejor esto que ponerte a robar pañuelos en la Puerta del Sol.

–Antes me pongo a pedir limosna, señora. Robar es pecado, por más *necesidá* que uno tenga. *Pa* poder comer unos callos y dormir bajo techo, hago yo lo que no está en los escritos. Pegar carteles, bajarles la cesta a las lavanderas al río, ir a por arena, recoger colas de cigarro. Vamos, que hago lo que sea con tal de no dormir al raso. Lo que sea, menos agenciarme lo ajeno, se entiende. Eso sí que no, por la gloria de mis padres, que en paz descansen. Antes prefiero morirme de hambre en la calle que vivir entre rejas.

–Bien dicho, hijo, pero que *mu* bien dicho. ¿Cuál es tu gracia?

–Damián Ramírez Lafuente, señora. *Pa* servirle a *usté* en lo que sea menester.

–Anda, *salao.* Toma una chuletita de huerta, obsequio de la *señá* Juana.

El mozalbete, al ver entre sus ennegrecidos dedos la patata asada con que le ha obsequiado la vieja, se olvida de ofrecerle los fijos de la lotería al inspector y, tras dar mil gracias a la señora, se va más contento que unas pascuas.

Cerca de las cuatro y media de la tarde, Benítez decide dejar para otro momento la entrevista con el marido de la cocinera de los Ribalter. Se quita las gafas de cristales sin graduación levemente tintados y las aloja en su estuche, que guarda en la levita. Cruza la calzada, avanza unos pasos por la calle del Duque de Alba y se detiene unos segundos frente al edificio que hace esquina con la plaza del Progreso. Saca el portamonedas, extrae un peso de él y lo introduce por la rendija del cepillo de donativos que cuelga al lado de la puerta principal del edificio, en cuya planta baja está establecida la casa de socorro del tercer distrito de la Beneficencia de Madrid. Guarda el portamonedas en el bolsillo interior de la levita, arranca rumbo a su distrito y, apenas andados unos pasos, se cruza con un coche de punto con el número 87 rotulado en uno de los dos faroles de la testera. Benítez se gira en redondo y, después de volver a ponerse los lentes, regresa a la plazuela del Progreso para entrevistarse, por fin, con el cochero.

Manuel Calatrava es un cuarentón de estatura más bien baja, nariz chata y mirada insolente. Si ha tenido algo que ver con el golpe en la carrera de San Francisco, él no es, desde luego, ninguno de los dos hombres altos a los que se refirió anoche el ama de llaves. Salvo, claro, que usara zancos para disimular su altura, se dice Benítez, comprendiendo de inmediato lo enrevesado de su razonamiento.

Como muestra de respeto, el cochero se quita la deslustrada y sucia chistera de fieltro y la deja sobre el pescante. Sin embargo, mientras responde a las preguntas del inspector, aprovecha el tiempo para limpiarse con la punta de una navaja la mugre de los dedos.

–¿Dónde estuvo usted anoche entre las siete y las diez?

–Aquí cerca, en la taberna del tío Buenosvinos –contesta el cochero–. Por frente al sitio que solía frecuentar el Luis Candelas.

–En la calle Imperial, la conozco. ¿Cuánto tiempo estuvo allí?

–Desde las siete y media o cosa así hasta cerca de las once.

–¿Solo o acompañado?

–Acompañado, acompañado –contesta con aire socarrón, después de lanzar un enérgico soplido sobre la uña que acaba de limpiar–. Por *toos* los parroquianos del tío Buenosvinos. Ah, y por el tío Buenosvinos, se comprende.

–¿Sabe usted que lleva un farol sin rotular, señor Calatrava? –observa Benítez, señalando a uno de los faroles del coche.

–Justo iba a mandar mañana a que pusieran el número.

–Mi obligación es impedir que circule hasta que no lo haga. ¿Quiere que avise a esos guardias para que se lleven el coche?

Manuel Calatrava mira hacia la calle del Mesón de Paredes, por donde en ese momento se ve subiendo a una pareja de la Guardia Civil Veterana, cada número por una acera, como ordena el reglamento.

–Fui con un paisano mío, Bienvenido Torres Fresneda. Pocero del ayuntamiento. Calle del Calvario, 5, tercero derecha. A eso de las ocho nos sentamos a jugar al dominó con dos empleados del matadero. Uno de ellos se llama Faustino, aunque todos le dicen Cachiporra. Al otro le llaman Piernagorda. Pero no de chunga, que según parece en el pueblo de Córdoba donde nació se usa bastante ese *apellío*. Pues con el Cachiporra y el Piernagorda estuvimos el Bienvenido y yo *toa* la noche perdiendo una baza tras otra hasta que *enrededor* de las once lo dejamos por imposible. *To* legítimo, eh, no se vaya *usté* a pensar otra cosa. *Na* de dinero. Allí se apuesta con garbanzos.

–Hablando de dinero, ¿tiene usted alguna deuda?

–Ni un maravedí, a Dios gracias. Tengo por la mayor felicidad de la vida no deber dinero a nadie. Eso sí, mi esfuerzo me cuesta, que, en saliendo de jueves santo y viernes santo, aquí me tiene *usté* en el coche dando el callo, haga frío o calor, truene o granice.

–Eso cuando no está en la taberna o en sitios peores.

–Me gusta remojar los labios, eso no se lo voy a negar a *usté*. Y las hembras calentonas, con buena pechuga, más que un frasco de vino. Pero cuando se acaba el trigo, doy las buenas noches y arreo *pa* casa con la Nicanora... Jamás he pedido un cuarto prestado. Y menos *pa* vicios.

–¿Conocía usted a la criada que han asesinado en la casa en la que cocina su esposa?

–Un día que fui a recoger a la parienta, la vi entrar en la casa, pero ni siquiera nos llegaron a presentar. Del nombre me he *enterao* hace un rato, que he visto a la Nicanora en el mercado y me ha *contao* lo sucedido.

–¿Le había hablado alguna vez su esposa de ella?

Calatrava vacila apenas una fracción de segundo. Lo suficiente para que Benítez perciba la duda en su rostro.

–No. Nunca.

–¿Está seguro? Le repetiré otra vez la pregunta, señor Calatrava, ¿le había hablado alguna vez su esposa de una doméstica de los Ribalter llamada Lorenza Calvo?

–Pues no sé. Supongo que cuando entrase a trabajar en la casa me hablaría de ella, pero yo no recuerdo *na* en particular. ¿Qué quiere que le diga? Buenos tendría uno los sesos si tuviese que poner atención a *to* lo que le larga la parienta. ¿No cree *usté*?

Martín Antuñano, desahuciado, se repite con tristeza Benítez, un par de horas más tarde, mientras al otro lado del escritorio González Cuesta, lapicero en ristre, revisa un expediente con un habano embutido entre sus fruncidos labios como relleno de morcilla dentro de un pellejo demasiado pequeño. Se lo ha llevado un familiar a Panticosa por recomendación de su médico, le ha contado Fonseca nada más poner un pie en la inspección. «Dicen que por un catarro pulmonar, pero no es un catarro, inspector. Es mucho más grave. El señor Antuñano tiene tisis. Avanzada. Me lo ha soplado alguien que conoce a la cocinera que trabaja en su casa.» Las palabras de Fonseca reverberan ahora en su cabeza mientras sus ojos vagan recelosos por un ejemplar de *El Observador Imparcial* desplegado sobre la mesa del secretario. En el periódico, enmarcado en rojo, hay un artículo breve en el que se anuncia que la dimisión de media docena de senadores progresistas no se debe a motivos de salud, como aduce el

Gobierno, sino a discrepancias ideológicas con la Unión Liberal. Benítez siente una molesta sensación en la boca del estómago. No es acidez, ni un pinchazo o mordisqueo de los que suele dar la Ratona. Tampoco se trata de la vaga pesadumbre de otras ocasiones. Lo que Benítez experimenta en este momento es una gran náusea. Una sofocante náusea que le sube hasta la garganta, le tensa los músculos de la cara y le nubla la vista.

–Dígame, inspector, ¿ha hablado usted con su cuñado? –pregunta González Cuesta tras guardar el expediente en un cajón y encenderse un habano.

–No, señor Cuesta –replica el policía sin disimular lo más mínimo su mal humor–, pero si lo dice por lo del anónimo, estoy convencido de que debe de tratarse de un malentendido.

–¿Está seguro de eso?

–Pondría la mano en el fuego por él –farolea, sosteniendo sin parpadear la mirada del secretario.

–Mejor así, inspector. Al señor gobernador no le gustaría nada que el pariente de uno de sus mejores policías se viese envuelto en un asunto tan sórdido. ¿Sabe que se ha pensado en usted para sustituir a Martín Antuñano?

–No sabía nada –responde Benítez, dando muestras evidentes de sorpresa.

–Alguien muy cercano al ministro de Gobernación ha propuesto a García Centeno para el puesto, aunque a mí me consta que el señor gobernador va a hacer todo lo que pueda por que sea usted el elegido.

–Agradezco mucho la confianza.

–La merece usted, inspector –afirma González Cuesta, aunque su aviesa mirada parece encerrar sus palabras entre signos de interrogación–. Pero dejémonos de cumplidos y pasemos la hoja. Tenemos asuntos importantes que tratar.

Sin tiempo para que Benítez piense en por dónde empezar a relatar los avances en la investigación, González Cuesta continúa hablando.

–Uno de los empedradores que prendimos el mes pasado por lo de las proclamas republicanas nos ha dado un soplo a cambio de que le traslademos a los cuartos de pago del Saladero. Al parecer ha tenido un rifirrafe en el patio y teme que le pinchen. El caso es que según nos ha asegurado el preso, uno de los cabecillas de Loja que consiguieron darse la fuga, Diego Sánchez Medina, lleva escondido en Madrid desde principios de agosto.

–¿En mi distrito?

–No lo sabemos, pero tenga ojos y oídos bien abiertos. Mañana anunciará la prensa que los últimos consejos de guerra se han disuelto. No sería raro que la alimaña saliese en breve de su madriguera.

–Estaré atento –dice Benítez, dudando, por un breve instante, si añadir algo sobre las sospechas en torno a Nicolás Vilanova.

–Más que atento, inspector. A su majestad aún le escuece que no enviáramos tropas en ayuda de sus primos de Sicilia y del santo pontífice. Pronto se abrirán las Cortes y lo último que necesitamos es a doña Isabel maquinando contra el Gobierno.

–¿Y qué tiene que ver eso con Sánchez Medina?

–Mucho, inspector, tiene que ver mucho. Disponemos de pruebas que relacionan a Sánchez Medina, socialista republicano y, para más inri, carbonario, con los protestantes españoles refugiados en Gibraltar. ¿Se da cuenta usted del alcance de llevar ante la Justicia a un elemento así, del espaldarazo que recibiría el gabinete del general O'Donnell? Con un golpe de efecto como este, hasta la reina dejaría de intrigar contra nuestro Gobierno.

–Entiendo.

–Pues ya sabe, ponga los cinco sentidos en ello y no repare en gastos. Aquí tiene una copia del expediente de Sánchez Medina, con sus señas físicas y los datos de algunos individuos con los que ha podido estar en comunicación. Alerte a sus sabuesos y si dan con su paradero, infórmeme de inmediato. ¿Entendido?

Benítez comprende que justo en este preciso momento debería informar al secretario del Gobierno Civil sobre las sospechas relacionadas con Vilanova. Sabe que tendría que hacerlo, pero la náusea que, como el rítmico embate de las olas, golpea su garganta, le impide hacerlo.

–Sí, señor –se limita a decir.

–De la visita de la embajada marroquí al Novedades, ¿hay algo?

–Todo en orden, señor. Hemos huroneado por los barrios bajos y parece que para este acto no se prepara algarada.

–Me alegra oírlo. De todas formas, estén atentos. La oposición está haciendo todo lo posible para que parezca que la negociación con los moros ha sido del todo desfavorable a nuestro país. No es de extrañar que un puñado de muertos de hambre pagados por los demagogos vuelvan a montar jaleo.

–Si es así, procuraremos evitarlo.

–Eso espero, inspector, eso espero. Pues, por mi parte, eso era todo.

«Pues, por mi parte, eso era todo», se repite para sus adentros Benítez, incapaz de asimilar que el rastrero de González Cuesta vaya a dar por concluida la reunión sin mostrar el menor interés por el asesinato de Lorenza Calvo.

–Ah, se me olvidaba –continúa el trepacucañas–: se preparan algunos cambios en las altas esferas y parece que va a quedar de nuevo vacante un negociado en Hacienda.

Benítez enarca las cejas y permanece en silencio, mirando de hito en hito al secretario. Cómo aspira con fruición el humo de su habano. Cómo se complace con el efecto de sus palabras. Cómo disfruta viendo sufrir a otro ser humano.

–Lo digo –prosigue el retorcido secretario–, por si su yerno todavía está interesado en regresar a Madrid y quiere usted que toquemos alguna tecla por él.

VII
Dios le escuche, inspector

Son cerca de las diez de la noche y el elegante Café Suizo, revoltijo de clases sociales, edades y acentos, mentidero matritense de los mil y un chismorreos, está de bote en bote. En el Suizo, todo el mundo encuentra algo, los poetas, empresarios para sus dramas, los gacetilleros, noticias para sus sueltos, y los diputados, informaciones sobre las ventajas y peligros de seguir dando su apoyo al ministerio de turno. Sobre las suntuosas banquetas forradas de terciopelo encarnado, los capitalistas e industriales beben café, ron y marrasquino, fuman aromáticos habanos y discurren a voz en cuello sobre la mejor forma de invertir su fortuna, mientras tal vez en un velador cercano un funcionario cesante aguarde ansioso a ver aparecer por la puerta a un antiguo conocido suyo, cuyo vecino de rellano tiene cierta amistad con el cochero de un diputado con buenas aldabas que, con un poco de suerte, tal vez consiga que el desgraciado empleado público recupere su antiguo puesto en alguna covachuela del Estado.

En un velador de reluciente mármol blanco contiguo a uno de los ventanales que dan a la calle Sevilla, Benítez escucha, sin demasiado interés, la polémica en que andan enfrascados los mismos tres cincuentones con los que comparte mesa desde que en el verano de 1845 los empresarios suizos Fanconi y Matossi abrieron las puertas del que, poco tiempo después de ser inaugurado, se convirtió en uno de los cafés más populares de Madrid.

–La cuestión italiana no solo atañe a los italianos, señor Quesada –afirma en un tono muy mesurado Pascual Valdivieso,

105

un gordito de nariz afilada y gran calvicie central que regenta una próspera quincallería de la calle de la Montera–. Europa entera se debate entre la vuelta al pasado o el avance en el régimen constitucional, y nuestro Gobierno debe dejar bien claro cuál es su postura, reconociendo sin medias tintas la legitimidad del nuevo reino de Italia.

Pedro Jiménez de Quesada, agente de negocios, de pelo abundante peinado a un lado y afeitado pulcrísimo, se limita a esbozar una mueca de desaprobación, mientras extrae de un bolsillo del chaleco una pequeña cajita de concha con embutidos de nácar donde guarda el polvo de tabaco desde tiempos inmemoriales.

–Deje los sueños para la almohada, señor Valdivieso –observa Luciano Espigado, oficial de tipógrafo de mejillas chupadas, nariz aguileña y barba descuidada–. Al general O'Donnell le faltan arrestos para enfrentarse a la reina.

–Pues no tiene más remedio que hacerlo si quiere que los diputados del progreso le sigan respaldando –sentencia el quincallero, con un aromático veguero en una mano y una copa de marrasquino en la otra.

–Se equivoca de medio a medio, Valdivieso –replica el tipógrafo–. El gabinete O'Donnell no caerá cuando los progresistas le retiren su apoyo, sino el día en que don Leopoldo O'Donnell tenga el valor de enfrentarse a cierta monjita y cierto cura que mueven a su antojo los hilos de la reina.

–¡Pero qué disparates dice usted, señor Espigado! —trona Jiménez de Quesada–. Si su majestad ha tomado tan a pecho la defensa de la Santa Madre Iglesia, del sumo pontífice y de la legítima monarquía de los Borbones de Sicilia, lo ha hecho por propia iniciativa. Porque está convencida de que es su sagrado deber combatir la epidemia de revolución, anarquía e impiedad que asola el continente. Lo ha hecho por fidelidad a Roma, pero también a nuestra tradición, a nuestro papel en la historia, a unos valores eternos, a nosotros mismos, en definitiva. Esa es la explicación y no la sacrílega mamarrachada que acaba de soltar.

Espigado golpea con violencia el blanco mármol del velador y, envuelto en un estruendo de tazas, vasos y platillos, lanza su respuesta:

–¡Doña Isabel está completamente anulada por una monjita fundadora de conventos a la que, no se olvide usted, los tribunales condenaron por estafadora hace años!

–Pero ¿qué tendrá que ver una cosa con la otra, señor mío? –le contesta Quesada.

–Tiene que ver, don Pedro. Tiene que ver y mucho –interviene Valdivieso, con un tono que ha perdido la suavidad conciliadora de hace unos minutos–. El señor O'Donnell prometió regenerar el país y acabar con las camarillas y si en la cuestión italiana se deja avasallar por la clerigalla de palacio, en cuanto se abran las Cortes los pocos progresistas que aún confían en su palabra le retirarán el apoyo y el gabinete actual pasará a la historia.

–Le digo yo que no, señor Valdivieso –replica Espigado, dejando su pipa de barro a medio cebar–. A la Unión Liberal, que ni es unión ni es liberal, poco daño le pueden hacer tres o cuatro progresistas que, todo sea dicho de paso, no han abierto la boca para denunciar el desmedido castigo impuesto a los campesinos andaluces.

–Cuando el populacho pone en peligro el orden público y la paz social –dice Jiménez de Quesada con un sereno tono de voz que casa muy mal con la iracunda chispa que le brilla en los ojos–, no hay más respuesta posible que la mano dura, señor Espigado. En circunstancias como las del levantamiento de Loja, los consejos de guerra son inevitables y nuestro Gobierno ha procedido con arreglo a la más estricta legalidad.

–¿No ve lo que le decía, Valdivieso? –pregunta Espigado–. Ahora que la Unión Liberal ya se ha quitado la careta del justo medio, va a ver usted cómo los de la reacción le empiezan a poner ojitos. Para muestra bien nos vale el botón de nuestro amigo don Pedro. Ahora que el Héroe de Vicálvaro ha dejado bien patente que no tiene la menor intención de cumplir con lo prometido, que no va a reformar la Constitución ni a conceder más autonomía a las provincias ni a promulgar una ley de imprenta liberal, va a ver usted cómo, entre los conservadores, le empiezan a salir apoyos que compensan con creces las cuatro o cinco bajas en el progreso.

–Espere a que se abran las Cortes, Espigado. No adelante acontecimientos –dice Valdivieso, levantando las manos con las palmas abiertas, en demanda de calma–. He oído decir que el discurso que le han escrito a su majestad es de todo punto liberal.

Benítez escucha, con aire abstraído, el encendido debate de sus viejos compañeros de mesa. Diría que no hay un solo velador en todo el Suizo, excepción hecha del suyo, donde en este preciso instante no se esté hablando sobre la noticia del día, la del crimen de la carrera de San Francisco. Esta noche los arreglapatrias del Suizo han dejado a un lado la cotidiana contienda política para dedicar toda su saliva a destripar el robo cometido en casa de la familia Ribalter con la más que probable participación de una de las criadas de servir, según sugiere la edición vespertina de *La Correspondencia de España*. Sus amigos han tenido la consideración de no sacar el tema, pero poco a poco su conversación se desliza irremisiblemente hacia un territorio peligroso, fronterizo, claramente alusivo.

Jiménez de Quesada hace una seña a Fermín, el mozo del café que habitualmente los atiende y, mientras este llega, toma una pizca de rapé de la caja de concha, aspira el polvillo y, acto seguido, saca un delicado pañuelo blanco bordado del chaleco y se suena la nariz con gran estrépito.

Una vez que el camarero ha tomado nota –taza de leche manchada con café para Benítez, copa de ron solo para Espigado, un ron con marrasquino para Valdivieso y un ponche de huevo para Jiménez de Quesada–, el agente de negocios vuelve a la carga.

–Liberalismo, liberalismo. Se les llena la boca con esa palabra. Yo soy tan liberal como ustedes, pero un liberalismo sin medida, irreligioso y mal entendido es lo que está llevando al abismo a este país. A esta generación corrompida, materialista y atea. Ese liberalismo fanático, que no comprende que no hay paz posible si no se respeta y conserva nuestra esencia católica, es la causa del lamentable estado de depravación en el que ha caído la servidumbre. No digo más.

–Tiene toda la razón, señor Quesada –aprueba Espigado–. La inmoralidad de las clases populares es producto de un liberalismo mal entendido, claro que sí.

Una expresión ambigua cruza el rostro de Quesada. La mofletuda cara del quincallero Valdivieso expresa una divertida expectación. Hasta Benítez aguarda con cierto interés a que Fermín distribuya las bebidas entre los tertulianos para ver en qué para la historia.

–Un liberalismo mal entendido, sí, señor, pero no en el sentido que usted le da –continúa Espigado, después de dar un generoso sorbo a su copa de ron–. La inmoralidad de nuestros días no se debe a la falta de religión ni al progreso ni al apetito por los bienes materiales. España es hoy tan católica y devota de la Santa Madre de Dios como en tiempos del rey Fernando. Y a nuestros padres y abuelos les gustaba tanto el buen vestir y el buen comer como a nosotros.

Jiménez de Quesada, con la copa de ponche a medio camino de los labios, niega con la cabeza. Valdivieso menea la suya en un gesto de conformidad con el tipógrafo.

–El problema de España, señor Quesada –prosigue Espigado, tras dar una larga chupada a su pipa–, es que el régimen constitucional no ha traído a la nación la tan cacareada igualdad por la que miles de compatriotas murieron en las provincias del norte. Dígame si no, ¿quiénes tienen hoy derecho a voto? Únicamente los varones con dinero. ¿Quiénes se libran de incorporarse a filas? Pues los muchachos cuyos padres pueden afrontar el pago de un seguro de quintas. ¿Quiénes se beneficiaron de la venta de los bienes del clero? ¿Los labradores, tal vez? No, muy señor mío. Los que sacaron buena tajada de la desamortización de bienes eclesiásticos fueron los que tenían dinero con el que comprar las gangas de los frailes. Muchos de ellos, fervientes católicos que, a la hora de la verdad, no tuvieron reparos en lucrarse gracias al herejote de Mendizábal. ¿Quiénes adquieren hoy los propios de los pueblos? ¿Los jornaleros? No, amigo

Quesada, los compran los mismos que luego hacen gala de luchar por el progreso de la nación. Y yo me pregunto qué clase de progreso, inmoral e inhumano, es este con el que siempre progresan los mismos, los que menos lo necesitan. Ese es el gran problema de España y no que las clases menesterosas se hayan corrompido por la falta de religión. Reparta las tierras desamortizadas entre los necesitados y verá cómo se cometen muchos menos delitos.

En el breve lapso en que Jiménez de Quesada arma su respuesta y Valdivieso decide qué parte del discurso de Espigado le parece correcta y qué parte demasiado avanzada para sus ideas de progresista templado, Benítez, movido por un impulso instintivo, levanta la mirada hacia la entrada del café, donde distingue a la señora Campos. Va vestida con un discreto traje color lila y una manteleta de lana negra, y lleva la hermosa y rizada cabellera negra tocada con una capota que se anuda bajo la delicada barbilla con una cinta violeta.

Después de unos segundos buscando con evidente nerviosismo entre la clientela del Suizo, sus ojos se cruzan con los del inspector y en su cara aparece una vacilante sonrisa que la hace aún más atractiva.

—Caballeros, con su permiso, debo ausentarme unos minutos —anuncia Benítez, tras permitir que Jiménez de Quesada termine de contestar al tipógrafo.

Valdivieso se fija en la atractiva señora que permanece indecisa en la puerta del café y le dedica una sonrisa maliciosa a su amigo.

—¿De qué se trata, José María, trabajo o placer? —pregunta el quincallero.

El inspector se compone la levita en un movimiento rapidísimo y, sin contestar a su amigo, cruza el café a grandes zancadas.

—Buenas noches, inspector —musita azorada la señora Campos—. No sé si he hecho mal viniendo, pero tenía necesidad de hablar con usted.

–Salgamos a la calle, si le parece. Aquí no hay quien se entienda.

En el exterior del Suizo reina una niebla fría y espesa que desdibuja todo a su alrededor. El retumbar de ruedas y herraduras golpeando el empedrado de la calzada parece llegar de muy lejos, como amortiguado por el denso velo de niebla que todo lo inunda. La señora Campos, pese a la manteleta en la que va envuelta, da la impresión de sentirse helada por dentro.

–Se trata de Engracia, inspector –musita la señora Campos con la voz temblorosa.

–Perdone que la interrumpa, señora Campos –dice el policía–, pero con este relente no me parece buena idea seguir a la intemperie. Ahí mismo queda el Café del Iris. ¿Le parece que continuemos la conversación allí? Es bastante más tranquilo que el Suizo.

La señora Campos abre la boca en actitud de contestar, pero casi de inmediato une de nuevo sus labios y se limita a asentir con la cabeza. Durante el corto trayecto que separa la puerta del Suizo de la entrada del suntuoso Café del Iris –inaugurado hace algo más de una década en el pasaje comercial del Iris que une la calle de Alcalá con la carrera de San Jerónimo–, ninguno pronuncia palabra. De repente, la enconada disputa política de hace unos minutos le parece haber tenido lugar hace siglos y en su cabeza ya solo hay espacio para el asesinato de Lorenza Calvo. Sabe que es un pensamiento absurdo, pero esa mujer que camina a su lado es, en este momento, la persona más importante en su vida. El ser humano ante quien rendir cuentas. Si ni al señor gobernador de la provincia ni al lameculos de González Cuesta les importa un pito cómo progresan sus pesquisas, seguro que a la señora Campos le alegrará saber que hace todo lo que está en su mano para dar con quienes han matado a su paisana.

Mientras toman asiento en una de las mesas cercanas al patio interior con lucernario por el que en las noches de cielo despejado se derrama la claridad de la luna, Benítez se da cuenta de que no había vuelto a pisar el reluciente entarimado del Iris desde la última vez que estuvo allí con Inmaculada. Tal vez le

111

habló en aquella ocasión de su trabajo. Siempre lo hacía. A ella le gustaba oírle relatar cómo le había ido el día. Hablar de trabajo era la forma de dar por concluida la jornada laboral. Después, penetraba feliz en el merecido reino del descanso. El reposo del guerrero. Pero ella ya no estaba para abrigarlo con sus brazos. Se quedó en Badajoz. Para siempre.

–Buenas noches, ¿qué van a tomar? –pregunta un mozo de impecable mandil.

Benítez siente una especie de tensión en la boca del estómago. Hambre, tal vez. ¿Nervios? Desde luego, en nada se parece al mordisqueo de la Ratona. Aproxima un taburete cercano, coloca sobre él su chistera y, en un acto maquinal, se atusa la entrecana y medio rizada cabellera.

–Un té de manzanilla, por favor –solicita ella, mientras se despoja de la capota, una capota a la moda de hace siete u ocho años, según aprecia la mirada que todo lo abarca del policía.

–Lo mismo que la señora para mí.

El ambiente del Iris está tan cargado de humo como el del Suizo, aunque aquí, en lugar de la vociferante atmósfera del vecino café, se oye un murmullo de templadas voces sobre una suave melodía de piano que suena de fondo.

Mucho ha cambiado la vida en lo que va de siglo. Cuando él era niño las damas apenas si pisaban este tipo de establecimientos y mucho menos sin compañía masculina. Hoy, en cuanto anochece, no son pocas las damas que buscan refugio en el Iris para tomarse un bollo o una tostada con manteca. Las más atrevidas, media copita mezclada. Viudas, casadas y alguna que otra soltera de acreditada decencia comparten velada con otras de dudosa reputación, *cocottes* con la cara cubierta de colorete, los dedos constelados de sortijas y la boca cuajada de coqueterías. Si en los tiempos del rey Fernando las mujeres esperaban en la puerta del Café de Sólito a que su criado les fuese en busca de un sorbete, hoy, apenas tres décadas después de su muerte, las mujeres no tienen reparo en entrar ellas solas en el Iris.

–Espero que no le haya parecido inadecuado que hablemos aquí –se excusa Benítez.

En la mesa de al lado, cubierta por tazas de café, copas y dos botellas, una de ron jamaicano y otra de marrasquino de Zara, dos elegantes caballeros de avanzada edad se solazan junto a dos atractivas jóvenes que, de no ser por el tono amartelado de sus conversaciones, podrían pasar por sus hijas.

–No le voy a decir una cosa por otra, inspector. Desde que murió mi marido no he vuelto a entrar en un café y la verdad...

–Si está usted incómoda, podemos irnos. Tomamos un simón hasta su casa y me cuenta por el camino.

–No, está bien así. No se preocupe.

Regresa el mozo con una reluciente bandeja que coloca sobre la mesa y, solo cuando la señora Campos ha dado un par de sorbos a la reconfortante bebida, Benítez retoma la conversación.

–Bueno, ahora que ya vamos entrando en calor, cuénteme, ¿qué le ocurre? Parece usted preocupada.

–La verdad es que lo estoy y mucho, inspector. He de confesarle que desde su visita de esta mañana estoy hecha un manojo de nervios. La diferencia es que lo de antes podía ser aprensión mía, mientras que los nervios de ahora están más que justificados.

–¿Por qué? ¿Qué ha pasado?

–Pues lo que ha pasado es que no me he podido esperar a que Engracia llegase a casa y me he ido con mi hijo a esperarla a la Compañía de Diligencias de Barcelona. Y no se ha presentado, inspector.

–Quizá haya decidido quedarse un día más en su pueblo. No parece usted de esas amas regañonas que vayan a leerle la cartilla a la criada por cogerse un día libre de más. ¿Me equivoco?

–No, no se equivoca y eso mismo he pensado yo, pero cuando íbamos a salir de la estación, a mi Alejandro se le ha ocurrido preguntar por el mayoral que condujo el jueves la diligencia en la que se supone que iba Engracia y... –se detiene, haciendo esfuerzos por no romper a llorar.

–Vamos, beba un poco más de manzanilla. Le sentará bien. Trate de calmarse, verá cómo todo tiene una explicación.

La señora Campos obedece al inspector y, tras recobrar en parte la calma, termina la frase.

–Engracia no cogió la diligencia el jueves. Nos lo han asegurado. A la diligencia de Guadalajara que salió el jueves no se subió ninguna muchacha con las señas de Engracia.

–¿No puede haber viajado de otro modo? Quizá la llevó algún arriero.

–No lo creo, inspector, conociéndola como la conozco, no creo que haya dejado perder el billete de la diligencia.

–Tal vez si algún arriero la llevaba hasta la puerta de su casa... ¿La diligencia hasta dónde la lleva?

–Hasta Guadalajara y allí coge una galera muy económica a Horche. No creo que, por ahorrarse el pasaje de la galera, se haya dispuesto a la incomodidad de irse con un arriero.

–Las personas no siempre se conducen çomo uno espera.

–Aún a riesgo de resultar arrogante, me atrevería a decir que Engracia sí. La conozco, inspector, la conozco tan bien que...

Está a punto de echarse a llorar. Si no fuera por lo inadecuado del gesto, Benítez le tomaría las manos entre las suyas.

–Vamos a hacer una cosa, señora Campos –anuncia Benítez con tal determinación y serenidad en la voz que su interlocutora parece tranquilizarse de inmediato–. Mañana pediré que telegrafíen a Guadalajara. Solicitaré que la Guardia Civil se persone en casa de sus tíos para que nos confirmen que Engracia ha estado allí. Quizá se ha sentido indispuesta y ha retrasado su regreso uno o dos días.

–Se lo agradezco en el alma, inspector.

–No tiene nada que agradecer, señora, es mi obligación. Ahora trate de calmarse, por favor. Va a ver usted como Engracia está bien.

–Dios le escuche, inspector.

Unos minutos antes de que el reloj de las Calatravas dé las doce de la madrugada, Benítez sale del Café Suizo junto a Pascual Valdivieso, con quien casi todas las noches pasea hasta la calle de la Montera donde reside su amigo y está el almacén de quincalla en el que el riojano entró a trabajar cuando, siendo un mozalbete, llegó desde su pueblo, en la sierra de Cameros.

–¿Así que a ti te parece que el asunto de los italianos puede restarle apoyos al Gobierno? –pregunta Benítez, con una medio sonrisa en la boca.

–¡Zapateta! –exclama Valdivieso, deteniéndose en seco–. Hubiera dicho que andabas en Saturno como muy cerca.

–Pues ya ves: tengo los pies bien pegados a la tierra. Y a ti concretamente te he oído decir algo así como que si el general O'Donnell no reconoce a las claras la legitimidad del reino de Italia, los dos o tres progresistas que aún se fían de su palabra le retirarán el apoyo. ¿Me equivoco?

–Ni el taquígrafo del Congreso lo habría cogido mejor. ¿Y tú por qué no has metido cuchara en toda la noche?

–No tengo una opinión formada.

–Había oído decir que existían personas así, pero entendía que esas rarezas no se daban en nuestra patria. Al menos, no en plena capital de las Españas.

Benítez se encoge de hombros con un amago de sonrisa en los labios.

–De verdad, no estoy muy enterado del asunto y, además, para serte sincero, ando un poco empachado de política.

–Pues por mi parte, pongo el punto final. ¿Quieres un cigarro?

–No, por hoy ya está bien.

–Pues yo sí que voy a encenderme un purito –dice el quincallero, extrayendo un largo habano de una hermosa petaca de cuero repujado.

Mientras el camerano da la primera y larga chupada al cigarro, Benítez permanece con la mirada puesta en la elegante fachada del edificio que queda al otro lado de la calle Alcalá, la Casa Real de la Aduana, hoy sede del Ministerio de Hacienda.

–José María, ¿te encuentras bien? Estás pálido.

–Sí, sí, no es nada –contesta Benítez, tratando de dominar el vértigo que le ha producido contemplar el lugar donde hasta hace unos años estuvo empleado el marido de su hija Carlota–. Anda, dame ese cigarro. Lo necesito.

–¿Seguro que estás bien?

Benítez asiente con la cabeza, se enciende el habano y, tras una larga chupada, reanudan la marcha en dirección a la Puerta del Sol.

–¿Recuerdas que el martes pasado le había prometido a la viuda del coronel Pardo que iría con ella al teatro? –pregunta Benítez, por desahogar uno de los muchos temas que bullen en su cabeza.

–Claro. Del teatro supuse que venías. Por unas cosas o por otras, se me olvidó preguntarte.

–Pues le di plantón a doña Julia. Eugenia me pidió que la acompañase al Real y no me pude negar.

–¡Menudo chasco se habrá llevado la Coronela!

Benítez confirma con un expresivo gesto la suposición del quincallero y añade:

–Lo cierto es que a mí me ha venido como anillo al dedo lo de que Eugenia me pidiera que la acompañase a la ópera.

–¿Y eso? –pregunta el riojano girando su rostro mofletudo de nariz afilada hacia el policía.

–No te voy a decir que no me agrada su compañía ni que no disfruto con su conversación. Pero tengo la sensación de que una vez que nos vean juntos en público, ya no habrá marcha atrás. Una cosa es ir a visitarla a su casa de vez en cuando con la excusa de que su hijo me ha mandado un libro y otra muy distinta que nos vean en público juntos.

–¿Te asusta el paso?

–Me aterroriza más bien. No sé si estoy dispuesto a echarme a la espalda más peso.

–¿Te refieres a si os llegáis a casar?

–Para el carro, camerano, que te despeñas por la Cebollera.

–Perdería la pensión por viuda de militar, ¿no?

–Eso es lo de menos. La casa donde vive es suya y las tierras que tiene en Astorga le producen sus buenas rentas. No se trata de ese tipo de carga, Pascual.

–¿Entonces?

—Me refiero a reuniones, comidas, paseos y teatros.

—¿Sabes lo que creo, José María?

—Dímelo.

—¿Con sinceridad?

—Diga lo que diga, tú me vas a cantar las del barquero, así que dispara.

—Mira, José María, doña Julia es una mujer de notables prendas morales y muy bonita, todo sea dicho de paso, pero por algún motivo, amigo mío, en ti no ha tocado la tecla adecuada. De estar enamorado hasta la caña de los huesos no verías como un sacrificio el asistir a reuniones y demás zarandajas con ella.

—Pero ¿a mi edad aún puede perder uno los sesos por una mujer?

—Eso espero. Yo, al menos, no pienso dejar al corazón en barbecho para los restos.

—Pues en cuanto note yo en el mío el más mínimo indicio de enajenación, tomo el portante y adiós muy buenas, señora, que ya no tiene años uno para andar haciendo de galán de comedia.

—No digas tontunas, José María, que el que ha sido enamoradizo no deja de serlo por más canas que peine. Y tú lo has sido y mucho. Que se te cruce por esos caminos de Dios una ninfa de ojos negros. Eso si no se te ha cruzado ya. —Hace una breve pausa envuelta en picardía—. Ya veremos si mantienes eso de que vas a poner tierra de por medio.

—¡Cochero! —grita Benítez.

Un carruaje de un caballo con una tablilla que reza «SE ALQUILA» y un 53 pintado en rojo en la testera de la cabina y en el cristal de los faroles se detiene a escasos pasos de donde están Benítez y Valdivieso.

—¿Adónde le llevo, caballero? —pregunta el cochero.

—A La Latina —responde Benítez—. Calle de Tabernillas, 17. Entre usted por la Puerta de Moros, si es tan amable.

—¿No quieres tomar un anisado en la trastienda? —pregunta el riojano, señalando con la barbilla en dirección a su negocio.

—Otro día, amigo mío. Tengo un crimen que resolver. Además que por hoy ya me has dado bastante en qué pensar.

VIII
Un hilo al que asirse

Unos minutos después de las ocho y media de la mañana, Benítez pone el pie sobre los adoquines de la calle de Tabernillas. Estamos a 5 de noviembre y cada día que pasa se siente más en los huesos el frío aire de Madrid, ese aire que, como reza el dicho, mata a un gigante y no apaga un candil. No parece que la tregua que las lluvias dieron ayer vaya a prolongarse por mucho más tiempo, aunque, al menos, el cielo sigue despejado. El policía se abotona la levita hasta el cuello y, bastón en mano, echa a andar Tabernillas arriba en dirección a la amplia explanada que configuran las plazas de Puerta de Moros, de San Andrés y de los Carros.

De camino al Gobierno Civil, Benítez medita sobre el encargo que le hizo ayer González Cuesta. Si algo ha aprendido a lo largo de sus muchos años de policía es que para poder mantener la independencia frente a la despótica y ambiciosa clase política es necesario disponer de armas. Contra el político que ha decidido enredarte en sus mezquinos trapicheos no queda más alternativa que jugar sucio y pagarle con la misma moneda. Él es un policía, su misión es hacer cumplir la ley, prevenir los delitos y llevar ante la justicia a los criminales, no dedicarse a espiar a un grupo de diputados que, en el ejercicio de su legítimo derecho, han decidido cambiar el sentido de su voto. Si los gobiernos más autoritarios de la Década Moderada no le cesaron, pese a haberse negado en numerosas ocasiones a participar en las trapisondas de la política, no había sido solo por su innegable eficacia como policía, sino por la nutrida red de informadores que

118

trabajaban para él; la misma red de confidentes que, casualmente, hace un par de semanas, le suministró una valiosa información con la que poder echar por tierra la reputación del señor González Cuesta. Si él cae en desgracia por negarse a cometer una mezquindad, no será el único en caer.

¿Me explico, señor Cuesta?, masculla Benítez antes de entrar al despacho de González Cuesta, en un intento de convencerse a sí mismo de que, en caso necesario, pondrá todas las cartas sobre el tapete.

–El gobernador está esperándole en su despacho –anuncia González Cuesta, atrincherado tras la montaña de expedientes que ocupa la mayor parte de su mesa–. ¿Ha traído todo por escrito?

–Sí, señor. Aquí está el parte de incidentes de la pasada noche y el informe con los avances en el caso de la carrera de San Francisco.

–Muy bien, pues suba. No haga esperar a su excelencia.

–El portero de los Ribalter tiene un sobrino. Se llama Nicolás Vilanova. Ha tenido a alguien escondido en su casa. Por las fechas y algún otro dato que he consignado en el informe, creemos que podría tratarse de alguno de los huidos de Loja. Vilanova ha desaparecido, pero no tardaremos en dar con él.

Lo ha soltado todo sin meditar. La información ha brotado directamente de alguna de las muchas taifas en ebullición de su cerebro. Pudo haber informado sobre el hecho ayer por la tarde, es cierto, pero lo está haciendo ahora. Antes de entrevistarse con el gobernador, quien, por un canal o por otro, puede ya estar enterado del asunto. Tal vez sea ese el motivo por el que quiere verle. José Eduardo Ortega, el Recomendado, perrito faldero del poder, se habrá ido de la lengua. Era de esperar.

–¡Pero eso es una buenísima noticia, inspector! –se alegra González Cuesta, cuya expresión de sorpresa desmonta todo lo que Benítez ha imaginado–. ¿Se figura que es Sánchez Medina a quien tenía escondido? Denle toda la prioridad a este asunto. Es crucial que encuentren cuanto antes a ese Vilanova y a la escoria a la que haya estado ayudando.

Benítez permanece unos segundos estudiando el alargado rostro del secretario. En sus ojos centellea el placer de imaginar a Sánchez Medina encerrado en el calabozo que hay a escasos pasos de su despacho. Si está engañándole, su interpretación es la mejor que ha presenciado en la vida. Digna de un Romea. De modo que no sabía nada. Ortega no le ha ido con el cuento. El policía carraspea. El político levanta la mirada.

–¿Podría pedirle algo, señor Cuesta?

–¿De qué se trata? –replica el secretario, aumentando con su recelo la perenne arruga del entrecejo.

Benítez explica de manera sucinta el motivo por el que necesita su autorización para solicitar ayuda a la Guardia Civil de Guadalajara.

–La Guardia Civil tiene cosas más importantes que hacer que cuidar de si una doméstica ha llegado o no a la casa de unos parientes.

–Pero, señor...

–Ni peros ni peras, Benítez –escupe el secretario en tono bronco, desdeñoso, incontestable–. Cuando vuelva la chica, le pregunta usted lo que quiera. Asunto zanjado. Ahora, hágame el favor de subir de una puñetera vez al despacho de su excelencia.

–Sí, señor –asiente el policía, mientras por su cabeza cruza, como un relámpago, el compungido rostro de la señora Campos en el Café del Iris.

Benítez sube inquieto las escaleras del palacio de Cañete. Si su excelencia insiste en presionarle con la acusación anónima sobre Manuel Bejarano, le plantará cara. La munición que tenía preparada contra González Cuesta no le es útil contra el gobernador, pero no piensa plegarse. Si le juegan sucio, no tendrá más remedio que acudir a la prensa y permitir que la opinión pública conozca los oscuros métodos empleados por las altas esferas de la Unión Liberal.

Sin embargo, para estupefacción del veterano policía, la entrevista con el gobernador transcurre por derroteros tan inesperados que cuando, media hora después, abandona el palacio de Cañete, la excitación que le domina es tal que, como un autómata, en vez de rehacer el camino de vuelta a Tabernillas, dirige sus pasos, presa del desasosiego, en dirección a la Puerta del Sol.

Tras unos minutos de caminar ansioso, se detiene frente al recientemente inaugurado Café Universal, en la planta baja de un elegante edificio de la Puerta del Sol esquina con la calle Preciados, el primero de los inmuebles construidos tras el inicio del plan de ensanche de la plaza comenzado cuatro años atrás. A espaldas del inspector, se extiende un pavimento con innumerables charcos y socavones, un puñado de farolas de gas de sencillo diseño y, en mitad de la plaza, un vulgar pilón circular con un potente surtidor central que, a poco que sople el viento, convierte la Puerta del Sol en el Gran Canal de Venecia. Hasta que se renueve por completo el adoquinado y se construya la monumental fuente proyectada, la Puerta del Sol, lugar de paso por antonomasia, alma, tripas y cerebro de la Villa y Corte, no será más que una destartalada plaza rodeada de magníficos edificios. Una venus desdentada vestida para *soirée*.

El inspector penetra en el lujoso Café Universal y ocupa un velador cercano a los grandes ventanales que dan hacia la desangelada plaza. Al otro lado de la Puerta del Sol, en el lienzo sur, se alza el Ministerio de Gobernación del Reino, en cuyo reloj acaban de dar las diez. Han pasado más de tres horas desde que saltó de la cama y lo que en este momento le pide el cuerpo, para acompañar a una media tostada con manteca, es un café bien cargado o, cuando menos, una buena jícara de chocolate. Sin embargo, cuando a su lado aparece un camarero de impoluto delantal blanco a la cintura y blanca servilleta al hombro, lo que el policía ordena para acompañar a la media tostada no es café, ni siquiera chocolate, sino una relajante tisana de tila. Si a la entrevista mantenida con el gobernador le añade ahora una bebida excitante, las consecuencias para su delicado estómago, por más que la Ratona parezca tranquila, pueden ser funestas.

Al habitual paisanaje de la Puerta del Sol se suma, en los últimos meses, el de las cuadrillas de empedradores que alfombran de piedra berroqueña la superficie de la plaza y de losetas de granito las aceras. Un enjambre de personas y carruajes hormiguea por la plaza y, sin embargo, para el inspector, es como si estuviese completamente desierta. Si en su campo visual un gigante de treinta pies ataviado a la antigua, con casaca y sombrero de tres picos, desenvainase una larga espada y se liase a mandobles con, por decir algo, el hombre que mercadea relojes o el viejo vendedor ambulante que arrastra tras de sí una traílla de perros dogos, su retina no lo registraría en absoluto, porque, desde que el policía se ha sentado frente al ventanal del café, todo lo que ocurre entre él y el edificio que queda al otro lado de la plaza es como si no existiera.

La construcción en la que Benítez tiene anclados los ojos es la antigua Casa de Correos, en donde se encuentran los célebres calabozos de la guardia del Principal. En este sobrio edificio se haya establecido desde el otoño de 1847 el Ministerio de Gobernación y en él tiene su despacho el señor Martín Antuñano, inspector especial de vigilancia de Madrid. A sus órdenes trabajó Benítez entre enero del año 48 y diciembre del 51. Benítez tenía el cargo de celador de vigilancia del barrio Puerta del Sol, y Antuñano era el comisario del distrito Centro. Fueron solo tres años los que trabajaron juntos, pero, sin lugar a duda, fueron los años en que se forjó el experimentado policía que era hoy. Si su nombre aparecía de cuando en cuando en la prensa para ensalzar su pericia, en buena parte se lo debía a lo que durante ese periodo aprendió de su superior, de quien el gobernador en persona le acababa de confirmar lo que ayer le contó Fonseca. Martín Antuñano, de baja por una enfermedad desde principios de mes, había solicitado, por prescripción facultativa, el retiro definitivo.

Ahora, sumido en sus pensamientos, con la mirada perdida en la fachada del Ministerio de Gobernación, Benítez no puede sacarse de la cabeza la entrevista mantenida con Antonio Aguilar y Correa, marqués de la Vega de Armijo y, a la sazón, gobernador civil de Madrid.

Su excelencia ha recibido al inspector con la mayor amabilidad del mundo. Le ha ofrecido tomar una bebida, fumar un cigarro, le ha preguntado por sus tres hijas, felicitándole por el nieto que viene en camino, ha añadido, como si cualquier cosa, que si su yerno decide volver a la capital para que sus hijos se críen al lado de su abuelo José María, no dude en comunicárselo para ver qué podía hacer él al respecto. Después, de la manera más inopinada, ha extraído un cartapacio de un cajón, ha sacado de él unas cuartillas y ha comenzado a relatar al detalle y en términos más que elogiosos la hoja de servicio del inspector Benítez.

–Inspector Benítez, permítame decirle que en mi opinión se ha cometido con usted una gran injusticia –ha proclamado con gran solemnidad, mirándole directamente a los ojos–. Es de todo punto incomprensible que un empleado público con su valía y fidelidad al régimen constitucional no luzca aún una condecoración en su pechera. Muchos otros, con bastante menos talento y méritos que usted, ya hace tiempo que blasonan de ella. No está en mi mano condecorarle, pero sí, al menos, expresarle lo mucho que para mí significa contar con usted en el cuerpo de vigilancia.

Y a continuación, sin apenas escuchar su azorada respuesta, el gobernador le ha preguntado por las medidas tomadas para evitar altercados en la visita de la embajada marroquí al Teatro Novedades esta noche. Benítez se ha limitado a repetir lo mismo que el señor gobernador ya habría leído en el informe redactado por él y que tiene en su mesa desde el miércoles de la semana pasada: que se ha reunido con sus confidentes habituales para que estén alerta sobre la preparación de posibles algaradas, que un destacamento de la Guardia Civil Veterana patrullará la calle de Toledo desde primeras horas de la tarde y que él o alguno de sus oficiales asistirá a la función para asegurarse de que en el interior del teatro todo se desarrolla con normalidad.

El señor gobernador se ha mostrado satisfecho y, sin hacer la menor alusión al caso de la carrera de San Francisco, ha dado por concluida la amistosa entrevista con un «Muy bien, inspector, pues eso era todo, le agradezco mucho el tiempo que me ha dedicado».

Entonces, cuando Benítez ya tenía la mano sobre el picaporte de la puerta, el gobernador ha sacado a relucir lo de la enfermedad de Antuñano y su jubilación anticipada. Benítez ha expresado la tristeza que le producía la noticia, ha manifestado con sincera emoción todo lo que le debía a los años trabajados a su cargo y se ha vuelto a despedir de su excelencia con la sensación de que el asunto de la visita de la embajada marroquí a su distrito no era sino una vulgar excusa. Que ese no era el verdadero motivo para haberle hecho llamar a su despacho. Si Benítez daba muestras claras de su fidelidad al gabinete O'Donnell, el puesto de inspector especial de vigilancia podría ser suyo. Ese era el mensaje que el señor Aguilar y Correa había insinuado entre las líneas de su ampuloso discurso. Ese era el verdadero motivo para haberle hecho subir a su despacho.

Por eso, al poner los pies en la calle Mayor y recibir en el rostro el frío viento que soplaba desde oriente, en vez de tomar rumbo a su distrito, se ha dirigido a la Puerta del Sol. En breve regresará a su escritorio en Tabernillas, pero por unos minutos, José María Benítez Galcedo, el hijo de un humilde fabricante de velas que nunca creyó en él, quiere imaginarse a sí mismo como inspector especial de vigilancia con despacho en Gobernación y ventana abierta a la Puerta del Sol. Siente de corazón que Antuñano se vea obligado a dejar el cargo, pero lo cierto es que ser inspector especial es un broche inmejorable para rematar su carrera de policía. Y lo más irónico de todo el asunto es que tal vez el conseguirlo sea tan sencillo como plantarse en casa de Leal Romero y, de la manera más natural del mundo, preguntarle por una información que dentro de unos días será pública. Si el manchego se niega a darle los nombres de los diputados que van a retirar su apoyo al Gobierno, Benítez se irá sin rechistar. El que el inspector disponga de cierta información que, de llegar a oídos de la esposa del señor Romero, podría ocasionarle una seria crisis conyugal, no significa que vaya a hacer uso de esa información. ¿Verdad, José María?, se pregunta a sí mismo, con la mirada fija en una ventana del Ministerio de Gobernación. La del despacho del inspector especial de Madrid.

–Aquí tiene, señor –murmura a su lado el camarero, arrancándole de su pequeño dilema moral–. Media tostada con manteca y una tila.

Cuando veinte minutos después de dar comienzo al desayuno, Benítez sale del Café Universal, una repentina tensión le agarrota la boca del estómago, un dolor muy distinto al que suele provocarle la Ratona, una molestia vaga que extiende sus tentáculos por buena parte de su anatomía. Los rayos del sol caen aún indecisos, desnutridos. Varios ministerios permanecerán hoy cerrados para cubrir con esteras el suelo antes de que entre el verdadero frío. En los hogares madrileños, las familias de escasos recursos se resisten aún a hacer uso de braseros, pero en las calles, las levitas de entretiempo van cediendo poco a poco el terreno a las de invierno o, cuando menos, se dejan echar una capa encima. Benítez permanece unos segundos contemplando el Ministerio de Gobernación. La merecida recompensa a su esfuerzo de tantos años. Un premio al alcance de la mano. Una repentina tiritona le recorre el cuerpo. Debería haberse echado la capa encima. Pero no es frío lo que siente. Al menos, no es solo frío.

–A la calle de Toledo –indica al cochero del primer simón desocupado que encuentra–. Frente a la colegiata de San Isidro, por favor.

–¿Sabe usted si se han secado ya los mares? –pregunta el cochero–. Los otros días me entré por la Concepción Jerónima y pasé las de Caín.

El primer tramo de la calle de Toledo, desempedrado para acometer los trabajos de alcantarillado, se ha vuelto a empedrar con la entrada de la estación de lluvias, pero la operación se ha verificado con tal apresuramiento que, plagado de baches y lodazales, los coches y carromatos se las ven y se las desean para atravesarlo.

–Sigue igual –contesta Benítez–. Hasta la Puerta Cerrada está imposible.

–Entonces, si no tiene inconveniente, tomaré por el Duque de Alba.

–Claro, como usted quiera. Puede dejarme en el cruce con la calle de los Estudios si le viene mejor. Haré a pie el resto.

En muestra de agradecimiento, el cochero aguarda a que el pasajero se haya acomodado en la cabina del simón para hacer chasquear el látigo sobre un penco que, pese a su desoladora estampa, echa a trotar con un brío sorprendente. Ni diez minutos después, el vehículo se detiene en la calle del Duque de Alba, esquina con la de los Estudios, a escasos pasos del cuartel de la Guardia Civil.

Cuando pone pie en tierra el malestar físico con el que ha subido al simón está contenido en buena parte. La inquietud, por el contrario, sigue ahí dentro, intacta, invulnerable. La duda le corroe. Siente que lo que creía una decisión firme ya no lo es y, por eso, según su inveterada costumbre en momentos de duda, camina más despacio de lo habitual. Deja a su derecha la fachada del instituto de San Isidro y, unos pasos más arriba, a la altura de la colegiata, como siempre que pasa frente a este edificio, le invade el recuerdo de aquel 24 de diciembre de 1840 en el que el general Espartero pronunció allí una sentida alocución en memoria de los caídos en la sangrienta batalla de Luchana, cuatro años atrás.

A principios del año 37, cuando Benítez ingresó en la policía, no hacía ni un mes que su hermano mayor había muerto combatiendo al ejército carlista en aquella decisiva batalla. La muerte de Roberto le colocó a él en una situación muy complicada. De la noche a la mañana, el calavera que tantos tumbos había dado hasta contraer matrimonio era el elegido para heredar la Fábrica de Velas de sebo y Jabón Benítez e Hijos. Pero aquel negocio le era ajeno, no lo reconocía como propio. Había decidido ser policía y callaría la boca a todos los que auguraban que aquel sería uno de los muchos trabajos que había abandonado al poco de empezar. De modo que rechazó la oferta de su padre, aun sabiendo que, al hacerlo, se cerraba definitivamente una puerta.

Con el recuerdo de su hermano Roberto mezclándose en desquiciante asociación con la imagen de su padre advirtiéndole que nunca llegaría a nada en la vida, Benítez se dispone a cruzar la calzada.

La calle de Toledo no es hoy, ni por asomo, lo que era cuando las mercancías del sur y levante entraban casi en su totalidad por ella –hoy buena parte de los géneros de estas provincias entran a la capital por la estación de ferrocarril del Mediodía– y, sin embargo, pese a haber disminuido notablemente el tránsito de carromatos y también algo el de coches de pasajeros, aún hoy sigue siendo una de las vías más populosas y transitadas de Madrid.

Un viento gélido recorre la anchurosa calle. Benítez se agarra el ala de la chistera, cruza la calzada a grandes zancadas y se planta frente al edificio donde Leal Romero tiene su domicilio y despacho, y cuya planta baja está ocupada por un comercio de telas y pañolería que tiene buena parte de la acera invadida con muestras colgadas de un bastidor cubierto con una tela impermeable.

Tras un par de minutos dudando frente al portal, se gira en redondo y se dedica a contemplar el ir y venir de gentes y vehículos. Unos metros más abajo, en la esquina de la manzana, un mozo de cordel se frota las manos para entrar en calor. Ahora Benítez no siente frío. Una abrasadora oleada le recorre por dentro. Le arden las sienes. Es absurdo, se dice. Tan solo se trata de que Leal Romero le facilite una información que en unos días todo el mundo conocerá. Sin embargo, un escrúpulo moral le impide entrar en el portal y subir hasta el despacho del diputado. Si Leal Romero fuese sospechoso de haber cometido algún crimen o dispusiera de información que ayudase a resolver uno, él no vacilaría en usar ciertos métodos. Pero aquí no se ha cometido ningún crimen. Esa es la gran diferencia. Él no está aquí en calidad de policía. Benítez está aquí como esbirro del poder. Esa es la cruda realidad.

Un caballero de elegante levita y lustrosa chistera saluda con una leve inclinación de cabeza al inspector, quien le devuelve un saludo desmañado, de alguien que anda extraviado en sus pensamientos. Unos segundos después pasa por su lado un viejo vendedor de fósforos. Con su enorme cajón de madera colgado sobre el pecho, la cabeza cubierta con un pañuelo atado al cuello y sobre el pañuelo un raído sombrero granate de ala ancha, el viejo fosforero pregona su mercancía con más ganas que pulmones. El inspector se tienta el bolsillo derecho de la levita y confirma que alberga un cigarro. De repente siente un imperioso deseo de fumar. Tal vez un cigarro le ayude a tomar una decisión. El fosforero avanza calle abajo, gritando «Papel de Alcoy, cerillas, cien cerillas por dos cuartos». El inspector mete la mano en el bolsillo de la levita, aunque sabe bien que junto al cigarro no hay cerillas. Vacila durante unos segundos y, cuando echa a andar calle abajo, el fosforero ya se ha perdido por la desembocadura de la Cava Alta. A los pocos pasos, Benítez comprende que no va en pos del anciano, sino de vuelta a la inspección. No ha tomado aún una decisión definitiva, pero, por el momento, la parte de su cabeza que se ha hecho con las riendas parece haber descartado la idea de ir a hacerle una visita al diputado disidente.

Pasado el hospital de La Latina y el convento de monjas de la Concepción Francisca, gira a la derecha y atraviesa la bulliciosa plaza de la Cebada deteniendo su mirada aquí y allá, en los cajones donde se venden carnes, pescados, frutas y verduras, en los sacos de legumbres y patatas, en los puestos de pan y bollos. Aturdido por la algarabía de voces que pregonan el bueno y barato género, con la pituitaria saturada de olor a ajo y pimentón, supera los últimos puestos del mercado, los que quedan frente a la iglesia de Nuestra Señora de Gracia, hasta que en el arranque de la calle Tabernillas, en la plaza de Puerta de Moros, se detiene para sentir el latir de su distrito. De ese Madrid castizo en el que quizá acabe sus días como policía, sin pena ni gloria, firmando documentos, evacuando informes, sellando cédulas de vecindad.

Por la carrera de San Francisco sube un artesonero de no más de quince años, un niño con cuerpo de hombre, ropajes mal remendados y un gran zurrón al hombro.

—Se apañan lebriilllos, barreeeeños, tinaaajas, artesooones —vocea el muchacho—. A componeeer, señoras, a componeer. Ha *llegao* el ... —El mozalbete se interrumpe para girarse y dedicarle un piropo a una atractiva joven de ojos negros que ha pasado por su lado—. Bendito sea *to* lo bueno, morena. *¿Quies* que te *convíe* a un trago, pedacito de cielo?

—Anda y que te convide a ti tu ama de cría, mocoso —le contesta la muchacha.

El chico, con las mejillas súbitamente teñidas de amapola, se queda plantado en la acera mientras ella echa a andar por la carrera de San Francisco, con un contoneo de caderas que hace que los ojos del imberbe artesonero a punto estén de salírsele de las órbitas. Apenas habrá dado diez o doce pasos cuando la chica se gira en redondo.

—*¿Tas creío* que soy una estampa, *desvergonzao*?

Benítez percibe un enorme abismo entre el reproche que denotan las palabras pronunciadas por la muchacha y la velada sonrisa que se dibuja en su boca.

El muchachuelo, quien parece haberse percatado también de la mal disimulada coquetería de la joven, se sonríe y le lanza un beso seguido de otro piropo medio susurrado.

Benítez, que se imagina a la muchacha sonriendo mientras camina carrera de San Francisco abajo, no puede evitar sonreírse también. Pero la sonrisa que se dibuja en sus labios es una sonrisa triste, la sonrisa de alguien que ha gozado demasiadas bocas distintas en su vida, de alguien que antes de ayer se veía a sí mismo como un hombre maduro con no poco atractivo para las mujeres y hoy ha creído vislumbrar a la vejez acechando a la vuelta de la esquina. La sonrisa de un donjuán ajustándose la dentadura postiza. En su boca se perfila una sonrisa cada vez más triste, la sonrisa de un viejo policía que, de pronto, no puede dejar de pensar que esa chica que se pierde carrera de San Francisco abajo podría ser Lorenza Calvo, una joven alcarreña que hasta la noche del domingo tenía toda una vida por delante.

Con la imagen de Lorenza tendida en la portería de los Ribalter, el rostro compungido de la señora Campos en el Café del Iris y la negativa de González Cuesta a pedir la colaboración de la Guardia Civil de Guadalajara, entra en el número 17 de Tabernillas. Sube las escaleras profundamente desalentado y con semblante avinagrado entra en la sala de oficiales. Por suerte, unos instantes después, la habitual diligencia de uno de sus empleados consigue que Benítez comience a borrar de su cabeza todo lo que vaya a distraerle de su primordial ocupación: resolver el asesinato de Lorenza.

–Aquí tiene, inspector –dice Carmona–: la relación de los empleados que trabajaron el domingo en Capellanes con las señas particulares de cada uno.

Benítez tiende la mano, coge la cuartilla y echa un vistazo al papel.

–Necesito que haga algo, señor Carmona –dice al cabo de unos segundos.

–Usted dirá, jefe.

–Cuando regresen Ortega y Domínguez, vaya usted a hablar con la empleada del guardarropa que vive en la calle de la Ternera. Quizá los jóvenes que convidaron a cenar a las muchachas iban con ellas cuando recogieron sus abrigos.

–Entendido, jefe.

–Veo que uno de los camareros del ambigú también está empleado en una confitería de Espoz y Mina. ¿No es eso?

–Así es, inspector. Trabaja de dependiente en la confitería de Jáuregui de lunes a sábado y en el Salón de Capellanes la noche del domingo.

–Le haré una visita más tarde. Si no sacamos nada en claro hoy, mañana nos repartimos el resto de empleados.

Apenas ha terminado la frase, cuando Fonseca irrumpe en el despacho, con su cara de luna llena abotargada y jadeando.

—Novedades, inspector... —anuncia con el habla entrecortada.

—¿Sobre el portero? —pregunta Benítez.

—No, inspector. El señor Casimiro ha vuelto a su puesto de trabajo. Allí está como si tal cosa. Se trata de otro asunto.

—Hable, Fonseca. ¡Por su vida!

—Mientras venía de camino me he encontrado con Corcuera, el confidente. Le he contado en qué andábamos y da la coincidencia de que la madrugada del domingo, cuando se recogía, vio entrar a un hombre de levita y chistera en la casa de vecindad donde vive el sobrino del portero.

—¿Un caballero por esos andurriales?

—Sí, pero lo bueno viene ahora, inspector.

—Hable de inmediato o mando que le azoten.

—Corcuera cree haber reconocido al hombre. Según me ha dicho, está casi seguro de que la persona a la que vio era el almacenista de vinos de la calle de Toledo.

—¿Cómo? ¿El señor Ribalter?

—Sí, dice que solo le vio de refilón, pero que juraría que era él.

—Tal vez fue a ver al muchacho para informarle de que habían llevado a su tío a la prevención —sugiere Benítez—. Parecía convencido de la inocencia del portero, así que no es extraño que quisiera ir él en persona a dar la noticia a su sobrino.

—¿Pero...?

—¿Por qué sabe que hay un «pero»?

—Por su cara, inspector —explica Fonseca—. La que pone cuando algo le huele a chamusquina.

Una hora después de que Fonseca le haya transmitido la información facilitada por Corcuera —un ladrón de poca monta convertido en confidente de la policía tras varias estancias en la cárcel de villa, más conocida como el Saladero—, el inspector sale del juzgado de primera instancia con un confuso

131

barullo de ideas en la cabeza. A las cinco en punto de esta tarde, según le acaba de informar Pérez Elgueta, practicarán el registro en el domicilio de Nicolás Vilanova. Benítez no confía en que la diligencia vaya a resultar de gran utilidad para la resolución del crimen de la carrera de San Francisco y quizá, por ese motivo, trata de poner en claro todos los elementos del caso. Por el momento, lo que tienen es una criada, muy enamoradiza, en palabras de la señora Ribalter, que, una semana antes de que se cometiera el robo que acabó con su vida, conoció a dos jóvenes en el populoso baile que se celebra en el Salón de Capellanes. Una criada alcarreña que, muy probablemente, conocía a alguno de los implicados en el robo. Tal vez el sobrino del portero sea uno de ellos. Los cabellos encontrados en la cama del portero pertenecen, casi con toda seguridad, a Lorenza, según informaron ayer a última hora desde el departamento de Medicina Legal de la Facultad de Medicina. De haber estado con Nicolás Vilanova la noche del crimen, es de suponer que el señor Casimiro lo supiese. Pero ¿qué era lo que sabía el portero? ¿Que su sobrino se entendía con la criada o que esa noche iban a dar un golpe en la casa de José Antonio Ribalter, su paisano, al que conoce desde niño y a cuyo servicio lleva tantos años? ¿Y cómo encaja en todo esto la visita del señor Ribalter a Nicolás Vilanova la noche del crimen?

Es duro reconocerlo, pero Benítez se siente perdido, sin un hilo al que asirse en este enrevesado laberinto de tinieblas.

La elegante confitería de Jáuregui está situada en la calle de Espoz y Mina, a pocos pasos de la Puerta del Sol. Tras el escaparate lucen tentadoras ensaimadas, planchas de hojaldre rellenas de crema, bombones y almendras de licor, pastillas de goma, cajas de mantecados y un extenso surtido de dulces y golosinas.

–Sí, les recuerdo perfectamente –afirma un joven con delantal que, para redondear su sueldo como dependiente de la confitería, trabaja como camarero del ambigú de Capellanes en la noche del domingo–, yo atendí su mesa. Dos muchachas morenas, guapas las dos, aunque, cómo le diría, cada una a su modo. Llegaron acompañadas con dos jóvenes de unos veinticuatro o veinticinco años. Pidieron tortilla de patatas, jamón serrano y una botella de manzanilla. A una de las chicas, la que parecía más *echá palante,* se le antojaron unas aceitunas aliñadas y, como se nos habían acabado, tuvimos que mandarlas traer de Los Andaluces.

–¿Recuerda cómo eran los dos jóvenes?

–Muy distintos entre sí. Uno era fuerte y alto. El otro, que fue el que me mandó a buscar las aceitunas con unas ínfulas que ni siete marqueses juntos se las dan tan grandes, era más bien bajito. Los dos vestían como visten los menestrales cuando salen de fiesta, de chaqueta, pero, por la manera en que se expresaba el chiquitajo, yo diría que ese ha debido de tener cierta instrucción. Vamos, que no daba impresión de ser de la clase artesana aunque vistiese como los artesanos.

–¿Les oyó llamarse por su nombre?

–Si lo hicieron, yo no me apercibí.

–¿Y del segundo hombre recuerda algo?

–El bajito tenía el pelo claro. El fortachón era moreno de piel, pero de esos morenos curtidos que se cogen trabajando en la calle.

Nada más oír lo de que el joven alto y fuerte tenía un moreno de los que se cogen trabajando a la intemperie, una lucecita se prende en su cabeza. El tipo de trenzado de la cuerda que usaron los ladrones, le explicaron ayer a Carmona, es el que se suele dar a los cordeles de gran resistencia, como los que se usan en almacenes, mozos de cordel, albañilería.

La casualidad, ese mensaje que manda el universo al observador atento, hace que del portal contiguo a la confitería de Jáuregui salga en este instante un mozo de cordel con un baúl al hombro que lleva atado con una cuerda muy parecida a la que Benítez guarda en el armario de pruebas de Tabernillas.

–¿Alguna otra cosa que le llamara la atención?

133

–Ah, sí, que tenía un chichón en la frente. Un bulto amoratado bastante llamativo.

De pronto Benítez recuerda que todos los mozos de cordel que ejercen su oficio en la Corte están obligados a matricularse en el Gobierno Civil donde, además de las calles y plazas asignadas para permanecer en espera de clientes, constan los datos personales y lugar de procedencia de cada mozo matriculado.

–¿Se fijó usted si hablaba con algún acento particular?

–No estoy *graduao* en acentos, inspector, pero me apostaría un almuerzo en el Lhardy a que si no es asturiano poco le falta.

El trabajo empieza a dar pequeños frutos. Ya tenemos algunos hilillos a los que agarrarnos, se dice el policía. Raro será que ninguno de ellos nos lleve hasta el asesino de Lorenza. Alguno ha de ayudarnos a salir del laberinto.

IX
Escombros del pasado

Con la mirada vagando por el retrato al óleo de Isabel II que cuelga a la izquierda de la puerta de su despacho, ligeramente encorvado hacia delante, con los codos apoyados sobre la mesa y los dedos de ambas manos entrelazados, Benítez se pellizca rítmica, pausada y tenazmente la piel del cuello con la pinza que forman sus pulgares. En una esquina del escritorio reposa un rimero de informes pendientes de firma y sello desde hace días. En mitad de la mesa, iluminado por la macilenta luz de media tarde que entra por la alta y estrecha ventana que se abre a la calle de Tabernillas, descansa, abierto delatoramente por la misma página desde hace más de una hora, un periódico en el que se anuncia a bombo y platillo el acuerdo, *muy satisfactorio para el Estado español*, alcanzado con el príncipe Muley el-Abbas, embajador plenipotenciario de Marruecos.

En virtud de este nuevo convenio, las tropas españolas evacuarán la ciudad de Tetuán toda vez que el imperio marroquí entregue tres millones de duros a los comisionados que el Gobierno español designará a tal fin. El resto de la indemnización estipulada en el anterior tratado de Wad-Ras será abonado, en un tiempo difícil de pronosticar, mediante la mitad de lo que produzcan en concepto de derechos las aduanas de todos los puertos del imperio marroquí. En un plazo más corto que largo, Tetuán será devuelta a Marruecos y –pese a que en los últimos días la prensa ministerial no ha perdido ocasión para recordar a la opinión pública que en el ánimo del Gobierno nunca estuvo dilatar los dominios españoles en el norte de África– la noticia de que en breve el pendón español no ondeará ya en la *Paloma blanca* deja en el ambiente la amarga sensación de que en Marruecos, como dijo el general Ros de Olano, «habiendo ganado todos los combates, perdimos la campaña». La corona de laurel con la que el general O'Donnell se cubrió tras la larga y costosa marcha que culminó con la toma de Tetuán se ha podrido, y lo que hoy toca es confeccionar una gran corona fúnebre en recuerdo de las cuantiosas vidas españolas que, por el plomo de las espingardas marroquíes o por el mortífero cólera, se han malogrado en tierras africanas. Año y medio después de firmado el tratado de paz de Wad-Ras, la imposibilidad de que Marruecos haga frente a la indemnización estipulada es tan manifiesta que al Gobierno español, tras varias moratorias de pago, no le ha quedado otra salida que aceptar la modificación de las condiciones del convenio. Al menos, si la guerra de honor contra los marroquíes no ha reportado grandes beneficios económicos o territoriales, la defensa del pabellón español en tierras africanas sí ha conseguido que las naciones europeas miren hoy a España con otros ojos. Eso aseguran quienes, ciegos ante la evidencia, repiten el patriótico y cansino estribillo de que por fin España ha recuperado el prestigio de tiempos gloriosos y de nuevo ocupa el lugar que le corresponde en el concierto de las naciones civilizadas. Lo único cierto de todo lo dicho sobre la cuestión marroquí en los últimos días es que con la salida de las tropas españolas de Tetuán por fin se podrá acabar con el ingente gasto que su mantenimiento exige. Tal vez, con lo que así ahorre el Estado, las pensiones de viudas, huérfanos e inutilizados, aunque no mejoren, al menos se abonen sin atrasos.

Tiene delante los pormenores del acuerdo y quiere informarse, pero en cuanto fija su mirada sobre el papel una maraña de lucecillas le nubla la vista y no tiene más remedio que dejarlo. Entrelaza de nuevo sus manos y los pulgares vuelven a pellizcar con un nerviosismo rítmico, matemático, la enrojecida piel del cuello.

Tras unos minutos con la mirada vagando por el plano del distrito que cuelga a la derecha de la puerta, salta del sillón y se dirige con pasos vacilantes hasta el perchero de peana que hay en una esquina del despacho.

Está en su mano ser nombrado inspector especial de Madrid, piensa. Pero no está dispuesto a conseguirlo a cualquier precio. Así que mejor asumir que esta será su última estación profesional. Aquí, en La Latina, terminará su carrera. Aquí, lejos del Madrid verde de las alamedas del Retiro, del Prado y de la Fuente Castellana, lejos de los lujosos escaparates de Preciados, de las farolas de gas, de las librerías de Carretas, del Café Suizo. También aquí debe haber un policía al frente de la inspección de vigilancia y seguridad. Y puedes darte con un canto en los dientes, José María. De no ser por tus amigos de la Unión Liberal ahora serías uno de esos tristes cesantes que van por ahí mendigando un empleo. Nadie ha dicho que no seas un buen policía. Las estadísticas lo atestiguan. Pero para optar a ciertos puestos eso no es suficiente. Así que asúmelo. Aquí acabará el viaje.

Con la chistera en la mano, recapacita durante unos segundos. Después, vuelve a colocar el sombrero en uno de los brazos de madera labrada del perchero y se sienta de nuevo.

Está casi decidido a no dejarse envilecer por el infame juego de la política. Sin embargo, se dice, no estaría de más estar seguro de que la acusación contra su cuñado es falsa. Quiere confiar en Manuel, pero lo cierto es que no le parece mala idea hacerle una visita y tener una breve charla con él.

Por segunda vez en apenas unos minutos, Benítez salta del sillón y se dirige hacia el perchero. Con la chistera en la mano, se queda durante unos segundos petrificado por la duda. Tiene cosas más importantes que hacer que ir a que su cuñado le confirme que es falso lo que dice el anónimo que le mostró ayer González Cuesta. Sin embargo, tal vez hasta que no resuelva este asunto, no podrá dedicarse al resto.

Media hora más tarde, con la Ratona preventivamente apaciguada con una frugal comida, a la que ha creído conveniente

137

coronar con un remedio de botica a base de carbonato de magnesio, Benítez asciende por Tabernillas, con la extraña sensación de estarse viendo a sí mismo desde fuera y no gustarle nada lo que ve.

En la parada de coches públicos establecida en la plaza de Puerta de Moros, un cochero de rostro tostado, patillas de contrabandista y nariz socrática dormita en el pescante de un destartalado simón.

–¿Me lleva al portillo de San Vicente, por favor? –pregunta Benítez, después del enérgico carraspeo que ha precisado para despertar al durmiente.

Apenas ha tenido tiempo de acomodarse en la cabina del vehículo, cuando el látigo del cochero azota el lomo de la escuálida yegua y el simón echa a rodar rumbo a una de las casi veinte puertas que salpican la vetusta cerca que circunda Madrid. En una de las puertas con registro de rentas, en la de Segovia, Benítez estuvo empleado cerca de siete años y fue allí precisamente donde conoció a la mujer que unos años después se convirtió en su esposa. Ella y su hermano Manuel entraban a Madrid a bordo de una galera procedente de Badajoz. Inmaculada vestía un bonito traje de viaje color gris perla y traía la cara cubierta con el tupido velo de una mantilla. Qué sería hoy de él si aquella joven extremeña no se hubiese alzado el velo y él no hubiese podido fondear sus desamparadas pupilas en aquel hermoso puerto de ojos negros. Qué sería hoy de él, se pregunta melancólico mientras el simón estaciona frente al portillo de San Vicente.

Mientras Benítez saca su portamonedas del bolsillo interior de la levita se siente invadido por la absoluta certeza de haber vivido antes ese momento. Él a punto de pagar a un cochero que le ha llevado al último rincón de Madrid donde le gustaría estar. Su mente, saturada de imágenes, de palabras, de recuerdos, le asegura que ya ha vivido antes ese desagradable momento.

Golpea con el bastón en la puerta de un pequeño cuarto asignado al militar al mando del resguardo y las risas y procacidades que retumban dentro cesan de inmediato. En el interior, a ambos lados de una mesa de tosco pino sembrada de ceniza y briznas de tabaco, el comandante del puesto, un cuarentón de enorme bigote y ojillos vivarachos, comparte una botella de aguardiente con un civil de cincuenta y cinco años, de rostro anguloso y ojos grandes y almendrados que suscitan simpatía.

–¡José María! –exclama Manuel Bejarano, al descubrir en el hueco de la puerta el ceñudo semblante del inspector–. ¿Ha pasado algo?

Benítez, haciendo caso omiso a la preocupación de su cuñado, se presenta ante el comandante del resguardo, pide disculpas por la intromisión y solicita licencia para hablar con su subordinado.

–Cómo no, inspector –contesta el bigotudo oficial con una voz ronca, atronadora como cañón de a ocho–. Siempre a su servicio. Si le place, pueden quedarse aquí a echar un trago. A mí no me vendrá mal estirar un poco las piernas.

–Si no le importa, mi comandante, preferiría que el señor Bejarano me acompañase afuera.

–Claro que no, inspector. Aprovechen la miaja de solecillo que ha salido para darse un paseo. Vayan sin prisa.

–Muy agradecido, mi comandante.

Manuel Bejarano coge una raída gorra con visera que cuelga de un clavo de la pared, cubre con ella su canoso y abundante cabello, y sale en pos de su cuñado, quien se encamina hacia el arco central del portillo sin esperarle.

Extramuros, dos centinelas charlan dentro de la minúscula casilla del resguardo, contigua al postigo norte. Bejarano los saluda y aprieta el paso tras el policía. Cuando por fin le alcanza, pregunta de nuevo si ha ocurrido algo.

Benítez, con los ojos detenidos en el niño a lomos de un delfín que corona la monumental fuente de los Mascarones, vuelve la cara hacia su cuñado, sacude la cabeza a los lados y señala con la contera del bastón en dirección al paseo de la Florida.

–¿No dirás cuánto tiempo hace que nos conocemos? –pregunta Benítez, tras un trecho de tenso silencio por el arbolado paseo.

–Media vida, lo menos –responde Manuel Bejarano, a quien la pregunta del policía ha terminado de pintarle en la cara el mayor de los desconciertos.

–Más de media vida, Manuel. Treinta años para ser precisos.

–¡Ángela María! ¿Treinta años? Si parece que fue ayer.

–Anteayer más bien. Aunque ya te conocía de vista, la primera vez que hablamos fue una noche en la primavera del 31, en el Café del Príncipe.

–Sí, ya recuerdo. Yo estaba echando un trago con Ontiveros y de pronto me di cuenta de que tú no nos quitabas la vista de encima ni un segundo.

–Hasta que se te agotó la paciencia y te plantaste frente a mí, hecho un matasiete.

–Una imprudencia, lo reconozco.

–Y más si pensabas que yo era un polizonte. ¡A quién se le ocurre!

–Solo a mí.

–Sí, solo a ti –secunda Benítez con una amarga sonrisa en los labios–. Aunque no supieras que la policía le seguía la pista a...

–Perdona que sea tan directo, José María –le interrumpe su cuñado–, pero tú no has venido hasta aquí para recordarme que hace treinta años, de no ser por ti, podría haber acabado con una soga al cuello en la plaza de la Cebada. ¿Verdad?

–No, Manuel, no he venido a recordarte que de no ser por mí podrías haber acabado como el librero Miyar. Ni tampoco he venido a recordarte todas las veces que he dado la cara por ti; ni que, cuando decidiste cruzar el charco a probar fortuna, me hice cargo de José Francisco como si fuera mi propio hijo, ni que cuando volviste de América con una mano delante y otra detrás removí Roma con Santiago para encontrarte colocación. No, Manuel, no he venido hasta aquí para echarte en cara el inventario de favores.

–Pues menos mal.

–Venga, Manuel, basta ya de pamplinas –escupe Benítez, haciendo un alto para clavar sus encendidas pupilas en las de su cuñado–. ¿De verdad no te imaginas a qué he venido?

–Pues no, José María. No tengo la menor idea.

–Dime, Manuel, ¿qué te traes con las lavanderas?

–¿Con las lavanderas?

–Sí, Manuel, no te hagas el tonto.

–Te juro por lo más sagrado que no sé de qué me hablas.

–¿Qué hacéis con las lavanderas que regresan del río cuando el portillo está cerrado?

–Pues ¿qué vamos a hacer? Se les abre la verja, se les revisan las cestas y se las deja pasar.

–¿Así? ¿Sin más?

–¡Por supuesto que sin más! ¿Qué estás insinuando?

–En un anónimo que ha llegado al Gobierno Civil se asegura que a algunas mujeres no se les abre la verja a menos que se presten a ciertas cosas.

–¡Mentira! Eso es una sucia mentira. Jamás he pedido favores a una mujer estando en mi puesto de trabajo. Te lo juro por mi vida, José María. El malnacido o malnacida que haya escrito eso miente como un bellaco.

–Está bien, Manuel, no te sofoques –dice Benítez tras estudiar con detenimiento el rostro de su cuñado.

–Cómo quieres que no me sofoque, José María. No pretenderás que oiga una acusación tan infame como esa y me quede como si tal cosa.

–No, lo que te pido es que, ahora que me has dicho que alguien te ha calumniado, me ayudes a comprender por qué lo habrá hecho.

–¡Y yo qué diantres sé!

–¿Te has enfrentado con algún compañero del resguardo?

–En absoluto.

–¿Y con las lavanderas? ¿Hay alguna que tenga motivos para querer hacerte la puñeta?

Manuel Bejarano se detiene en seco y, después de unos instantes apretándose las sienes con los pulgares, dice:

–Una a la que llaman la Caballo.

–¿Y esa mujer te quiere mal por...?

–Pues porque hace unas semanas me propuso participar en un asunto feo y yo me negué en redondo.

–¿Tomaste alguna medida contra ella?

–No.

–¿Me puedes decir por qué?

–Es complicado de explicar.

–Inténtalo, Manuel.

–Al parecer la Caballo vio que, en alguna que otra ocasión, no revisaba el canasto de una de sus compañeras y pensó que podría llegar a algún tipo de acuerdo conmigo. Vamos, que pretendía que yo hiciera la vista gorda para así ella poder meter algunas cosillas de matute. Y si estás pensando en preguntarme por qué no revisé el canasto de la otra lavandera, lo siento pero eso no te lo puedo decir.

–Manuel, ¿en qué andas metido?

–En nada ilegal, José María. Ni ilegal ni inmoral. Te ruego que confíes en mí y no me preguntes por cosas que no te puedo contar por ahora.

–Quiero confiar en ti, Manuel, de verdad que quiero confiar en ti, pero, amigo mío, tienes que reconocer que me lo estás poniendo muy difícil.

–Ve a hablar con la Caballo, José María. Faena en el lavadero del tío Zacarías, al otro lado del Puente Verde. Creo que se llama Sagrario. Tiene cuarenta y pico años, suele llevar a la cabeza un pañuelo rojo con lunares blancos y lo de llamarle la Caballo le viene por la dentadura. Ve, habla con ella y con sus compañeras y si te queda la menor duda de que me pueda estar aprovechando de esas desgraciadas, dímelo y yo mismo pediré en comandancia que abran un expediente. Ahora debo regresar a mi puesto.

Un par de minutos después, Benítez contempla desde el Puente Verde al grupo de lavanderas que faenan en la ribera oriental del Manzanares. Unas cuantas, junto a los hoyos excavados en la orilla del río, restregando las jabonosas prendas sobre una tabla de madera o aclarando las ya lavadas en un barreño. Otra porción de ellas, alejadas unos metros de la orilla, perdidas entre largas filas de pértigas de las que cuelgan prendas de vestir y ropas de cama. Entre las mujeres arrodilladas frente a la raquítica corriente del Manzanares, una lavandera de no menos de cuarenta otoños se ha arrancado a cantar unas coplillas.

Mucho pelo rizado,
mucha sortija
y en tu casa no tienes
ni cuatro sillas.

Tanto vestido blanco
tanta parola
y un puchero en la lumbre
de agua y cebolla.

Arrierito es tu amante
de cinco mulas.
Tres y dos son del amo
las demás son suyas.

Tras cada estrofa, a modo de estribillo, el resto de lavanderas repite estos versos:

A las dos de la tarde
come mi abuela
que le sirve de almuerzo,
merienda y cena.

La mujer que entona las estrofas lleva sobre la cabeza un pañuelo rojo con lunares blancos. Benítez posa su mirada en la boca de la mujer. A pesar de que sus grandes dientes guardan relativa proporción con el resto de su rostro, debe de ser ella a quien llaman la Caballo. Acabada la canción, sin dejar de faenar un momento, la Caballo conversa a grito pelado con otra lavandera de las que tienden la ropa. Benítez aguza el oído. Nada de interés. Una mujer preguntando a otra por el precio del carbón en los almacenes de su calle. Una mujer que muy probablemente no sepa leer ni escribir, pero que a buen seguro sabrá mucho de cuentas, sobre todo de restas. Otra lavandera de no menos de cincuenta veranos se lamenta a pleno pulmón de que, desde que su hijo ha sacado la suerte de soldado en la última quinta y ha tenido que dejar la tahona donde trabajaba, se las ven y se las desean para poder pagar al casero los domingos.

–Este pícaro Madrid está hecho solo *pa* los ricos, Colasa –sentencia una que aparenta cinco o seis años más que la del hijo recluta.

–No, si *entoavía* te quejarás –reprocha la más veterana de las lavanderas–. *Pos* tú, Niceta, cuando pagas a un mozo de cuerda *pa* que te traiga y te lleve la ropa, será *poique* no estás tan malamente.

El inspector Benítez se gira en redondo y emprende el camino de vuelta con pasos largos, ágiles, convencidos. Ignora en qué andará metido su cuñado Manuel, pero tiene clara una cosa: pese a todos sus defectos, pese a ser un tarambana de marca mayor y a haberse pasado media vida concibiendo empresas imposibles, confía en él. Así de sencillo. Se fía de su palabra.

A la altura de la fuente de los Mascarones, Benítez se detiene y permanece unos segundos contemplando la Puerta de San Vicente. Vista desde fuera, piensa, resulta mucho más hermosa que desde el interior. La cabeza de león sobre la clave del arco central, el frontispicio triangular rematado con un trofeo militar, los ornamentos que adornan los postigos laterales, todo el conjunto es tan bello que, por un instante, el inspector se imagina a punto de ingresar en una ciudad desconocida, una ciudad donde comenzar una nueva vida. Pero al ser humano no le es dado cambiar de vida sin arrastrar consigo sus miserias, sus penas, sus remordimientos. La conciencia de los hombres es un saco de arpillera cargado con los escombros del pasado. Un saco de arpillera con la trama muy tupida.

X
Turnos de vigilancia

Matías Moratilla es un alcarreño laborioso, de espaldas anchas, ojillos vivos y nariz respingona. Habla por los codos y, pese al tiempo que lleva viviendo en Madrid, aún suelta de cuando en cuando alguna de las palabrejas que se trajo de su Pastrana natal, hace cerca de treinta años. Llegó a la Corte con una mano delante y otra detrás, recién muerto Fernando VII y, antes de que cristinos y carlistas hubiesen firmado el alto el fuego, él ya había abierto su propia lonja de ultramarinos en la calle de Toledo. Según se le ha oído decir en numerosas ocasiones, lo único que le queda por cumplir en esta vida, además de ver licenciado en Leyes a su único hijo, es reunir el dinero suficiente para comprar la finca en la que están su negocio y su domicilio particular. Para adelantar la llegada de ese soñado momento, en la casa del señor Moratilla no hay, ni ha habido nunca, otra servidumbre que la infatigable mano de la señora Librada, su solícita esposa. El señor Matías, por su parte, además del trabajo que le da el almacén de comestibles, que regenta junto a la ayuda de un único mancebo, administra un par de casas de vecindad del distrito. Sebastián, su hijo, bastante tiene con aprenderse *las siete partidas del Rey Sabio y demás jurisprudencias*, como repite el orgulloso padre cada vez que alguien le pregunta por qué el heredero no le echa una mano en la tienda.

Mientras Benítez y Fonseca, bajo la atenta mirada del escribano Escamilla, registran el pequeño cuarto de Vilanova, en una casa de vecindad de la calle del Águila, una de las dos que

145

administra el alcarreño, el juez instructor del caso permanece algo retirado junto a un alguacil del juzgado y al señor Moratilla.

–Buen chico, el catalán –comenta el alcarreño–. No solo buen pagador y *mu* puntual sino que, amén de eso, viene a traerme los cuartos a la tienda.

Pérez Elgueta se lleva la mano derecha a la frente y comienza a masajearse con el pulgar en la sien.

–Ojalá *toos* los inquilinos fuesen tan cabales como este muchachejo –prosigue el pastranero–. ¡No se hace una idea, su señoría, de la cantidad de tunantuelos con los que me *tenío* que pelear *dende* que me dedico a esto!

El juez ignora por completo al tendero y sigue, con la mirada, la labor de los policías.

Sobre una mesa de pino en la que se aprecia polvo de carboncillo, descansa una pila de pliegos de cordel y romances de los que cantan los ciegos por las calles. Benítez toma varios ejemplares. Todos ellos son de la imprenta de Santiago Pelegrín y las ilustraciones van firmadas por N. Vilanova.

Benítez deja los papeles sobre la mesa y da un par de pasos hacia un baúl que hay junto a la cama. Lo abre y extrae de él un pantalón marrón de tela fina y una alpargata con suela de esparto.

–¿Sería tan amable de prestarme una cuartilla? –solicita Benítez, dirigiéndose al escribano.

Mientras Escamilla abre con desgana una cartera de cuero que lleva bajo el brazo, el inspector Benítez saca de un bolsillo de la levita una copia de la cédula de vecindad de Nicolás Vilanova y se la alcanza a Fonseca.

SEÑAS GENERALES	SEÑAS PARTICULARES
Edad — 25 años.	Acento catalán.
Estatura — seis pies y tres pulgadas.	Acostumbra llevar pantalón y levisac negros.
Pelo — negro, crespo, corto.	
Ojos — castaños.	
Nariz — regular.	
Barba — no usa; ni bigote.	
Cara — cuadrada.	
Color — moreno.	

146

Mientras Fonseca lee la cédula de Nicolás Vilanova, Benítez deposita la cuartilla que le ha dado el escribano sobre la mesa, coloca la alpargata sobre el papel y perfila su contorno con un lapicero.

–¿Qué me dice de esto, Fonseca? –pregunta el inspector Benítez.

–Poco pie para alguien tan alto, ¿no? –comenta el oficial.

–La verdad, no veo a Vilanova yendo a clases de anatomía en alpargatas.

Benítez dobla la cuartilla, se la guarda en un bolsillo de la levita y se dirige hacia la cama que hay arrimada a la pared. Es una humilde cama de madera, aunque vestida con una colcha de indiana bastante limpia, que llega casi hasta el suelo. Retira la colcha y las dos sábanas que cubren un jergón mal cebado de paja, se arrodilla, alarga un brazo y extrae, de debajo de la cama, una estera de esparto y dos mantas viejas, llenas de agujeros. Examina minuciosamente la estera, en busca de algo que pudiera ponerle en la pista de la persona que ha podido usarla para dormir en ella y vuelve a hacerlo, sin obtener tampoco ningún hallazgo, con las mantas. A continuación, saca un cabo de vela de un bolsillo de la levita, lo enciende y recorre con la vista todo el espacio que hay bajo el tablero de la cama. Nada de interés. Como tampoco encuentra nada al separar el jergón del tablero. Ni al rajarlo por la mitad, de cabeza a pies. Nada, salvo la intuición de que la estera y las dos mantas han sido utilizadas recientemente.

Mientras Matías Moratilla, seguido por los representantes de la ley y el orden, baja las escaleras, no se oye ni un alma en la vecindad. Pareciera que la tierra se hubiese tragado a todos y cada uno de los inquilinos de esta cochambrosa colmena. Las justicias, la inspección de vigilancia y el casero: imposible imaginar un espantajo más eficaz. Si algún vecino tuvo la mala suerte de dejarse ver cuando apareció el cobrador, en el tiempo que ha durado el registro, por si las moscas, se ha borrado del mapa. Como se borraron ayer Vilanova y compañía.

–En mi opinión, no hay duda de que Nicolás Vilanova escondía a alguien en el cuarto –comenta Benítez, mientras bajan las escaleras.

–Pero no cree que tenga que ver con el robo, ¿verdad? –sugiere el juez.

–Ni lo creo ni lo dejo de creer, señoría. Me falta información. Por el momento, según yo lo veo, se abren ante nosotros dos posibilidades.

–Que son...

–Una, que Nicolás Vilanova haya participado en el robo. El señor Ribalter le visita para informarle de que su tío ha ingresado en la prevención y él, en vista de que el propio Ribalter no sospecha que pueda tener parte alguna en el robo, se queda tranquilo, aunque, por si acaso, a la mañana siguiente él y su compinche se marchan a algún lugar más seguro.

–¿Y la otra?

–Que el chico estuviese amparando a alguien en su cuarto. Tal vez algún huido de Loja. El señor Ribalter se presenta para informarle de lo que ha ocurrido y él, temiendo que su nombre termine por aparecer en la sumaria y que la policía se presente en su casa, se va junto con el sujeto al que está protegiendo.

–¿Y por cuál de las dos se decanta?

–Aún es pronto para eso, señoría. Lo que sí le puedo decir es que la visita del señor Ribalter me resulta de lo más inquietante.

–¿No estará usted sugiriendo que ha podido tener algo que ver con el robo de su propia casa?

–No, no. No estoy sugiriendo nada.

–Si ni siquiera tenía contratado un seguro que se haga cargo de lo sustraído –objeta el magistrado–. ¿Con qué propósito iba a robarse a sí mismo?

–Buena pregunta. Muy buena pregunta.

–Ande, váyase a descansar, inspector. Ya ha exprimido usted bastante el día.

–Sí, es cierto... –Benítez hace una breve pausa–. Una última cosa, señoría, respecto a lo de los dos jóvenes de Capellanes...

–¿Sí?

–Creo que sería conveniente solicitar mañana mismo una relación de mozos de cordel en el Gobierno Civil.

–¿No le parece mejor esperar a que esa otra chica...?, ¿cómo se llama?

–Engracia.

–Engracia, Engracia –repite el juez, dándose palmaditas en la frente–. No sé cómo puedo tener tan mala memoria para los nombres. Para más inri, tengo una tía en Cartagena que se llama igual. Bueno, a lo que iba, ¿no le parece mejor esperar a que esa Engracia regrese y nos cuente en primera persona lo que sepa de esos jóvenes?

–Si están detrás del robo es muy probable que hayan dado nombres falsos y que no hayan dicho a qué se dedicaban.

–Sí, claro –conviene el juez.

–No deben de bajar de treinta los mozos de cordel asturianos matriculados en el Gobierno Civil –continúa Benítez–. Vamos a tardar al menos un par de días en entrevistarnos con todos. Sería conveniente empezar cuanto antes.

–Usted mismo, Benítez. Es su esfuerzo y el de sus hombres el que puede haber sido en balde.

Cuando salen al exterior es noche cerrada. Un sereno, encaramado en una tambaleante escalera, rellena de aceite uno de los faroles de la calle. El juez, seguido del escribano y de un alguacil, se sube a un carruaje del juzgado, que al poco desaparece calle del Águila arriba en dirección a Tabernillas.

Benítez, quien ha rehusado el ofrecimiento de Pérez Elgueta para acercarles a la inspección, se queda unos segundos con semblante pensativo. A su lado, Fonseca, en completo silencio, aguarda paciente a que su jefe se descuelgue con alguna de esas intuiciones a las que le tiene acostumbrado.

–Quiero a Ribalter vigilado –ordena, por fin, Benítez–. No sé si sacaremos algo en claro, pero quiero saber cada uno de los pasos que da.

–Sí, señor, en cuanto lleguemos a la inspección organizo los turnos.

–Le seguimos dos o tres días y, si no vemos nada sospechoso, le volveremos a interrogar. Tengo curiosidad por saber a qué tanta urgencia para presentarse en casa de Nicolás Vilanova la noche del robo. Me gustaría pensar que el bueno del señor José Antonio lo hizo solo para tranquilizar al joven...

–¿Pero...?

–Apostaría hasta el último volumen de mi biblioteca, el Say incluido, a que hay algo más.

Apenas han superado el pequeño repecho que hace la calle del Águila más o menos a la altura en donde se cruza con la calle de Calatrava, Benítez aprieta un poco el paso.

–¿Se ha inscrito ya en el gimnasio del señor Vignolles? –pregunta Fonseca, a quien le cuesta horrores seguir las ágiles zancadas del inspector.

–No, ni pienso hacerlo por el momento.

–Apruebo su decisión, jefe. Está usted en plena forma.

–Hombre, depende de con quién se me compare –responde Benítez en tono zumbón.

–Anoto la indirecta, jefe.

–Muy bien, señor Fonseca, tome nota, pero no me pierda usted el cuaderno, eh.

Fonseca suelta una risita sibilante, que a punto está de desencadenarle un ataque de tos.

El vestíbulo de Tabernillas, 17, está ricamente iluminado con un quinqué de pared que tiene sus tres mecheros prendidos. En la penumbra de su minúscula garita, Francisco Peláez, el portero de la finca, un vejete paliducho de ojillos grises y acuosos, descansa la cabeza sobre la arrugada palma de su mano derecha. Sus párpados hace rato que están sellados. Los bostezos de hace unos minutos son ahora sutiles ronquidos. Don Paco, como le llaman todos, vecinos y personal de la inspección, tiene una curiosa habilidad que unos tildan de sobrenatural, otros de brujería. Existe la creencia popular de que don Paco se pasa el día descabezando sueñecitos en su minúsculo cubículo. Algunos vecinos juran que los ronquidos del viejo llegan hasta sus casas. Pero el caso es que nadie ha podido demostrarlo. Por no haber, no hay ni quien se atreva a asegurar que le haya visto sentado en el taburete de la portería. No se sabe cómo, pero de algún modo, tal vez advertido por un sexto sentido propio de los de su gremio, antes de que alguien entre al portal o aparezca por las escaleras, don Paco, envuelto en su eterno levitón azul, está fuera de su habitáculo, con los ojillos grises bien abiertos para fiscalizar quién entra o sale.

–Buenas noches, don Paco –saluda Benítez.

–Buenas noches, señores –responde el portero, de pie, levemente recostado sobre el ventanuco de la portería, con el levitón hasta los tobillos.

Fonseca devuelve el saludo con un desdibujado gesto de cabeza y una sonrisa en la boca que aún aletea cuando atraviesan la puerta de la inspección. Al entrar en la sala de oficiales, en el rostro de Benítez aflora, sin tapujos, la sorpresa.

–Buenas noches, señora –saluda Benítez, chistera en mano–. Señores.

A su lado, Fonseca se despoja del bombín y dedica un desmañado movimiento de cabeza a los presentes.

–Buenas noches, inspector Benítez –contesta la señora Campos, sentada al escritorio de Ortega–, y disculpe que me haya presentado de improviso, pero es que no aguantaba más encerrada en casa. ¿Tiene usted alguna noticia sobre Engracia? El señor Ortega no ha sabido decirme.

Benítez lleva todo el día dando vueltas a cómo explicarle que el gobernador se ha negado a pedir colaboración a la Guardia Civil de Guadalajara, pero no esperaba tener que hacerlo tan a contrapelo.

–Si es tan amable de aguardar en mi despacho, enseguida estoy con usted.

Abre el despacho, indica a la señora Campos que entre en él, ofreciéndole asiento, y regresa a la sala de oficiales, cerrando tras de sí la doble hoja de la puerta.

Unos segundos después de sentarse a repasar con su equipo los avances en el caso, su nivel de concentración es óptimo. Una bomba que estallase en mitad de Tabernillas apenas si lograría distraerle una fracción de segundo. En su cabeza, con claridad meridiana –mientras Fonseca organiza los turnos para vigilar al señor Ribalter– se presentan todas y cada una de las próximas actuaciones a realizar. Y no son pocas.

–Muy bien, pues empezamos con usted, Domínguez –dice Benítez–. Antes de que acabe el día de mañana quiero nombre y antecedentes de todas y cada una de las personas con las que Lorenza tenía tratos, aunque fuese de «hola y adiós»; así que, en cuanto acabe su turno de vigilancia, le quiero pateándose La Latina. Por el papeleo atrasado, no se preocupe. Ya veremos cómo nos las apañamos.

Domínguez asiente entusiasmado. En los tres años que lleva trabajando a las órdenes de José María Benítez, la mayor parte de los casos de enjundia que han ocurrido en su demarcación han sido transferidos antes de su resolución al inspector especial Antuñano y, en los pocos casos que ha llevado la inspección de La Latina en integridad, su participación ha sido mínima. Si a eso se le suma el ser exonerado de papeleo por una jornada, se entiende el desbordante entusiasmo que expresan sus mofletudas facciones de pilluelo con canas prematuras.

–Carmona, usted vaya a hablar con el resto de los empleados de Capellanes. Quizá saquemos algo más sobre los jóvenes del ambigú. Después vaya a ver qué averigua sobre Vilanova. Empiece por la imprenta de Pelegrín. Vilanova le hacía dibujos para pliegos de cordel y cosas por el estilo. Si le da tiempo, vaya después a la Facultad de Medicina y hable con sus antiguos compañeros a ver qué les saca.

Carmona asiente con su habitual semblante hierático.

–Otra cosa, Carmona. ¿Me haría usted un favor?

–Dígame, inspector –responde secamente el oficial, aunque el brillo de sus ojos grita un «sí» mucho más entusiasta.

–¿Puede ocuparse de lo del Novedades? Yo tengo otro asunto que resolver.

–Por supuesto, inspector –responde con abierta efusividad, sin máscara alguna.

–No creo que vaya a pasar nada, pero me quedaría más tranquilo si está usted presente en el teatro hasta que se vaya la embajada marroquí.

–Así lo haré, inspector.

–Pues, váyase ya, Carmona. A ver si le da tiempo a comer algo antes. Hable con el comandante Fidel Olaya. Está al mando del operativo. Usted, Fonseca... –Por un momento, Benítez vacila. Por su cabeza se cruza la idea de que Fonseca se traslade hasta el pueblo de Guadalajara adonde se supone que viajó la amiga de Lorenza el jueves pasado. Es absurdo, se dice al instante. Habiendo tanto por hacer. Seguro que mañana Engracia aparece. Lo más probable es que, si Fonseca va a Horche, se crucen en la carretera. Haremos otra cosa. Sí, algo hay que hacer–. ¿Puede ir usted mañana al Gobierno Civil en mi lugar?

–Claro, inspector –contesta Fonseca, mirando de reojo a Ortega, quien, como secretario de la inspección, es la persona que debiera suplir a Benítez para esta tarea.

–Recuerde que hay que conseguir la relación de mozos de cordel asturianos matriculados en Madrid.

–Descuide, jefe.

–Ortega, usted quédese mañana al frente de la inspección. ¿De acuerdo?

–Por supuesto, inspector –responde el secretario, con una ligera mueca de decepción en el rostro.

–Solo hasta que el señor Fonseca esté de vuelta en la inspección –añade Benítez–. Tengo otro cometido que encomendarle.

En cuestión de segundos la fisonomía de facciones grandes de Ortega pasa de la ligera y embozada decepción a una apenas disimulada expectación.

–Cuando vuelva Fonseca –prosigue Benítez–, si por aquí todo está tranquilo, quiero que vaya usted a averiguar lo que pueda sobre una tal María Montoro, bailarina del Teatro del Circo. La señorita Montoro es muy amiga del hijo mayor de los Ribalter.

Quizá, en un descuido, Eusebio Ribalter se fue de la lengua con su amiga y ella le contó luego lo de los treinta mil duros a un tercero. Vaya y entérese de si recibía otras visitas masculinas en su habitación. Ya sabe, hable con portero, vecinos, etcétera.

–¿Sabemos su domicilio? –pregunta Ortega, cuyo semblante delata la enorme satisfacción que siente al verse incluido de lleno en la investigación.

–Calle de la Reina, número 8, piso principal izquierda. Subiendo por Hortaleza es...

–Sí, sí, sé dónde está la calle de la Reina, inspector, precisamente estuve anoche allí. Leí en la prensa el anuncio de un establecimiento de gimnasia que hay en esa calle y me pasé a pedir un prospecto.

–Pues ya nos dirá usted cómo le va si finalmente se inscribe –dice Benítez–. Hay más de uno en esta oficina a quien no le vendría mal practicar algo de ejercicio.

Fonseca y Domínguez se dan codazos cómplices como dos niños pillados en falta que, reprendidos por su maestro de escuela, no pueden aguantar las ganas de reír.

–Bueno, pues eso es todo por hoy, señores –dice Benítez, atusándose las guías del bigote–. Váyanse a descansar que mañana no habrá siesta.

Con la mano en el picaporte de la puerta de su despacho, Benítez se gira.

–Señor Ortega, si es usted tan amable de acompañarme.

XI
Incapaz de avanzar

Unas horas después de que haya caído la noche sobre la Villa y Corte, la alta sociedad matritense, la de lacayos con librea galoneada, carruaje privado y aderezo de diamantes, se prepara para agasajar en sus salones a la que la prensa vespertina de mañana calificará, indefectiblemente, de selecta y escogida concurrencia. Banqueros, industriales, altos oficiales del ejército, grandes personajes de la administración del Estado y algún que otro aristócrata de pergamino que ha sabido adaptarse a los nuevos vientos disfrutarán mañana de lo lindo leyendo en la prensa una extensa crónica sobre la magnífica *soirée* celebrada en sus salones. El incuestionable buen gusto de flores y ornamentos, el exquisito trato de los anfitriones, la maestría de la orquesta, lo atinado del repertorio musical, la exquisitez del ambigú y hasta la originalidad de la esquela de convite, de todo se hará eco la prensa de mañana, en parte porque del dinero de los que organizan saraos de postín depende que muchos periódicos sigan imprimiéndose.

La sociedad de buen tono abre sus salones y los afortunados con papeleta de convite, valsarán y polcarán, lucirán la última creación de su sastre o modista, destriparán a los ausentes y, por encima de todo, entablarán relaciones con políticos de todo color y capitalistas de toda clase. En esta tumultuosa España, quien hoy danza en los salones de un gran magnate, mañana puede verse en una prendería empeñando el sombrero de Aimable, la camisa de Barroso y los guantes de Dubost. Hoy, más que nunca, es inevitable prodigar cumplidos, cultivar relaciones, estrechar muchas manos. Alguna de esas manos puede ser la que mañana nos salve de la debacle.

Avanza noviembre y, después de un mes en España, la comitiva marroquí parece haber alcanzado ya un acuerdo para aplazar la indemnización de guerra pactada hace año y medio en Wad-Ras. Mientras tanto, las familias de la mayoría de los muertos y heridos en la guerra contra el imperio marroquí cobran una miseria, con interminables retrasos e, incluso, no son pocos los hogares que aún no han recibido un ochavo del Estado.

Dos años después de que los españoles de todas las regiones del país colaboraran con su dinero, su aliento y su sangre para sufragar los gastos de la guerra contra el infiel, el globo del patriotismo se ha pinchado. Si hoy se celebran fiestas con fines benéficos, no se hacen para insuflar aliento al Gobierno, sino para todo lo contrario, para dañar un poco más la ya de por sí deteriorada salud del gabinete O'Donnell.

Si hace no mucho en los barrios bajos, ahora eufemísticamente llamados excéntricos, las notas del populoso himno *Guerra, guerra al infiel marroquí* competían en protagonismo con las sempiternas coplillas dedicadas a la muy adúltera, aunque también muy católica, Isabel II y a su esposo, el afeminado e intrigante Paquito Natillas, hoy las tabernarias coplas, que junto a la desbordante concupiscencia de la reina retratan la costumbre de orinar sentado del rey consorte, se alternan con otras letrillas burlonas inspiradas en la figura del general O'Donnell. Este, según la opinión más extendida, metió al país en la guerra contra Marruecos para que, al menos por un tiempo, el pueblo español olvidase que las cacareadas promesas de reforma de la Unión Liberal se habían quedado en eso, en vacuas promesas, y que cada día que pasaba la política de Leopoldo O'Donnell se parecía un poco más a las de sus predecesores del Partido Moderado.

Hace año y medio, en la primavera de 1860, el pueblo español recibió entusiasmado y unido a los héroes de África y durante semanas, incluso meses, las guirnaldas, las coronas de

156

laurel, los gallardetes con el nombre de las batallas ganadas a los marroquíes, las vistosas colgaduras de los edificios, los desgañitados vítores a los valientes soldados, los miles de bonos de pan y arroz distribuidos entre los más desfavorecidos –el teatro de la victoria, en fin–, mantuvieron vivo el espejismo de una España fuerte y unida, una España sin fisuras. Hoy, el halagüeño horizonte de color de rosa, que por aquel entonces bosquejó la prensa ministerial, ha terminado cubierto de nubarrones negros. La Hacienda Pública atraviesa una de las peores crisis del siglo y, desde el Gobierno, se apremia a los gobernadores civiles para que verifiquen un cobro anticipado de las contribuciones del trimestre en sus provincias. Hoy, que los periódicos anuncian una inminente intervención militar en México, junto a los ejércitos galo y británico, ya poco queda de la tregua parlamentaria que se vivió tras declarar la guerra al sultán de Marruecos. Los detractores de la Unión Liberal atacan sin tregua al Gobierno: en los cafés, en las páginas de los periódicos o, de manera más sutil y menos comprometedora, en los grandes salones donde se celebran fiestas benéficas que ponen de manifiesto la calamitosa situación que atraviesa el país por culpa –según aseguran sus enemigos– de don Leopoldo O'Donnell, duque de Tetuán y presidente del Consejo de Ministros.

En el palacio del capitalista Juan Miguel de Monasterio, situado en el extremo oriental de Madrid, en una manzana delimitada por la calle de Villanueva al norte, la calle de Recoletos al sur, el paseo de la Ronda al este y una pequeña calle aún sin bautizar por poniente, se celebra esta noche una de estas fiestas benéficas. Desde que el célebre hombre de negocios y político José de Salamanca se hiciera construir su palacio, a imitación de las villas del Renacimiento italiano, en este apartado rincón de la capital de España, son ya varios los magnates que han imitado al célebre banquero malagueño, encargando edificar su residencia lejos del bullicioso centro de la Villa y Corte y de los caserones de la rancia aristocracia de sangre. Sobre los terrenos que, hasta la desamortización de Mendizábal, pertenecieron a los agustinos recoletos, o en sus cercanías, reside hoy buena

157

parte de la aristocracia del dinero y sus palacios, con el de Salamanca a la cabeza, encierran un incalculable tesoro en frescos, lienzos y esculturas.

El gran salón de baile del palacio de Monasterio, de paredes forradas de terciopelo amarillo mostaza a juego con los cortinajes de damasco y la tapicería de las sillas y divanes, se halla ricamente iluminado por las lámparas que cuelgan de las paredes, los candelabros que reposan sobre las mesas y consolas y las dos resplandecientes arañas de cristal de La Granja suspendidas del techo. Sobre las consolas, junto a los candelabros de plata, los relojes de sobremesa de caprichosas formas y los bustos en mármol y bronce, abundan los jarrones de porcelana con flores frescas que embalsaman el ambiente de un refinado y embriagador aroma. Todo en el palacio de don Juan Miguel de Monasterio respira un delicado gusto femenino, pese a que detrás de la decoración no se conozca la mano de ninguna mujer. Pocas personas en la Corte hacen los honores con tanta finura como el banquero gaditano.

En mitad del salón, caballeros de etiqueta, con frac y pantalón negros, camisa, chaleco y corbata blancas, o vestidos con uniforme militar de gala, y damas encorsetadas con vestidos de gran vuelo ahuecado por el miriñaque, danzan al compás del vertiginoso vals vienés que interpreta la orquesta situada en una esquina del salón.

Entre las diez o doce parejas que vuelan en el centro del salón, una atrae las miradas de los corrillos cercanos. Es el tercer baile de la noche que él le dedica a la joven y las lenguas de los amantes del cotilleo se han desatado. Ella, veintiuno o veintidós años, vestido de tafetán azul celeste con escote triangular y volantes de tul blanco, se desliza por el salón con una sonrisa que, sin ser bonita, adorna de cierta gracia su rostro hocicudo de ojos algo oblicuos. Él, tres o cuatro años mayor que ella, atildadísimo, de facciones agraciadas y mirada altanera, la guía con pasos gráciles y seguros. Pasos de profesor de baile. Pasos de pollo recién salido del cascarón que quiere dárselas de hombre de mundo.

158

–Vas a ver que pronto se le curan a Marquitos las penas de amor –comenta por lo bajini un conocido fiscalizador de vidas ajenas que, junto a una consola próxima a la zona de baile, se entretiene cotilleando sobre las parejas danzantes.

–Sí, aunque dudo yo mucho que Merceditas se lleve el gato al agua –añade su esposa.

–Hay que reconocer que la señorita Eugenia será todo lo casquivana que se quiera, pero la pone uno junto a la hija de Leal Romero y, qué quieres que te diga, hija, no hay color.

–Uno no se casa para recrearse la vista, Avelino. Para eso están los cuadros y las bailarinas del Circo. Además que la hija del policía ese de La Latina no es nada del otro mundo. Pero calla, si por ahí entra el ruin de Roma. ¿Y quién es el apuesto joven con el que viene?

En el umbral del salón, retenidos por un lacayo de flamante librea y mirada de mastín, están Benítez y Ortega. Antes de que el mayordomo llegue a donde está Pantaleón Moreno, el secretario particular de Monasterio, para anunciarle la inesperada visita de los policías, la música se extingue y sobre el estrado de la ahora enmudecida orquesta se alza la voz de Indalecio Arriaga, director de *El Observador Imparcial*.

–Damas y caballeros, por favor, les ruego un minuto de atención. Supongo que la velada les estará resultando tan deliciosa como a mí, así que no les robaré mucho tiempo. Le he pedido permiso a nuestro amable anfitrión para anunciarles, con enorme satisfacción, que la suscripción abierta por *El Observador Imparcial* para auxilio de las viudas y huérfanos de la guerra de África se ha incrementado está noche en la nada despreciable cantidad de dieciocho mil ochocientos reales.

Tras la salva de aplausos que siguen a este anuncio, Arriaga agradece a los asistentes su presencia y sus generosas donaciones y, a continuación, se permite recomendarles la adquisición de *Cárcel de amor*, el último libro de poemas del señor don Juan Miguel de Monasterio, quien destinará el producto íntegro de sus ventas al socorro de los inutilizados en la guerra de África. El aludido, rodeado de algunos de los más conspicuos miembros del

Partido Progresista, incluido Romero Leal, agradece las palabras de Arriaga con una sutil sonrisa y un delicado movimiento de cabeza. El periodista vuelve a deshacerse en agradecimientos para su anfitrión y devuelve la voz a la orquesta que nada más atacar los primeros compases de una conocida polca-mazurca hace que el centro del salón se llene de parejas ávidas de baile.

Juan Miguel de Monasterio –nieto de un montañés que, en la segunda mitad del siglo XVIII, a punto de embarcarse en Cádiz con destino a Nueva España, dejó escapar el navío por ir tras una bella gaditana con la que pocos meses después se había desposado– es hoy, a sus cincuenta años recién cumplidos, uno de los hombres más ricos del reino y todo ello, publicitan sus panegiristas, sin haberse lucrado con contratas de habichuelas, alfalfa o alpargatas para el ejército isabelino, sin haber prestado dinero al país a intereses desorbitados y, sobre todo, sin haber transportado esclavos desde las costas de África a los ingenios azucareros cubanos.

El nieto de aquel joven de La Montaña que abandonó el dorado sueño americano por un sueño de vino y besos; el hijo de un humilde tenedor de libros que, mientras cuadraba balances en el escritorio de una importante casa comercial de Cádiz, soñaba con los fabulosos mundos que le regalaba la literatura; el joven aspirante a poeta que hubo de trabajar en todo lo imaginable para poder costearse la carrera de Leyes en Sevilla, se había convertido con el paso de los años en uno de los capitalistas más ricos de España. Un creso, sí, pero un creso con tres libros de poesía en el mercado.

A base de mucho trabajo, de robarle tiempo al sueño, de no dejar de estudiar un solo proyecto de canal, mina o ferrocarril que se le propusiese y de arriesgar buena parte de su fortuna en intrépidas operaciones bursátiles y empresas comerciales, Juan Miguel de Monasterio Valdecuenca había conseguido levantar una de las mayores fortunas del reino. El señor Monasterio se había convertido en uno de los mayores contribuyentes del país por mérito propio, pero también gracias al matrimonio con una pariente lejana, hija única del propietario de una próspera casa de giros de Madrid, con cuya dote el apuesto abogado gaditano dio sus primeros pasos en la espinosa senda del capitalismo.

Benítez aguarda inquieto a que el banquero salga a recibirles. Mientras organizaba con sus hombres el reparto de tareas para mañana, se le ha ocurrido que estaría bien coincidir de manera casual con José Antonio Ribalter en algún sitio. No conviene aún preguntarle abiertamente sobre por qué fue a casa de Vilanova la noche del crimen, pero tal vez, en una conversación informal, en la que el inspector se disculpe por las molestias causadas a su portero, a Ribalter se le escape algo relacionado con tan extraña visita. Por eso, a última hora, ha decidido aceptar la invitación que Monasterio le hizo el domingo. Para ver si aquí, alejado de ambientes policiales, pescaba alguna información que pudiera serles útil. Eso es lo que le ha explicado a Ortega cuando, después de hablar con la señora Campos, le ha propuesto que le acompañase. Lo que ambos han dado por hecho, equivocándose, como ahora advierte Benítez, es que el señor Ribalter iba a estar en la fiesta. Ni él ni su esposa ni ninguno de sus hijos han venido esta noche. Así que, sin el almacenista presente, ellos no pintan demasiado aquí. Para colmo, a Benítez le ha parecido ver a Marcos Acosta, el exnovio de Eugenia, bailando con la hija de Leal Romero.

—Buenas noches, inspector Benítez —saluda el banquero—. Y compañía. Me alegra que hayan aceptado la invitación.

—Lo lamento, señor Monasterio, pero esta no es una visita de placer —improvisa Benítez, sin que aún haya pensado en qué excusa ponerle—. Le presento al señor Ortega, nuevo secretario de la inspección.

—Tanto gusto, señor Ortega.

—El gusto es mío, señor Monasterio.

—Pero dígame, inspector, ¿a qué se debe entonces su visita?

—Nos gustaría hacerle un par de preguntas.

El banquero hace un gesto al mayordomo para que se retire y pide a los policías que salgan al antesalón, la espaciosa sala que queda entre el salón de baile y la galería de la primera planta. En una elegante chimenea francesa arde un vivo fuego que suma su resplandor a la claridad que derrama la gran lámpara del techo.

–Ustedes dirán –dice el banquero, después de invitar a los policías a que tomen asiento en el juego de tres butacas que hay cerca de la chimenea.

–Ha llegado a nuestros oídos –dice Benítez muy despacio, tratando de que cada idea, al ser pronunciada, arrastre consigo otra, como cerezas que se enredan por el rabo– que los que robaron en casa de su socio sabían a cuánto ascendería el botín... Creemos que puede ser una buena pista, pero para ello necesitamos saber quiénes estaban al tanto del acuerdo al que usted llegó con el señor Ribalter.

–¿Se refiere a quién conocía la suma que yo aporté a la sociedad?

–Sí. Nos sería muy útil saber quién conocía los pormenores del acuerdo.

–Pues por mi parte, solo yo. Cuando el señor Ribalter me propuso la sociedad, ambos, de común acuerdo, decidimos contratar al señor Leal Romero, quien ha llevado toda la negociación y se ha encargado de la parte legal. Él calculó cuál debía ser mi aportación y yo tomé la decisión sin consultarlo con nadie. Recientemente había entrado como socio en varias bodegas andaluzas y no tuve la menor duda de que asociarme con Ribalter me sería muy ventajoso, así que no le pedí opinión a nadie. Tampoco compartí con nadie los detalles de la transacción.

–Pero alguien en su casa de banca debe de tener constancia de la cantidad, aunque solo sea a efectos contables.

–Lo cierto es que no: fue una operación a título personal.

Lo siguiente que se le ocurre preguntar es si disponía de esa cantidad de dinero en efectivo, pero se arrepiente de inmediato.

–¿Sabe por qué Ribalter decidió guardar tanto dinero en su casa?

–Quería meditar bien en qué lo iba a invertir.

–Pues eso era todo, ¿verdad?

La pregunta va dirigida a Ortega y se la ha hecho no tanto por darle la oportunidad de intervenir como para ganar unos segundos. Algo se le queda en el tintero. Está seguro. Pero ¿qué?

–La numeración de los billetes de banco, inspector –apunta Ortega, como si el inspector y él hubiesen hablado previamente del asunto.

–Oh, sí, se me olvidaba. Los números de serie de los billetes. Nos preguntábamos si dispone usted de la numeración de los billetes que le entregó a Ribalter.

–Podría ser –responde el banquero, con el ceño fruncido, la mano en la frente y un leve movimiento de cabeza–. El dinero lo tenía en casa, pero tal vez haya alguna anotación en el banco. Mañana nada más llegar, lo comprobaré.

–Muchísimas gracias, don Juan Miguel. Respecto a este asunto, hay una última cosa que me gustaría preguntarle, si no es molestia. ¿No le resulta extraño a usted que Ribalter no tomara la precaución de anotar la numeración de los billetes?

–¿La verdad? No. De hecho, según mi experiencia, lo raro es lo contrario. Los billetes de banco circulan hoy en día como moneda común. En cualquier casa de comercio o de banca, y mire que sé de lo que hablo, se aceptan sin prestar la más mínima atención a la numeración. Solo en caso de que se sospechase que el billete puede ser falso se mandaría al banco emisor para ser cotejado con su correspondiente talón. Y, como es de esperar, lo último que harán los que entraron en casa del señor Ribalter será presentarse en el Banco de España a cambiar los billetes robados.

–Entiendo –dice Benítez, mientras piensa en la manera de salir honrosamente del paso–. Ni los cacos serán tan tontos, ni ningún juez de instrucción va a dictar un oficio para que en el banco emisor estén alerta de una numeración. Pero... si los individuos detrás de los que vamos se precipitan y ponen en circulación algún billete, ¿no me negará que nos sería muy útil poder comprobar de alguna manera que es uno de los billetes robados?

–Pues mañana haré todo lo que esté en mi mano para que disponga usted de esos números.

–Se lo agradezco infinito, don Juan Miguel. No le entretenemos más. Ha sido usted muy amable.

–Pero ¿no se quedan un rato? Por ahí anda José Francisco y su amigo Belmonte, el escritor. ¿No entran a saludarles? En unos minutos vamos a sacar el chocolate.

–No, de verdad, tenemos aún varios asuntos que resolver.

–Permítanme, al menos, que les haga un pequeño regalo. Si me esperan aquí. Vuelvo en un segundo.

Los policías esperan en silencio. Ortega con cara de no atreverse a abrir la boca. Benítez, sin ganas de hablar, con la sensación de haber perdido el tiempo. O de algo peor. De haber hecho el ridículo. Ante el banquero. Ante su secretario. Antes sí mismo. A través de las blancas puertas del salón, que Monasterio ha cerrado, llegan las primeras notas de un célebre *schotis*. Los ojos de Benítez se entretienen vagando por la estancia, por las bandas de seda amarilla de distinta tonalidad que entelan las paredes, por los espejos de dorado y reluciente marco, por las esculturas de mármol repartidas aquí y allá, con asimetría estudiada. Todas las esculturas representan figuras mitológicas y el blanquísimo mármol de Carrara está trabajado con gusto neoclásico. Entre todas, una llama su atención de inmediato. Es una Venus con Cupido que reposa sobre una columna truncada. Una Venus hermosísima con un Cupido que parece brotado de la concha que hay a los pies de su madre. La escultura le trae el recuerdo de un magnífico trabajo de José Ginés que hay en la Academia de San Fernando. Tal vez sea eso lo que le embelesa de esta escultura. Aún recuerda la profunda impresión que le causó la obra del escultor valenciano la primera vez que la vio, en plena pubertad. Pero hay algo más en esta pieza. Algo que le intriga. Sí, claro. Ya está. Ya ha encontrado lo que buscaba. En la escultura de Ginés el pequeño dios alado tira de la tela con la que su madre se cubre. En esta, la diosa está en la misma actitud, medio girada, con un seno descubierto y una mano aferrada a la tela con la que cubre el otro pecho, pero Cupido no está

164

mirando a la diosa ni agarra la tela en la que va envuelta. Aquí, Cupido mira al frente, con el brazo extendido y la mano abierta, como si tratara de dársela a alguien. Es un Cupido de atractivas facciones, con un pequeño hoyuelo en la barbilla, y una expresividad en el rostro mucho mayor a la del resto de figuras de la sala.

¿A quién miras, pequeño?, se pregunta el policía. ¿A quién le tiendes tu mano?

–Aquí tienen el obsequio, señores, mi último libro de poemas –anuncia el banquero, tras abrir de par en par las puertas del salón, trayendo con él un par de ejemplares de *Cárcel de amor*.

–Muy amable, don Juan Miguel –agradece Ortega, contemplando el coqueto tomo en cuarto encuadernado en tafilete rojo con decoración y título en dorado–. Lo leeré con mucho gusto.

–Muchas gracias –dice Benítez–. Se me ha adelantado usted. Pensaba ir mañana a comprarlo.

–Si no le queda espacio junto a los góngoras y quevedos, también puede colocarlo en la sección de economía –bromea el banquero–. Junto al Say, si puede ser...

–Descuide, que le haré un hueco junto a *Un sueño de vino y besos* y *El hijo que nunca tuvimos*.

–¡Vaya, inspector, es usted una caja de sorpresas! No solo me hace el honor de conservar mis libros. Además recuerda los títulos.

–Y hasta el día en que me los regaló. Finales de octubre del 46. En el Teatro del Museo.

–¡Caramba, don José María! ¡Qué memoria!

–No tiene mérito. Un día antes de la presentación de su libro, un amigo mío había estrenado allí una obra de la que, para su desgracia, los amigos del café todavía no se han olvidado.

–¿Tan mala acogida tuvo?

–Digamos que no fue el estreno de *El trovador*.

–¿Y será usted capaz de no decirme el nombre de su amigo?

–Pregúntele a su secretario, al señor Moreno. O al señor Arriaga. Seguro que alguno de los dos lo recuerda. Creo que por esa época formaban parte de la otra compañía de aficionados que representaba allí.

–Lo haré, lo haré. Me ha picado la curiosidad.

–Pero que conste que no he sacado el tema de mi amigo porque no tenga nada que decir sobre sus libros.

–Si hasta los habrá leído usted.

–Incluso podría recitarle algún que otro poema.

–Me halaga usted, inspector. Véngase a comer uno de estos días. En otoño me traen unas ostras gallegas que no las hay igual en todo Madrid. Hablaremos solo de libros. Se lo prometo. De poesía. Nada de política. Ni siquiera subiré la puja del Say esta vez. ¿Qué me dice?

–Cuando hayamos llevado al asesino de Lorenza Calvo ante los tribunales. Se lo prometo. Mientras tengo un caso entre manos, las ostras no me sientan bien.

–¿Ni con un buen vino?

–Ni con el mejor sauternes de su bodega. Mejor aplazamos el almuerzo para cuando el caso esté resuelto. ¿Le parece?

–Por supuesto. Lo dejaremos para entonces, inspector. Le tomo la palabra.

Cuando sacan la cabeza a la fría y ventosa noche, un leve temblor recorre el cuerpo de Benítez. Ortega eleva los hombros, encoje el cuello como un acordeón, tratando de esconderlo todo lo humanamente posible en los pliegues del corbatín, y se lleva la mano a la boca. Vaya dos nos hemos juntado, piensa Benítez, un señoritingo de la templada Málaga con un viejo gato friolero.

A escasos pasos les espera un simón. Arrebujado en una manta está el cochero, cuyo rostro visible se halla reducido a una estrecha franja entre el sombrero y las dos o tres vueltas del tapabocas con el que cubre, a modo de turbante, cuello, boca y nariz.

–Le he mentido... –dice Benítez, nada más cerrar la portezuela, dejando afuera el bramido del viento–, al señor Monasterio, me refiero.

166

–¿Con lo de que ha leído sus libros?

Benítez no puede evitar que entre bigote y perilla le aflore una sonrisa.

–Con lo de que me sientan mal las ostras cuando tengo un caso entre manos. Más bien diría que es cuando mejor me cae la comida.

–¿Quiere que vayamos a comer algo al Suizo?

–Se lo agradezco mucho, pero tengo ganas de recogerme. Comeré cualquier cosa en casa, mientras leo *Cárcel de amor*.

Ortega, con evidente expresión de incredulidad, dirige una discreta mirada a Benítez en un intento de descubrir ironía en sus palabras.

–¿Leyó *Cárcel de amor*, la novela de Diego de San Pedro? –pregunta Benítez, ante el silencio de su secretario.

–Hace años, pero no soy muy buen lector de novelas y menos tan antiguas. Salvo el final, no creo que pudiese recordar nada más. El protagonista se deja morir de hambre, si no recuerdo mal.

–Después de beber en una copa las cartas de su amada hechas pedazos.

–No ve, de eso no me acordaba. Ya le he dicho que soy muy mal lector de novelas.

–Pues debe corregir eso. No hay una sola novela, hasta la más mala, que no le enseñe algo a un policía.

–¿Eso cree?

–Las novelas te obligan a ponerte en la mente de otras personas, lo que forma una parte importante de nuestro trabajo. Por eso, en cuanto llegue a casa, me leeré la *Cárcel de amor* de Monasterio.

–¿El señor Monasterio es sospechoso?

–Por ahora solo es el socio de alguien a quien han robado un dinero que él le dio; alguien cuyo socio ha hecho una intrigante visita nocturna a uno de los sospechosos. Lo considero suficiente motivo para tratar de conocerle un poco mejor. Además que si un día vuelven a gobernar los moderados, a algún sitio tendré que ir a pedir colocación cuando me cesen.

–Pues con esto último me ha terminado de convencer, inspector, hasta yo me lo voy a leer. –Benítez se sonríe–. Lo intentaré, al menos. Aunque soy aún peor lector de poesía que de novela.

–Hubo un tiempo en que yo quise ser escritor. En realidad, escritor es una de las muchas cosas que he querido ser en la vida. El caso es que por aquella temporada leía mucho. Para ser un buen escritor hay que ser primero un gran lector. Y yo leía y leía y leía. Hasta que un día me di cuenta de que, después de varios años saltando de un libro a otro, apenas si había escrito diez cuartillas. Fue entonces cuando comprendí que no quería ser escritor, sino lector. Pero claro, de eso no se vive.

–¿Y fue entonces cuando decidió hacerse policía?

–Ese capítulo se lo contaré otro día.

–Cuando usted quiera, inspector. Me encantaría escucharlo.

–Pues sí, Ortega, cambiando de tema, pero siguiendo con el mismo, resolver un caso es muchas veces como escribir una novela, pero a la inversa. El novelista va desgranando, capítulo a capítulo, una historia que tendrá su momento apoteósico casi al final, pero para el cual se han ido colocando, aquí y allá, toda una serie de pistas que hacen casi predecible el desenlace. Nosotros, por el contrario, ya conocemos el final, Lorenza Calvo Olmedo fue asesinada la noche del domingo, y ahora nos toca sacar a la luz todos los capítulos que han terminado configurando ese final. ¿Me sigue?

–Creo que sí.

–Por eso y pese a la cantidad de disparates que se pueden leer en las novelas, su lectura me parece muy útil en nuestro trabajo.

–Nunca lo había visto desde ese ángulo.

–Parte de nuestro trabajo consiste en poner a funcionar la cabeza de forma lógica, pero otra parte, no menos importante, depende de la intuición. Y, aunque no soy un entendido en psicología, estoy firmemente convencido de que esa intuición se puede alimentar con la literatura.

–Curioso planteamiento.

–Los motivos que hay detrás de un crimen se pueden estudiar en los libros, claro que sí, pero, si en vez de estudiarlos, se viven como un lector apasionado vive lo que ocurre en una novela, entonces pasan a formar parte de algo profundo, algo que, aunque le suene extraño, ha ayudado a formar mi olfato policial tanto o más que la experiencia de los años.

–¿Tanto así?

–Le pondré un ejemplo. Mientras bajábamos la escalera del palacio de Monasterio, me ha venido a la cabeza de repente que, al registrar el cuarto de Lorenza, no encontramos ninguna de las cartas que le enviaba su hermano. En ese momento no me he parado a pensar de donde venía esa inquietud, esa intuición de que tal vez esas cartas tengan importancia en nuestro caso. Ahora, después de esta charla con usted, me doy cuenta de que lo que hace unos minutos llamaba intuición es simplemente una forma de pensamiento de la que no somos del todo conscientes.

–¿Una forma de pensamiento que podemos ejercitar mediante la literatura?

–Eso creo. Estoy persuadido de que si en su día no hubiese leído con pasión la *Cárcel de amor* de San Pedro, en cuya trama tienen mucha importancia unas cartas que pueden comprometer la honra de Laureola, no estaría ahora dándole vueltas a que los que robaron en casa de Ribalter, por algún motivo, se llevaron las cartas que Lorenza guardaba en su habitación.

Necesita distanciarse por un rato de la investigación si no quiere terminar encerrado en un manicomio. Así que, después de reponer fuerzas con un par de rodajas de lomo de cerdo adobado, un buen pedazo de pan y medio litro de cerveza, Benítez se instala en la enorme mesa de trabajo de su biblioteca pertrechado de papel, tinta, una botella de jerez dulce de González, Dubosc y Cía. y varios cigarros de Cabañas en la petaca.

En mitad del amplio escritorio, abierto sobre un robusto atril de caoba, reposa el tomo primero de las memorias de Eugène-François Vidocq. La viva luz de un primoroso quinqué de bronce se desparrama sobre el capítulo undécimo de la vida de este francés, ladrón, contrabandista, estafador y gran mujeriego, que de informador de la policía llegó a ser director de la Sûreté Nationale de Francia.

Entre las cuatro paredes de la biblioteca reina una paz absoluta. Los escasos ruidos de la vecindad que llegan lo hacen tan amortiguados que apenas si se perciben como un susurro. En la chimenea, chisporrotea un grueso tronco de encina y la copa de jerez dulce que reposa sobre la mesa impregna con su aroma toda la estancia. La tinta fresca, varias plumas de recambio, una resma de papel, todo se halla dispuesto en óptimas condiciones para dar comienzo a la lectura del capítulo undécimo. Hoy no hay excusa que valga. Ni en el pasillo se oye el ir y venir de Gregoria ni del salón llegan los torturadores ejercicios de piano de alguna alumna de Eugenia. Esta noche está en su mano darle un buen empujón al tomo primero de las memorias de su colega francés, cuya fascinante biografía, plagada de duelos, persecuciones, fugas de prisión y demás episodios novelescos, comenzó a traducir al castellano poco después de que el célebre policía francés muriese, en mayo de 1857. «Tú tráeme el primer tomo traducido –le pidió Luciano Espigado, nada más enterarse–. Tráeme el primer tomo y yo me encargo de encontrarte editor.» Y en eso anda todavía. En rematar el primer tomo para que el tipógrafo le ponga en contacto con algún editor.

La librería de palo santo que forra las paredes luce atiborrada de volúmenes. De todas las aficiones que el inspector Benítez ha tenido a lo largo de su vida, y han sido muchas, la de coleccionar libros es, sin comparación, la más longeva. Con la copa de jerez en la mano, se recrea dando un paseo visual por su querida biblioteca, de cuya sección de poesía ha extraído hace unos minutos los dos libros de Monasterio que ahora yacen sobre la mesa junto a *Cárcel de amor*.

Tras unos segundos contemplando desde lejos el lomo de algunos de sus libros más preciados, se levanta y dirige sus pasos hacia donde está el Say. Lo extrae y se queda pensativo con el libro en la mano.

170

Entre 1823 y 1833, en los años de la llamada Década Ominosa, las sesiones de la Sociedad Económica Matritense estuvieron suspendidas. El corregidor de Madrid se presentó un buen día a la hora en que se celebraba junta y anunció que aquellas reuniones quedaban prohibidas salvo que él, en persona, presidiese las mismas. Como era de esperar, los socios al completo se opusieron a tan ultrajante condición y las sesiones de esta filantrópica corporación fueron suspendidas. Pese a haber sido disuelta la sociedad, dos de las cátedras ofertadas por dicha institución siguieron impartiéndose regularmente gracias a la osadía y celo de los socios al frente de ellas. En una de estas cátedras, la de Economía Política, se matriculó José María Benítez y en aquel otoño del 23 fue cuando adquirió el Say. Por qué se empeñó el joven José María en adquirir una edición francesa del Say cuando ya se habían publicado varias traducciones al español, es algo a lo que nunca ha sabido dar explicación. Es cierto que gustaba de leer en la lengua del país vecino, pero no es menos cierto que su conocimiento del francés dejaba mucho que desear. Tanto que, al percatarse de ello, un condiscípulo de los Reales Estudios de San Isidro y compañero de banco en la cátedra de Economía Política impartida en la calle del Turco, se ofreció a echarle una mano con los fragmentos del Say en los que encontrase dificultad. Aquel generoso muchacho de catorce años, quien andado el tiempo llegaría a ser el más grande satírico español del siglo, no era ni por asomo el Mariano José de Larra sombrío, de bruscas oscilaciones de humor y desencantado con la España que le había tocado padecer, que una fría noche en el invierno del 37 buscó la paz del alma en el cañón de una pistola.

Pronto se cumplirá un cuarto de siglo de aquel trágico pistoletazo –el mismo cuarto de siglo que Benítez lleva siendo policía– y, aunque el país ha experimentado notables avances en derechos y libertades, el veterano inspector está convencido de que aunque Larra hubiese nacido veinticinco años más tarde, aunque no hubiese crecido en la España absolutista de Fernando VII sino en la España constitucional de Isabel II, igualmente se

171

habría ido a dormir el Día de Difuntos con la idea del suicidio madurando en su cabeza. España sigue siendo hoy, igual que hace un cuarto de siglo, un país de pandillas, banderías y fanáticos. Un país de ciegos que se apalean entre sí por procurarse un pedazo del presupuesto. Un país en el que, a fuerza de repetirlo, no son pocos los que han terminado creyéndose libres.

Devuelve el Say a la librería sin haberlo abierto y regresa a la mesa decidido a principiar la lectura de las *Mémoires*. No ha llegado a completar un solo párrafo, cuando su imaginación vira hacia tierras extremeñas.

Hace apenas unos días que Eugenia tomó la diligencia a Badajoz y, sin embargo, le da la sensación de que ha pasado una eternidad. Debía haberla acompañado. Algún día tendría que afrontar el pasado, piensa mientras deja que la cálida seda del jerez dulce acaricie su garganta.

Bebe otro trago de jerez, José María. La Ratona está tranquila. Bebe otro trago y deja de darle vueltas al pasado. Vas a cumplir cincuenta y tres. Aún te queda mucha vida por delante. ¿Vas a pasarte el resto de tus días pensando en lo que sería de ti y tu familia de no haber aceptado aquel puesto en Badajoz?

Eso, amigo, enciende tu cigarro, bebe tu vino de licor y disfruta imaginando las grandes cosas que te ha de deparar el futuro. Deja por un rato a los muertos en paz, incluido el franchute ese, y preocúpate de los vivos.

¿Por qué no te presentas de improviso en casa de quién tú ya sabes? ¿Cuánto tiempo hace que no le das una alegría a ese cuerpo tuyo? Seguro que ella lo agradece lo mismo que tú. ¿O te piensas que doña Julia es de piedra? Ya, ya, ya sé cuál va a ser tu respuesta, que no quieres que la pobrecita viuda se haga ilusiones. Que ya no eres el tenorio desaprensivo de tu mocedad. ¡Pamplinas, José María, pamplinas! ¿Acaso te ha dicho ella que anda buscando un hombre que se levante a su lado cada mañana el resto de su vida? Quizá a la Coronela también le haga feliz sentirse joven, aunque solo sea por una noche. Ve, no seas bobo, José María, ve, deja las cosas claras entre ambos y tal vez te lleves una sorpresa. Aquí, desde luego, no vas a averiguarlo.

Y si al final descartas, por lo tarde de la hora, ir a hacerle una visita a doña Julia, al menos deja de acibararte la noche con cosas que ya no tienen arreglo. Sigue con las *Mémoires*. A ver si acabas el dichoso capítulo undécimo. O cógete el Quevedo de tu amigo Valdivieso y pasa un rato leyendo los disparates del quincallero. Ah, sí, no me acordaba: tú también acariciaste la idea de escribir una obra inspirada en la vida de Quevedo. Pascual, al menos, la escribió y tuvo el valor de que se llevase a escena. Aunque fuese por una compañía de aficionados. No me pongas esa cara, es la pura verdad.

Mira, mejor, deja los quevedos y léete un par de poemillas de Monasterio. Vas a ver qué pronto coges el sueño. Mañana tienes que madrugar.

Con una sonrisa achispada en los labios, toma al azar uno de los libros de poemas del banquero, lo abre por una página cualquiera y comienza a leer.

> No dudes nunca, ángel mío,
> del infinito dolor
> que desgarró mis entrañas
> al ver escapar tan pronto
> de este valle tu alma.

Y en esa página se queda. Aguijoneado por las astillas del pasado. Acosado por los espectros de su padre, de su hermano, de su esposa. Sumido en la negrura de sus pensamientos. Incapaz de avanzar.

XII
Cuatro policías en Casa Callejo

El pasado jueves 31 de octubre, Engracia Fernández Clemente salió del inmueble en el que trabaja y reside, en la calle del Pez, antes de que la señora Campos y su hijo se hubiesen despertado. La primera diligencia con destino a Guadalajara partía a las ocho de la mañana, por lo que la muchacha, quien había manifestado la víspera su intención de llegar caminando hasta el punto de la calle de Alcalá donde se toma la diligencia, debió de salir de la casa alrededor de las siete y media.

Ayer por la tarde, después de informar a la señora Campos de que, por el momento, no les iba a ser posible recurrir a la Guardia Civil de Guadalajara para localizar a Engracia, Benítez volvió a preguntarle si sabía quién más podía estar al corriente de que su criada pensaba salir de viaje.

–Nadie más, que yo sepa –respondió ella–. Hasta mi Alejandro se enteró a última hora.

–Mire lo que vamos a hacer, señora Campos –dijo Benítez, dirigiendo una fugaz mirada a Ortega para evaluar su grado de atención–. Mañana voy a repetir el recorrido que debió de hacer Engracia el jueves. Entre siete y ocho de la mañana hay bastante movimiento por las calles. Si cambió de opinión y decidió irse con algún arriero, es probable que alguien los viera. Aunque le insisto en que por ahora creo que no debemos preocuparnos.

Faltan algunos minutos para las siete y media de la mañana y Benítez conversa con el dueño de un puesto ambulante de

174

desayunos instalado en la Corredera Baja de San Pablo, a escasos treinta metros del cruce con la calle del Pez. La mesa de tijera –que el vendedor monta cada mañana poco después de que las burras de leche, con sus sonoras campanillas, atraviesen las calles del distrito– está invadida por dos grandes depósitos de hojalata, un cesto de mimbre repleto de buñuelos, una botella de aguardiente y media docena de vasos de vidrio que son, muy de cuando en cuando, remojados en una palangana que descansa en la acera.

–Sí, señor inspector, seguro que era ella –asevera el vendedor, tras su frágil tenderete de puntapié–, la Engracia, una moza *mu* cabal que trabaja en casa de la señora Campos, viuda de un intendente del ejército, que, según se comenta en el barrio, no llevó las economías de su casa tan bien como las de la milicia.

–¿Y dice usted que la vio subir a un coche?

–Subir, subir, lo que se dice subir, yo no la vi, inspector, pero imagino que se subiría. Vi a la Engracia pararse al lado de un carruaje que estaba estacionado ahí mismito, al comienzo de la calle de la Puebla. Entonces, me apercibí de que, por allá arriba, venía llegando un oficial de albañil, parroquiano mío desde hace lo menos siete u ocho años, y, claro, me puse a prepararle lo suyo: un café solo, dos buñuelos y una copita de aguardiente. Cuando levanté la vista y volví a mirar hacia la calle de la Puebla, el coche ya estaba en marcha y de la Engracia no había ni rastro, así que imaginé que ella iría dentro.

–¿Recuerda alguna seña del carruaje o del cochero?

–Una berlina de un caballo. Negra con una banda verde en la parte de abajo. Del cochero no le puedo decir gran cosa: llevaba capa negra con el embozo subido y sombrero de copa muy calado. Apenas si se le veían los ojos.

–Muy amable, señor Cantero. Su información nos es de gran ayuda.

–Me alegra ser de utilidad a la justicia, inspector. Pero ¿no se toma *usté* algo? Un cafetito o un aguardiente. Invita la casa.

–Muy amable, señor Cantero. Le agradezco el obsequio igual que si lo hubiese aceptado, pero ahora voy apurado. En otra ocasión será.

–Cuando usted guste, inspector. Quedo a su disposición. Con Dios.

Benítez cruza la Corredera Baja y enfila la calle de la Puebla. Apenas ha dado un par de pasos cuando algo llama su atención. Se acuclilla para inspeccionar la acera bañada por la hermosa luz de esta mañana otoñal de cielo azul. Sobre los adoquines, cerca del lugar en que el señor Cantero ha referido haber visto estacionada la berlina, se aprecia una pequeña mancha roja desvaída. Probablemente sangre desleída por el agua de la lluvia caída en los pasados días.

Tal vez ni siquiera se trate de sangre humana, se dice Benítez.

Y en caso de que sea sangre humana, ¿quién nos asegura que pertenezca a la chica?

El laboratorio a lo más que podría llegar es a dictaminar si la sangre es humana o animal.

No merece la pena el esfuerzo.

Incluso si la ciencia fuese capaz de confirmar que la mancha pertenecía a Engracia, ¿qué ganaríamos con eso?

Una gota de sangre que pudo caerle de la nariz.

Tal vez algún conocido se ofreció a llevarla hasta su pueblo.

Concedámonos de plazo hasta esta tarde. Si Engracia no vuelve en la diligencia de esta tarde, ya veremos qué medida adoptar. Cada cosa a su tiempo.

Echa a correr por la Corredera de San Pablo en dirección hacia la plazuela de Santo Domingo, donde tomar un coche de alquiler. Si se da prisa, aún puede llegar a tiempo para despachar con el secretario del Gobierno Civil y evitarle el mal trago a Fonseca.

–¡Cochero! –grita Benítez al divisar un simón que acaba de estacionarse unos veinte metros más abajo, en los últimos números de la calle Tudescos.

Se ha instalado en el vehículo con la firme convicción de que a lo largo del día Engracia va a aparecer por la calle del

176

Pez. Sin embargo, a medida que el coche avanza, la posibilidad de que la chica no haya regresado al acabar el día va ganando terreno en su cabeza.

Ignora si su desaparición estará relacionada con el golpe en casa de los Ribalter, pero cada metro que el coche de plaza gana en dirección al Gobierno Civil, Benítez está un poco más convencido de que a la criada de la señora Campos le ha ocurrido algo.

Cuando el simón entra en la calle Mayor, una duda aflora entre el embrollado revoltijo de preguntas que ocupan su mente. Y si te han hecho algo, Engracia, ¿por qué lo han hecho?

¿Lorenza te habló de sus planes y tú ibas a delatarla?

¿O quizá tú misma estabas en el ajo?

Al final te arrepentiste y tus socios se ocuparon de ti antes de que pudieses denunciarlos.

La señora Campos parece una buena ama, cariñosa y comprensiva. Pero con buenas y cariñosas palabras no se hacen los depósitos en la Caja de Ahorros.

¿Por qué seguías con ella? ¿Gratitud, quizá?

Lo que está claro es que con lo poco que recibieses de ella como pago por tu trabajo, difícilmente reunirías una dote con la que poder casarte.

«Viuda de un intendente del ejército, que, según se comenta en el barrio, no llevó las economías de su casa tan bien como las de la milicia.» Eso es lo que ha dicho el parlanchín vendedor de buñuelos y aguardiente.

Pero eso ya lo había intuido él desde que la señora Campos le recibió el lunes en su casa.

Sea como fuere, convendría saber cuanto antes si Engracia llegó o no a presentarse en su pueblo. Para no seguir dando palos de ciego, por utilizar las palabras del nuevo secretario. Demasiadas sombras. Hacía tiempo que no se enfrentaba a un caso como este y una excitante sensación le domina. No se atreve a formular con palabras lo que siente, pero de lo que no hay duda es de que su corazón late con una violencia inusual.

El inspector Benítez sale del Gobierno Civil con un humor de perros. Fonseca camina a su lado en completo silencio. Después de tres lustros trabajando a sus órdenes, ha aprendido a cerrar el pico cuando a su jefe se le avinagra el talante. Y ahora es pura bilis lo que rezuma su rostro.

–Han tenido tres o cuatro días feriados la semana pasada –se queja Benítez, rompiendo un silencio de minutos– y se tienen que poner a esterar la oficina precisamente hoy.

Fonseca no contesta. Su capacidad pulmonar no da como para mantener una conversación y, a la vez, caminar a la endiablada velocidad a la que avanza su jefe.

Benítez se da cuenta de que su oficial va jadeando y aminora la marcha.

–O sea que hasta mañana al mediodía, como pronto, no tendremos la lista de mozos de cordel asturianos.

–Eso me ha dicho el encargado del archivo... –contesta Fonseca, entre sibilancias y resoplidos.

–Veremos si no nos salen mañana con algún otro cuento –despotrica Benítez, mientras en un rincón de su memoria tintinea el *Vuelva usted mañana* de Larra.

Cuando unos minutos antes de las diez, Benítez y Fonseca entran en la sala de oficiales, Ortega escucha con paciencia las destempladas quejas de un señor de unos cincuenta años que, sombrero de copa en mano, exhibe una amplia y reluciente calvicie central.

–Buenos días, señores –saluda Benítez.

Nada más oír el saludo, el caballero calvo se incorpora y se dirige derecho hacia él, como un toro que embiste un capote en danza, para explicarle a gritos el motivo por el que está tan enfadado.

El señor se ha mudado recientemente al distrito y, en cuanto ha tenido un momento libre, se ha presentado en la inspección para solicitar las cédulas de vecindad de los miembros de su familia y de la servidumbre a su cargo. El secretario de la inspección

178

le ha tomado las cédulas expedidas en el distrito de Congreso, donde anteriormente residía con su esposa, sus cuatro hijos y los mismos tres criados que están a su servicio actualmente, y le ha entregado un justificante provisional con validez de una semana hasta que un oficial de la inspección se persone en su casa para entregar las nuevas cédulas.

–No veo cuál es el problema, caballero –responde Benítez, con un expresivo encogimiento de hombros.

El problema es que el señorón de la calva reluciente no entiende a qué vienen tantos escrúpulos. Ha residido en diversos distritos de la capital y en todos ellos era costumbre sustituirle las cédulas de vecindad en el acto.

–¿Quizá se personó usted con sus criados en los locales de la inspección?

–¡Por supuesto que no!

–Pues nuestro deber es asegurarnos de la veracidad de cada cédula expedida.

–¿Su deber? –profiere el nuevo vecino con un asomo de desafío en la voz–. Su deber, señor mío, es llevar al Saladero a los criminales. Ese es su deber. No complicarnos la vida a las personas honradas.

Benítez se siente tentado de buscarle las cosquillas. Según él mismo ha reconocido, se ha presentado en la inspección expirado el plazo que marca la ley para notificar un traslado de residencia. La obligación del inspector es dar parte al teniente de alcalde de la infracción. Está tentado de buscar las cosquillas al impertinente caballero, pero no tiene humor para prolongar un segundo más la conversación.

–Señor Ortega –dice, dirigiendo su mirada de ojos castaños con vetas verdes hacia la mesa de su secretario–. Acompañe al caballero a la puerta y luego pase a mi despacho, por favor. Tenemos asuntos importantes que tratar.

Ortega se sienta frente a Benítez y permanece en silencio, sin hacer la menor alusión al incidente de las cédulas de vecindad, con una sutilísima sonrisa dibujada bajo el fino bigote. Porta un sobre que ha traído uno de los empleados del señor Monasterio. Dentro de él hay un apunte con la numeración de los billetes de banco con que pagó a José Antonio Ribalter.

–Un testigo cree haber visto subirse a un carruaje a la amiga de Lorenza el jueves pasado –informa Benítez, mientras se pellizca la piel de la nuez con los pulgares–, el día en que debía tomar la diligencia para Guadalajara.

Ortega sigue sin abrir la boca. Si no fuera porque este es solo su tercer día en el distrito, se diría que el malagueño ha aprendido ya a distinguir, en el discurso de su jefe, cuáles son las pausas en las que el interlocutor está invitado a participar y cuáles no.

–Había una mancha de sangre en la acera –continúa Benítez–. En el lugar donde estaba estacionada la berlina.

Benítez se calla. Con la mirada perdida en los papeles regados sobre el escritorio, sigue pellizcándose el cuello con los pulgares de ambas manos entrelazadas hasta que Ortega rompe el silencio.

–No sé qué le parece a usted, inspector, pero yo creo que deberíamos considerar la posibilidad de que su desaparición esté relacionada con el caso. ¿No le parece? ¿Puede que Engracia supiera lo que Lorenza tramaba? Incluso puede que ella misma estuviese implicada.

Benítez levanta la mirada y clava sus pupilas en el rostro de su secretario. Los ojos castaños, apacibles, del malagueño están velados por una sombra lúgubre.

–No cree usted que vaya a aparecer, ¿verdad? –pregunta Benítez.

Ortega niega con la cabeza.

–Yo tampoco –dice Benítez–. Por eso me repatea que el gobernador me haya vuelto a negar lo de la Guardia Civil de Guadalajara.

–Le entiendo, inspector.

Benítez trata de leer en la cara de Ortega cuánto de verdad hay en sus palabras.

–Si lo cree oportuno, podría ir hoy mismo al pueblo de la chica –se ofrece Ortega–. Hay un tren con destino a Guadalajara a las dos y cuarto. Si lo tomo, esta noche a las nueve y media puedo estar de vuelta.

–Dígame una cosa, señor Ortega –suelta Benítez, desarmado por completo, totalmente desconcertado con el ofrecimiento de su solícito secretario–. ¿Por qué está usted aquí?

–¿Perdón? –dice Ortega, confuso–. No entiendo.

–¿Qué es lo que pretendía conseguir al aceptar un puesto como el que ahora ocupa?

–Quiero ser policía, inspector –responde Ortega, con decisión–. Me gustaría llegar a ser un buen policía y creo que no hay mejor modo de conseguirlo que trabajando a su lado.

–¿Y en qué funda tan elogiosa suposición?

–Antes de solicitar el ingreso en el cuerpo de vigilancia tuve la oportunidad de hablar con el inspector especial y él fue quien me dijo que, en Madrid, al menos, no encontraría mejor mentor que usted. El señor Antuñano está muy enfermo, como bien sabrá, pero me dio la impresión de que la cabeza le funciona perfectamente. Así que me fie de su recomendación.

Son cerca de las doce y media y, tras dos largas horas de firmar cédulas de vecindad, informes y documentos administrativos varios, de archivar circulares y de revisar las instrucciones para la organización del registro de empleados del servicio doméstico, recibidas esta misma mañana, el inspector Benítez se levanta, por fin, del sillón. A las dos y media ha quedado con Ortega, Domínguez y Carmona en una taberna de la calle de Atocha, así que debe darse prisa si quiere que le dé tiempo a comer algo antes de ir a ver a Luis Villalpardo, el secretario de José Antonio Ribalter. De pie, con ambas manos apoyadas sobre la mesa, se da cuenta de que la Ratona no da señales de vida desde hace unos días. No ha llegado a despegar las manos de la mesa cuando suena un sutil golpeteo de nudillos en la puerta.

–Buenos días, tío –dice José Francisco–. Espero no haberme presentado en mal momento.

–Nunca es mal momento para venir a ver a tu tío –responde el policía, acercándose a dar un abrazo a su sobrino–. Pero dime, ¿a qué debo esta grata visita? ¿Va todo bien?

–Sí, sí. Todo va bien, tío. No se inquiete. Se trata de doña Julia.

–¿De doña Julia?

–Sí, anoche, cuando se acabó la fiesta en casa de Monasterio, nos fuimos al Suizo y allí estaba. Sola. Con cara de funeral. Esperándole, según parece.

–¿Le ha ocurrido algo?

–No lo sé. A mí lo único que me dijo es que se mudaba a Astorga a principios de la semana que viene y que, por si no tenía oportunidad de volver a verle, le hiciese el favor de traerle este paquete.

Benítez coge el paquete, rompe el bramante rojo con que está atado y extrae un puñado de libros de poco grosor.

–¡Obras de teatro! –exclama José Francisco, con un gesto de sorpresa–. ¿Estas son las rarezas bibliográficas que le manda Rodolfo?

–No, hombre. Estos libritos no me los manda el hijo de doña Julia. Estos se los he ido regalando yo a ella en los últimos meses.

–¿Y por qué se los devuelve?

–¿Adónde pensabas ir cuando salieras de aquí? –dice Benítez, rehuyendo la pregunta.

–A comer algo, a echar una siesta y luego a la redacción a entregar un artículo que sale mañana.

–¿Me acompañas a la Fonda de Perona?

–Claro, así me cuenta... –José Francisco intercala una prolongada pausa. Su cara angulosa de ojos grandes y almendrados es un calco de la de su padre. Sus labios son los labios de Manuel Bejarano. Su nariz, algo gruesa en la punta, es la nariz paterna. Sin embargo, esa expresión que ahora se le dibuja en el rostro, con la que dice tanto o más que con las palabras, es de su tío José María, un gesto asimilado durante las más de dos

182

décadas que vivieron bajo el mismo techo–. Así me cuenta cómo va lo de la carrera de San Francisco... O lo que quiera usted contarme.

Hacía siglos que no disfrutaba tanto de una comida. Si en vez de la delicada crema de guisantes, los jugosos corazones de alcachofa estofados y el delicioso rosbif con patatas a la duquesa, les hubiesen servido un grumoso plato de migas regado con el peor peleón de la comarca en vez del exquisito valdepeñas que ha bebido, Benítez, de todas formas, hubiese salido de la Fonda de Perona feliz, satisfecho y con la sensación de que no solo hace muchos días que la Ratona no molesta, sino que además las comidas le están sentando mejor que nunca.

La compañía de su sobrino siempre le es grata, pero la conversación de hoy ha sido especialmente amena. Tan a gusto se ha sentido charlando con José Francisco que no ha puesto reparos en contarle, con todo detalle, acerca de su amistad con la viuda del general Pardo.

A los postres, para redondear la comida, José Francisco ha insistido, mostrando un sincero interés, en que su tío le contara los pormenores del crimen que investiga. Su sobrino es consciente de que a Benítez le gusta tratar con él los casos. Es inteligente, coge la información al vuelo, por más compleja y embrollada que sea, y, por qué no reconocerlo, no pocas veces sus sugerencias han sido de gran ayuda para resolver algún caso. Pero nunca como hoy le había notado tan receptivo. Tan interesado le ha parecido en los pormenores de la investigación que ahora, mientras caminan por la carrera de San Jerónimo en dirección a la casa de su sobrino, Benítez llega a plantearse que tal vez José Francisco haya pensado en solicitar un puesto en el cuerpo de vigilancia. Aptitudes no le faltan, desde luego. Y es doctor en Leyes. Quizá se haya replanteado su futuro. Tiene veintinueve años. Es joven. Algún día tendrá que sentar la cabeza y buscar una mujer con la que tener hijos. Su trabajo en *El Observador Imparcial* le agrada, de eso no hay duda, pero no sé si tanto como para seguir atado a la redacción de un periódico el resto de su vida.

–Tío, estaba pensando algo. Quizá le parezca un disparate, pero...

El inspector Benítez se detiene en seco.

–¿Qué le parece si voy yo al pueblo de Engracia? –continúa José Francisco–. Si me hace usted el favor de llevar el artículo al periódico antes de las cinco, aún estoy a tiempo de tomar el tren.

El cochero del primer simón que han encontrado libre se yergue en el pescante, sacude el látigo sobre el rocín y el destartalado coche de alquiler echa a rodar hacia la estación del Mediodía. Benítez comprende lo desproporcionado de la actuación, pero lo cierto es que cuanto antes sepan si Engracia ha estado o no en su pueblo, mucho mejor. Tal vez cuando esta noche su sobrino tome el tren de regreso a Madrid, la muchacha lleve ya varias horas en la calle del Pez, pero incluso en ese caso, el viaje no habrá sido en balde. José Francisco tiene olfato. A la gente se le suelta la lengua con él. Sabe escuchar y hace sentir cómodos y confiados a sus interlocutores. Si Engracia ha tenido que ver con el robo, es posible que alguien haya notado algo raro en ella. Si la chica está limpia, tampoco vendrá nada mal confirmar de primera mano el motivo por el que se ha demorado tanto en regresar. De lo que no hay duda es de que al inspector le alegra sobremanera que su sobrino quiera echarle una mano con la investigación.

Decenas de coches de plaza, ómnibus y carruajes particulares se agolpan en el exterior de la estación del Mediodía. Dentro, un barullo de pasajeros en traje de viaje, mozos de estación empujando carretones y animales de todo tipo y pelaje a la espera de ser facturados. Mientras aguardan su turno frente a la ventanilla donde se despachan los billetes, el inspector mete la mano en el bolsillo de la levita donde ha guardado la llave del cuarto de José Francisco.

–¿Estás seguro de que has dejado el artículo en el gabinete?

–Segurísimo.

184

–¿Y en el periódico me lo cogerán sin más? ¿No pondrán reparos?

–Supongo que no... –Se detiene, con una traviesa sonrisa bailándole en los labios–. Pero en caso de que haya que hacer alguna rectificación, la puede hacer usted mismo, tío. Al fin y al cabo, fue usted quien me enseñó a escribir.

Un par de minutos después de sacar un billete con destino a Guadalajara, un estridente toque de campanas anuncia el cierre de la venta de billetes del ferrocarril que hoy llega hasta Jadraque y, dentro de algunos años, unirá Madrid con Barcelona. A las dos y veinte, cinco minutos después de la hora prevista, el ferrocarril se pone en movimiento.

Un cuarto de hora después de haber dejado a su sobrino acomodado en el coche de primera clase del ferrocarril, Benítez atraviesa a pie la Puerta de Atocha para tomar la calle del mismo nombre en dirección a poniente. A mano izquierda, nada más enfilar la ancha y arbolada calle, deja la parte antigua y ruinosa del Hospital General. Con la reforma proyectada hace poco, las viejas construcciones serán demolidas, desplazando la fachada principal de este vasto establecimiento de la Beneficencia a la vecina calle de Santa Isabel. El Hospital General de Madrid quedará dentro de poco separado de la calle de Atocha por un jardín público y la calle de Santa Isabel se prolongará hasta la ronda de Atocha para facilitar el acceso a la estación de ferrocarril del Mediodía. La castiza calle de Atocha, calle de hospitales y recogimientos, verá en breve alejarse unos cientos de metros una de sus más destacadas señas de identidad. Al menos eso es lo que dicen los papeles. Aunque en la historia de Madrid y, más si cabe, en la de este edificio en concreto, de lo dicho en los proyectos a lo hecho por los albañiles siempre hubo un largo, larguísimo trecho.

Mientras sube por la calle de Atocha, no puede evitar sentirse invadido por el recuerdo de los tiempos en que era estudiante del Colegio de Cirugía de San Carlos.

¿Qué hubiese sido de él, se pregunta, si tras completar el bachillerato en Medicina, hubiese continuado con los años de clínica como hizo su amigo Francisco Javier?

Y con este interrogante de infinitas respuestas llega a Casa Callejo, la casa de comidas donde se ha citado con Ortega, Domínguez y Carmona, quienes, con un poco de suerte, habrán encontrado algo que aporte un rayito de luz a los múltiples interrogantes que le acosan desde la noche del domingo.

Casa Callejo es uno de los más decentes establecimientos madrileños en la categoría de casas de comidas, tabernas y figones. Los garbanzos del cocido, tiernos como manteca. Las chuletas de carnero asadas, canela en rama. Y el arganda de la casa, un tinto capaz de resucitar al mismísimo don Miguel de Cervantes, a cuya familia, según asegura el bodeguero que le vende el vino al señor Callejo, pertenecieron algunas de las viñas argandeñas con que se elabora este delicioso néctar del Olimpo. Los bancos de madera, eso sí, además de cojitrancos, acumulan manchas y arañazos de tres reinados, dos regencias y una larguísima lista de presidentes del Consejo de Ministros.

El señor Hilario Callejo –Hilario III para los parroquianos de gran solera–, sexagenario de enorme barriga y ojos saltones, seca unos vasos de vidrio tras el mostrador. Viste blusa blanca, chaquetilla negra, faja encarnada a la cintura y pañuelo de hierbas a la cabeza, poco más o menos la misma vestimenta que usaba su abuelo, Hilario I, montañés a carta cabal que, tras cuarenta años partiéndose el lomo en la corte de Carlos IV, reunió el capital suficiente como para fundar, a principios del presente siglo, la taberna que hoy regenta su nieto.

De un tiempo a esta parte algunos taberneros han dispuesto en sus locales un departamento para la clientela elegante que no gusta de mezclarse con el pueblo llano. No es el caso del señor Callejo. En su establecimiento los parroquianos de chistera, levita y habano comparten banco, humos y palique con los de blusa, gorra y cigarrillo de picadura, de modo parecido a como,

186

en un extremo del mostrador, cohabitan bajo un mismo enrejado de alambre, pajaritos fritos, chuletas de carnero y trozos de bacalao.

En una esquina del local, medio en penumbras, se encuentran Fernández Carmona y Ortega en distendida charla. A juzgar por la amplia sonrisa de Carmona, se diría que el nuevo secretario de la inspección ha empezado a ganarse también la simpatía del joven oficial sevillano.

Benítez levanta la mano para ser visto por sus hombres, pero antes de dirigirse a donde están, se acerca al mostrador.

–Dichosos los ojos, don José María –saluda el tabernero–. Qué alegría más grande verle por aquí.

–Igual, igual, señor Callejo. ¿Cómo le trata la vida?

–Mejor que nunca, inspector Benítez –contesta el tabernero con una descomunal sonrisa, mientras mueve sus ojos de camaleón viejo en dirección a una joven y exuberante camarera que, con una bandeja de callos en una mano y un hermoso pan en la otra, sale en este momento de la cocina–. La semana que viene hará un año que el padre Sulpicio nos leyó la epístola de san...

–El tercero de los Hilarios se detiene, con la boca abierta, babeante, como si aún, tras un año de matrimonio, no terminase de dar crédito a su dicha.

–De san Pablo, supongo por la expresión pánfila y enamorada de su cara –apunta Benítez, sin poder evitar que el lejano recuerdo del día en que Inmaculada y él contrajeron matrimonio en la cercana iglesia de San Sebastián le produzca una punzada de tristeza en la boca del estómago–. La epístola de san Pablo a los corintios.

–Imagínese, inspector, a mi edad y casado con una mujer de tantísima calidad. Pero, quia, el amor no entiende de edades y cuando el pajar viejo prende, a ver cómo se apaga.

–Pues muchas enhorabuenas, señor Callejo.

–Muchas gracias, inspector.

–¿Tiene café colado?

–No, pero a usted se lo colamos en un momento, señor inspector.

–Bueno, pues lo dicho, señor Callejo. Que sean ustedes muy felices.

En cuanto vean aparecer a Domínguez por la puerta del establecimiento, Fernández Carmona habrá de relevarle en la vigilancia al señor Ribalter, así que el inspector Benítez le pide que sea él el primero en informar de lo averiguado en sus pesquisas matutinas.

Una de las mujeres del guardarropa del Salón de Capellanes, explica Carmona, recuerda haber visto a dos muchachas que según las señas bien podrían ser Lorenza y Engracia. Salieron del salón de baile acompañadas de dos jóvenes que encajan con la descripción que dio el camarero del ambigú. Uno de ellos era alto, robusto y moreno. El otro más bien bajo y con el pelo castaño tirando a rubio. Las chicas y el hombre bajito le sonaban de vista. Al alto no le había visto nunca antes por allí. El testimonio del resto del personal apenas si ha añadido algo a lo dicho por la empleada del guardarropa.

Las pesquisas relacionadas con Nicolás Vilanova han sido bastante más productivas. En la imprenta de Santiago Pelegrín son varios los empleados que le trataban y todos han coincidido en describirle como un muchacho simpático, atento y muy responsable. Nadie ha sabido o ha querido dar razón sobre sus costumbres y compañías, pero a varios de ellos se les ha escapado el nombre de uno de los tipógrafos de la imprenta, un tal Julián García, con quien, al parecer, el sobrino del portero hacía buenas migas. Sin embargo, cuando Fernández Carmona le ha interrogado, el señor García ha negado que tuviera más trato con Vilanova que cualquiera de sus compañeros. No faltaba mucho para la hora a la que parte de la plantilla de la imprenta hace una parada para almorzar, así que Carmona se ha ido a matar el tiempo a un café cercano, desde donde ha visto salir de la imprenta a varios empleados, entre ellos a un joven aprendiz que, en la entrevista previa, se había mostrado particularmente colaborador. Cuando se ha separado del resto, Carmona se ha acercado a él y el aprendiz no solo le ha asegurado que García y Vilanova tenían una relación de amistad, sino que le ha mencionado un establecimiento en el que se les solía ver juntos. Al parecer Julián García dirige una murga y casi todas las noches, antes de salir de ronda, se reúne con el resto de músicos en el Café de Gómez, en la calle del Carmen. El muchacho no puede asegurarlo, pero sabe de oídas que Vilanova cenaba algunas noches con ellos en el café e, incluso, que a veces se iba con los músicos a escucharles la primera serenata de la noche.

—A la Facultad de Medicina no me ha dado tiempo a ir —concluye Carmona.

Antes de que Benítez termine de felicitarle por su trabajo, en la puerta del establecimiento aparece la rolliza figura de Domínguez.

—Siento el retraso, inspector —dice a modo de saludo —, pero es que Ribalter me ha tenido de la ceca a La Meca desde las doce.

—Siéntese, Domínguez —indica Benítez—. ¿Dónde ha dejado a Ribalter?

—Acaba de entrar en su negocio. El de aquí.

—Vaya, Carmona —ordena Benítez—, y, si puede, mande aviso antes de las ocho para que Fonseca sepa donde relevarle.

Carmona asiente con la cabeza, toma su bombín de fieltro del banco y sale del local.

—Y usted, Domínguez, ¿ha comido algo? —pregunta Benítez.

—Un puñado de castañas asadas mientras le seguía la pista al señor Ribalter.

El inspector Benítez levanta el brazo y, al instante, la joven esposa del tabernero se planta frente a los policías.

—Buenas tardes, caballeros, ¿qué va a ser?

—¿Qué tienen de plato del día? —pregunta Domínguez.

—Unas lentejas a la riojana que son *pa* chuparse los dedos.

—Pues me va a traer un plato de lentejas y un par de chuletas de carnero.

—¿Quiere *usté* algo *pa* beber?

—¿Qué tal es el tinto de la casa?

189

–Un arganda que no hay otro más rico en *toa* la comarca.

–Pues tráigame usted un chato, preciosidad.

Benítez, que no confía demasiado en las actuales capacidades memorísticas del enamorado tabernero, le recuerda a su atractiva esposa lo del café. Mientras la camarera está de vuelta, Domínguez comienza su informe.

Hasta unos minutos antes de las doce, el señor Ribalter no ha hecho nada que no sea previsible en un almacenista de vinos y licores con dos establecimientos funcionando en puntos tan alejados como las calles de Toledo y de Atocha. Desde las ocho a las nueve, más o menos, Ribalter ha estado en el almacén de vinos de la calle de Toledo. Desde allí, después de poco más de quince minutos en una buñolería cercana, se ha ido en un coche de alquiler de Ruiz Huidobro & Cabello a los almacenes de la calle de Atocha. Ha entrado en el departamento de administración y a eso de las diez y media ha salido de las oficinas para despachar, por un espacio de media hora, con el encargado de la tienda de venta al público minorista. Después ha supervisado en persona la descarga de varios carromatos de transporte, ha vuelto por espacio de quince o veinte minutos a su despacho y, a eso de las doce, ha salido del establecimiento para subirse al mismo coche que le trasladó desde La Latina a la calle de Atocha, el número 8 de la empresa de alquiler de carruajes Ruiz Huidobro & Cabello.

En este punto de su informe, Domínguez hace una parada para corresponder con un sonriente «gracias» al platillo de aceitunas sevillanas con el que la esposa del tabernero acompaña, cortesía de la casa, el chato de vino tinto de Arganda.

Domínguez echa un trago de vino y continúa con la parte más sustanciosa de su informe. Durante algo más de una hora, el señor Ribalter ha estado entrando y saliendo de casas de empeño y prenderías de las calles de Silva, Tudescos y Jacometrezo. Quince en total. Domínguez ha anotado la dirección de las quince. En alguna le ha sido imposible distinguir qué hacía en el interior, pero en las que ha podido hacerlo, ha observado que Ribalter iba en derechura a charlar con el encargado, a quien, después de cruzar una breve conversación, le entregaba unas monedas y una tarjeta de visita.

–Aquí tiene –dice la camarera–, unas lentejitas a la riojana que ni al duque de Osuna se las cocinan tan ricas. Y pan de Vallecas. Mejor que en el Vaticano va a comer usted hoy.

–Gracias, prenda –contesta Domínguez, guiñándole un ojo a la joven–. Y no te olvides de las chuletitas, guapa, que traigo una carpanta que me ladran las tripas.

Cuando la mujer se ha marchado, Domínguez concluye su informe, no sin antes haberse llevado a la golosa boca un cucharón rebosante de lentejas. A la una y media el señor Ribalter ha entrado en la pastelería suiza del señor Hermann, en la calle de Jacometrezo, donde ha comido, sin compañía. Unos minutos antes de las dos y media, el mismo coche que le ha trasladado durante todo el día le ha llevado de regreso a los almacenes de la calle de Atocha, donde debe de encontrarse en este momento.

–Buen trabajo, Domínguez –dice Benítez, mientras discurre sobre lo que haría el señor Ribalter en las casas de empeños que ha visitado–. Su turno, Ortega.

–Lamento no haber conseguido demasiado, jefe.

–Déjeme juzgar eso a mí, secretario. ¿Qué ha averiguado de la bailarina?

–Que lleva seis meses alojada en el principal de la calle de la Reina; que, como suponíamos, el contrato de alquiler del inmueble no está a su nombre, sino al de Eusebio Ribalter, y que, en todo este tiempo, nunca se ha visto entrar en el cuarto a ningún varón salvo cuando venían invitados por el señor Ribalter.

–¡Potra que tienen algunos! –suelta Domínguez, mientras hunde un pedazo de pan en el caldo de las lentejas–. Ese pedazo de hembra para el pintorcito solo.

–Las señoras de la vecindad con las que me he entrevistado –prosigue Ortega–, contrariamente a lo que se pudiera esperar, solo han tenido palabras elogiosas para la señorita Montoro. Al parecer, en el medio año que lleva ocupando el cuarto no ha dado el menor motivo de queja. Nunca, salvo el pasado miércoles a eso de las once de la noche, cuando se le oyó discutir acaloradamente con el señor Ribalter. Dicen que es la inquilina más tranquila que ha ocupado el principal izquierda en mucho tiempo.

–¿Cómo saben que era el señor Ribalter con quien discutía?

–Debieron de terminar la discusión en el rellano y la vecina del piso principal derecha le vio por la ventanilla.

–¿Se enteró por qué discutían?

–No.

–¿Se le ocurre alguna idea?

–¿De por qué discutían?

Benítez responde con un silencio.

–Se me ocurren muchas, inspector –continúa Ortega–. Celos, por ejemplo.

–Después de meses de relación, ahora al pintor le da por ponerse celoso de una chica que usted mismo nos ha dicho que no recibía más visitas masculinas que las que iban con su amigo... –objeta Benítez, mientras menea la cabeza a los lados–. Puede ser, no digo yo que no, pero a mí me da que discutieron por dinero.

Ortega lo mira fijamente, como dando a entender que mientras su superior no explique en qué funda su sospecha, la misma probabilidad hay de que los tortolitos hayan discutido por dinero, por celos o por cuál es el mejor método para conservar en buen estado los pinceles de meloncillo.

–El miércoles pasado estábamos a finales de mes –añade Benítez–. Tal vez discutieron por alguna cuestión relacionada con el pago del alquiler del cuarto. Puede que anduvieran escasos de efectivo. Eso también explicaría el porqué una pareja joven y acostumbrada a trasnochar estaba a esas horas en casa. Si la chica bailó esa noche es raro que, del teatro, se hayan ido directamente a casa sin comer algo por ahí. ¿No le parece?

XIII
Otro padre para la criatura

Mientras Domínguez emprende camino hacia La Latina con el propósito de averiguar algo más sobre las costumbres y conocidos de Lorenza Calvo, Benítez y Ortega enfilan la calle de Atocha hacia oriente.

–Me gustaría saber qué anda buscando Ribalter en las casas de empeño –dice Benítez apenas se han despedido de Domínguez.

–¿Alguno de los objetos robados? –sugiere Ortega.

–Tal vez la cruz tenga valor sentimental para doña Rosario. Desde luego a Ribalter no pareció afectarle mucho la pérdida del reloj.

–También puede haber echado en falta alguna otra cosa.

–Puede ser, pero si a lo largo del día nadie de la familia se ha presentado en la inspección para notificarlo, mañana mismo vamos a ir a averiguar qué busca Ribalter en las casas de empeño.

Cuando llegan a la calle de la Esperancilla, Carmona no está en el punto establecido para vigilar la entrada del despacho de vino y licores. Esperan algo más de cinco minutos y, en vista de que no aparece, dan por hecho que Ribalter ha vuelto a salir y el policía se ha ido a seguirle, así que Benítez decide aprovechar su ausencia para visitar los almacenes.

Para acceder a las dependencias administrativas y de contaduría del negocio de Ribalter y Monasterio –el cual ocupa buena parte de la manzana de la calle de Atocha comprendida entre la Costanilla de los Desamparados y la calle de Fúcar–,

193

se ha de atravesar un tramo de la inmensa nave de almacenaje del edificio. Benítez y Ortega esperan a que un carromato cargado de cajas con botellas de cerveza salga del almacén para cruzar el amplio portalón. Dentro, varios mozos descargan los barriles de tres carros de transporte, mientras otros se encargan de trasladarlos a lo largo del espacioso local. Otro empleado de mayor edad, un hombre alto y membrudo que viste delantal azul y lleva un lapicero en la oreja, les sale al encuentro.

–¿Puedo servirles en algo?

–Buenas tardes, señor, soy el inspector Benítez y mi compañero es el señor Ortega Morales, secretario de la inspección de La Latina.

–Y yo, Zacarías Expósito, encargado del almacén –replica el otro, antes de que Benítez haya tenido tiempo de añadir el motivo de su visita.

–Querríamos hablar con el señor Villalpardo –añade el inspector.

–Les acompaño a su despacho –indica el encargado, con gesto hosco–. Está en la planta de arriba.

Conducidos por él, avanzan hasta una puerta doble de madera artísticamente labrada situada entre dos pirámides de barriles de vino. Tras la puerta, una ancha escalera de mármol da acceso a una luminosa habitación donde dos decenas de escribientes y contables trabajan en espaciosas mesas distribuidas en dos largas hileras. Al fondo del pasillo que dejan las dos filas de oficinistas, hay una pieza acristalada en la que, según indica un rótulo en bronce, se encuentra el despacho de Luis Villalpardo. El encargado del almacén abre la puerta sin llamar y les indica que entren con un gesto. Dentro, en una espaciosa habitación decorada con varios óleos que representan escenas festivas en el interior de una taberna, tres hombres trabajan en lujosos escritorios de despacho. Uno de ellos, tras ser informado del motivo de la visita, golpea en una puerta vidriera que hay al fondo de la sala y, al cabo de unos segundos, el señor Villalpardo sale a recibir a los policías.

Hasta el despacho de Villalpardo, pese a tener puerta y ventanas cerradas, llega el intenso olor a vino que se propaga por todo el edificio.

–¿Puedo ofrecerles algo de beber? –pregunta Villalpardo una vez que Benítez y Ortega se han sentado al otro lado de su mesa–. ¿Un jerez, tal vez?

Ortega menea la cabeza a los lados.

–Un vaso de agua, por favor –dice Benítez–. Con un par de cucharaditas de azúcar si es tan amable.

Villalpardo hace sonar una campanilla, con un gesto de contrariedad mal disimulado en su rostro delgado y ojeroso. Al punto aparece uno de los tres empleados que trabajan en la sala contigua.

–Pues ustedes dirán, caballeros –dice Villalpardo, cuando su subordinado ha salido en busca del vaso de agua–. ¿En qué puedo ayudarles?

–Veníamos a verle en relación con el robo en casa del señor Ribalter –dice Benítez.

Villalpardo sostiene la mirada del inspector sin pronunciar palabra.

–Según tenemos entendido, el señor Ribalter le pidió consejo sobre qué hacer con el dinero que recibió de su socio unos días antes del robo. ¿Es así?

Villalpardo asiente con la cabeza. Antes de dar comienzo a su explicación, golpean en la puerta.

Mientras el empleado deposita sobre la mesa una bandeja con un vaso, una jarra con agua, una cucharilla y un cuenco con azúcar, Benítez no quita ojo a Villalpardo. Las interrupciones durante un interrogatorio, si se saben aprovechar, son de gran utilidad. Cuando una persona tiene tiempo para pensarse una respuesta, su cara suele delatarle. En este caso, sin embargo, Luis Villalpardo no parece demasiado preocupado por la pregunta que le ha formulado el policía.

–Le preguntaba por los treinta mil duros que el señor Ribalter recibió de don Juan Miguel de Monasterio –repite Benítez–. ¿Sabía usted que los iba a guardar en casa?

–Claro que lo sabía, el señor Ribalter me pidió consejo. Don José Antonio no tiene rival como comerciante, en su ramo pocos le hacen sombra, pero a la hora de invertir su capital es bastante indeciso, así que cuando alcanzó un acuerdo para asociarse con Monasterio me pidió consejo para colocar el dinero.

–¿Puede compartir con nosotros su recomendación?

–Le dije que me parecía más seguro depositarlo en un banco que en cupones de la Deuda como era su idea inicial. La guerra de África nos ha costado un riñón, los moros no van a pagar lo que nos deben por el momento y no sería extraño que el Tesoro se viera pronto con dificultades para abonar intereses. A don José Antonio le pareció bien mi sugerencia, pero me dijo que se lo iba a pensar unos días.

–¿Había alguien más con ustedes mientras tuvo lugar esa conversación?

–No.

–¿Sabe usted si el señor Ribalter consultó sus dudas con alguna otra persona?

–A don José Antonio no le gusta que le hablen por los dos oídos a la vez. Pide consejo a alguien de confianza y, con lo que le dice esa persona, más lo que él mismo discurre, suele bastarle para tomar una decisión.

–Si no he entendido mal, el señor Ribalter no consultó el asunto de dónde invertir el dinero con nadie más.

–Yo diría que no, pero ¿no le parece que esa pregunta sería mejor hacérsela a él?

–¿Y usted, señor Villalpardo, ha comentado con alguien lo que habló con el señor Ribalter?

–¿Saben ustedes cuánto me paga don José Antonio? –pregunta Villalpardo, en cuyo rostro flaco y ojeroso se ha dibujado una expresión arrogante.

–¿Perdón? –dice Benítez.

–Cincuenta mil reales al año. Cincuenta mil reales más una comisión por las ventas que hacen los corresponsales de las provincias limítrofes a Madrid. Si esa no les parece suficiente

196

respuesta, puedo acompañarles a la casa de banca donde tengo mis ahorros.

–No será necesario, señor Villalpardo –replica Benítez–. No dudamos de que disfrute usted de una saneada situación financiera. Lo que nos gustaría saber es si ha comentado usted con alguien la cuestión de la que habló con el señor Ribalter. ¿Puede contestar a esa pregunta?

–Con nadie en absoluto, inspector.

–Muy amable por responder.

–¿Me permiten decirles algo? –pregunta Villalpardo–. En los veinte años que llevo trabajando para el señor Ribalter, dudo mucho que haya habido un empleado de su negocio que no se haya sentido agradecido por cómo era tratado. Yo el primero, por supuesto. Desconozco cómo amasó Ribalter su fortuna en Cuba, pero desde que se estableció en Madrid, que es desde cuando yo trabajo para él, si ha incrementado su patrimonio no ha sido explotando a sus trabajadores.

Villalpardo se calla y se establece un tenso silencio entre él y los policías. Benítez siente que no ha concluido su discurso y aguarda unos segundos sin decir nada, contemplando el rostro del hombre de confianza del señor Ribalter. Por un brevísimo instante, sin que sepa decir por qué, se le viene a la cabeza la imagen de la señora de Ribalter cogida de su brazo la noche del crimen.

–Sobre las personas empleadas en su casa, no les puedo decir nada –añade, por fin, el agradecido trabajador, que se sigue mostrando mucho más indignado que nervioso–. Apenas los conozco. Lo que sí les puedo decir es que tanto yo como los tres señores que hay ahí fuera nos dejaríamos cortar una mano antes que traicionar a don José Antonio. Pueden buscar el culpable en otra parte o pueden seguir perdiendo el tiempo aquí.

Benítez da por finalizada la entrevista mostrando una cortesía de la que el señor Villalpardo no es merecedor. Pasan unos minutos de las cuatro y cuarto y antes de las cinco tiene que haber llevado el artículo de José Francisco a la redacción de *El Observador Imparcial*. De no ser por eso, tal vez hubiese seguido perdiendo el tiempo un rato con ese insolente al que ahora da las buenas tardes.

En numerosas ocasiones desde las páginas de *El Observador Imparcial* hemos censurado la mala costumbre de llenar líneas y más líneas de los periódicos con párrafos extraídos del resto de la prensa. Yo, como muchos de mis compañeros, me inicié en el digno oficio del periodismo como redactor de tijera y hube de cumplir con el fastidioso encargo de leer lo que se publicaba en otros periódicos para llenar el hueco que el jefe de redacción me asignaba. Pero siempre que en mi redacción se practicó este permitido hurto de palabras se hizo cuando, por cuestiones de tiempo, no hubo más remedio y nunca, doy fe de ello, hasta los vergonzosos extremos a los que llega alguna de las publicaciones actuales en las que hay tanto o más contenido *de tijera* que de creación propia. Aclarado este extremo, me veo en la obligación de dar cabida en el «Folletín» de hoy a unas palabras que, en fechas recientes, ha escrito para el diario *El Pueblo* mi buen amigo Elías Fernández Belmonte. Sin más, damos paso al consabido «dice *El Pueblo*»:

El próximo 6 de noviembre se cumple el segundo centenario del nacimiento de Carlos II, hijo de don Felipe IV y de doña Mariana de Austria. Doscientos años han pasado desde que, en el final de su vida, el cuarto de los Felipes viera nacer de nuevo a un varón legítimo que pudiera heredar un trono que, ya por entonces, estaba en la más completa decadencia política y económica. Han pasado dos siglos desde que naciera el último de los Austria y la España de hoy no es, desde luego, la de entonces, la España de la sopa boba de los conventos, de los autos de fe y de los parricidas encubados. Mucho ha cambiado la fisonomía de nuestro país en doscientos años. Sin embargo, pese a que hoy nuestras calles tengan aceras, rótulos y, hasta en algunos casos, farolas de gas; pese a que los caminos de hierro unan ya bastantes puntos de nuestra geografía, y pese a que no pocos artesanos lleven un reloj en el bolsillo, hasta donde mi corto entendimiento alcanza, nuestra España actual guarda demasiado parecido con la de su Católica Majestad Felipe IV. En las Españas del «Rey poeta» nuestros compatriotas morían matando protestantes en el norte. Hoy mueren matando musulmanes en el sur. Los pintores celebraban entonces nuestras victorias en Flandes, hoy los pinceles de pintores ventajistas se agitan para solemnizar la toma de Tetuán. Los presos se mandaban entonces a remar en galera real, hoy se los envía a construir carreteras a Santo Domingo. Las ejecuciones públicas se celebraban entonces en la Plaza Mayor, hoy en el Campo de Guardias. Eso sí, ya hemos abolido la horca. En la España constitucional, garrote para todos. Poderosos que buscaban mercedes para sus parientes en la Corte; impuestos que asfixiaban al pueblo; pobres que no tenían un pedazo de pan que dar a sus hijos y que ingresaban en la cárcel por no poder pagar una deuda; padres que dedicaban a sus hijas al claustro por no poder reunir una dote con la que comprar un marido, todo eso formaba parte de la España de Felipe IV. Por desgracia, las cosas no son muy distintas en la España de doña Isabel de Borbón y Borbón.

Todas esas lúcidas observaciones y otras cuantas que no copio por miedo a que las palabras de mi buen amigo Elías dupliquen o tripliquen a las de mi propia cosecha en este artículo, las leí hace unos días en el diario democrático *El Pueblo* y fue tan inmediata e intensa la identificación que sentí con ellas que, nada más terminar de leerlas, hice propósito de darles publicidad en cuanto se presentase ocasión.

Que el director del periódico para el cual escribo estas palabras tenga a bien publicarlas o no es algo que ahora ignoro. Es público y notorio que *El Observador Imparcial* tiene importantes discrepancias ideológicas con el periódico para el que escribe el señor Elías Fernández Belmonte, así que de mi director será la penúltima decisión. La última, como no ignoran nuestros lectores, la tiene el fiscal de imprenta. No impondrá censura previa a nuestros escritos, claro. Mucho ha cambiado, presume nuestro liberal Gobierno, el país desde los tiempos de *El duende satírico del día*. Hoy hay manga ancha para la prensa periódica. Hoy gozamos de libertad de imprenta para incluir en nuestros diarios cualquier opinión política. Mañana a primera hora, el fiscal de imprenta gozará también de extensa libertad. La libertad de secuestrar la edición y de pedir desorbitadas multas al editor responsable. Aunque apenas se hayan distribuido en la calle tres o cuatro ejemplares de ese número subversivo que, al parecer, pone en peligro el orden público de la nación.

Hoy, como hace un cuarto de siglo, la libertad de expresión vive aherrojada y hoy, como en tiempos del maestro Larra, se encarcela a escritores públicos por el contenido de sus escritos.

Ministerio Narváez —perdón, O'Donnell, quería decir—, los escritores que vas a desterrar te saludan.

Que Dios nos asista.

J. F. Bejarano

Pasan unos minutos de las siete cuando el inspector Benítez, con las palabras de Belmonte y de José Francisco resonando en su cabeza, se asoma a la ventana de su despacho. A la vacilante luz de una farola de aceite, distingue las siluetas de Fonseca y Fernández Carmona, quienes acaban de tomar la calle de las Aguas en dirección a Tabernillas. Unos minutos más tarde, Fonseca, Carmona y Ortega están sentados frente a él.

–¿Y dice usted que el señor Ribalter va con frecuencia a esa casa? –pregunta Benítez, después de que Carmona le haya informado de adónde ha ido el almacenista de vinos mientras él y Ortega interrogaban a Luis Villalpardo.

–Sí, inspector –responde Carmona–. La portera del edificio no ha querido reconocer que ya conocía al señor Ribalter, pero se notaba a las claras que mentía. He preguntado en un café que queda frente al prostíbulo y un muchacho que hace mandados me ha asegurado que a Ribalter se le ve con bastante frecuencia por allí y que siempre le espera en la calle el mismo carruaje.

–¿Cuánto tiempo ha permanecido dentro?

–Cerca de una hora. Luego ha vuelto a la calle Atocha hasta que, a eso de las seis, ha llegado el carruaje de Ruiz Huidobro & Cabello y le ha traído de vuelta a la carrera de San Francisco. Al parecer tienen invitados a cenar en casa.

–¿Seguimos con la vigilancia para mañana, inspector? –pregunta Fonseca.

Benítez duda unos segundos.

–No, no. Esto está ya bastante enredado. Vamos a ver si primero llegamos a buen puerto con algo de lo que tenemos hasta ahora. Usted, Fonseca, vaya mañana a ver si saca qué es lo que busca Ribalter en las casas de empeño. Con lo que obtenga, lo quiero aquí antes de las doce para quedarse al mando.

Apenas ha dicho la última palabra cuando por la puerta asoma Domínguez.

–Pues ya está el consejo al completo –dice Benítez–. Pase, Domínguez. Pase y cuéntenos qué ha averiguado sobre la chica.

Fonseca se levanta de su silla para cedérsela al recién llegado, quien desgrana la información deprisa y de manera un tanto desordenada.

La descripción que han hecho de Lorenza Calvo los vecinos del distrito con los que Domínguez ha hablado coincide más o menos con la que la noche del domingo dieron la señora de

Ribalter y su ama de llaves. Una chica alegre, no dada a entrar en tabernas ni lugares de mala reputación, pero bastante aficionada a estar de palique en la calle con miembros del feo sexo. Entre los jóvenes con los que los vecinos del distrito han visto con más frecuencia a Lorenza se repiten tres nombres: Nicolás Vilanova, el sobrino del portero de los Ribalter; Manuel Tarancón, un oficial de albardero que trabaja en la calle de la Sierpe, y Sebastián Moratilla, estudiante de tercer año de Leyes, hijo de Matías Moratilla, el tendero de ultramarinos de la calle de Toledo. Respecto a Nicolás Vilanova, un tonelero asegura haberlos visto juntos unos días antes de su muerte. El joven parecía apurado y apenas hablaron un par de minutos, pero al tonelero, que los escuchó desde la puerta de su taller, le pareció oír algo sobre una carta que Lorenza había recibido de su hermano. No sabe más, pero dice que la muchacha parecía bastante preocupada.

–Lorenza no sabía leer –reflexiona en alto Benítez–, así que su preocupación podía deberse a cualquier cosa que no guardase relación con la carta. Lo importante es que la chica le tenía confianza a Vilanova. Es imprescindible dar con él. Pero siga, Domínguez, siga con su informe.

–El segundo de los amiguitos, Manuel Tarancón, ha reconocido sin reparos que más de una vez echaba su parrafito con Lorenza cuando se encontraba con ella. Se conocieron el verano pasado en la Virgen del Puerto y, desde entonces, tenían cierta amistad. Solo amistad. Tarancón está prometido con una chica de su pueblo y se piensan casar en verano. La noche del domingo estuvo en casa del maestro albardero para el que trabaja, donde se celebraba la fiesta de cumpleaños de su hija pequeña. Numerosos testigos lo confirman. En cuanto a Sebastián Moratilla, pese a que varias personas han declarado haberle visto más de una vez pegando la hebra con Lorenza, él ha insistido mucho en que apenas si se cruzaban un saludo de cortesía. Se ha mostrado bastante inquieto durante toda la entrevista y cuando le he preguntado por lo que hizo la noche del domingo, después de vacilar unos segundos, se ha descolgado con que estuvo viendo el *Don Juan Tenorio* en el Teatro del Príncipe.

–¿Le ha parecido que mentía?

–Sí, señor. He consultado en un periódico del día y, efectivamente, el domingo seguían dando el *Don Juan*. En el Príncipe y en el Novedades. A las ocho en ambos teatros. Pero me ha extrañado mucho el que me dijese que había ido solo a la función. Creo que sería bueno rascar un poco más.

Benítez felicita al oficial, mientras trata de poner en orden la ensalada de informaciones que va acumulando en la cabeza. Tras unos instantes en los que reina el más absoluto silencio, Benítez expone dos ideas sobre las cuales basar los siguientes pasos de la investigación.

–Según me parece a mí –dice Benítez, mientras entrelaza los dedos de ambas manos–, por el momento tenemos un par de elementos sobre los que apoyarnos y un buen puñado de preguntas sin respuesta. El primer hecho, que doy casi por seguro, es que alguien a quien Lorenza conocía participó en el robo. El segundo punto, sobre el cual no estoy tan seguro, pero que por el momento daré como razonablemente probable, es que alguien que sabía que el señor Ribalter iba a tener treinta mil duros en su casa ha participado en el robo o, cuando menos, le ha facilitado la información a la persona inadecuada. ¿Están ustedes de acuerdo?

Benítez da la oportunidad, con un silencio de varios segundos, a que alguno de sus hombres encuentre alguna fisura en su razonamiento.

–Empecemos por este último punto –prosigue–. A ver hasta dónde nos lleva. Ortega, ¿cree usted que el señor Villalpardo puede haber tenido alguna participación en el robo?

–Yo diría que no... –contesta el secretario con expresión vacilante–, aunque su discurso de empleado fiel bien podría ser una artimaña.

–Podría habernos engañado, es cierto –responde Benítez–, pero si su instinto y el mío nos dicen lo contrario, vamos a fiarnos de nuestro olfato y busquemos por otro sitio. ¿Está de acuerdo?

–Por supuesto, inspector –asiente Ortega.

–Entérese de las compañías que frecuenta Juan José, el hijo pequeño de los Ribalter, y hable con ellos. Me parece un muchacho bastante sensato, pero con un par de vasos de ron, y más a su edad, a cualquiera se le desmanda la lengua. Lo mismo le digo, pero con más motivo, del hijo mayor. Carmona le orientará sobre los ambientes que frecuenta Eusebio Ribalter. Respecto a su amiga, la señorita Montoro, hable con la inspección del distrito de Aduana a ver si saben algo de ella que nos pueda servir para presionarla. En cuanto pueda iré a hacerle una visita para ver si me explica por qué discutió con su novio y me gustaría disponer de algo con que hacer más fluida la conversación. ¿Me explico? –Ortega le contesta con una mirada de inteligencia–. El señor Ribalter, su esposa y Monasterio también pueden haber cometido la imprudencia de mencionarle a alguien lo de los treinta mil duros, pero por el momento, vamos a darles un voto de confianza y nos centraremos en los hijos. ¿Qué opinan?

–A las prostitutas se les cuentan muchas cosas –sugiere el secretario tras un instante de duda–. Sobre todo si son viejas conocidas.

–Buena observación, señor Ortega –dice Benítez–. En cuanto tenga un rato libre, vaya al prostíbulo de la calle de las Huertas. Si el señor Ribalter frecuentaba siempre a la misma prostituta, hable con ella. Si don José Antonio es de los que prefieren la variedad, no pierda más tiempo con eso. Se nos amontona el trabajo. ¿Tienen algo más que aportar sobre el asunto de los treinta mil duros? Pues vamos a ver si sacamos algo del otro punto, lo del amigo de Lorenza... –Se detiene, se lleva la mano a la frente; acaba de recordar algo importante–. A propósito, se me olvidaba mencionarles una cosa. He incluido una copia del informe forense en el expediente, léanselo mañana con detenimiento, pero ya les adelanto lo más relevante: que aunque Lorenza Calvo murió a causa del corte en el cuello, en el laboratorio han evidenciado la presencia de derivados del opio teñidos de azafrán en su estómago, lo cual indica, como saben...

–Que fue drogada con láudano de Sydenham, como se sospechaba –apunta Carmona.

–Justo eso –confirma Benítez–. Miles de personas consumen láudano en Madrid, así que, por el momento, el dato no nos sirve de mucho, pero estén atentos, por si acaso, en sus pesquisas, se topan con alguien que lo consuma. Respecto a lo que ahora nos interesa, la criada de los Ribalter no era virgen, como ya sugirió el forense la noche del domingo. Sin embargo, según el dictamen de los dos forenses que han practicado la autopsia, la muchacha no mostraba evidencias de desfloración reciente ni signos de haber mantenido relaciones íntimas en las horas previas a su muerte. Tampoco se han evidenciado vestigios de forzamiento ni signos de preñez. –Benítez hace una pausa, tratando de recuperar algún dato que pudiera habérsele quedado en el tintero–. Creo no olvidar nada relevante. ¿Qué les parece?

–No era virgen y estaba sola bebiendo vino con un hombre –recalca Domínguez–. Yo creo que no hay duda de que ella dejó entrar en la casa a los que dieron el golpe.

–Sabía lo que iban a hacer sus compinches –añade Fonseca– y, para que no se sospechase que ella estaba en el ajo, planearon lo de darle el láudano. Los Ribalter la despedirían, pero Lorenza no terminaría en presidio.

–Lo que no se imaginó la chica –abunda Ortega– es que, después de drogarla, le iban a quitar la vida para no dejar cabos sueltos.

Fonseca asiente con grandes movimientos de cabeza.

–Creo que debemos seguir trabajando con esa hipótesis –dice Benítez, con una mueca de escepticismo–. Aunque hay un detalle que no termino de encajar...

–¿Lo de los cabellos en la cama del portero? –ataja Carmona.

–Justo eso, señor Carmona –responde Benítez, con complacencia–. Lo de los cabellos de Lorenza no me cuadra...

–Si Lorenza estaba conchabada con los ladrones –apunta Carmona–, como creemos, lo más lógico es que la hubiesen dado a beber el vino cuanto antes. ¿No? –Los demás asienten con la cabeza–. Pongamos que primero le dieron a beber a la chica el vino con el láudano y luego se fueron a la cama, donde terminó de hacerle el efecto. ¿No deberíamos haber encontrado su cadáver en la alcoba en vez de en la cocina?

–Lo que parece claro es que, después de estar retozando en la cama, no iban a volverse a la mesa para comerse un bizcocho –apunta Domínguez–. Y menos si ya le había hecho efecto la droga.

–Lo que les decía, señores –remacha Benítez–. Que hay algo en todo este asunto de los cabellos que no termina de cuadrarme.

–Pero... –dice Ortega–. ¿Se le ocurre alguna explicación, inspector?

Benítez le mira fijamente. Una ligera sonrisa adorna sus delgados labios. Le gusta trabajar bajo presión y la pregunta de su secretario le ha puesto en un brete.

–A bote pronto –contesta después de acariciarse durante unos segundos las guías del bigote–, se me ocurre que tal vez el domingo no fuera la primera vez que Lorenza usaba la portería para sus citas amorosas. Quizá con consentimiento del portero.

–Lo cual explicaría por qué da la impresión de ocultar algo –añade Fonseca.

Benítez muestra con un gesto su conformidad y dice:

–Sea como fuere, lo que por el momento sabemos es que Lorenza bebió un vino que alguien que ella conocía llevó a la casa, así que, mientras que en el Gobierno Civil nos facilitan lo de los mozos de cordel, vamos a seguir tirando de los hilos que tenemos hasta ahora...

–Nicolás Vilanova y Sebastián Moratilla, ¿no? –insinúa Domínguez.

–Eso es, señor Domínguez –responde Benítez–, Nicolás Vilanova y Sebastián Moratilla. Usted, Carmona, vaya por la mañana a ver qué averigua sobre Julián García, el de la imprenta. Pásese después por la Facultad de Medicina. A ver qué le saca a los antiguos compañeros de Vilanova. A la una, como muy tarde, le quiero de vuelta en la inspección.

–Sí, señor.

—Señor Domínguez, ¿tiene usted enferma a alguna de las niñas?

—No, señor, a Dios gracias.

—Y a la pequeña, ¿le está saliendo otro diente?

—No, por el momento.

—Y a su suegra le toca este mes en casa de su cuñada, ¿no?

—Sí, señor, a nosotros no nos vuelve a tocar hasta enero.

—O sea que mañana va a llegar puntual a la inspección, ¿no?

Domínguez se muerde el labio para no romper a reír.

—Hay mucho papeleo atrasado, así que se pone usted con él desde que llegue. En cuanto vuelva Fonseca de lo de las casas de empeño, le releva y se va usted a ver qué averigua sobre Sebastián Moratilla. Si no estuvo el domingo en el teatro, quiero saber qué hizo. ¿Comprendido?

—Comprendido, jefe.

—Pues, salvo que alguno de ustedes tenga algo que añadir, eso es todo por hoy.

—¿Y el puñado de preguntas sin respuesta? –inquiere Fonseca.

Benítez se sonríe.

—Se me hace tarde, Fonseca. Tengo que ir a recoger a mi sobrino al ferrocarril y me gustaría haber comido algo antes. Si le parece, lo dejamos para mañana... tal vez, para cuando nos volvamos a ver las caras, haya dado con la respuesta para alguna de esas preguntas. Ortega, quédese un momento, por favor.

Mientras el resto de los policías abandonan el despacho, Benítez comprende que ya no hay marcha atrás. Se ha cumplido el plazo que le dio González Cuesta y él no ha movido un dedo para conseguirle la lista de diputados disidentes. Ya está. Todo se acabó. Adiós al puesto de inspector especial de vigilancia de Madrid. Adiós al despacho en el Ministerio de Gobernación. Adiós, ventana abierta a la Puerta del Sol. Ya solo queda pedirle a Ortega que acuda al palacio de Cañete y le transmita al secretario del gobernador el mensaje. Podría ir él en persona, pero tiene cosas más importantes que hacer.

El ferrocarril procedente de Guadalajara ha entrado en la estación del Mediodía a las nueve y treinta y siete, con solo unos minutos de retraso. Media hora más tarde el inspector Benítez se apea de un coche de plaza en la calle del Pez. Mientras llama a la puerta de la señora Campos, Benítez siente cómo el trajín del día comienza a pasarle factura. Está cansado, exhausto como jornalero en el último día de la vendimia, pero a la vez se siente tan satisfecho que la fatiga no le impediría seguir trabajando veinticuatro horas más si fuera necesario.

–¿Quién es? –pregunta una voz juvenil al otro lado de la puerta.

–Buenas noches, soy el inspector Benítez. ¿Se encuentra la señora Campos en casa?

–Sí, inspector. Si es usted tan amable de esperar un momento.

Benítez escucha unos pasos que se alejan, un cuchicheo de voces e instantes después la señora Campos aparece en el umbral de la puerta. La expresión de su rostro, iluminado por la vela de sebo que arde en la humilde palmatoria de barro cocido que porta, delata su angustia. Antes de que Benítez pueda decir nada, ella adivina el motivo de su visita.

–No ha estado en Horche, ¿verdad?

Benítez confirma la sospecha de la señora Campos con un movimiento de cabeza.

La señora Campos se muerde el labio superior. La seguridad de que algo malo le ha pasado a su criada se refleja en su rostro sin veladuras. Conduce a Benítez a la sala y este le cuenta lo que José Francisco ha averiguado en su viaje: que, aunque los tíos de Engracia la esperaban para Difuntos, la chica no ha estado allí.

Ha decidido no mencionar lo de la mancha de sangre encontrada en la calle de la Puebla, aunque es necesario referir lo de la berlina.

–¿Sabe si Engracia conoce a alguien que acostumbre a desplazarse en carruaje?

–No, que yo sepa.

–¿Conoce usted a alguien que tenga una berlina negra con una banda verde en la parte inferior?

–No, que recuerde en este momento. Desde que falleció mi esposo no he hecho demasiada vida social. Viene a visitarme de cuando en cuando una hermana de mi marido, pero no tiene coche. Vive algo lejos de aquí, pero le gusta mucho caminar y suele venir a pie. A veces toma un coche de punto. Pero ¿por qué pregunta lo de la berlina?

Suponía que la señora Campos se lo iba a preguntar, estaba convencido de que iba a rematar su respuesta con esa pregunta. A pesar de todo, le coge con la guardia baja.

–Alguien cree haber visto a Engracia acercarse a una berlina como la que le he descrito.

–¿Cuándo la vieron subirse a la berlina? –pregunta ella, angustiada.

–El jueves pasado, en la calle de la Puebla, pero no la vieron subirse, señora Campos. Solo la vieron acercarse al vehículo.

–Algo le ha pasado a Engracia, inspector –replica ella con voz temblorosa–. Estoy segura de que algo malo le han hecho a mi Engracia.

–Tal vez solo se acercó al vehículo para indicarle alguna dirección al cochero. No nos pongamos en lo peor. Ya verá cómo...

Pero Benítez no tiene oportunidad de concluir la frase. La señora Campos rompe a llorar desconsolada. Su delgado cuerpo se agita tembloroso bajo la fina muselina del vestido. Benítez no encuentra qué decir. Ella, con las manos sobre el rostro, pronuncia frases incomprensibles mientras solloza.

–¿Qué te ocurre, mamá? –pregunta, desde la puerta que da al pasillo, un muchacho vestido con ropa de calle que aparenta andar cerca de los dieciocho.

–Nada, hijo, nada. Sigue estudiando.

–Mamá, qué ocurre.

La señora Campos hace un esfuerzo por serenarse. Por la expresión de su rostro, el inspector Benítez intuye que va a pedirle a su hijo que se retire.

–Si no le importa –dice Benítez–, me gustaría hacerle un par de preguntas a su hijo.

–Alejandro, hijo, este caballero es el inspector Benítez, acércate a saludarle.

–¿Cómo está usted, inspector? –dice el chico, alargando la mano con desenfado.

La señora Campos, a quien no parece gustar demasiado el desparpajo de su hijo, le dedica una mirada recriminatoria. Después de estrechar la mano del inspector, el muchacho se sienta junto a su madre, sobre cuyo regazo posa una de sus manos.

–¿Sabes por qué estoy aquí, Alejandro? –pregunta Benítez.

–Por el caso de la carrera de San Francisco, supongo. Engracia es muy amiga de Lorenza.

–¿Qué edad tienes, Alejandro?

–Cumplo dieciséis en diciembre, inspector.

–¿El benjamín de tu curso?

–Sí, aunque le saco un palmo a casi todos.

Alejandro es un chico alto, muy desarrollado para su edad. Sin embargo, a pesar de la altura, de la complexión atlética y del apunte de bozo sobre el labio superior, su mirada es la de un niño. Un niño al que le hubiese tocado hacerse hombre antes de tiempo.

Benítez repite las preguntas de rigor sin que Alejandro aporte nada nuevo. A Lorenza solo la conocía de verla venir a visitar a su amiga. A Engracia le ha enseñado a leer la señora Campos y Lorenza venía a veces a que su amiga le leyese las cartas de su hermano. No conocía a nadie, ni hombre ni mujer, con quien ella o Engracia tuviesen amistad.

Respecto a lo de la berlina negra con la banda verde, el muchacho recuerda perfectamente cómo eran los coches de las personas que los visitaban y a las que ellos visitaban cuando aún vivía su padre, y está completamente seguro de que ninguno tenía un coche como el que ha descrito Benítez.

–Si veo una berlina que encaje con esas señas, descuide que averiguaré a quién pertenece, inspector –concluye Alejandro.

–No les molesto más, entonces –dice Benítez.

–Inspector –dice Alejandro, con una expresión extraña en el rostro, una peculiar mezcla de desenfado y vergüenza.

–Sí... –dice Benítez, quien hasta ese momento no ha albergado la más mínima sospecha de que el muchacho pudiera saber más de lo que ha dicho.

Alejandro mira de reojo a su madre y dice:

–Creo que Lorenza podía estar embarazada.

Benítez dirige sus ojos de manera instintiva e inmediata hacia la señora Campos, cuya expresión de sorpresa parece indicar que también ella acaba de enterarse de la noticia en este momento. En una fracción de segundo, por la cabeza del inspector Benítez se cruzan infinidad de posibilidades, pero todas ellas pasan por conocer primero en qué funda el hijo de la señora Campos su sospecha. Lorenza Calvo no estaba embarazada, eso indica el informe forense, pero si ella se creía encinta, el enfoque de la investigación puede cambiar por completo.

–¿Y por qué crees eso, Alejandro? –pregunta Benítez, con un gesto amable en los labios–. ¿Por qué piensas que Lorenza estaba embarazada?

–Hace un par de semanas vino a ver a Engracia y, como ella estaba ocupada fregando la loza y mi madre no estaba en casa, salí yo a abrir la puerta. Parecía muy preocupada, pero cuando le pregunté si le pasaba algo, me dijo que no y yo no insistí. Me volví a mi cuarto y ella se fue a la cocina. Yo me senté a continuar con la lección, pero... –Se detiene, mientras un marcado rubor le colorea las mejillas.

–¿Saliste a buscar algo que te faltaba? –le ayuda Benítez.

–Sí, justo eso fue lo que pasó –contesta el chico de inmediato–. Salí a buscar un diccionario de francés que me había olvidado en la sala y entonces, al pasar cerca de la cocina, fue cuando lo oí.

–¿Qué oíste exactamente, Alejandro?

–Oí que Lorenza decía que alguien le había ofrecido dos mil duros si, para cuando naciera el hijo, se había ido de Madrid.

–¿Estás seguro, Alejandro?

–Segurísimo, inspector –responde el muchacho–. Oí como Lorenza le decía a Engracia: «¿Sabes lo que me ha dicho el muy desgraciado? Que con dos mil duros no me iba a costar mucho encontrar otro padre para la criatura».

211

Mientras paga al cochero del simón que ha tomado en la calle del Pez, Benítez advierte que durante todo el trayecto no ha hecho otra cosa que pensar en el caso de la carrera de San Francisco. Ha subido al coche de punto con las palabras de Alejandro aún resonando en su cabeza y se ha apeado de él con el mordaz comentario que Fonseca hizo la noche del crimen cuando el ama de llaves de los Ribalter dijo que Lorenza rechazó el adelanto que ella le había ofrecido. «Quizá los adelantos le venían de otro lado».

–Quédese con el cambio –dice Benítez, ensimismado.

–Gracias, caballero.

Su padre no fue un mal hombre, se dice mientras ve alejarse el coche de alquiler en dirección a la Puerta del Sol. Ildefonso Benítez no robó nunca, ni se aprovechó del prójimo, ni vejó a sus empleados, ni maltrató a ninguno de sus hijos, ni siquiera de palabra, y, al menos, que se supiese en los mentideros de la calle del Lobo, no mantuvo queridas ni regó de hijos naturales la coronada villa. Su padre no fue mala persona. Simplemente, no ejerció de padre cuando él tenía esa edad en la que los muchachos necesitan tener una figura de quien aprender, a quien imitar, con quien perder el miedo a la vida. Desde las siete de la mañana del lunes a las diez de la noche del sábado, la única manera para poder ver a su padre era ir a la calle de Valencia, más allá de la plazuela de Lavapiés, donde estaba la fábrica de velas de sebo y jabón de don Ildefonso. Los domingos, aunque estuviese con ellos, el señor Ildefonso era para él casi un desconocido. Un desconocido cuyo único tema de conversación era esa secreta mezcla de sebo de buey y carnero que él empleaba y que hacía que sus velas fuesen las mejores velas de sebo de España, las que, sin correrse con demasiada facilidad, daban la más clara y potente luz. Los domingos, aunque se pasase el día entero en la calle del Lobo, la cabeza del alquimista de las velas de sebo seguía en su fábrica de la calle de Valencia.

Ahora, mientras sus camaradas del Café Suizo andan enredados con la libertad de cultos, Benítez se pregunta si, pese a haberse jurado en incontables ocasiones no ser como su padre, no se habrá vuelto tan maniático del trabajo como lo fue el señor Ildefonso Benítez.

–Así es, señor Espigado, el catolicismo es lo que nos define como nación y España dejará de ser España el día que olvidemos que es la unidad en la fe católica, y no otra cosa, lo que nos une –trona Jiménez de Quesada–. Llámeme intolerante, retrógrado, neocatólico, fanático o lo que a usted le venga en gana, amigo Luciano, pero desde Recaredo a nuestros días...

Es superior a sus fuerzas. Se siente incapaz de seguir allí sentado, escuchando una polémica mil veces repetida. Tal vez en otra ocasión les ofrezca su parecer. Esta noche no está de humor.

En la segunda planta del Suizo, cercanos a una de las mesas de billar, tres jóvenes de alrededor de los treinta años discuten con la misma vehemencia que suelen gastar los compañeros de velador de Benítez, aunque el objeto de debate aquí no es precisamente lo que será de España el día que sus pueblos olviden que es la unidad en la fe católica lo que los mantiene unidos. Alrededor de una mesa bien surtida de ron y marrasquino, envueltos en una nube de humo de cigarro, polemizan sobre la incapacidad de los literatos españoles para escribir novela. Forman la trinca José Francisco Bejarano, el doctor Emiliano Gadea, quien está casado con Matilde, la hija mediana del inspector Benítez, y un tercer joven, Elías Fernández Belmonte, prolífico, entretenido y poco riguroso escritor murciano que en la primavera pasada cosechó un relativo éxito con *La Calderona*, una novela histórica inspirada en la vida de María Inés Calderón, hermosa comedianta del siglo XVII y madre del único bastardo de Felipe IV reconocido oficialmente.

–Buenas noches, señores –saluda Benítez–. Ustedes me dispensarán, pero necesito robarles unos minutos al doctor Gadea.

Emiliano Gadea –un granadino de treinta y tres años, enjuto, con grandes entradas en el cabello y unos quevedos con humilde montura de acero tras los que esconde unos ojos redondos, pequeños, inexpresivos– contempla extrañado a su suegro.

–¡Cómo no, inspector! –dice Fernández Belmonte, con un sutil deje murciano–. Y si nuestro querido amigo ha matado a alguien, amén de a sus pacientes, se sobreentiende, pónganlo a la sombra de inmediato. Aún es joven y tal vez logren enderezarle. Nosotros buscaremos fondos para pagarle cuarto de pago. Mañana mismo me pongo a escribir otra zarzuela. O me hago corredor de aguardientes mientras me terminan las láminas de mi próxima novela. Lo que haga falta, pero tú descuida, Emiliano, que el dinero aparece. Aunque tenga que casarme con la hija de un tendero.

Benítez escucha abstraído las bromas de Fernández Belmonte, mientras le viene a la memoria la noche en que su hija Eugenia tomó la diligencia a Badajoz.

Media hora después de que, durante la cena, Matilde le recordase a su hermana que ya no era una niña y que si seguía rechazando pretendientes terminaría por quedarse para vestir santos, mientras Eugenia se cambiaba de ropa y la señora Gregoria terminaba de disponer el equipaje, Benítez se dio cuenta, de pronto, de la desoladora máscara de amargura que cubría el rostro de su hija Matilde.

–¿Qué tienes, cielo? –le preguntó–. ¿A qué le da vueltas esa cabecita tuya?

–Me preocupa Emiliano –respondió ella al instante, como si llevase rato esperando la pregunta–. Últimamente no para en casa. Llega todas las noches a las tantas. Y cuando está en casa no le veo abrir un libro de medicina.

–Dale un tiempo, hija. Déjale que se reponga del varapalo.

–¿Que se reponga del varapalo? No sé de qué varapalo –replicó ella, arrugando los labios en una mueca de vieja desdentada–. Ojalá le hubiese visto afligido al enterarse del resultado del examen, pero la verdad es que parece haberle hecho mucha menos mella que las otras veces.

–Supongo que vas haciendo callo. No puedes dejar que un fracaso te hunda.

214

–Una cosa es que te salga callo y otra bien distinta es que no te duela cuando te lo pisan.

–No será para tanto, hija.

–¿Cómo que no? ¡Pero si hasta ha hecho amistad con el médico que le quitó la plaza del Hospital General! ¿No les ha visto paseando por el Prado, tan amigos?

–Eso le honra, Matilde. Reconocer el mérito ajeno es una virtud.

–Pues será una virtud, padre, pero más le valía estarse en casa hincando los codos para cuando vuelva a salir una vacante.

–Tal vez no piense optar a ninguna plaza por el momento. Tiene toda la vida por delante.

–No es un niño, padre. Tiene treinta y tres años. ¿Cuándo va a hacer el esfuerzo? ¿Cuando tengamos familia?

–¿Y no has pensado que tal vez Emiliano esté conforme con lo que hace?

–Pues no, la verdad es que no. Supongo que no pensará seguir toda la vida como médico de la Beneficencia.

–Pues ese era su empleo cuando os casasteis –se entrometió Eugenia, quien acababa de entrar en el salón, ataviada con un traje de viaje color gris perla que perteneció a su madre–. ¿No?

–Ya, pero entonces llevaba poco tiempo en Madrid y estaba terminando el trabajo de doctorado. En ese momento, estar empleado para la Beneficencia le convenía mucho. Ahora la cosa es muy distinta. Dentro de nada cumplirá treinta y cuatro y me parece a mí que debería aspirar a algo más que ser médico de la hospitalidad domiciliaria.

–Pues a mí me da que Emiliano es feliz con ese trabajo. Además que para el poco tiempo que lleva en Madrid, tiene también bastante clientela privada.

–No, si al final va a resultar que conoces mejor a Emiliano que su propia esposa.

–Se nos hace tarde, hijas –terció Benítez–. Tenemos que ir saliendo.

215

Ese médico de la Beneficencia que ahora baja la escalera de caracol del Suizo tal vez nunca hará feliz a su hija y Benítez también se siente responsable de esto. Si no se hubiesen trasladado a Badajoz en el 55, Matilde no hubiera roto relaciones con Fermín Larrañaga y hoy sería la esposa del secretario de la Legación de España en París. No vería tanto a su padre ni a sus hermanas, pero lo compensaría estando al lado de un hombre brillante y ambicioso, un hombre que no se pasase las noches alrededor del velador de un café para no volver a casa hasta que ella estuviese ya profundamente dormida.

–Pues usted dirá, don José María –musita el doctor Gadea, nada más salir del Café Suizo–. Me tiene de lo más intrigado.

XIV
La ciudad de las mentiras

Se ha pasado buena parte de la noche en vela, dando mil vueltas en la cama, pensando en la información aportada por el hijo de la señora Campos. Según el informe forense, Lorenza no estaba encinta. Lo cual no impide que creyese estarlo. Existen muchos motivos por los que a una mujer se le puede interrumpir el ciclo menstrual. Anoche se lo confirmó el doctor Gadea. La fatiga, algunas medicinas, una fuerte impresión, hasta el uso de corsés podía provocar la supresión de las reglas.

Lo importante para la investigación es que si Lorenza se creía encinta, el padre de la criatura también pudo creerlo. Pensó que la había dejado embarazada y, en vez de hacerse cargo de la situación, optó por arreglar el asunto con dinero. Con una cantidad, por otro lado, nada fácil de reunir. La mayoría de los españoles no llegan a ver dos mil duros juntos en su vida. Sin embargo, el hombre que creyó haber preñado a Lorenza se los había ofrecido a cambio de que le dejase en paz y se fuese de Madrid. Semejante suma no se junta de la noche a la mañana. La cuestión es si el hecho de que Lorenza hubiera sido seducida por un hombre acomodado guarda alguna relación con el robo en la casa donde trabajaba. Quizá Lorenza terminó por aceptar el dinero y después se aplicó con afán a buscar un marido para su hijo antes de irse de Madrid. Entre regresar a tu pueblo, soltera y con una barriga y hacerlo con un marido que asuma el papel de padre, hay una diferencia sustancial. Con una dote de cuarenta mil reales más de uno estaría dispuesto a dar su apellido al hijo de otro.

¿Y si fue el futuro padre putativo quien urdió todo? Tal vez el complaciente padre sustituto aceptó hacerse cargo de cierto percance amoroso, pero solo con la condición de que Lorenza le ayudase antes a robar en casa de los Ribalter. La convenció de que arreglarían todo de manera que pareciese que ella no había tenido participación, que la habían drogado para cometer el robo. Los señores de Ribalter la despedirían, eso por descontado, pero la Justicia no sospecharía de ella. Si a los dos mil duros que había dado el padre natural arrimaban lo que sacasen del golpe, al matrimonio le daría para establecerse con desahogo en cualquier sitio de España o del extranjero.

Apenas habrá llegado a dormir cuatro horas. Sin embargo, mientras explica al juez de instrucción las últimas novedades sobre el caso, unos minutos antes de las diez de la mañana, el inspector Benítez se siente en plenas facultades físicas y mentales.

–Tiene sentido –aprueba Pérez Elgueta, después de que Benítez haya planteado la hipótesis de que el mismo hombre que aceptó hacerse cargo del hijo de Lorenza pudo ser quien organizó el robo–. Aunque, tal como lo veo, esto no modifica para nada las líneas de investigación que llevamos hasta el momento. Seguimos detrás del sobrino del portero, del hijo de Moratilla y de los dos hombres con quienes se vio a las criadas en Capellanes. ¿No es así, inspector?

–Así es, señoría, aunque... –Benítez interrumpe su discurso sin estar seguro de por qué lo hace; de repente la respuesta aparece con claridad en su cabeza– creo que no debemos pasar por alto otra posibilidad.

–¿Otra posibilidad? ¿Qué otra posibilidad?

–Tal vez lo del robo en casa de los Ribalter solo perseguía despistarnos y el objetivo último del golpe ha sido acabar con la vida de Lorenza.

–Es decir, que el mismo hombre que sedujo a la chica fue quien urdió lo del robo.

–Sí.

–¿Y para qué iba a complicarlo todo de ese modo?

–Para distraer nuestra atención y, sobre todo, para evitar que, al menos en un principio, se sospechase de ciertas personas.

–¿Qué quiere decir, inspector?

–Que hasta ahora no encontrábamos ningún motivo para que algún miembro de la familia Ribalter estuviese implicado en el robo de su propio domicilio. Sin embargo, la cosa es bien distinta si el señor Ribalter o alguno de sus hijos mantenía relaciones con Lorenza. ¿No le parece?

El magistrado da una larga chupada al cigarro y, mientras arroja aromáticos anillos de humo hacia el techo, mueve la cabeza en sentido afirmativo.

–Incluso si al final hubiese sabido que Lorenza Calvo no estaba encinta –añade Benítez–, el seductor podía ganar bastante con su muerte. Si fue el señor Ribalter quien se acostó con ella, los motivos para querer silenciar el asunto son obvios, pero incluso si fue alguno de los hijos, tal vez medió promesa de casamiento para conseguir su propósito y Lorenza, al verse engañada, amenazó con llevarlo a los tribunales si no la hacía su esposa.

Pérez Elgueta, con el habano detenido a medio camino de la boca, permanece unos segundos en actitud reflexiva.

–Señor Escamilla, autos de citación –dice por fin el juez, dirigiéndose al escribano–. Vamos a interrogar de nuevo a la señora Ribalter, a los hijos y a la servidumbre. Al señor Ribalter iremos a verle esta misma mañana. Y a la señora Campos. Quiero tener su declaración y la de su hijo por escrito. Benítez, nos vemos a las tres.

Cuando Benítez llega a la inspección de vigilancia y seguridad de La Latina, en la sala de oficiales, Domínguez revisa el informe de gastos del mes de octubre, entre los cuales la principal partida es, como casi todos los meses, la del pago a confidentes. Al acercarse a su mesa para saludar, cree distinguir sobre el escritorio de Carmona un diccionario de francés-español. El crimen en la casa de los Ribalter está amontonando los asuntos pendientes. Incluso esos trabajillos con los que Carmona redondea su sueldo para mantener a la familia postiza que se echó a la espalda tras la muerte de su hermano.

Benítez se encierra en su despacho con la firme convicción de que en el caso de la carrera de San Francisco se llegará hasta el final. De lo que no está tan seguro es de que sean él y sus hombres quienes vayan a resolverlo. Esta mañana, antes de ir al juzgado, González Cuesta le ha dado la noticia que llevaba días esperando: el próximo sábado, tras la sesión de apertura de las Cortes, el marqués de la Vega de Armijo se reunirá con el ministro de la Gobernación para firmar la credencial de la persona propuesta desde el Gobierno Civil para sustituir a Martín Antuñano en el cargo de inspector especial de vigilancia de Madrid. El día 11, a lo más tardar el 12, se hará oficial el nombramiento, así que si para el miércoles 13 en la noche no han resuelto el caso, el nuevo inspector especial, el señor García Centeno, se hará cargo de la investigación. Siete días escasos, ese es el plazo que tienen para llevar ante la Justicia a quien mató a Lorenza Calvo.

Apenas unos minutos después de haberse sentado en su escritorio, aparece Fonseca.

—Diga, Fonseca, ¿ha averiguado algo en las casas de empeño?

—No ha sido fácil, jefe. Ya sabe que a esa gente no le agrada el trato con la policía, pero es que además el señor Ribalter ha debido de mostrarse bastante rumboso en cuestión de propinas. El caso es que, después de varias negativas y caras largas, he tenido la suerte de que cuando he entrado en la prendería de la señora Cipriana, la muy cuca estaba revisando un par de candelabros de plata que no debían de ser de legítima procedencia, porque en cuanto me ha visto entrar por la puerta los ha deslizado con disimulo bajo el mostrador.

—También los buenos tienen suerte de vez en cuando.

—Eso digo yo, jefe, porque en cuanto le he mencionado a la Cipriana lo de los candelabros ha desembuchado que da gusto.

—¿Qué buscaba Ribalter?

—Una cajita de rapé que, según dijo, le han robado en fechas recientes.

–¿Una cajita de rapé? No he visto a Ribalter usar tabaco en polvo en ningún momento.

–Yo tampoco, inspector. Aunque narices para hacerlo no le faltan.

–¡Al grano, Fonseca!

–Pues eso, jefe, que Ribalter parece muy interesado en recuperar esa cajita. Ayer le dio a la señora Cipriana cinco duros. Y le prometió diez mil reales de recompensa si se hace con ella.

–¿Seguro que fue Ribalter?

–Segurísimo. Le dejó a la prendera una tarjeta de visita para que mande recado a los almacenes de la calle de Toledo si la cajita de rapé llega a sus manos. Aquí la tiene.

Benítez coge la tarjeta, la coloca ante los ojos en un acto maquinal, aunque sin llegar a leer su contenido.

–¿Le ha descrito cómo era la cajita?

–Rectangular, de madera oscura y con unas cositas de plata en las esquinas.

–¿Unas cantoneras?

–Sí, esa es justo la palabra que ha usado ella. Unas cantoneras de plata, ha dicho.

–¿Algo más?

–Sí, un dato bastante útil, inspector. La cajita lleva un retrato en la tapa. De una niña que representa unos trece años. Vestida de amarillo y con una flor roja en el cabello.

–¿Una niña de trece años? –repite Benítez. Fonseca guarda silencio–. ¿Le ha dado usted alguna indicación a la prendera?

–Le he recomendado que se ponga en contacto con nosotros si le llevan la cajita.

–¿Cree que lo hará?

–No sé qué contestarle, inspector... Poderoso caballero es don Dinero.

–Con eso me basta, Fonseca. Iré a ponerla de nuestra parte en cuanto pueda.

–Pues si no se sirve de nada más, inspector, voy a relevar a Domínguez.

Benítez da por finalizada la entrevista con un gesto de cabeza y, nada más quedarse solo, se levanta del sillón y se dirige a una pared ocupada casi al completo por una pizarra en la que están recogidos de modo esquemático los datos más importantes del caso. Con un yeso de la bandeja, en la sección dedicada a José Antonio Ribalter, escribe: «CAJITA DE RAPÉ - cantoneras plata - niña flor roja».

Cuando cerca de la una el hambre da su segundo rugido, Benítez lleva algo más de media hora plantado frente a la pizarra, repasando todos los datos del caso.

Lorenza Calvo Olmeda - agresor zurdo - vino de Málaga - bizcochos de soletilla - láudano de Sydenham - cabellos cama portero - padre impedido - hermano escuela - rechazó adelanto de paga - domingo 27/oct. Salón de Capellanes

BOTÍN: 30.000 duros - reloj de oro - cruz de oro y perlas con seda negra

Cuerda resistente (¿mozo de cuerda?)

Portero - huevería c/ Ventosa - ¿? - libros democracia/socialismo
Ama de llaves
Cocinera - ¿?
Marido de la cocinera, cochero plaza Progreso - taberna Tío Buenosvinos - ¿?

Engracia Fernández Clemente - Salón de Capellanes - castaño bajito; alto, tez morena, chichón en la frente ¿asturiano? ¿mozo de cuerda? - berlina negra banda verde

Sra. Campos - Alejandro - ¿Lorenza EMBARAZADA? - 2.000 duros por desaparecer

---

Nicolás Vilanova - alpargatas pequeñas - ¡¡¡visita de Ribal-
ter!!! - imprenta de Santiago Pelegrín - Julián García (tipó-
grafo, murga, café de Gómez) ¿?
Manuel Tarancón - oficial de albardero c/ de la Sierpe - X
Sebastián Moratilla - ¿domingo, Teatro del Príncipe?

José Antonio Ribalter - ¡¡¡visita a Vilanova!!! - casas de
empeño - casa de citas calle de las Huertas - CAJITA DE
RAPÉ - cantoneras plata - niña flor roja
Eusebio Ribalter - casa de juegos doña Paca c/ Príncipe
María Montoro - discusión jueves 31/oct ¿?
Juan José Ribalter
Rosario Gutiérrez de Ribalter

Juan Miguel de Monasterio
Luis Villalpardo - X

La noticia de que Lorenza Calvo se creía embarazada ha dado un importante giro a la investigación o, para ser más precisos, ha introducido una nueva y significativa posibilidad, la de que el señor Ribalter o alguno de sus hijos pueda estar implicado en la muerte de la criada. Por el momento se trata tan solo de una posibilidad más, una posibilidad que no debe hacerles perder el norte de la investigación. Sin embargo, después de media hora larga leyendo y releyendo cada uno de los datos escritos en yeso sobre la pizarra, el inspector ha llegado a la íntima convicción de que la familia Ribalter oculta algo que guarda relación directa con la muerte de Lorenza Calvo. Por el momento, ignora lo que los Ribalter esconden, pero piensa averiguarlo antes de que la próxima semana se publique el nombramiento del nuevo inspector especial de vigilancia de Madrid. José María Benítez Galcedo acabará su carrera como inspector de distrito, se olvidará para siempre de ascender a inspector especial, pero al menos esta investigación no se la quitarán de las manos.

Antes de que se cumpla el plazo que le ha dado González Cuesta, el caso de la carrera de San Francisco estará resuelto, se dice. Aunque le cueste la vida.

Mientras Benítez se repite para sus adentros que todo el esfuerzo no será en vano, que están a punto de descubrir algo definitivo, algo que acabe con esta sensación de zozobra que ahora siente, esa sensación de que a cada paso que dan aparece una nueva pregunta, el hambre da su tercer aviso.

Pero es solo hambre lo que Benítez siente en la boca del estómago. Solo hambre. La Ratona permanece tranquila, con la misma aquiescencia que en los últimos días, lo cual le anima a seguir paseando su mirada por la pizarra.

¿Por qué tanto interés en recuperar esa cajita de rapé, señor Ribalter?

Y, sobre todo, muy señor mío, se pregunta Benítez, mientras suena el golpeteo de unos nudillos en la puerta, ¿por qué no ha comunicado su desaparición a la policía?

–Nos vamos a comer, Carmona –dice Benítez, nada más ver en el umbral de la puerta al sevillano.

–A sus órdenes, inspector.

–Señor Fonseca, deje las cuentas para más tarde –ordena Benítez, tras cerrar la puerta de su despacho–. Nos vamos a comer.

Los ojos de Fonseca se iluminan tanto como se ensancha su sonrisa.

–¡Marugán! –vocea Benítez, dirigiéndose a un ordenanza que, sentado en un incómodo taburete, dormita en un rincón de la sala de oficiales–. Vamos al Clavijo. Cuando venga el señor Ortega hágame el favor de indicarle cómo se llega.

El Café de Clavijo, hacia el que ahora se dirigen Benítez y los dos oficiales, está situado en la acera norte de la carrera de San Francisco, en uno de los últimos números de la recta y anchurosa calle, frente a la fábrica de cervezas de Manuel Olmedo.

–¿Qué, señor Carmona –dice Benítez, apenas han enfilado la calle del Ángel–, ha conseguido algo de interés sobre Vilanova?

–Alguna cosilla se ha arañado, inspector.

–Pues enhebre, Carmona.

–¿Recuerdan un rapazuelo de doce o trece años que el verano pasado le dio una puñalada a otro pizca más o menos de su edad?

–Sí, llegando al portillo de Valencia, vaya si lo recuerdo –dice Fonseca–. El que le dio la mojada era uno de esos pilluelos de la calle que duermen en los soportales de la Plaza Mayor.

–El muchacho al que mató también había vivido en las calles, aunque llevaba casi un año recogido por la familia de un tahonero.

–Lástima de chico –dice Fonseca.

–¿Y saben quién fue el que le encontró la familia que le sacó de la calle?

–Nicolás Vilanova –aventura Fonseca.

–Al menos eso me han dicho varios de sus compañeros de la facultad.

–Muy enternecedor, señor Carmona –comenta Benítez, con socarronería forzada–, pero en relación con el caso, ¿ha averiguado algo?

–A eso iba ahora, inspector –replica Carmona, mientras llegan al cruce de la calle de San Isidro con la carrera de San Francisco–. No me lo han podido asegurar, porque hace meses que no le ven, pero varios de sus compañeros me han dicho que Vilanova está de novio con una muchacha que tiene un cuartito alquilado en una casa de vecindad en la calle de la Solana, frente a donde vive el tahonero del que les he hablado.

–¡Eso ya es otra cosa, Carmona! –celebra Benítez–. Buen trabajo.

–Hay algo más, inspector –añade Carmona–. Algo que tiene que ver con su sobrino.

–¿Con José Francisco?

–¡Inspector Benítez! –grita una voz a sus espaldas.

Los tres policías se giran en redondo para ver a Ortega, dirigiéndose hacia ellos a paso ligero.

225

–¿Por dónde ha cogido usted, señor Ortega –pregunta Benítez–, por la calle de las Aguas?

–Sí, inspector –responde el secretario.

–Para la próxima, al Café de Clavijo siempre venimos por la calle del Ángel –indica Benítez–. Continúe, Carmona.

Fernández Carmona se queda callado unos segundos, vacilante.

–Carmona estaba a punto de contarnos algo sobre Vilanova –explica el inspector–. Algo que tiene que ver con mi sobrino.

–Bueno –dice Carmona–, en realidad no es con su sobrino exactamente...

–En qué quedamos, Carmona. ¿Tiene o no tiene que ver con mi sobrino?

–Con un amigo de su sobrino, para ser más preciso.

–Bueno, lo que sea nos lo cuenta en el Clavijo –indica Benítez–. Entremos primero.

Cruzan al otro lado de la calle, caminan unos cuantos pasos hacia poniente y entran en el Café de Clavijo, que a esta hora es uno de los lugares más tranquilos del distrito. A partir de las cinco de la tarde, las dos plantas del Clavijo suelen estar abarrotadas de una variada parroquia formada principalmente por oficiales del cuartel de infantería establecido en el antiguo convento de San Francisco, empleados públicos, comerciantes, administradores de fincas, profesores de segunda enseñanza y demás vecinos de clase media del distrito. Ahora, sin embargo, solo dos mesas de la planta baja están ocupadas: una de ellas por un par de agentes del puesto de la Guardia Civil Veterana de la calle de Don Pedro y la otra por un médico y un farmacéutico del Hospital de la Venerable Orden Tercera de San Francisco.

–Niño, quita la cuerda de la escalera –vocea Mamerto Olmedo, hermano del fabricante de cervezas y propietario del Café de Clavijo, al cual, pese al enorme OLMEDO que reza en el vistoso letrero de la fachada, todo el mundo en el distrito sigue llamando Café de Clavijo, en recuerdo del primer propietario que tuvo–. Caballeros, bienvenidos a su casa.

–Don Mamerto –saluda Benítez–. ¿Cómo va eso? ¿Sigue todo bien?

–Salvo por un acreedor muy devoto que me viene a ver todos los días..., unos cuantos problemillas de salud que traen de cabeza a mi médico..., y que me está costando encontrar esposa más que a la Unión Liberal dar con el justo medio..., lo demás sigue todo bien, don José María.

–Pues me alegro mucho, don Mamerto. ¿Nos dará usted algo de comer?

–Faltaría más. No hay mucha variedad donde elegir, pero todo lo que tenemos es de primera. Ya lo sabe, inspector.

–Claro que lo sé, por eso venimos aquí.

–Pues ande, suban, que enseguida les tomo nota.

Unos segundos después de que los policías se acomoden cerca del gran ventanal por el que se cuelan los rayos de un delicioso sol de noviembre, el mozo del café prepara la mesa con mantel y servilletas de tela. Apenas ha terminado el camarero la operación, aparece el señor Olmedo con una bandeja que contiene una botella grande de cerveza, cuatro vasos, un platillo con aceitunas y un cenicero de cobre.

–¿Beberá también cerveza el caballero? –pregunta, dirigiéndose a Ortega.

–Sí, cerveza está bien.

–Permítame presentarle al señor José Eduardo Ortega –indica Benítez, mientras va sirviendo la cerveza–. Nuevo secretario de la inspección.

–Mucho gusto, señor secretario, aquí nos tiene para lo que sea menester.

–¿Qué nos puede ofrecer hoy, don Mamerto?

–Queso manchego, salchichón de Cataluña, jamón dulce, ensalada de tomates con atún, chuletas de carnero, merluza frita y tortilla de pimientos.

—Bueno, señor Carmona –dice Benítez, una vez que el señor Olmedo les ha tomado nota–. Somos todo oídos.

–Uno de los antiguos compañeros de Nicolás Vilanova se encontró con él hace unas semanas en el Fomento de las Artes. No hablaron demasiado, pero lo suficiente como para enterarse de que a Vilanova le habían encargado dibujar las láminas para una novela que aún no estaba escrita. No me ha dicho mucho más, pero enseguida me ha venido a la cabeza el amigo de su sobrino, Elías Fernández Belmonte.

–Podría ser –dice Benítez–. Los dos frecuentan ambientes de la Democracia y me consta que el señor Belmonte no escribe sus novelas hasta que no dispone de las láminas. Déjeme investigarlo a mí. Si es necesario, le pondremos vigilancia. Usted encárguese de su amiga, la muchacha esa que vive frente al tahonero.

–Muy bien, inspector.

–¿Y del tipógrafo ha sacado algo?

–Sí. De hecho esa es la parte más fructífera. Con la información que he recabado hoy, no me queda la menor duda de que Vilanova ha estado escondiendo en su casa a uno de los prófugos de Loja.

–Vaya, Carmona, usted no pierde el tiempo –exclama el inspector–. Si no fuera porque los prohombres de la Unión Liberal me tienen poco menos que por un apestado, le recomendaría a usted para suceder a Martín Antuñano como inspector especial. Ande, comparta con nosotros sus hallazgos.

A espaldas del inspector, se oyen los pasos del mozo en la escalera, quien trae otra botella de cerveza y un plato de queso manchego.

Cuando el joven camarero se ha marchado, Carmona comparte sus notas sobre lo que ha averiguado tras visitar la inspección del distrito en el que reside el tipógrafo con el que Vilanova tiene amistad.

Julián García del Valle, de treinta y un años de edad, oficial de tipógrafo en la imprenta de Pelegrín, es natural de la villa de Pantoja, partido judicial de Illescas, provincia de Toledo, y está casado desde hace siete años con María Teresa Sánchez Cambronero, de veinticinco años de edad, natural de Madrid y de profesión corsetera. El matrimonio tiene dos hijos, de tres y cinco años, y una sirvienta a su cargo, una muchacha natural del mismo pueblo manchego que el tipógrafo. En los doce años que García del Valle lleva empadronado en la Corte, nunca ha tenido problemas con la Justicia ni se ha visto involucrado en asuntos políticos de ningún tipo.

Hasta ahí nada que pudiese relacionar a Julián García con la sublevación campesina que tuvo lugar en Andalucía el pasado verano. Sin embargo, el habitual celo de Carmona le ha impulsado a seguir rebuscando en los archivos de la inspección hasta dar con el vínculo.

–En las cédulas de dos años seguidos, las del 57 y el 58, consta que en el domicilio de Julián García del Valle residió el padre de su esposa, Ramón Sánchez Serrano, nacido en Antequera, pero residente en Madrid desde 1834 –continúa Carmona, una vez que Olmedo, tras depositar sobre la mesa los platos encargados, ha desaparecido escaleras abajo–. Al principio, no he dado demasiada importancia al dato, pero después de hacer una visita a la esposa del tipógrafo en el taller donde trabaja, he terminado de atar cabos.

Carmona parte un trozo de bistec, se lo lleva a la boca acompañado de un par de patatas fritas, lo mastica despacio y, solo después de deglutir el alimento y de dar un largo sorbo a su vaso de cerveza, continúa:

–El padre de la corsetera se trasladó a Madrid en el 34, como les he dicho. Lo que no constaba en la inspección, pero que me ha contado a mí su hija, es que se vino después de que su primera esposa falleciera. El señor Sánchez se mudó a Madrid cuando murió su esposa, pero dejó a un hijo de catorce años al cuidado de su familia en Antequera. ¿Y a que no imaginan cómo se llama ese hijo?

–No sé qué, Sánchez, no sé cuántos –bromea Fonseca, con un trozo de tortilla de pimientos dando vueltas en la boca.

–Efectivamente, Fonseca, *no sé qué, Sánchez, no sé cuántos*. Concretamente, Diego... Sánchez... Medina, nacido en

Antequera en el año de 1820, de oficio jornalero y uno de los cabecillas del levantamiento de Loja.

–¡Eureka! –exclama Benítez, chasqueando los dedos–. Ahí está la confirmación que buscábamos. Vilanova trabó amistad con García del Valle y, tras el asunto de Loja, se ofreció a esconder en su casa al cuñado de su amigo. ¿Quién iba a pensar que un estudiante de Medicina catalán iba a tener escondido en su casa a un jornalero malagueño?

–Dios los cría... –murmura Fonseca.

–La esposa de García del Valle –continúa Carmona–, como era de esperar, ha asegurado no saber nada de su medio hermano desde que en agosto de 1858 vino a Madrid para el entierro de su padre.

–Ortega, su turno –dice Benítez, mientras asimila la valiosa información conseguida por Fernández Carmona.

Por su parte, Ortega tampoco ha perdido el tiempo.

Juan José Ribalter se matriculó en la Escuela de Comercio nada más cumplir los quince años y los tres chicos con los que tiene más relación son también alumnos de este centro. Muchachos de buena familia, bastante aplicados en los estudios, como el mismo Juan José, quien, si no está en las aulas o en la biblioteca, es porque ha ido a echar una mano en el negocio de su padre.

Nada que ver con los amigos de Eusebio, una partida de bohemios, calaveras y vividores que dan la impresión de andar siempre a la cuarta pregunta. Artistas de vivir a costa del prójimo.

–¿Cree que alguno de ellos ha podido tener que ver con el robo? –pregunta el inspector.

–Cualquiera de los tres podría estar implicado, si no fuera porque todos han coincidido en algo importante: Eusebio ignoraba por completo lo del dinero que su padre había recibido de Monasterio. De lo de los treinta mil duros se ha enterado después de cometido el robo.

–¿No se pueden haber puesto de acuerdo para contar la misma mentira? –pregunta Benítez, meneando arriba y abajo el trozo de merluza ensartado en el tenedor.

–Dos de ellos sí me han parecido con suficiente cacumen y malicia como para engañarme. Al tercero creo que se lo hubiese notado.

–¿Les ponemos una cruz? –pregunta Benítez.

–A ellos tres, sí.

–¿Qué quiere decir?

–¿Recuerdan un retrato de Teodora Lamadrid que Ribalter presentó en la Exposición de Bellas Artes del año pasado?

–Claro, se estuvo hablando durante semanas de él –apunta Fernández Carmona–. Alguien, en *El Clamor* o *La Iberia*, no lo recuerdo bien, escribió que el discípulo predilecto de Federico Madrazo había superado con creces al maestro y se armó un buen revuelo.

–¿Eusebio Ribalter ha sido discípulo de Madrazo? –pregunta Fonseca.

–Así es –continúa Ortega–. De Madrazo en la Academia de San Fernando, de Cortellini en su estudio particular y de un artista francés, «casi célebre», según ha comentado uno de sus amigos con bastante rechifla, durante los dos años que vivió en París. El caso es que, pese a que Ribalter es uno de los jóvenes retratistas más reputados de la Corte, según me han dicho, lleva más de un año sin pintar un retrato.

–¿Qué sentido tiene eso? –pregunta Fonseca–. ¿No debiera de ser al contrario, que le hubiesen salido más encargos después de retratar a la actriz?

–Y así ha sido. Le han salido encargos a espuertas. Pero él los ha rechazado todos –responde Ortega–. Al parecer, movido por cierta discusión con su padre, Eusebio Ribalter se ha obsesionado con presentar un cuadro de historia para la Exposición del año próximo y, mientras trabaja en él, ha dicho que no está dispuesto a «rebajarse», según la expresión que ha empleado uno de sus amigos, con «retratitos».

–Y entonces ¿cómo se explica ese rumbo que se gasta? –pregunta Fonseca–. No creo yo que su señor padre le tenga señalada una asignación tan alta como para mantener querida. Y menos una como la Montoro.

–Resulta que José Antonio Ribalter tiene un hermano mayor con el que no se habla desde hace mucho tiempo por algo relacionado con la herencia familiar. Pues bien, hace unos años, Eusebio Ribalter fue a Sant Feliu de Guíxols a conocer a su tío y, desde entonces, el tío rico y solterón le ha estado mandando un dineral todos los meses.

–Pero ¿el que se fue a América no fue su padre? –pregunta Fonseca, sonriente.

–Pues ya ve, señor Fonseca, en esta ocasión el tío rico no es el que cruzó el charco, sino el que se quedó en Gerona con la masía, las tierras, las casas y el negocio familiar. Total, que hace unas semanas, el señor Ribalter se enteró del secretillo que se traían su hijo y su hermano y a punto estuvo de poner a Eusebio de patitas en la calle. Le dijo que si aceptaba un maravedí más de su hermano, le echaría de casa y, al parecer, Eusebio decidió aceptar la condición que le ponía su padre. Así que, a partir de ahora, va a tener que rebajarse a pintar monas si quiere seguir manteniendo esos lujos que se gasta.

–Tal vez ese fue el motivo de la discusión que tuvo con la señorita Montoro –dice Benítez–. A propósito, Ortega, ¿ha averiguado algo sobre ella?

–En la inspección no tienen nada, pero un escribiente, que es también de Cádiz, al oír que preguntaba por su paisana, se ha acercado a hablar conmigo y me ha contado que la última vez que bajó a Cádiz se enteró de que el padre de María Montoro estaba encerrado en el presidio de Sevilla. Si quiere, puedo confirmarlo.

Benítez, tras unos segundos de duda, asiente con la cabeza.

–Al prostíbulo de las Huertas pensaba ir esta noche –añade Ortega con una media sonrisa en la boca–. Después del trabajo.

–Yo también tengo que darles una información importante – anuncia Benítez, que es el único que no ha reído la ocurrencia de su secretario–. Lorenza Calvo creía estar encinta y el presunto padre le ofreció dos mil duros a cambio de que se fuese de Madrid.

–¿Han terminado ya los caballeros? –pregunta don Mamerto Olmedo, antes de que a alguno de los tres policías le haya dado tiempo a abrir la boca.

232

La investigación se acerca a un punto decisivo, reflexiona Benítez, mientras recorre a paso ligero la calle de Tabernillas en dirección a la Puerta de Moros. Un punto en el que todo lo que sabemos comenzará a cobrar sentido, se repite esperanzado, mientras una riada de datos, elucubraciones y sospechas inunda las catacumbas de su cabeza.

—¡Inspector! —oye que gritan cuando ya tiene el pie derecho en el estribo del coche de plaza.

Benítez se gira y distingue frente a la fachada de Nuestra Señora de Gracia a Domínguez, que camina deprisa, con un bartolillo de carne en la mano.

—Aguarde un momento, cochero —ordena el inspector.

En unos segundos, Domínguez se encuentra a la altura del simón.

—A las tres en punto tengo que estar en la Audiencia —advierte Benítez—. ¿Ha averiguado algo sobre Moratilla?

—Sí, jefe.

—Suba y me lo cuenta por el camino.

El cochero sacude el látigo con violencia sobre el lomo del escuálido rocín y el descuadernado simón echa a rodar en dirección a la Cava Baja.

—Cuénteme, Domínguez. ¿Fue o no fue Sebastián Moratilla al Teatro del Príncipe el domingo?

—No fue, señor. Estuvo en una casa de la calle de la Encomienda, en un sitio donde hacen baile casi todas las noches.

—¿Quién se lo ha dicho?

—Un mancebo de la botica que queda junto a la lonja de ultramarinos de su padre.

—¿Y ha ido usted a esa casa donde se baila?

—Sí, señor inspector. Y la misma dueña de la casa, la señora Consuelo, me lo ha confirmado. Además está segura de que Moratilla estuvo el domingo pasado allí porque se da la coincidencia de que el estudiante fue esa noche acompañado de una conocida suya, una tal Rogelia Perales, que tiene tabla de carnes aquí en el mercado de la Cebada.

—¿Lo ha confirmado con esa Rogelia Perales?

–Sí, señor inspector, de eso precisamente venía ahora mismo. Un pedazo de hembra de las que quitan el *sentío*, la tablajera. Me ha confirmado que estuvo con Sebastián Moratilla el domingo. Dice que no es la primera vez que sale con él de parranda, aunque nunca antes habían ido a esa casa. Me ha parecido que decía la verdad, pero es que además me ha dado el nombre de unos vecinos suyos a los que se encontró en el baile. Si quiere puedo ir a verles para confirmarlo.

–No, no es necesario... ¿Y por qué mentiría Moratilla con lo del Teatro del Príncipe?

–Eso tiene una explicación sencilla, inspector. Supongo que no dijo la verdad porque Sebastián Moratilla tiene desde hace meses novia formal y no es precisamente la Perales. Está comprometido con la nieta del señor Angulo, el del almacén de paños de la Plaza Mayor, y quizá pensó que si nos decía la verdad a nosotros, por fas o por nefas, al final, la noticia le iba a llegar a la novia, una muchachita rubia de ojos azules. Más linda que el cielo ella. ¿Sabe usted quién le digo?

–¡No, no lo sé, señor Domínguez! –replica Benítez, malhumorado–. Lo que sé es que en este puñetero Madrid todo el mundo tiene algún motivo para mentir. Para mentir y, de paso, para hacernos perder el tiempo a nosotros.

–Bueno, inspector, esta vez no se ha perdido del todo.

–Explíquese.

–Antes de ir a hablar con la tablajera, he pasado a hacerle una visita a Moratilla, y, en cuanto le he apretado un poco las clavijas con dar publicidad a su asuntillo con la Perales, se ha mostrado mucho más dispuesto a colaborar que el otro día. De Lorenza Calvo no le he sacado nada que no supiéramos ya, pero me ha dicho que a principios de julio se organizó en casa de los Ribalter un tiberio de padre y muy señor mío entre don José Antonio y el sobrino del portero. No ha sabido decirme el motivo de la discusión, pero sí que en la pelotera se mencionó varias veces el nombre de Lorenza.

–Coincide con la fecha en que Vilanova dejó la casa de los Ribalter –apunta Benítez–. ¿Cómo se enteró Sebastián Moratilla de lo de la discusión?

234

–Él mismo se lo oyó contar en la taberna del tío Buenosvinos a Manuel Calatrava.

–¿El marido de la cocinera de los Ribalter?

–Sí. Al parecer había agarrado una merluza de órdago. Así
que si es cierto eso que dicen sobre los borrachos y los niños,
nos podemos fiar de él.

XV
Una doncella muerta

Cuando el simón en el que viajan los policías irrumpe en la plazuela de la Provincia, a punto está de arrollar a un aguador de gran corpulencia que, con la cuba recién cargada en la fuente de Orfeo, se dispone a enfilar la calle Imperial. Pese a que el hercúleo azacán estuviera atravesando la concurrida plazuela sin poner el menor cuidado, su patente negligencia no impide que, cuando el simón estaciona frente al palacio de Santa Cruz, el cochero se vea acribillado por una rociada de insultos. A las lindezas que vomita el hombretón a quien ha estado en un tris de atropellar, se le suman de inmediato los ataques de varios compañeros de oficio, quienes, alrededor de la fuente de Orfeo, hacen el coro a su cofrade con tal virulencia que la participación del titán de las aguas queda notablemente deslucida. El cochero, oriundo de la misma región de España que el corpulento aguador, encadena tres o cuatro blasfemias en rabioso gallego y, una vez desahogada la bilis cocheril, azota con redoblada rabia al fatigado penco. Mientras las herraduras del maltrecho caballo arrancan chispas al empedrado de la calle de Santo Tomás para llevar a Domínguez de vuelta a La Latina, Benítez atraviesa, rebosante de ansiedad, la puerta principal del palacio de Santa Cruz.

Tras más de media hora de espera, con la relación de mozos de cordel asturianos matriculados en el Gobierno Civil en un bolsillo y una montaña de preguntas bullendo en la cabeza, Benítez ve abrirse por fin la puerta del despacho de Pérez Elgueta.

–Buenas tardes, inspector –saluda el hombre que sale del despacho, un cincuentón de mediana estatura y tersa papada, almacenista de carbón de la calle del Humilladero, citado por el juez de las Vistillas como testigo en un caso de falsificación de moneda.

Benítez le devuelve el saludo distraído, ensimismado en sus pensamientos, aturdido por el runrún de las preguntas que lleva haciéndose la última media hora.

¿Sabía Nicolás Vilanova con quién se acostaba Lorenza?

¿Fue ese el motivo de la discusión con José Antonio Ribalter?

¿Por eso se presentó Ribalter la noche del crimen en casa de Nicolás Vilanova?

Preocupado por lo que Vilanova pudiera decir, el señor Ribalter fue a visitarlo para asegurarse de que mantenía la boca callada.

En circunstancias normales, Vilanova se habría negado. Al menos se habría negado el Nicolás Vilanova que Benítez ha forjado en su imaginación a partir de cómo otros le han descrito. Pero... ¿y si Ribalter descubrió que Vilanova escondía en su casa a un hombre buscado por la Justicia?

El alguacil que flanquea la puerta del despacho asoma la cabeza al interior para informar al juez de que el inspector espera para ser recibido.

Lo primero que Benítez contempla al penetrar en el amplio despacho es el rostro iracundo de Pérez Elgueta. El escribano Escamilla, a un costado de la mesa del magistrado, introduce un legajo en una carpeta, sin atreverse a saludar al policía. Sin ni tan siquiera atreverse a levantar la mirada.

–Cierre la puerta, inspector –ordena el juez, con un tono de voz más crispado que autoritario–. Cierre la puerta y siéntese.

Benítez obedece sumiso, barruntando tormenta, aunque no se le ocurra ningún motivo por el que Pérez Elgueta pueda estar contrariado con él o alguno de sus subordinados.

–Ya sabe cómo me repatean las sorpresas, inspector –escupe el juez, una vez que Benítez se ha sentado.

–¿Disculpe? –replica el inspector, desconcertado.

–Inspector Benítez, ¿a que no adivina usted qué nos ha dicho el hijo de la señora Campos hace un rato?

El policía aguanta la colérica mirada del magistrado sin mover un solo músculo de la cara.

–Pues que no está nada seguro de lo que oyó hablar a las muchachas y que, incluso, puede que la que estuviera embarazada fuera Engracia y no Lorenza.

Benítez muestra su sorpresa con un imperceptible arqueo de cejas.

–Además, la señora Campos dice que Engracia es una chica bastante ligerita de cascos –prosigue Pérez Elgueta–. Así que ahí tiene usted la respuesta a dónde está la amiga de Lorenza...

La sorpresa inicial del inspector se ha transformado en perplejidad.

–En cualquier sitio donde dos mil duros den para empezar una nueva vida –concluye el juez–. Pero por si acaso Engracia sigue aún en Madrid, quizá le interese saber que la noche anterior al viaje que tenía previsto hacer a su pueblo salió de paseo con un oficial de marmolista.

–¿Con un marmolista? –pregunta Benítez, desconcertado con la inesperada declaración de la señora Campos.

–Eso he dicho, inspector. Doña Ana Isabel no recuerda el nombre, pero le oyó decir a Engracia que el joven estaba de oficial de marmolista en un taller de la calle Ancha de San Bernardo. Así que ya tiene otro hilo del que tirar. A propósito de hilos, ¿cómo va lo de los mozos de cordel?

–Precisamente nos han mandado la relación de matriculados hace un rato. Pensaba ponerme con ella mañana.

–Pues póngase ahora mismo –aconseja el juez–. Póngase con ello, a ver si sacamos algo en claro.

–¿Y con el señor Ribalter ha hablado?

Pérez Elgueta se sonríe sin pronunciar palabra. Benítez le sostiene la mirada y aguarda expectante a que el juez instructor abra una exquisita caja de ébano con incrustaciones geométricas de nácar, extraiga de ella un cigarro habano, lo encienda y dé un par de largas chupadas.

238

–¿Ha hablado con Ribalter, su señoría? –porfía Benítez, ante la mirada maliciosa del escribano–. ¿Le ha preguntado por qué fue a visitar al sobrino de su portero la noche de autos?

–¡Pero qué perra le ha entrado a usted con el señor Ribalter, Benítez! –aúlla el togado–. A últimos de mayo de este año, Nicolás Vilanova escribió un artículo sobre las asociaciones de obreros para *El Pueblo*. Ribalter se enteró y, como es natural, aconsejó al joven que dejase de enredar con cosas que nada bueno le iban a traer. Vilanova no le hizo caso y siguió frecuentando la redacción de *El Pueblo*, los locales del Fomento de las Artes y otros lugares por el estilo. Pese a todo, el señor Ribalter se lo consintió por la amistad que le tiene a su tío. Sin embargo, unas semanas después encontró a Nicolás leyéndole a Lorenza un folleto protestante. El señor Ribalter le exigió que dejase en paz a la chica, Nicolás le plantó cara y él no tuvo más remedio que echarle de su casa. Enseguida se arrepintió y le mandó a decir, por mediación del señor Casimiro, que podía volver a la carrera de San Francisco cuando quisiese. La noche del crimen, don José Antonio quiso ir en persona a ver a Vilanova para informarle de que habían llevado a la prevención a su tío y, de paso, para proponerle que volviese a vivir en su casa.

–Señoría, si me permite –dice Benítez–. ¿No le parece extraño que nadie hasta ahora haya ofrecido una explicación tan sencilla a por qué Nicolás Vilanova abandonó la casa de los Ribalter?

–Inspector Benítez, le agradecería que deje de hacerse preguntas que no nos llevan a ningún sitio.

–Con todos mi respetos, su señoría...

–Con todos mi respetos, inspector Benítez, me importa una gaita zamorana si el señor Ribalter echó de su casa al sobrino del portero porque leía a Proudhon, porque no creía en el dogma de la Inmaculada Concepción de la Virgen María o porque tocaba la zambomba a las tres de la madrugada. A mí lo que me importa en este momento es tener ahí sentados cuanto antes a los hombres con los que Lorenza Calvo y Engracia Fernández estuvieron en Capellanes. ¿Podrá hacerlo usted, inspector?

¿Podrá traerme a esos hombres para que los interrogue o tendré que esperar a que se incorpore a su puesto el nuevo inspector especial?

Faltan un par de minutos para las cinco cuando el simón que ha tomado Benítez, después de entrevistarse con un par de mozos de cuerda en las cercanías de la Audiencia, se detiene en la calle Ancha de San Bernardo, frente al edificio de la Universidad Central.

Nada más apearse del coche de plaza, Benítez comprende por qué ha elegido la calle Ancha de San Bernardo y no cualquier otro sitio para continuar con la pesquisa de los mozos de cuerda asturianos: del otro lado de la calle Ancha de San Bernardo arranca la calle en la que vive la señora Campos.

Si se ha puesto con lo de los mozos de cordel nada más salir de la Audiencia, no lo ha hecho por sumisión al juez instructor. Necesitaba sentirse activo para no pensar. Ahora, mientras se dirige hacia la esquina en la que dos mozos de cordel conversan animadamente, el inspector se da cuenta de que, pese a la actividad, las turbulentas corrientes subterráneas de su cabeza no han detenido su curso ni por un instante.

Extrae una cuartilla del bolsillo y confirma el nombre del mozo de cordel que tiene asignado el cruce entre la calle Ancha de San Bernardo y la calle de Noviciado.

–Buenas tardes, señores –saluda Benítez.

Uno de los mozos –quien, con sus sucias y callosas manos, termina de liarse un cigarrillo, tal vez confeccionado a base de colillas encontradas en la vía pública– saluda con un gesto.

–Buenas –contesta el otro, más alto y robusto que el primero–. ¿Quiere porte?

–No –contesta Benítez–. Soy José María Benítez, inspector jefe del distrito de La Latina. Estoy investigando un crimen cometido la noche del pasado domingo en la carrera de San Francisco. ¿Es alguno de ustedes José Rodríguez Tresantos, natural de Cudillero?

240

El más alto de los dos mozos se saca las manos de una chaquetilla de poco abrigo y contesta con gesto preocupado:

–Servidor de usted, inspector. ¿Qué se le ofrece?

–¿Estuvo usted el domingo 27 del pasado mes de octubre en el Salón de Capellanes? –pregunta Benítez, mientras dirige la atención hacia la frente del asturiano, la cual no exhibe la menor señal de golpe o herida reciente.

–No, señor inspector. Nunca estuve en Capellanes. No por falta de ganas, eh... Dame bastante vergüenza... –se señala hacia los pies, de descomunal tamaño–. Imagínese la de *rebilcones* que íbamos a dar.

–¿Sabe si algún paisano suyo se ha dado un golpe en la frente en los últimos días?

–No, señor.

–¿Y usted? –pregunta Benítez dirigiéndose al de menor estatura.

–No –contesta el mozo de cuerda, después de expulsar una bocanada de apestoso humo.

Benítez agradece la colaboración a los mozos de cordel y les entrega una tarjeta con las señas de la inspección. Por la calzada pasa un coche de punto desocupado. Está tentado de dar una voz al cochero, pero al final no lo hace. Saca la cuartilla, un lapicero y traza una cruz junto al nombre del mozo de cordel asturiano al que acaba de entrevistar. Cruza la calle a grandes zancadas y se encamina hacia la casa de la señora Campos sin saber muy bien con qué propósito. A pesar de haber sido un día soleado, en las últimas horas el cielo se ha cubierto de una compacta masa de nubes negras por la que apenas si se filtra la débil luz del ocaso.

Diez minutos más tarde, Benítez se halla en la salita de la señora Campos, sin comprender aún qué demonios pinta él allí, mientras ella prepara un café en la cocina. A la débil luz del único candelabro que ilumina la sala, Benítez recorre con la mirada el lomo de los seis volúmenes alojados en la estantería.

Ni novelas, ni poesía, ni teatro. Ni tan siquiera un manual de urbanidad para niñas o un arte de cocina. Solo lecturas devotas: *Introducción a la vida devota,* de san Francisco de Sales; *La familia regulada* y *Estragos de la lujuria,* del padre Arbiol; *Mujeres de la Biblia,* obra refundida del francés por Joaquín Roca y Cornet; *Tratado de la tribulación,* de fray Pedro de Rivadeneira, *y Camino recto y seguro para llegar al cielo,* del padre Claret.

Alcanza el libro de Antonio María Claret, confesor de la reina, y lo abre por la página de la cual sobresale una cinta negra de registro. Bajo un epígrafe que reza «Máximas para cada día del mes», están recogidas las siete primeras sentencias espirituales. Tal vez la cinta lleve allí desde hace siglos o quizá se encuentra precisamente en esa página porque hoy es día 7 y la señora Campos le ha dedicado esta mañana unos minutos de reflexión a la máxima para el séptimo día del mes: *La muerte llega en la hora en que menos se piensa.*

Siente curiosidad, una curiosidad extemporánea, nerviosa, por saber qué edición de este pequeño libro de recomendaciones morales es la que tiene entre manos y, al hacerlo, descubre una fecha manuscrita en la guarda: 7–XI–1853.

En un movimiento rápido, instintivo, coloca el libro en la estantería, coge otro de los libros al azar y comprueba que en la guarda hay otra fecha con el mismo día, 7 de noviembre, pero del año de 1851.

Antes de que se oigan los pasos de la señora Campos por el corredor, le ha dado tiempo para comprobar que todos los libros llevan escrita la misma fecha: 7 de noviembre.

–Lo siento –dice Benítez, sin ni tan siquiera dar tiempo a que la señora Campos deposite la bandeja que trae en las manos–, pero acabo de recordar algo y he de irme.

En realidad, no ha recordado nada. De repente se ha sentido invadido por la convicción de que el hombre que esperaba a que la señora Campos preparase café –pese a tener sus mismos ojos castaños jaspeados de verde escondidos tras unas gafas ligeramente ahumadas, su misma boca grande de labios delgados y su mismo bigote y perilla– no era José María Benítez Galcedo. Se ha apoderado de él la horrible sensación de que ese impostor que portaba su bastón con puño dorado podía decir o hacer cualquier tontería de la que luego él habría de hacerse responsable, y no ha tenido más remedio que salir huyendo de aquella casa con cualquier excusa.

Media hora más tarde, cuando ha llegado a los locales de la inspección, la angustia había desaparecido. El vértigo, las palpitaciones, la sensación de poder perder el control en cualquier momento, todo se había esfumado en el camino. Al entrar en la sala de oficiales, Benítez volvía a sentir dominio sobre sí mismo.

Mientras Ortega, Fonseca, Domínguez y Carmona se acomodan frente a su mesa, Benítez reflexiona sobre cómo informarles de las novedades surgidas a raíz de la entrevista con Pérez Elgueta.

Hace apenas unas horas les ha transmitido la certeza de que el hecho de que Lorenza Calvo se creyese embarazada iba a ser de gran importancia para la investigación.

Ahora, todo ha cambiado.

Alejandro, el hijo de la señora Campos, alberga serias dudas sobre lo que les oyó decir a las criadas. Incluso puede que quien estuviese embarazada y a quien ofrecieron los dos mil duros por irse de Madrid fuese Engracia y no Lorenza. La declaración de su madre abona esta hipótesis. Engracia, según ha informado la señora Campos, es una chica un tanto ligerita de cascos. Por si quedaba alguna duda, la señora Campos se ha descolgado con una información de la que hasta el momento no había dicho nada en absoluto. La noche que precedió a su viaje a Horche, Engracia se vio con un oficial de marmolista que trabaja en un taller de la calle Ancha de San Bernardo. La señora Campos, por supuesto, ignora el nombre del marmolista, pero sabe que Engracia salió con él esa noche. De eso sí se acuerda. No podemos dejar de buscar a los hombres de Capellanes, pero no se puede echar en saco roto esta nueva pista.

El señor Ribalter, por su parte, echó de su casa a Nicolás Vilanova porque le encontró leyendo a su criada Lorenza un folleto protestante. Como era de esperar, don José Antonio no pudo pasar por alto que en su casa se cuestionase el dogma de la Inmaculada Concepción de Nuestra Señora Madre de Dios y no tuvo más remedio que pedir al estudiante que abandonase su casa. Lo de las prenderías y la cajita de rapé es otra historia, interesante, qué duda cabe, pero que lo más probable es que nada tenga que ver con el robo ni con la muerte de Lorenza, así que su señoría sugiere centrarse en lo positivo, en los dos hombres con los que se vio a las muchachas en Capellanes.

¿Nos hemos vuelto todos locos o qué?

No piensa decirles ni una palabra de todo eso a sus hombres.

Como tampoco se le pasa por la cabeza cambiar un palmo la línea de investigación.

—Vamos a seguir buscando a Vilanova —anuncia, por fin, tras unos minutos de silencio en los que sus hombres esperan expectantes—. *Nosotros.* Por el momento, el que Nicolás Vilanova haya dado cobijo a un prófugo de la Justicia es solo una suposición. Una suposición bastante fundada, gracias a las averiguaciones del señor Carmona, pero solo una suposición. Vamos a buscarle nosotros, lo vamos a encontrar, le vamos a interrogar y, cuando nos haya dicho todo lo que sabe sobre Lorenza Calvo Olmeda y la familia Ribalter, dejaremos que el señor gobernador, el ministro de Gobernación, el presidente del Consejo de Ministros o el *sursum corda* se cuelguen todas las medallitas que quieran a nuestra costa. ¿Comprendido?

Benítez ha dirigido la pregunta a los cuatro hombres, aunque ha detenido por unos instantes sus ojos en los de Ortega, como si una parte de él todavía se negase a confiar en la lealtad del malagueño.

—Carmona, usted siga vigilando a la amiga de Vilanova —prosigue Benítez—. Que Domínguez se encargue de García del Valle.

Benítez saca de un cajón las cuartillas con la relación de los mozos de cordel y se la entrega a Ortega.

244

–Bien lo haga usted o bien Fonseca –dice Benítez, dirigiéndose a Ortega–, mañana hay que patearse medio Madrid para hablar con todos estos mozos de cuerda. A los tres que llevan una cruz ya los he entrevistado yo. Que uno de ustedes empiece la tarea, hasta que yo me sume en la tarde, y que el otro se quede al frente de la inspección. Si quiere salir usted a la calle, señor Ortega, por mi parte no hay inconveniente, pero creo que ganaríamos tiempo si lo hiciese Fonseca.

–Demasiadas direcciones distintas para un recién llegado, inspector –responde el secretario–. Yo también creo que será mejor que se encargue el señor Fonseca.

–Ya ha oído, Fonseca –dice Benítez–. Póngase usted con lo de los mozos de cuerda. Y, salvo que sea imprescindible, no tome coche. Le vendrá bien caminar.

–Entendido, inspector.

–¿Alguna duda? –pregunta Benítez–. Pues si no tienen nada que añadir, pueden marcharse a descansar. Fonseca, si es usted tan amable, quédese. Necesito pedirle un favor personal.

Una hora más tarde, mientras Fernando Fonseca se encamina al despacho de diligencias de la Cava Baja para esperar a Eugenia y a la señora Gregoria que hoy regresan de Badajoz, Benítez está en el último sitio en el que el juez instructor del caso querría verle. Sabe que está jugando con fuego, que esa perra que le ha dado con la cajita de rapé que el señor Ribalter anda buscando como loco por las prenderías de Madrid puede costarle muy caro. Es plenamente consciente de que su empecinamiento podría hacerle perder el puesto, pero algo superior a su voluntad le ha llevado hasta esa casa.

–¿Se le ocurre algún motivo para que su marido no nos haya informado de la desaparición de esa cajita de rapé? –pregunta Benítez, cómodamente instalado en un mullido sofá de la pieza de recibir de los Ribalter.

–Supongo que no lo consideraría útil para dar con los ladrones –responde doña Rosario, quitando, con la expresión de su cara y el tono de su voz, toda importancia a la pregunta del policía.

–O tal vez todo lo contrario –replica Benítez, mientras dirige una fugaz mirada a Juan José, quien, con semblante ceñudo, da la impresión de estar conteniéndose para no soltar alguna grosería.

La señora de Ribalter mueve la mano con la palma abierta, demandando calma a su benjamín, quien al observar el gesto de su madre, respira hondo, asiente sutilmente con la cabeza y enmudece. Ambos van vestidos de calle. Con tonos oscuros. Según le han explicado al inspector, se disponían a salir justo cuando él ha llegado. No han creído necesario decir adónde. En el rostro de doña Rosario se perciben unas sutiles ojeras de insomnio que, lejos de afearla, acentúan su belleza.

–Mire, inspector Benítez –contraataca la dama–, si cree que el motivo por el que mi marido no ha informado del robo de la cajita de rapé guarda alguna relación con la muerte de Lorenza, se equivoca de medio a medio.

–¿Cómo puede usted estar tan segura de eso?

Ella da un largo suspiro y, con gesto de impaciencia, contesta:

–Porque conozco el motivo por el que mi marido ha preferido no dar publicidad al asunto de la cajita.

–¿Sería tan amable de compartirlo conmigo?

–Las intimidades de mi familia no son asunto de la policía.

–Eso espero yo también, doña Rosario –replica Benítez, con una sonrisa irónica–. Eso espero... A propósito de familia, si me acepta un consejo, creo que debería vigilar más de cerca a su hijo Eusebio. Últimamente se le ha visto en sitios no muy recomendables.

–Si nos disculpa, señor Benítez –responde la atractiva dama, levantándose del sofá–. Se nos está haciendo un poco tarde.

Mientras el coche de punto cruzaba Madrid en dirección al Teatro del Circo, la duda se ha apoderado por completo de él.

Durante unos minutos ha sentido que estaba perdiendo por completo el dominio sobre sí. No ha sido, desde luego, la primera vez que Benítez se sentía dominado por la duda, pero nunca, en su larga carrera como policía, la condenada duda se había manifestado de un modo tan físico, con sudores, palpitaciones, dolor de tripas y esas puñeteras lucecitas que le nublan la visión. Por fortuna, cuando el coche de plaza se ha estacionado frente al teatro, los síntomas corporales habían desaparecido por completo. La duda, sin embargo, seguía ahí, instalada en su cerebro, martilleando una y otra vez las mismas preguntas, resonando en su cráneo como una carraca fabricada en los infiernos.

¿Por qué te empeñas en saber qué esconde la familia Ribalter?

¿Y si lo que ocultan no tuviera nada que ver con la muerte de Lorenza?

¿Por qué no te centras en lo positivo, José María? ¿Por qué no concentras tus esfuerzos en los mozos de cordel?

¿Qué se te ha perdido a ti en el Circo mientras Fonseca ha ido a recoger a tu hija al despacho de diligencias?

Son las ocho y veinte y, aunque la mordiente duda con la que ha entrado en el teatro de la plazuela del Rey hace unos minutos sigue intacta, corroyendo las meninges, las preguntas que el inspector Benítez le está formulando ahora a Eusebio Ribalter –a quien ha sacado del elegante Teatro del Circo cinco minutos después de empezada la función– transmiten una total seguridad en sí mismo. Una seguridad en sí mismo muy alejada de lo que en realidad siente.

–Me podría decir de dónde sacó el dinero para pagar el alquiler del cuarto en que vive la señorita Montoro –pregunta Benítez, con toda la cortesía de la que es capaz–. Tengo entendido que ha perdido usted recientemente su principal fuente de ingresos.

–Inspector Benítez –replica el pintor, con una mueca en la boca que dilata los amplios orificios de su aquilina nariz–, si tiene algo contra mí, préndame y lléveme a la prevención, al Saladero o al peñón de la Gomera. En caso contrario..., la conversación ha terminado.

Eusebio se da la vuelta y encamina sus pasos hacia la entrada del teatro. Apenas ha recorrido cinco o seis metros cuando unas palabras pronunciadas tras él le hacen girarse en redondo. La luz de uno de los faroles de gas de la plazuela del Rey se derrama sobre su rostro enmarcado por la rizada cabellera que casi le llega al gabán. En la plazuela reina un murmullo de cocheros que, mientras esperan a que sus señores salgan del teatro, charlan entre ellos.

–María Montoro de la Cruz, natural del Puerto de Santa María –pronuncia Benítez a voz en cuello–, hija de Manuel Montoro Gómez... –Benítez hace una pausa hasta que Eusebio Ribalter se gira–, quien cumple actualmente condena en el presidio de Sevilla.

–No me dice usted nada que no sepa ya –replica el pintor, a cierta distancia del policía–. María misma me lo ha contado.

–Suponía que me iba a decir eso, señor Ribalter.

–¿Ah, sí?

–Como supongo que usted adivinará lo que voy a decirle yo ahora.

Eusebio Ribalter se ríe estruendosamente, con una risa que recuerda a la de su padre, mientras recorre los pocos pasos que le separan del policía.

–Que el empresario para quien trabaja la señorita Montoro no lo sabe todavía –aventura el pintor.

–Ha dado usted en el clavo, señor Ribalter –responde Benítez–. El actual empresario del Circo desconoce que el padre de una de sus bailarinas es un delincuente procesado por robo con escala. No lo sabe, pero podría enterarse.

–¿Se lo va a decir usted?

–No, en absoluto. Me parece más interesante que la noticia sea divulgada a través de la prensa. Para la edición matutina ya no estamos a tiempo, pero en la de la tarde seguro que le hacen hueco a una información tan jugosa.

–Me han pagado un adelanto –explica Eusebio, sin la menor nota de acritud en la voz.

–¿Por un cuadro?

–Sí, por un retrato.

–¿Un retrato? –replica Benítez, con gesto de extrañeza–. Tenía entendido que no hacía usted retratos mientras no acabase el cuadro de historia para la Exposición del año próximo.

–¿Está usted escribiendo mi biografía, quizá? Lo digo porque sería un placer para mí facilitarle los datos que le falten. Si es que le falta alguno, claro.

–Podemos empezar por la persona que le ha pagado ese adelanto.

–El capitalista con el que se ha asociado mi señor padre.

–¿Don Juan Miguel?

–Sí. El señor don Juan Miguel de Monasterio –responde Eusebio, con una mueca de desprecio en el semblante–. No es santo de mi devoción, pero cuando la necesidad aprieta yo retrato a quien sea. Lo mismo me da León X que el diablo. Si pagan bien, claro.

–¿Y Monasterio paga bien?

Ribalter levanta las cejas y contesta desganado:

–Lo que usted gana en un año.

–¡Vaya! Veo que usted también conoce algunos detalles de mi persona.

–Y cuando acabe el retrato, otros doce mil reales –añade el pintor con una sonrisa burlona.

Benítez se ríe abiertamente.

–A propósito de retratos –dice Benítez, aún con la sonrisa revoloteando en los labios–, ¿de quién es el de la cajita de rapé que se llevaron el domingo de su casa, la de las cantoneras de plata?

–No sabía que la habían robado.

–Pues ahora ya lo sabe –replica Benítez, adoptando una expresión grave–. ¿De quién es el retrato de esa cajita?

–De mi madre cuando era niña. Mi abuelo materno era marino mercante y siempre llevaba consigo esa cajita en sus viajes.

Benítez espera unos segundos a que Eusebio Ribalter añada algo a la historia.

—Y su abuelo se la regaló a su padre, ¿no? —sugiere Benítez.

—Más o menos.

—¿Podría ser más explícito? Se va a perder usted toda la función.

El pintor exhala tres o cuatro sonoras risotadas a través de sus grandes orificios nasales.

—Mi abuelo se jugó la cajita en una partida de cartas en La Habana. Mi padre fue quien se la ganó.

—Con esos antecedentes familiares le va a costar una barbaridad abandonar el vicio de los naipes... —dice Benítez.

—Árbol torcido no se endereza, inspector.

—Dígame una cosa, señor Ribalter. ¿Sabía usted que Lorenza estaba encinta?

—No. ¿Se supone que debía saberlo?

Benítez estudia el rostro del pintor. Su cara no refleja la menor sorpresa.

—No parece sorprenderle la noticia.

—Me sorprendería si hubiese sido un varón al que han dejado encinta.

—O sea, que usted desconocía que Lorenza creía estar embarazada.

—¿Qué estaba embarazada o que creía estarlo?

—Es lo mismo. Para el hombre que la sedujo la cosa no cambia.

—Pues no, no lo sabía. Y tampoco con quién tenía amores Lorenza, por si esa va a ser su siguiente pregunta.

—Esta vez le ha fallado la intuición.

—Dispare, entonces.

—¿Conoce usted el tipo de lecturas a que es aficionado Nicolás Vilanova?

—Todo el mundo en casa sabe de qué pie cojea Nicolás. Mi padre es antediluviano en muchas cosas, pero en el respeto por las opiniones políticas del prójimo se puede decir que es razonablemente avanzado.

—¿En cuestiones religiosas también?

250

–Más todavía. El señor Ribalter va a misa los domingos y fiestas de guardar por no discutir con su esposa, pero si por él fuera...

¿Has sacado algo de provecho de tu entrevista con el hijo mayor de los Ribalter?, se pregunta mientras avanza a pasos lentos por el corto tramo de la calle de Barquillo que va desde la plazuela del Rey hasta la calle de Alcalá.

–A Tabernillas, 17 –le indica al cochero del primer simón libre que encuentra en la calle de Alcalá–. Casi esquina con Mediodía Grande. Entre por la Puerta de Moros, por favor.

Nada más cerrar la portezuela, el cochero hace restallar el látigo y el coche de punto echa a rodar hacia poniente, en dirección a la Puerta del Sol. Es noche cerrada y Benítez, recostado en la cabina del simón, siente de golpe todo el cansancio acumulado a lo largo de los últimos días. Cuando llegue a casa ya estarán Eugenia y Gregoria, así que no podrá irse a dormir hasta pasado un buen rato. Ahora es un buen momento para descabezar un sueñecito. Aunque sea de diez minutos.

Pero ¿quién descabeza un sueñecito con la montaña de datos, declaraciones y conjeturas que almacena bajo las meninges?

Claro que ha sacado algo de provecho de la conversación con Eusebio Ribalter, se dice mientras el coche de punto atraviesa la Puerta del Sol. Varias cosas.

Para empezar por el final, el señor Ribalter no echó a Vilanova de su casa porque le encontrase leyendo un folleto protestante a la criada. Hasta hablar con su hijo esta noche, la imagen que Benítez tenía sobre José Antonio Ribalter era la de un hombre no demasiado preocupado por asuntos religiosos, un progresista templado; sin ser partidario abiertamente de la libertad de cultos, bastante alejado, desde luego, de la beatería de los moderados y del fanatismo de los neocatólicos. Lo que conocía del señor Ribalter no casaba con un hombre que echa de casa al sobrino de un empleado y paisano por muy hereje que sea. Ahora, tras la conversación con su hijo, no le cabe la menor duda: José Antonio Ribalter no le ha dado el pasaporte a Vilanova por leerle un libelo protestante a su criada, como le ha manifestado esta mañana al juez instructor. A otro perro con ese hueso.

El segundo punto de interés es el que tiene que ver directamente con su hijo. Hace apenas una hora, para Benítez, Eusebio Ribalter tenía dos motivos que podían haberle movido a robar en su propia casa. Las desavenencias con su padre y la necesidad de dinero. Ahora, salvo que le haya mentido con lo del retrato de Monasterio, solo le queda un motivo. Por otro lado, la conversación le ha convencido, casi por completo, de que el pintor no mantenía relaciones íntimas con Lorenza. Otra cosa muy distinta es que Eusebio no sepa quién se acostaba con ella.

Por último, su conversación con el pintor le ha valido para recabar algunos datos con los que tratar de recomponer una historia familiar que, quién sabe, puede que hasta resulte de alguna ayuda en la resolución del caso.

José Antonio Ribalter i Falgueras, hijo segundo, tal vez tercero –desde luego no el primogénito–, de una acomodada familia de Sant Feliu de Guíxols, provincia de Gerona, vino al mundo a finales del siglo pasado, uno, dos, tal vez cinco años –¿acaso importa?–, después de que naciese el primer vástago de los Ribalter, llamémosle Pere, aunque en su partida de bautismo no escribieran Pere sino Pedro. A Pere, como primogénito, le correspondía heredar el negocio familiar, la masía y demás propiedades de la familia. A él, en compensación, se le pagaría una carrera académica. Pero he aquí que al pequeño José Antonio los libros no le entraban ni a fuego y, tras una larga ristra de calabazas, no hubo manera de hacerle volver a las aulas. Entonces, después de unos años de sopa boba a costa de su hermano –los padres han fallecido ya y el *hereu*, como dicta la ley catalana, lo ha heredado todo–, el muchacho decide emprender algún negocio, como, por poner un ejemplo, hacerse cargo de un obrador de corchos que se traspasa, un negocio para el que, claro está, necesita cierta cantidad de dinero. Dinero que pide a su hermano Pere. Pero Pere, que nunca ha confiado en la buena cabeza del pequeño, se lo niega, y el benjamín de los Ribalter, ni corto ni perezoso, adopta una resolución que habría de cambiarle la vida: cruzar el charco. De modo que, en los días siguientes, se pide un certificado de buena conducta en el ayuntamiento, se paga la fianza por si al joven José Antonio le toca en suerte servir en armas y se prepara lo necesario para que se embarque con destino a una de las pocas colonias americanas que le quedan a España. En La Habana, tras unos años deslomándose en el puerto, en tiendas y en almacenes, José Antonio se da cuenta de que ha reunido un considerable capital. El pequeño de los Ribalter ha amasado una fortuna, pero no tiene con quien compartirla. Entonces, una calurosa noche de verano, en una cantina en la que se apuesta fuerte a las cartas, tras ganarle a un marino mercante gaditano una cajita de rapé con el retrato de una preciosa niña de ojos azules que lleva una flor amarilla prendida en el cabello, José Antonio Ribalter i Falgueras decide que aquella niña ha de convertirse, más pronto que tarde, en su esposa. No hará falta que el padre de la niña aporte dote alguna. Él correrá con todos los gastos.

Aún le quedan varios capítulos por imaginar, pero cuando el coche de punto entra en la plaza de la Cebada, Benítez interrumpe el ejercicio de lucubración. Siente que cada vez está más cerca de desentrañar el misterio en torno a Lorenza, pero a la vez teme que su cabezonería, las prisas, cualquier paso en falso, le haga tropezar y todo se enmarañe aún más de lo que ya está.

Unos metros antes de que el simón haga alto en el número 17 de Tabernillas, Benítez distingue, a través de la ventanilla, la rechoncha silueta de Fonseca, hablando en la acera, a la raquítica luz de un reverbero de aceite, con dos números de la Guardia Civil Veterana.

Con el corazón a punto de salírsele del pecho, Benítez baja del vehículo y, preso de un temor absurdo, el mismo que le asaltó la noche del domingo, grita:

–¡Fonseca! ¡Mi hija! ¿Le ha pasado algo a Eugenia?

Hay en el Hospital General de Madrid una sala de vastas dimensiones y paredes cubiertas con manchas de humedad y desconchones que se utiliza como depósito de cadáveres para los distritos del sur.

Sobre una mesa de mármol situada en un extremo de esta lúgubre sala descansa, bajo una cochambrosa sábana grisácea, el cadáver de una mujer de edad avanzada. La mano diestra de la mujer, la cual sobresale por uno de los lados de la sábana, ha sido atada a un cordel que se comunica con otra cuerda más larga que recorre en toda su extensión la pared situada a espaldas de las mesas y termina en una vocinglera campanilla que hay en la habitación del vigilante nocturno.

Sobre una de las mesas situadas en el otro extremo de la sala, yace el cadáver de una mujer joven, cuyo cuerpo ha sido encontrado hace unas horas en la ribera del río Manzanares, adonde debieron de arrojarla ya muerta.

El inspector Benítez, con el sombrero de copa en una mano y el bastón bajo la axila de ese mismo lado, se lleva con la otra mano un pañuelo a la nariz. En la cabecera de la mesa donde yace el cadáver de la joven, el doctor Cachero, cigarro habano en ristre, acaba de ofrecer un dictamen forense preliminar.

Los signos de putrefacción (el olor fétido, la hinchazón de senos y párpados, la coloración negruzca que se extiende por el abdomen y el tórax) permiten situar la muerte entre 6 y 9 días atrás. En el hemitórax izquierdo, a escasos centímetros del esternón, se aprecia una herida estrecha, producida por arma cortopunzante de hoja delgada. No se observan magulladuras, contusiones ni otros signos de violencia.

–¿Es posible que en el lugar en que la mataron no quedaran apenas restos de sangre?

–Sí –responde el médico–. En este tipo de lesiones la víctima puede morir con poca hemorragia externa. La sangre se acumula en el saco pericárdico y el corazón deja de bombear por una cuestión mecánica.

El doctor Cachero señala con la punta incandescente del cigarro habano hacia la herida y dice:

–Mire ahí, al lado del orificio... ¿Ve algo?

–¿Se refiere a una pequeña marca redondeada?

–Eso mismo, inspector –dice el forense, tras expulsar una bocanada de humo–. Encaja con la marca que dejan esos cuchillos que llevan un botón de metal entre hoja y empuñadura.

–¿Un cuchillo de arzón?

–Cuchillo de arzón, de rufián, almarada..., llámelo como quiera, pero a esta chica la han matado con un arma que tiene un botón redondo de unos tres centímetros de diámetro.

–Ayudó usted al doctor Mata con la autopsia de Lorenza Calvo, ¿no es así, profesor Cachero?

–Sí, ¿por qué lo pregunta?

–Para acabar con la vida de esta chica no han empleado la misma arma con que asesinaron a Lorenza, ¿verdad?

–No. Completamente seguro. ¿Cree que las dos muertes están relacionadas?

–Creo que sí, aunque... no me pregunte por qué. No sabría decirle...

–Pues, si no tiene usted más preguntas, voy a disponer el traslado al anfiteatro. El juez ha ordenado que se practique la anatomía esta misma noche. El doctor Mata llegará de un momento a otro.

–Una última cosa, profesor, ¿podría usted decirme si la muchacha era doncella?

En el pasillo, Ana Isabel Campos Arellano, sentada en un banco carcomido y paticojo, solloza con las dos manos sobre el rostro.

–Podemos irnos –dice Benítez, secamente.

–Le había prometido acompañarla –dice entre hipidos la señora Campos, mientras se levanta del tambaleante banco–. Hace años que no voy a Horche... Me dijo que si iba con ella, estaba dispuesta incluso a que cogiéramos el tren. –Hace un esfuerzo para contenerse–. Si hubiera ido con ella, seguro que no...

Benítez echa a andar hacia la salida del hospital sin abrir la boca ni ofrecerle el menor consuelo.

Han cubierto el trayecto hasta la calle del Pez en absoluto silencio. Ella, tal vez extrañada de que Benítez haya insistido tanto en acompañarla. Él, tratando de poner en claro su mente, intentando encontrar una explicación a por qué ella le ha dicho al juez de la causa que no le extrañaba que fuese Engracia quien estuviese embarazada.

Ahora, el inspector Benítez aguza el oído para captar desde la salita lo que la señora Campos le dice a su hijo, pero la distancia y la sinfonía de hipidos le impiden entender nada. La lluvia que, con su monótono repiqueteo sobre la cabina del simón, les ha acompañado en su silencioso recorrido desde el Hospital General, azota ahora con violencia redoblada en las ventanas.

De regreso a la silla en que estaba sentado, se percata de que en la estantería donde hasta esta misma tarde había seis libros, ahora hay siete. Se acerca hasta la estantería y toma el séptimo libro, *Doce joyas del teatro español contemporáneo*, un grueso volumen lujosamente encuadernado en cuero que incluye una colección de obras teatrales de autores españoles del presente siglo. Una escogida selección que se extiende desde *El sí de las niñas,* de Leandro Fernández de Moratín, estrenada en la primera década del siglo, hasta la reciente comedia de Adelardo López de Ayala, *El tanto por ciento.*

Abre las *Doce joyas* y lee una dedicatoria escrita con una gallarda caligrafía:

Cuando la señora Campos reaparece en el salón, Benítez está otra vez sentado.

–Ya estoy un poco más tranquila –dice ella–. Ha sido muy duro.

–Se le olvidó mencionarme lo del ebanista.

–¿Disculpe? –murmura ella, con un hilillo de voz.

–Lo del oficial de ebanista con el que Engracia salió la noche antes de viajar a su pueblo –dice Benítez, insistiendo a propósito en confundir la profesión que la señora Campos ha dado al juez.

–Ah, sí, no lo he recordado hasta esta tarde cuando ha venido el señor juez.

–Más vale tarde que nunca –dice Benítez, clavando su irónica mirada en los hipnóticos ojos negros de la señora Campos–. Mañana mismo me pondré tras la pista.

La señora Campos desvía la mirada.

–A propósito –añade Benítez–, también le ha dicho a su señoría que hace unas semanas Engracia pasó una noche fuera de casa...

–Sí –responde ella, dejando deslizar sus ojos hacia el suelo–, un domingo a finales de septiembre.

Benítez estudia el rostro de la mujer. Su frente, pálida y perlada de sudor, pese al frío de la sala. Sus adorables ojos negros, ojos inquietos que llevan rato sin saber adónde mirar. Su pequeña y fina nariz, en la cual durante el último minuto parece haber estallado la picazón del mentiroso. Su apetecible y carnosa boca de labios embusteros, a la que, al menos en una ocasión, la señora Campos se ha llevado por un brevísimo lapso las manos.

–¿Cree usted que pasó la noche con el ebanista?

En su momento pensó que sería una de las muchas ideas que se le cruzan por la cabeza a su hija Eugenia y que luego quedan en agua de borrajas.

–¿Das lección hoy, cariño? –preguntó Benítez, sentados a la mesa.

–No, papá. Los martes en la tarde daba clase a las hijas de Bernáldez, pero ayer me mandaron aviso de que no van a continuar tomando clases.

–Vaya, lo siento mucho, hija.

–No importa. De todas formas no pienso seguir dando clases de piano toda la vida.

El inesperado comentario de su hija fue seguido de un incómodo silencio. Un incómodo, tenso y pesado silencio premonitorio de complicaciones digestivas para el policía, quien, sin tiempo para asimilar lo dicho por su hija, se vio acosado por una pregunta aún más desconcertante.

–Padre, ¿qué le parecería si el año que viene me matriculo en la Escuela Normal?

–¿Quieres ser maestra? –preguntó él, intentando pronunciar las palabras en el tono más neutro posible, tratando de cubrir su semblante con una máscara de normalidad.

–Siempre he querido ser maestra de primeras letras.

Pese al convencimiento que revelaba la firmeza de su voz y la seguridad que expresaba su semblante, Benítez no pudo evitar poner en cuarentena lo que su hija había dicho. A su edad él también se expresaba con esa vehemencia cada vez que anunciaba a los cuatro vientos haber descubierto la vocación de su vida. Por fortuna para él, un buen día apareció una mujer que le hizo sentar la cabeza, poner los pies en la tierra y desear formar una familia. Eugenia, sin embargo, no parecía demasiado preocupada por amarrar al hombre con quien formar una.

–Eugenia, ¿tú sabes lo que gana una maestra de escuela? –preguntó, intentando envolver sus palabras en un tono amable.

–Dos mil reales. Dos mil quinientos.

–Y mil quinientos en muchos pueblos.

–Con cuarto pagado por el ayuntamiento en casi todos –argumentó ella, sin que su dulce sonrisa atenuase lo más mínimo la dureza de su mirada.

–Lo que a mí me importa es poder ganarme el sustento por mí misma y no depender de ningún hombre.

–Ya lo haces, hija. Con lo que ingresas como profesora de música y lo que te renta el dinero que te dejó tu madre, podrías estar de pupila en una casa de huéspedes. Hasta te daría para arrendar un pequeño cuarto para ti sola.

–Eso mientras les caiga en gracia a las mamás de las señoritas a las que doy clase.

–El sueldo de una maestra de la escuela pública tampoco es muy seguro que digamos –rebatió él–. ¿Sabes que parte de sus honorarios proviene de lo que aportan los padres?

–Sí, claro que lo sé.

–¿Y qué crees que pasaría si en el pueblo donde tú estás de maestra o en uno cercano de pronto instalan un flamante colegio de señoritas?

–Desaprueba mi idea, ¿verdad? –replicó Eugenia, con los ojos llenos de rabia contenida y una sonrisa forzada en los labios.

–No, hija, no la desapruebo. Lo único que te digo es que lo medites y que te informes bien antes de tomar una decisión tan importante.

–Así lo haré, padre –contestó ella, ensanchando la sonrisa–. Se lo prometo.

Y en Badajoz, con la ayuda de su hermana Carlota, lo debía de haber meditado tanto que ahora estaba completamente segura de su decisión. Al menos eso es lo que le decía a su hermana Matilde hace un par de horas. En el momento mismo en que Benítez, de regreso del Teatro del Circo, abría la puerta de su casa, acompañado de Fonseca, que le acababa de dar la noticia de que habían encontrado el cadáver de una mujer joven en las orillas del Manzanares, Eugenia le anunciaba a su hermana que pensaba matricularse en la Escuela Normal el próximo curso.

–Pero tranquila, hermanita, que no seré una carga para nadie. Este año pienso economizar hasta el último duro que gane con mis clases de piano.

–Eso mientras no cunda el ejemplo de las señoritas de Bernáldez.

–¿Y tú cómo te has enterado de eso? ¿Te lo ha contado padre?

–No, bonita. Una conocida mía lo oyó comentar la otra noche en casa de Ballesteros. No te extrañe que su hija sea la siguiente en tu lista de bajas.

Benítez lo ha oído todo desde el pasillo y, justo tras el acerado comentario de Matilde, ha irrumpido en el salón, ha saludado a sus hijas con toda la efusividad que ha conseguido reunir y, sin valor para otra cosa, les ha dicho que debía regresar al trabajo.

Eso ha sido hace un par de horas y todavía no se siente con fuerzas para enfrentarse a su hija. Así que, tras abandonar el domicilio de la señora Campos, en vez de buscar un simón, se echa a andar sin rumbo, con la esperanza de que cuando, agotado de deambular bajo la lluvia, regrese a Tabernillas, ya no quede nadie despierto en su casa.

XVI
Dos bastonazos en la frente

El hombre plantado en la calle de San Roque es corpulento, de buena estatura y debe de rondar los cincuenta años. Viste un llamativo pantalón a cuadros, un ancho gabán verde botella que le llega más abajo de las rodillas y va tocado con un sombrero hongo de fieltro marrón. Sus ojos castaños veteados de verde miran a través de unos lentes con gruesa montura de concha. Desde hace más de dos horas, están fijos en la puerta del mismo edificio de la calle del Pez. De cuando en cuando, la inquietud que provoca la larga espera le despierta el deseo de llevarse la mano a la punta de la nariz. Sin embargo, antes de posarse sobre el grueso tubérculo que le afea el rostro, su mano cambia de trayectoria y desciende para terminar dando un pequeño pellizco al delgado labio superior, recién afeitado.

Poco después de que la campana de la iglesia de San Plácido dé, con su lúgubre sonar a difuntos, las diez, por fin ve aparecer a la señora Campos.

El hombre de la nariz bulbosa recula y escudriña desde la esquina. Ella da un par de pasos indecisos en dirección a la Corredera Baja de San Pablo, pero al poco se gira en redondo y echa a andar en dirección contraria, hacia donde se encuentra el hombre que la espía. Este vacila un instante y finalmente decide descender por la calle de San Roque.

Segundos después, la señora Campos enfila esa misma calle, por la acera contraria a la que recorre el hombre del sombrero marrón. Cuando pasa junto a la puerta de la iglesia del convento, gira la cabeza en dirección hacia donde está el desconocido, quien, al percatarse, le dedica un cortés saludo, llevándose la mano diestra al bombín e inclinando levemente la cabeza. Ella le devuelve el saludo y continúa su camino a paso ligero.

La señora Campos cruza la calle de la Luna y enfila la calle de Silva en dirección a la plazuela de Santo Domingo. Bordea la concurrida plazuela hasta llegar a su extremo oriental y, después de caminar un corto trecho por la calle de Torija, toma la empinada calle de Fomento. Casi en el cruce con la travesía del Reloj, se detiene frente a una lonja de ultramarinos situada entre dos de las muchas ebanisterías que pueblan la calle. Se compone el vestido y, tras unos segundos, entra en la tienda.

El hombre del pantalón a cuadros camina hasta el extremo de la calle de Fomento y se aposta en la esquina, en el cruce con la calle del Río, desde donde vigila la entrada al establecimiento de comestibles.

En la acera, frente a una de las dos grandes ventanas de la lonja de José Martínez, hay una enorme cuba de sardinas ahumadas. Tapando en parte la ventana del lado opuesto, se alza un cartelón de tijera.

GÉNEROS DE LA ALCARRIA
Miel
Aceite
Vino de Tendilla

La señora Campos es alcarreña, de Horche, el mismo pueblo del que era su criada. Tal vez haya venido hasta un sitio tan extraviado para comprar algún género de su tierra, se dice el perseguidor. Algún producto que no encuentre en las numerosas lonjas de ultramarinos que hay en su barrio. Solo en la calle del Pez, que él recuerde, hay tres tiendas de comestibles.

Apenas tres o cuatro minutos después de haber entrado en la lonja de Martínez, la señora Campos sale del establecimiento sin portar paquete alguno.

262

El hombre de la nariz bulbosa ve subir a la señora Campos por la empinada calle de Fomento y, solo cuando la alcarreña ha girado a la izquierda por la de Torija, entra en la tienda.

Tras un espacioso mostrador de madera pintada de verde oliva, sobre el que descansan dos balanzas, una guillotina de cortar bacalao, una máquina de moler café y una pila de papel de estraza, un señor de edad avanzada, con el cabello cano, escaso, peinado hacia delante, revisa ensimismado un libro de cuentas, mientras da sonoras chupadas a un apestoso cigarro de a seis maravedíes en estanco. A su lado, un mancebo de unos veinte años atiende a una señora. Detrás de ellos, encaramado en una pequeña escalera de madera, un muchacho de no más de quince años coge una caja de hojalata de la anaquelería.

–¿Qué le pasa a tu hermano, Miguel? –pregunta la clienta–. Se le ve *mu* mala cara, al pobre.

–Mi señor tío, que *p'arrancarle* el vicio de meter la mano *ande* no debe, le obligó a comerse anoche cuatro libras de chocolate.

–¡Madre del amor hermoso! –exclama la clienta.

El dependiente más joven pone pie en tierra, tiende la caja de hojalata a su hermano y, a continuación, se dirige al recién llegado.

–¿Qué desea, señor?

–¿Podría decirme quién ha atendido a la señora que acaba de salir de la tienda?

El dueño del establecimiento levanta la vista del libro de cuentas, mira receloso al extravagante individuo que tiene ante sí y le indica a su sobrino con un gesto que él se hace cargo.

–Buenos días, caballero –saluda José Martínez, envuelto en una pestilente nube de humo–. Si es usted tan amable de indicarme con quién tengo el gusto de hablar.

Sentados, con la espalda recostada contra la pared del edificio que hace esquina entre la calle de la Cruz y la calle de la Gorguera, dos mozos de cordel de unos veinticinco años ocupan buena parte de la acera. Uno de ellos, alto, fornido y de piernas larguísimas, tiene las manos metidas en los bolsillos de la chaqueta; el otro, tirando a bajito, cuenta una historia acompañándose de expresivas muecas y aparatosos movimientos de manos.

–¡Sí, señor –proclama el de las muecas–, como se lo estoy contando, Francisco, que un servidor ha *combatío* en África!

–Déjese de chanzas, Ojeda, que ya nos conocemos –contesta el mozo de las manos en los bolsillos.

–En la mismísima batalla de *Guarras* he *luchao* yo.

–¿Qué, danle a usted fiebres si habla con formalidad dos cosas seguidas?

–¡Si hablo en serio, hombre! Si no que se lo digan al capitán moro al que hice prisionero.

–¡Diantre, Ojeda! Así que ¿hizo usted prisionero a un oficial marroquí?

–Como lo está *usté* oyendo, Francisco. Y no solo eso, que le corté las manos al moro.

–¿Las manos? ¿Por qué las manos? ¿Por qué no cortole usted la cabeza?

–Diablos, Francisco, *paece* usted bobo. Pues porque ya se la había *cortao* otro *sordao* que se dio más prisa que yo.

El mozo del chiste se echa a reír a carcajadas. El otro lo imita arrastrado por la contagiosa risa del humorista, pero al instante, la sonrisa se le congela en los labios y, sin mediar palabra con su colega, se levanta y echa a andar a grandes zancadas en dirección a la carrera de San Jerónimo.

–Pero ¿*aónde* va *usté*, Francisco? –le grita el bromista–. ¿Tan malo ha *sío* el cuento?

El aludido camina cada vez más rápido, sin mirar atrás. Unos pasos después de girar en la calle del Pozo, una mano agarra con fuerza del cordel que lleva enrollado al hombro y el joven se detiene en seco, con el rostro descompuesto.

–A ver, desgraciado –le dice Fonseca, con su mano de dedos pequeños y regordetes fuertemente asida al cordel–, ¿me puedes explicar por qué corres?

–¿Usted qué cree?

–No lo sé, por eso te lo pregunto –replica Fonseca, a quien la corta carrera le ha dejado sin aliento–. Y descúbrete para hablar con un oficial de policía.

–Pues porque no tengo el número –dice el mozo, mientras se quita el sombrero.

–¿Cómo que no tienes el número?

–La chapa con el número –el joven señala hacia el raído sombrero de ala ancha que tiene en la mano, en el lugar donde algunos de los mozos de cordel colocan la chapa de latón que les entregan al matricularse en el Gobierno Civil–. Robaron en la casa de huéspedes y los muy puñeteros lleváronse mi otro sombrero, el de la chapa con el número. Pero mire, agente, aquí mismo tengo la cédula. Puede usted comprobar que soy mozo de cordel.

Fonseca confirma que las señas físicas del joven coinciden con las del propietario de la cédula de vecindad: Francisco Cascos Becharro, natural de Tulleira, en el concejo de Castropol, provincia de Asturias, cuya ocupación actual es la de mozo de cordel.

–Sin la acreditación no puede usted trabajar –advierte Fonseca.

–Lo sé, lo sé, agente. Ahora *mesmo* iba *pal* Gobierno Civil a informar del robo.

Fonseca se fija en la ancha frente del joven.

–¿Dónde estuvo usted la noche del domingo 27 de octubre? –pregunta el policía.

–De vuelta de un porte que me salió para San Martín de Valdeiglesias –contesta el mozo de cordel, sin vacilar un segundo–. Sé que está mal faenar en *disantu,* pero...

–¿Tiene testigos?

–Sí, señor. El dueño del carromato con el que *fice* el *trabayu,* el señor Manuel Ruiz Picazo. *Non* vive retirado de aquí, en

265

la plazuela del Ángel. Puedo acompañarle a su casa si quiere usted.

–No es necesario. ¿Sabe de algún mozo de cordel o esportillero que se haya dado hace poco un porrazo en la frente?

–Sí, señor. El Fernandón. *Mozu* de mi tierra. Fernando Rodríguez Galguera, se llama. De Llanes, como el señor ministro de la Gobernación. Buen muchacho, él. El Fernandón, me refiero. Al señor Posada Herrera no tengo el gusto. Poco más de un año lleva en Madrid.

–¿Y dice usted que se ha dado un golpe en fechas cercanas?

–Sí, señor, hará un par de semanas o cosa así tuvo un percance del que salió medio *torniscáu*. Estaba acabando de bajar los últimos trastos al carro de mudanza y al sacar una estatua por la puerta de la calle enganchásonsele las narices de la escultura con el marco de la puerta y dejola un poco chata. *Paé* que el dueño de la casa tomose bastante mal lo de que le hubiese *escalamochao* la estatua y atizole en la frente un bastonazo *tremendu*.

–¿Sabe qué sitio tiene asignado para trabajar?

–Sí, señor. La Red de San Luis.

Faltan quince minutos para la una. Benítez y José Francisco terminan de almorzar en el velador más famoso del Café Suizo. Sentado en este velador, según se afirma en los mentideros de la capital, Alejandro Dumas volvió locos a los dueños del café, quienes, después de remover Roma con Santiago, proporcionaron al célebre autor francés la copa de fondillón alicantino que había solicitado. Fue en una noche del otoño de 1846, cuando, con motivo de la doble boda de Isabel II con su primo Francisco de Asís y de la infanta María Luisa con el duque de Montpensier, el escritor, junto a su hijo Alejandro y varios amigos, visitó España. Quince años hace de eso. Nadie jamás, desde entonces, se ha atrevido a pedir una copa del afamado fondillón de Alicante. Pocos saben que aquella botella de la que bebió el francés terminó, a cambio de una bonita suma, en manos del inspector Benítez.

–No tengo la menor duda de que mienten –asegura Benítez, mientras clava el tenedor sobre el último trozo de bistec que queda en el plato–. Creo que quien mató a Engracia se ha encargado de que cambien la declaración ante el juez.

–¿Con amenazas? –pregunta José Francisco.

–O con dinero.

–¿El mismo que sedujo a Lorenza?

–Creo que sí. El mismo que sedujo a Lorenza mató a su amiga, porque sabía lo que pasaba y él también se ha encargado ahora de taparles la boca a la señora Campos y a su hijo. Desde que el juez decidió por la mañana que les tomaría declaración hasta que se presentó en la calle del Pez, pasaron muchas horas y en los juzgados hay demasiadas paredes indiscretas.

–¿Y sigue usted pensando que alguno de los Ribalter está detrás?

–Sí, aunque no estoy nada seguro. Por eso te he pedido lo del artículo. Tal vez al leerlo, el culpable se ponga nervioso y dé un mal paso. Eso siempre que tengas tiempo, claro.

–Descuide, tío. Con todo lo que sé del caso, más lo que me ha contado, en menos de una hora lo habré acabado.

–Ah, otra cosa, antes de que se me olvide. ¿En qué anda Fernández Belmonte?

–¿A qué se refiere?

–¿Está escribiendo alguna novela?

–Se ha empeñado en convertir a Quevedo en personaje literario.

–¡Qué original! –ironiza Benítez.

–Al menos no es una obra de teatro.

–¿Y se ha puesto ya a escribirla?

–No. Está esperando a que le entreguen las ilustraciones. Ya sabe que hasta que no tiene las viñetas de las escenas clave, no levanta la pluma.

–¿Sabes a quién se las ha encargado?

–Me parece que a Ortego. Entre él y Urrabieta le hicieron casi todas las de *La Calderona*. Pero ¿por qué lo pregunta?

–Parece que algún escritor le ha pedido a Nicolás Vilanova ilustraciones para una novela.

–¿Creen que puede haber sido Elías?

–Les han visto juntos en el Fomento de las Artes.

–¿Por qué me lo cuenta, tío?

–Me gustaría que le dijeses que si, efectivamente, le ha encargado las láminas a Vilanova, me permita tener una entrevista con él.

–Pero...

–Tiene mi palabra de que solo le voy a hacer unas preguntas.

–Eso está por descontado, tío, y Elías lo sabe. Lo que me preocupa es otra cosa...

–¿Qué?

–Que termine usted metiéndose en líos con el gobernador.

–Necesito hablar con Vilanova. Estoy perdido, se me acaba el tiempo y tengo la sensación de que lo que él me diga va a ser determinante para resolver el caso.

–Está bien. Hablaré con Elías.

–Gracias.

–Tío, creo que le buscan –anuncia José Francisco, al ver asomar por la puerta del café la cara regordeta y congestionada de Fonseca.

–¡Vaya, inspector! Se ha afeitado usted el bigote y la perilla –dice Fonseca entre jadeos–. Se ha quitado por lo menos siete años de encima.

–No sea exagerado, señor Fonseca –replica Benítez con un gracioso ceño en su cara recién rasurada–. Seis años como mucho. Pero siéntese, Fonseca. ¿Ha comido ya?

–No, señor, ya comeré luego. Ahora hay algo más urgente. Creo haber dado con el mozo de cordel que estuvo en Capellanes con las chicas. Se aloja en una casa de huéspedes en la calle de la Estrella.

Veinte minutos más tarde, los dos policías se hallan en una salita profusamente amueblada y repleta de cachivaches y figuritas de dudosa limpieza, pésima calidad y peor gusto. Desde el desvencijado sillón en que están sentados, Benítez observa cómo los huéspedes de la casa van entrando al comedor, donde una criada de poco más de quince o dieciséis años les sirve un plato de sopa.

Unos minutos después de que el reloj de pared haya dado la una y media, la patrona de la casa de huéspedes sale del comedor y se dirige a la salita.

–Por mí pueden ustedes esperar todo lo que quieran, caballeros –dice la patrona, una mujer de unos cincuenta años, muy entrada en carnes y con el pelo teñido de un negro que hace daño a los ojos–, pero creo que si el Fernando no ha llegado ya, es que comerá fuera.

Benítez hace un gesto de contrariedad.

–¿Sabe usted dónde podemos buscarle?

–No, lo siento.

–¿Sería tan amable de preguntarle a sus huéspedes?

La patrona sonríe con desgana y encamina su voluminosa figura al comedor, de donde regresa al cabo de unos instantes con una sonrisa no menos forzada que la primera.

–Según me dicen, almuerza a veces en el figón de un paisano suyo, un tal Toribio Suárez, en la calle del Colmillo, frente a un almacén de pianos.

–Muchas gracias, señora –dice Benítez, levantándose.

–No hay de qué, inspector –contesta la pupilera.

–Disculpe, señora Emilia, una última cosa: ¿nos permitiría usted echar un vistazo a la habitación de Fernando?

–Ah, no, no. Eso sí que no, inspector. Las habitaciones de mis huéspedes son inviolables. Lo pone en la Constitución. Sin una orden de un juez, no les puedo dejar entrar. Dice mi hijo que es delito de allanamiento.

Mientras Fonseca se dirige hacia la calle Ancha de San Bernardo, donde tomar un coche de plaza que le lleve a la Audiencia Provincial, Benítez camina en dirección a la calle de Silva con la intención de seguir a pie hasta la dirección que le ha indicado la señora Emilia. Apenas ha dado unos pasos en la calle de la Luna, cuando ve un coche de punto que acaba de quedarse libre.

–A la calle del Colmillo –ordena al cochero–. ¡A escape!

En la humilde casa de comidas de Toribio Suárez, un local estrecho, alargado y de suelo desigual, situado en la acera de los pares de la calle del Colmillo, aún quedan bastantes parroquianos acabando de almorzar, apurando el vino de sus frasquillos, bebiéndose un café que de café no tiene más que el nombre, tomando una copa de aguardiente, descabezando un sueñecito sobre la tosca madera sin mantel de los bancos o, simplemente, añadiendo palabras, risas o gruñidos al griterío reinante. El figón huele a garbanzo y fabes. A callos, morcilla y tocino. A sudor, vino bautizado y tabaco de picadura. Una intensa mezcolanza que no resulta del todo desagradable.

Benítez echa un vistazo rápido desde la estrecha puerta de la calle. El mostrador está situado a la izquierda, pasado un espacio ocupado por una docena de pellejos llenos de vino, un gran embudo y un cántaro de barro. A mano derecha, en el comedor, un enjambre de hombres y mujeres del pueblo se amontonan sobre los taburetes que hay alrededor de tres bancos corridos. Entre los comensales que están de frente al inspector, ninguno encaja con la descripción que tiene de Fernando Rodríguez Galguera: veinticinco años, alto, cara cuadrada, labios abultados, señal de haber tenido hace poco un chichón en la frente. Mientras avanza hacia el mostrador, trata de atisbar la fisonomía de los comensales que están de espaldas. Ningún joven alto, de cara cuadrada y labios abultados. Sin embargo, algo llama su atención: en la hilera de en medio hay un taburete vacío frente al cual reposan un plato sopero con una cuchara dentro, un vaso lleno de vino y una libreta de pan a la que apenas se ha dado un mordisco.

–Buenas tardes –saluda Benítez, cuando alcanza el mostrador, tras el cual están el tabernero, un hombre de alrededor de cuarenta años, ojos azules y enorme nariz, y un camarero de unos

270

veinte que, a juzgar por sus ojos claros y su pronunciada nariz, pudiera ser hijo del dueño–. Soy el inspector Benítez, ¿conocen ustedes a un joven que se llama Fernando Rodríguez? Trabaja como mozo de cordel en la Red de San Luis.

Los tres parroquianos acodados en el mostrador, casi al unísono, agachan la cabeza, como si la cosa no fuera con ellos, y se dedican a dar buena cuenta del bacalao frito, los callos y el vino tinto que tienen enfrente.

El joven camarero, en un acto maquinal, devuelve el huevo cocido que se disponía a pelar a un cesto de mimbre, y, sin decir palabra, dirige una mirada al señor Toribio. El tabernero, sin despegar los labios tampoco, señala con un movimiento de barbilla hacia un pasillo al final del cual se distingue una puerta.

Benítez recorre el pasillo, al cual se abre una ventana que da a la cocina, lanzando fugaces miradas a su espalda, y, cuando está frente a la puerta que queda al fondo, la empuja con la contera del bastón, haciendo que el oscuro corredor se inunde con la luz que entra de fuera.

Atraviesa el umbral y sale a un patio descubierto en el que no se ve un alma. A la izquierda, fabricados en ladrillo sin encalar, se levantan un pequeño cobertizo cerrado con candado y otro cuarto estrecho con la palabra «escusado» pintada en blanco sobre la puerta. Del lado opuesto, tras un murete de alrededor de un metro de altura con una portezuela de tablas en medio, una docena de gallinas se disputan una pirámide de basura de variada composición. Al frente, se eleva un alto muro de ladrillo erizado de pedazos de vidrio rotos. Tras él está el estrecho patio de luces de la finca colindante. Calibra la altura del muro medianero, descarta que el hombre a quien busca haya podido saltar por encima y se dirige hacia el cuarto de la letrina con el bastón en ristre. A pocos pasos del escusado, la puerta se abre bruscamente, golpeando en el bastón del policía y, de dentro, emerge un joven alto y fornido que se arroja sobre el inspector, derribándolo. El mozo trata de ganar la puerta que da al pasillo, pero el veterano policía logra agarrarle de un tobillo, haciéndole caer al suelo. Benítez alcanza el bastón y, en un

271

rápido movimiento, se gira y lo estrella contra la espalda del mocetón, que deja escapar un alarido. Entonces, antes de que el inspector haya conseguido incorporarse, el mozo de cordel le lanza una patada al pecho. Con la respiración suspendida, Benítez logra esgrimir el bastón, pero antes de que haya podido asestar un golpe, el joven vuelve a embestirle. Forcejean de nuevo por el suelo hasta que el mozo de cordel consigue arrebatarle el bastón, lanza un puñetazo al abdomen del policía con la zurda y, con la otra mano, descarga el bastón con todas sus fuerzas sobre la cabeza del inspector.

La casa de socorro del quinto distrito de la Beneficencia de Madrid, situada en la céntrica calle de Jacometrezo, es, sin duda, la más decente y mejor dotada de todas las casas de socorro de la capital. En el lugar en el que hasta hace solo unos años se alzaba un ruinoso y carcomido edificio, se dispone hoy de un dignísimo establecimiento sanitario gracias al interés, celo y tesón del presidente de la Junta de Beneficencia de ese distrito, el joven señor conde de Belascoáin.

Cuando Benítez recobra la conciencia, en la sala de enfermería de esta casa de socorro, lo primero que contempla es la enorme sonrisa de Fonseca.

–¡Por las diez mil vírgenes, inspector, menudo susto me ha dado!

Benítez se lleva la mano a la cabeza, al lugar donde el mozo de cordel le ha propinado un bastonazo y que ahora lleva cubierto por un vendaje.

–¿Ha conseguido la orden de registro? –pregunta Benítez, sin poder evitar que en el rostro se le pinte una mueca de dolor.

–Sí, jefe –contesta Fonseca.

–Inspector Benítez –dice el médico de guardia, desde la puerta de la enfermería–. ¿Cómo se encuentra?

–Bien, un poco adolorido solamente, doctor Alcolea –contesta Benítez, quien conoce bien al facultativo, porque hasta principios del presente año ha ocupado el cargo de médico

272

forense adscrito al juzgado de las Vistillas–. Es solo un chichoncillo de nada. Seguro que me encuentro mejor en cuanto vuelva al trabajo.

–Eso no va a ser posible de momento, inspector –replica el médico–. Un simple chichoncillo, como usted lo llama, puede acarrearle funestas consecuencias.

–Estoy bien, de verdad, doctor. Debo irme. Nos aguardan para practicar un registro.

–Inspector Benítez, ha sufrido usted una conmoción cerebral –replica el doctor Alcolea, imprimiendo una expresión grave en su rostro piriforme de ojos miopes–. Una conmoción que le ha hecho perder la conciencia por más de media hora. Le hemos aplicado fomentos fríos, colocado un vendaje compresivo y practicado una sangría corta contralateral al golpe que ha recibido, pero basándonos en los resultados de la exploración, es posible que haya que administrarle tártaro emético y, tal vez, debamos sangrarle de nuevo.

Media hora más tarde, pese a las recomendaciones del doctor Alcolea, el inspector Benítez, acompañado de Fonseca y el escribano Escamilla, se halla de nuevo en la calle de la Estrella, en la habitación del mozo de cuerda, una pequeñísima y enmohecida pieza iluminada por la luz del pasillo que entra por un montante de vidrio situado sobre el quicio de la puerta. El escaso mobiliario de esta alcoba consiste en un espejo con marco de madera colgado de la pared, un viejo baúl de tosca madera sin cerraduras ni candado, una cama con colchón de paja, una silla de Vitoria coja y una mesa de pino sin cajones sobre la que hay una vela de sebo metida en una taza de hojalata, una cajita de fósforos de Alcoy, un paño sucio que desprende un ligero olor a alcohol y una botella sin etiqueta tapada con un corcho.

Tras comprobar que no hay nada escondido bajo el entarimado, debajo de la ropa de cama o en el interior del colchón, Fonseca comienza a vaciar el baúl, depositando el contenido

273

–algo de ropa blanca, un pantalón de pana, dos pares de calcetines, dos blusas y un pañuelo– sobre la cama.

–Les aviso que el Fernando es muy buen chico –advierte la señora Emilia, que, apoyada en el quicio de la puerta, fiscaliza el registro–. No sé qué se piensan que ha hecho, pero le han debido de confundir con otro. En mi casa solo se admiten personas honradas.

Benítez, que mientras la patrona farfulla, se dedica a oler la botella que hay sobre la mesa y cuyo contenido parece ser una mezcla de aguardiente con romero, remedio casero empleado para las contusiones, levanta la mirada hacia la insolente señora. Al hacerlo, se percata de que tras la puerta hay una chaqueta colgada que no había visto hasta ese momento. Tapa la botella con el corcho, la deposita cuidadosamente sobre la mesa y se dirige hacia la puerta para coger la prenda colgada en la pared, una decente chaqueta de pana que el mozo de cordel debe de usar los días de fiesta. Vacía el contenido de los bolsillos sobre la mesa sin encontrar nada de interés, ninguna prueba material que relacione al mozo de cordel que se hospeda en esa casa con el asesinato de Lorenza Calvo.

Profundamente desanimado, permanece unos segundos contemplando su cansada y maltrecha estampa en el espejo que cuelga de la pared. Los años que se ha quitado al afeitarse no compensan, ni por asomo, el deplorable efecto de las gigantescas ojeras que le han dejado el mucho trabajo y el poco dormir de los últimos días.

Entonces, de algún remoto rincón de su cabeza surge una idea que le hace descolgar el espejo, un espejo barato con un marco vulgar, pero aparentemente nuevo, sin mellas o rozaduras, un espejo que tal vez haya sido adquirido en los últimos días.

Fonseca, Escamilla y la oronda pupilera contemplan expectantes cómo Benítez va girando despacio cada una de las pestañitas metálicas que hay en la parte posterior del espejo.

–¡Canastos! –exclama Fonseca, al distinguir lo que había escondido entre el cristal y la tapa trasera del espejo.

–Fonseca –dice Benítez, después de dejar el espejo en la mesa y sentarse sobre la cama–, si es usted tan amable, cuente cuánto dinero hay y anote los números de serie de cada billete.

Fonseca coloca sobre la mesa once billetes del Banco de España: ocho blancos y tres amarillos.

–Treinta y dos mil reales en billetes de cuatro mil, y tres billetes de mil reales, jefe –informa Fonseca–. Treinta y cinco mil reales en total.

–Señora Emilia –dice Benítez, dirigiéndose a la estupefacta patrona–. Dígales a los huéspedes que estén en casa que quiero entrevistarles.

–Sí, inspector, pero... creo que antes debería hablar usted con mi hijo.

–¿Con su hijo?

–Sí, con mi hijo. Resulta que, hará cosa de un par de semanas, mi Rodrigo vio en la calle a lo lejos al Fernando hablando con un chico al que conoce de la universidad...

La patrona se detiene, indecisa.

–Siga, por favor –le insta Benítez.

–Puede que no tenga nada que ver, pero el caso es que cuando luego le preguntó al Fernando que si le iba a hacer algún porte al estudiante que él conocía, el Fernando le dijo que debía de haberle confundido con otro, que él no había estado en la calle que decía. Pero, quia, a mi Rodrigo no se le despintan tan fácilmente las caras. Si él dice que vio al Fernando, es que lo vio. Vamos que si lo vio.

Con las señas facilitadas en la secretaría de la Universidad Central, Benítez y Fonseca se dirigen al domicilio de Juan López Cabrera –el joven con el que el hijo de la pupilera vio hablando al mozo de cuerda asturiano–. En menos de cinco minutos, los policías están en el número de la calle de Isabel la Católica que reza en su ficha.

–No, señor inspector –contesta la portera de la finca–. Aquí no vive ningún joven con ese nombre.

–Nos han dado estas señas en la Universidad Central –insiste Benítez–. Juan López Cabrera. Calle Isabel la Católica, número 6.

–Ah, sí. Ahora caigo. Los López. Se mudaron en agosto del año pasado.

–¿Sabría decirnos adónde?

–No, lo siento. Cuando yo empecé a trabajar aquí, los López acababan de mudarse, según he oído, por una desgracia *mu* gorda que les pasó.

No hace falta tirarle mucho de la lengua. A poco que el inspector insiste, la parlanchina portera les cuenta con pelos y señales lo que ella sabe *de oídas*, información que, aunque bastante jugosa como chisme de vecindad, no les sirve de mucho a la hora de saber por dónde continuar la búsqueda. La señora de López, de quien se murmuraban ciertas conductas poco decorosas, falleció en julio del año pasado después de varios meses con unas fiebres que volvieron locos a los tres o cuatro médicos que la visitaron. Unos días después de que falleciera la enferma, murió también el hijo mayor de los López, un muchacho muy preparado que ganaba sus buenos cuartos en la administración de una empresa minera con la sede en la calle de Hortaleza. Seguro que ustedes lo leerían en los papeles, porque aquello fue muy sonado. Le encontraron muerto tras las tapias del Retiro con un disparo en el pecho. Al parecer, cierto caballero puso en duda la honra de su difunta madre en un café de la calle Ancha de San Bernardo, sin percatarse de que en la mesa de al lado estaba el hijo de la mentada. Y claro, la cosa acabó en desafío. Así que, al morir el hijo que mantenía a la familia –porque el padre, el señor Ignacio López Corella, llevaba cesante desde que los moderados volvieron al poder– se tuvieron que mudar a un sitio más económico.

–Pero ya les digo que servidora no estaba todavía empleada aquí cuando aquello ocurrió –remata la *desinformada* portera.

–Muchas gracias por la información, señora –dice Benítez–. Ahora mi compañero y yo vamos a hablar con los vecinos de la casa.

Un cuarto de hora más tarde, sin haber conseguido más que corroborar los rumores porteriles, Benítez y Fonseca se reparten las calles de los alrededores sin demasiada esperanza de encontrar a alguien que pueda dar razón de adónde se han mudado los López. Sin embargo, unos minutos antes del plazo que se han dado para reencontrarse, aparece Fonseca con la cara radiante.

–Ya lo tengo, jefe. Un empleado de la fábrica de tejas de la Garduña dice que se han mudado a la calle de Leganitos, un poco más allá de la casa de socorro. No tiene pérdida, enfrente hay un hojalatero cojitranco muy conocido en el barrio, Crispín no sé cuántos. El joven que me lo ha contado está completamente seguro. Tiene amores con una muchacha que vive por allí y dice que ha visto al señor Ignacio paseando por la calle en más de una ocasión.

–Es tarde para que vayamos los dos a casa de los López –advierte Benítez, tras extraer su reloj del bolsillo del chaleco–. ¿Puede acercarse usted al Gobierno Civil?

–Claro, jefe, pero... –contesta Fonseca con cara de preocupación.

–No se preocupe, Fonseca, esta vez estaré prevenido. Ahora mismo cargo la pistola.

–Como usted mande, jefe, pero yo me quedaría más tranquilo si...

–Hay mucho que hacer, Fonseca. Sabré cuidar de mí mismo.

–Déjeme al menos buscarle un par de guardias.

–No es necesario. Daríamos mucho la nota. Pero si se queda más tranquilo, antes de entrar en la casa, pondré sobre aviso al sereno del barrio.

Fonseca mueve la cabeza en señal de conformidad, aunque, mientras escucha las instrucciones del inspector Benítez, la expresión de su rostro proclama a las claras su preocupación.

El último tercio de la calle de Leganitos está prácticamente desierto a estas horas de la noche. Mientras Benítez pasa junto a las camillas de la casa de socorro, amontonadas en la acera, ve alejarse una luz débil y oscilante, la luz de una linterna colgada del chuzo de un sereno que avanza en dirección noroeste. Sin la menor intención de esperar a que el sereno regrese, Benítez continúa caminando hasta el taller de un hojalatero, cruza la calle y entra en el portal de un angosto y cochambroso edificio de tres plantas coronado por una cuarta de minúsculas buhardillas.

–Buenas noches, caballero, ¿puedo ayudarle en algo? –dice un anciano delgaducho y ojeroso que en un rincón del estrecho portal recoge, a la raquítica luz de una maloliente vela de sebo, horma, martillo, lezna, tirapié, tenazas y demás trebejos de zapatero remendón.

–Buenas noches –responde el policía–. Soy el inspector Benítez, venía a...

–¿Don José María Benítez, del *destrito* de La Latina? –interrumpe el remendón.

–Sí. ¿Nos conocemos?

–El hijo de mi barbero nos lee a veces *La Iberia* y los del progreso dicen que, aunque hemos *adelantao* un tantico con la Revolución, la policía sigue igualita que en los tiempos de los moderados y que si el Gobierno quisiera acabar de una vez con *toa* la *creminalidad,* la de los pobres y la de los ricos, le nombraría a usted jefe de la policía. Pero dígame, don José María, ¿qué le trae por estos andurriales?

–Venía buscando a un joven llamado Juan López Cabrera. ¿Vive aquí?

–Correcto, señor inspector –contesta el anciano, mientras empuja un taburete debajo del pequeño y desvencijado banco–, pero no está en estos momentos.

–¿Sabría usted decirme dónde puedo encontrarle?

–No, inspector. El Juan ha salido con mucha prisa hace un rato y no ha dicho *aónde* iba.

–¿Se ha fijado si iba solo?

–No, se ha ido con un muchacho que ha *venío* a verle.

–¿Sabría decirme cómo era ese joven?

–Alto. Como usted más o menos. Moreno. Y fortachón. Del Cantábrico, me ha *parecío* por el deje.

–¿Le había visto alguna vez por aquí?

–No, inspector.

–El señor López vive con su padre, ¿verdad?

–Sí, señor, arriba está el pobre don Ignacio.

–¿Por qué dice eso?

–Le ha *crecío* una catarata en el ojo que le queda. El otro lo perdió en el 54. En la barricada de Santo Domingo. Yo mismo le llevé *anca* un *cerujano conocío* mío que le hizo la cura. Pero, quia, no hubo modo de salvarle el ojo de la metralla que le había *entrao. Asín* que imagínese *usté,* si antes de lo de la catarata, *tinía* don Ignacio pocas esperanzas en recuperar su empleo en el *menisterio,* ahora ya se *pue* ir despidiendo.

–¿Sabe si el hijo tiene ocupación?

–No. Y no será porque no ha puesto empeño el muchacho. Es casi *abogao,* ¿sabe *usté*? Muy *espabilao* el chico, pero no le sale *na.* Alguna carta que le piden escribir de vez en cuando los vecinos del barrio.

–Me gustaría hablar con su padre, ¿en qué piso vive?

–La guardilla de la izquierda, la primera según se llega al rellano. Tiene una «A» pintada, pero apenas se distingue el piquito de arriba. Yo vivo en la de al *lao,* la «B».

–Muchas gracias, señor –dice Benítez, mientras extrae un napoleón del portamonedas–. ¿Me aceptaría usted un pequeño obsequio por su colaboración?

–Se lo acepto porque dice *La Iberia* que es *usté* de fiar y porque, aunque *haiga* polizontes tan *corrompíos* como cuando Francisco Chico era jefe de la policía, también los hay con *concencia.* Y *usté* me *paece* a mí de los *güenos.*

El remendón toma la moneda con sus viejas y lastimadas manos, la deja caer en la faltriquera de su raído mandil, se ofrece a acompañar a Benítez hasta casa de los López y, con la esportilla donde hacina herramientas, trozos de cuero, suelas, tapas y calzado recompuesto, en una mano, y la palmatoria, en la otra, emprende la subida por la estrecha y empinada escalera, advirtiendo, como buen cicerone, de los peldaños en los que el policía debe extremar el cuidado.

El señor López Corella no es mucho más flaco que el remendón del portal, pero su misérrima delgadez resulta incomparablemente más desoladora que la de su vecino. Su famélico, menudo y encorvado cuerpo, el purulento parche con el que cubre la cuenca del ojo que perdió en las sangrientas jornadas que siguieron al levantamiento de O'Donnell en Vicálvaro, las largas y grasientas greñas que le caen a ambos lados de la mugrienta gorra escocesa con la que va tocado, la agujereada manta con la que va envuelto, el tosco cayado al que aferra su descarnada mano, ofrecen un cuadro más penoso, incluso, que el de los mendigos recogidos en el cercano asilo de San Bernardino.

Lo primero que piensa Benítez, mientras toma asiento en la silla de paja que el señor López le ha ofrecido, es que, si su hijo ha tenido que ver con el golpe en la casa de los Ribalter, desde luego no ha gastado demasiado en adecentar el cuchitril en el que vive. Ni la mesa de pino coja, ni el oxidado brasero bajo la mesa, ni la tambaleante silla de paja sobre la que está sentado Benítez, ni el carcomido baúl sobre el que está sentado el señor López, ni el pestilente colchón en el que deben de descansar padre e hijo, ni la desportillada bacinilla que hay sobre el colchón, han sido adquiridos recientemente.

Tampoco se ha mandado arreglar el vidrio roto del ventanuco que hay sobre la cabeza de Benítez y por el que se cuela el gélido ulular del viento.

La biblia que reposa sobre la mesa –junto a una botella vacía con una vela insertada en el gollete y una carpetilla manchada de grasa– es una edición barata y antigua, tal vez el único libro que este Job del siglo XIX se resistió a vender en almoneda cuando se vieron obligados a dejar su domicilio en la calle de Isabel la Católica.

Salvo que la minúscula cocina que debe de haber tras la gastada cortinilla que cuelga de dos roñosos clavos que hay en la pared esconda un tesoro en fiambres, mariscos y vinos franceses, esta habitación no parece la de alguien que ha participado en un golpe de treinta mil duros.

O bien Juan López Cabrera no es el hombre al que buscan o bien se ha cuidado muy mucho de no levantar sospechas en la vecindad.

–Pues usted dirá, inspector –dice el señor López Corella.

–Señor López, espero de corazón estar equivocado, pero me temo que el joven que ha venido a buscar a su hijo esta noche está implicado en un robo cometido el domingo pasado en la carrera de San Francisco.

–¿Por qué cree usted eso?

–Hemos encontrado parte del botín robado a los Ribalter escondido en la casa de huéspedes donde vive ese joven.

–Entre en la cocina, inspector, sobre el fogón verá una sartén con migas. Es lo que se disponía a cenar mi hijo cuando ese joven ha venido a buscarle. ¿Cree usted que un plato de migas, sin ni siquiera un vaso de vino con que bajarlas, es la cena de alguien que acaba de robar medio millón de reales?

–¿Cómo sabe usted la cantidad que han robado?

–Perdí un ojo hace siete años y del otro estoy casi ciego por una catarata, inspector, pero aún tengo oídos. La noticia del robo ha salido en todos los periódicos, y una de las pocas cosas que nos podemos permitir los pobres medio ciegos es sentarnos en un banco a escuchar lo que se habla a nuestro alrededor.

–Señor López, si sabe algo del crimen, le aconsejo que lo diga ahora. La Justicia siempre se muestra más benevolente con quienes colaboran con ella.

–Si mi hijo hubiese cometido algún delito, a la última persona a quien se lo diría es a su padre. Se lo aseguro. He sido durante años empleado de una oficina pública en la que había más ladrones que en el patio de Monipodio y ¿sabe usted por qué puedo presumir de no haber escamoteado ni un ochavo a la administración? –Lo ha pronunciado en un tono de voz tan enérgico y con una expresión tan digna en el rostro que a Benítez, por un momento, le parece que esas palabras no pueden

281

haber sido pronunciadas por el guiñapo que está sentado frente a él–. Pues porque mi padre, un humilde labrador de Peralta, me enseñó a respetar los mandamientos. El séptimo, incluido. Mi padre, hombre de bien a carta cabal, me enseñó que robar atenta contra la ley de Dios y eso mismo le enseñé yo a mis hijos.

–Hay hijos que no siguen las enseñanzas de sus padres.

–Si mi hijo Juan es uno de esos, tenga por seguro que me tiene bien engañado.

–Entiendo entonces que no ha notado ningún cambio en las costumbres de su hijo en los últimos días. ¿No es así?

–¿Se ha fijado en el edificio que hay enfrente, un poco antes del hojalatero?

–La casa de socorro.

–Sí, casa de socorro y Junta de Beneficencia del distrito, donde hace unos días mi hijo fue a recoger los bonos que nos dan a los pobres de solemnidad.

–Pudo hacerlo para no levantar sospechas.

–Y los bonos de carbón que nos dieron, ¿también los ha vendido para disimular?

Benítez permanece callado.

–Me avergüenza decirlo –continúa el cesante–, pero de no ser por el dinero que sacó mi hijo vendiendo los bonos de carbón ya habríamos recibido hace días la visita de un alguacil con una orden de desahucio.

Benítez evita la mirada casi ciega del señor López.

–¿Ve lo que hay sobre la mesa, inspector?

–Una biblia.

–La carpetilla que hay al lado. Sería tan amable de cogerla.

Benítez se levanta, se acerca a la mesa y coge la sucia carpeta.

–Ábrala, por favor. ¿Me puede decir qué hay dentro?

–Cuartillas con direcciones anotadas.

–Lugares a los que mi hijo Juan ha acudido buscando trabajo desde que tuvo que dejar la universidad. Desde casas de banca hasta comerciantes de quincalla, hay pocas puertas a las que no haya llamado. Échele un vistazo, tiene anotada la fecha en la que fue a cada uno de esos sitios. Según me dijo ayer fue a la

282

contaduría del Teatro del Circo, a un despacho de abogados de la calle de Alcalá y donde un par de escribanos de la calle Mayor.

Benítez repasa el largo listado de despachos y casas comerciales a los que Juan López ha acudido en busca de colocación y confirma que están consignados los últimos lugares a los que supuestamente ha acudido. En la interminable relación figuran la mitad de los negocios y despachos de Madrid, incluida la Casa de Banca de Monasterio, el almacén de vinos de Ribalter de la calle de Toledo y el bufete de Leal Romero.

–Dígame, inspector, ¿cree usted que si mi hijo hubiese sido uno de los ladrones seguiría buscando trabajo con tanto afán?

Pero él, en vez de contestar, deposita la carpeta donde estaba y, tras contemplar durante unos segundos la bujía insertada en la botella, rodea la mesa, acerca su nariz a la llama y aspira profundamente, comprobando que la vela –con toda probabilidad, una costosa bujía esteárica– no desprende el habitual tufo de las velas baratas de sebo.

–Señor López, ¿sabría usted decirme dónde estuvo su hijo Juan la noche del pasado domingo?

–Veo que no le convencen mis argumentos, inspector –contesta el señor López, con una sonrisa triste en los labios.

Benítez repasa mentalmente todos los indicios por los que está completamente convencido de que el hijo de Ignacio López Corella es uno de los hombres que cometieron el robo en casa de los Ribalter. Recuerda las palabras del camarero de Capellanes que le dijo que uno de los dos jóvenes con los que vio a Lorenza y Engracia, aunque iba vestido como visten los menestrales en día de fiesta, parecía tener cierta instrucción. Vuelve a oír a Rodrigo, el hijo de la pupilera de la calle de la Estrella, asegurándole que vio a Fernando hablando con Juan. Y ahora, pese a la miseria que envuelve todo en este zaquizamí, una costosa vela esteárica arroja su viva luz sobre la certeza de que Juan López Cabrera está implicado en el caso.

–¿Sabe usted dónde estuvo? –insiste el policía.

–Salió. No le puedo decir más.

–¿A qué hora?

–Sobre las siete.

–¿Recuerda a qué hora volvió?

–Desde que llega el frío, me voy temprano a la cama. Cuando él regresó, yo ya estaba dormido.

–¿Sabe dónde estuvo?

–Supongo que en algún sitio caliente donde no tuviera que hacer mucho gasto.

De pronto, un doloroso pinchazo en la cabeza advierte al policía que ya va siendo hora de irse a tomar un dèscanso. No está completamente seguro de que el señor López sea el padre de un asesino, pero de lo que sí está convencido es de que ese hombre no es cómplice de su hijo.

–¿Frecuenta su hijo el Salón de Capellanes?

–Puede que hace años fuese alguna vez. No creo que haya vuelto desde que vivimos aquí.

–Un par de preguntas más y le dejo tranquilo, señor López.

–Las que sean necesarias, inspector. Cuanto antes se deje de sospechar de mi hijo, mejor para todos.

–¿Tienen usted o su hijo alguna relación con José Antonio Ribalter o su familia?

–Mi hijo no tiene relación alguna, que yo sepa. Yo tampoco, salvo que el señor Ribalter fue de la Milicia Nacional en el Bienio y yo también. Coincidimos en alguna ocasión, pero nunca le he tratado más allá del saludo.

–¿Y el nombre de Ana Isabel Campos Arellano le dice algo?

–Nada en absoluto.

–Es la viuda de un intendente del ejército –añade Benítez.

El señor López menea la cabeza.

–¿Puedo pedirle una última cosa antes de irme?

–Quiere registrar la cocina y el baúl sobre el que estoy sentado, ¿no es eso?

–Bueno, en realidad son dos cosas. Echar un vistazo a esos sitios que ha dicho y llevarme las cuartillas con los lugares a donde su hijo ha ido a buscar colocación.

–Para la primera petición, no tengo ningún inconveniente. Para la segunda, creo que será mejor que hable con mi hijo.

Venga usted mañana. Temprano, antes de que mi Juan se haya ido a buscar trabajo como todos los días. Seguro que él puede contestar a sus preguntas mucho mejor que yo.

Está completamente convencido de que su hijo es inocente y va a volver en un rato, se dice Benítez, mientras el señor López se levanta del baúl para que el policía pueda inspeccionar su miserable contenido. Su rostro de pellejos arrugados exhibe, con toda la dignidad de la que es capaz, la certeza de que su hijo no ha podido tomar parte en un crimen tan abominable. Es lo único que le queda a este pobre infeliz, forjado a fuerza de sacrificios, privaciones y desgracias. La fe inquebrantable en su hijo. Es lo único que le hace seguir vivo.

XVII
Todo bajo control

Mientras introduce la llave en la cerradura de la puerta de su casa, por la cabeza del inspector se cruza la imagen del señor López Corella esperando a su hijo en la mísera buhardilla de la calle Leganitos. Sin haber llegado a girar la llave, cambia de opinión, la extrae, cruza el rellano y penetra en la inspección de vigilancia con la esperanza de que sobre su mesa aparezca algún informe que arroje luz sobre los puntos de la investigación que siguen en penumbra. Tal vez Fernández Carmona le esté estrechando el cerco a Nicolás Vilanova. Un pálpito le dice que lo que declare el sobrino del señor Casimiro va a ser decisivo para resolver el caso. Han identificado a los jóvenes que Lorenza y Engracia conocieron en el Salón de Capellanes y, aunque todo parece indicar que Juan López y Fernando Rodríguez han tenido participación en el crimen, aún falta por dar respuesta a varias preguntas. Tal vez la respuesta a esas preguntas ni siquiera esté relacionada con la investigación, pero Benítez necesita esas respuestas. Sobre todo, necesita saber a qué se debe el inesperado cambio de declaración de la señora Campos y su hijo.

Extrañado de ver luz en la sala de oficiales, avanza por el pasillo dominado por un vago desasosiego. No esperaba encontrar a nadie en la inspección. Solo cuando se va a ausentar por tiempo prolongado del distrito, como la noche del pasado domingo, le pide a alguno de sus hombres que se quede de guardia.

Al empujar la puerta, dormitando sobre su mesa, descubre a Fernando Fonseca, quien nada más oírle entrar se incorpora como movido por un resorte, ostensiblemente sobresaltado.

–¿Está usted bien, Fonseca?

–Sí, jefe –contesta el oficial, sofocando un bostezo con su mano de dedos pequeños y carnosos–. ¿Y usted? ¿Cómo va la cabeza?

–Perfectamente. ¿Todo bien en el Gobierno Civil?

–Sí, sí. Ya está dada la orden de busca y captura del mozo de cuerda.

–Entonces... ¿qué hace aquí a estas horas? ¿Alguna novedad?

–Sí, inspector. Y me temo que no es muy buena. Mire esto –dice Fonseca, indicando hacia su mesa, donde, junto a la hoja del cuadernillo en que hace unas horas ha anotado los números de serie de los billetes que había en la habitación de Fernando Rodríguez, está una cuartilla con la numeración facilitada por el señor Monasterio hace un par de días.

–¡Cómo! –exclama Benítez al cabo de unos segundos–. ¡Que no coinciden!

–No. Ninguno de los billetes escondidos en el espejo coincide con los números de serie que ha dado Monasterio.

–Debe de haber un error. Sí, tiene que tratarse de un error. Mañana a primera hora iré a hablar con Monasterio.

–Sí, jefe, creo que debería ir –dice Fonseca, con una expresión misteriosa en el rostro, mientras se levanta y se dirige al armario de pruebas–. Han enviado esto de la calle del Colmillo –añade, mostrando un pedazo de cuerda–. Lo han encontrado en el suelo de la taberna, cerca del sitio donde estaba sentado el asturiano.

–¿La ha comparado con la que usaron en casa de los Ribalter?

–Sí, jefe. Y, mientras un perito no me demuestre lo contrario, yo diría que la cuerda que han traído de la taberna y la que usaron para atar al ama de llaves han salido de la misma bobina.

–O sea, que vamos por el buen camino, ¿no? –dice Benítez, aturdido–. El joven moreno, alto, fuerte y con un chichón en la frente que fue visto en Capellanes con las chicas, el mocetón que me ha dado un bastonazo esta tarde, es uno de los que robaron a los Ribalter, ¿no?

–Sí, inspector. Eso parece. Salvo por lo de los números de serie de los billetes, todo apunta a que Fernando Rodríguez participó en el golpe del domingo. Y a Juan López, ¿ha conseguido dar con él?

–Se había marchado poco antes de que yo llegase. Creo que con el asturiano.

–¿Quiere que vaya a dar aviso a comandancia de la Guardia Civil?

–No, esperaremos hasta mañana.

–Como usted diga, jefe, pero si cree que es él, ¿no deberíamos notificarlo cuanto antes?

–Quizá no sea él. Tal vez solo haya salido a dar una vuelta.

–Bueno, jefe, pues entonces, si no me necesita...

–No, váyase a casa. Que ya es hora.

–Ah, se me olvidaba. Cuando llegaba a la inspección he coincidido con su sobrino. Le he dicho que le retenían algunos asuntos en el Gobierno Civil, pero no le he comentado nada sobre lo del bastonazo. Por no preocuparle.

Las risas de Eugenia y José Francisco llegan hasta el vestíbulo, despertando en Benítez el recuerdo de una noche de hace casi diez años, cuando su sobrino aún vivía con ellos en la calle Preciados y él todavía ocupaba el puesto de celador de vigilancia del barrio Puerta del Sol. Aquella noche, el infatigable celador de barrio estaba ansioso por llegar a su casa. Acababa de salir de una reunión en la que se le había comunicado que, por recomendación de Martín Antuñano, quien era trasladado en comisión de servicio a Barcelona, él pasaría a desempeñar el puesto de comisario del distrito Centro de Madrid desde el primero de enero de 1852. Benítez estaba ansioso por llegar a casa para anunciar que el humilde celador de barrio era ascendido a comisario. Se moría de ganas de contárselo a su esposa, a sus hijas, pero sobre todo, de contárselo a su sobrino. Por eso, al entrar aquella noche de hace diez años en su casa y oír reír a su sobrino desde el vestíbulo, sintió que la alegría de su ascenso, al poder compartirla con él, era aún mayor. No es que no quisiera a sus hijas, claro que las quería, las adoraba, pero su relación con José Francisco estaba a otro nivel. Aunque no solía pensar en ello, Benítez siempre había querido tener un hijo varón. Había anhelado que Inmaculada le diese un varón hasta que un buen día comprendió que, aunque José Francisco no llevase su sangre, aunque tuviese otro padre y aunque no fuese a perpetuar su apellido, su relación con ese muchacho era la de un padre con su hijo.

–Pero padre, ¿qué le ha ocurrido? –dice Eugenia, dando un brinco del sofá y saliendo a su encuentro.

José Francisco se levanta también, pero permanece retirado, apenas a un par de pasos del sofá.

–Nada, hija, un porrazo sin importancia. Un pequeño accidente. ¿Todo bien por aquí?

–Sí, sí, padre. José Francisco ha venido a verle y, mientras aparecía, nos ha dado por recordar los viejos tiempos.

Benítez se sonríe, invadido de un sentimiento agridulce.

–Pero ¿qué le ha *pasao*, don José María? –exclama Gregoria, quien ha aparecido detrás del inspector, envuelta en una bata y con gorro de dormir–. ¿Y esa venda? ¿Le han *pegao*?

–No. Me he dado un golpe. Nada de consideración.

–¿Quiere que mande a buscar al doctor Gadea?

–No, Gregoria, no hace falta. Ya me han examinado en la casa de socorro. Ha sido muy superficial.

–Pero hará que se lo vean mañana, ¿no?

–Sí, no se preocupe usted, mañana iré a que me examine mi yerno.

–Cenará algo el señor, ¿verdad? Hay *guisao* de carne *mu* rico que ha *preparao* la Gerarda. O si quiere *usté,* le puedo apañar una ensalada o cualquier otra cosa que le apetezca.

–No, váyase a descansar. Ya me las arreglo yo.

–Pero si no me cuesta *na* aviarle algo. ¿Quiere un par de huevos fritos como a *usté* le gustan, con un *poquino* de pimentón?

–Que no, Gregoria. Vuelva a su cuarto a descansar.

–¿Sabe qué le digo, don José María? Que es *usté* un calabazo. Ea, ya lo he dicho. Que es *usté* más *obcecao* que la mula del tío Gañán. *Pa* que lo sepa.

–Y lo sé, Gregoria, lo sé. No es la primera vez que me lo dice.

–Y más veces se lo tendré que decir –replica Gregoria mientras avanza por el pasillo–. Que es *usté* un cascabullo.

–¿Y qué, José Francisco, a qué debemos esta agradable visita? –pregunta Benítez, cuando deja de oírse el farfulleo de la vieja criada.

–Le traigo dos noticias relacionadas con el caso.

–¿Buenas o malas?

–Una de cada.

–Si me disculpáis –dice Eugenia–. Voy a la cocina.

–No es necesario que te vayas, hija.

–Lo sé, padre, pero es mejor así. Voy a calentarle el guisado. ¿Le parece?

–Está bien, cielo mío.

–¿Quiere que le prepare una ensalada? Hay tomate y cebolla. Lechuga no queda.

–No, con el guisado es suficiente.

–¿Se lo sirvo en el comedor?

Benítez asiente con la cabeza, haciendo un esfuerzo para impregnar de gratitud su sonrisa.

–Con permiso –se despide Eugenia, antes de abandonar la salita.

Solo cuando deja caer su cuerpo sobre la butaca, se da cuenta del fardo de cansancio que acumulan sus piernas. Mientras contempla cómo su sobrino coge un vaso de un aparador y le sirve de la jarra de limonada que hay sobre la mesa, duda de que vaya a poder escuchar sin quedarse dormido lo que José Francisco ha venido a contarle. Se siente tan agotado que ni siquiera se percata de que las manos le han comenzado a temblar del hambre.

José Francisco aguarda paciente a que su tío apure el vaso de limonada.

–¿Quiere un poco más?

–Sí, por favor.

Benítez da un pequeño sorbo al vaso, lo coloca sobre el velador que queda a un lado de la butaca y dice:

–Al final, va a ser verdad eso de que soy un cabezota.

–¿Todavía lo duda?

–Anda, cuéntame esas dos noticias. Aunque, tal como estoy, no sería raro que me las tuvieses que repetir mañana de cabo a rabo.

–No es nada que no pueda esperar. Si prefiere, vengo mañana a primera hora.

–No, no. Estaré ocupado desde temprano. Cuéntame.

–Está bien, como quiera. Pero me dirá usted luego cómo se ha hecho lo de la cabeza. A Fonseca no he conseguido arrancarle por dónde andaba metido.

–Luego. Ahora habla tú. Empieza con la noticia mala.

–He escrito el artículo con las indicaciones que usted me ha dado y se lo he enseñado al director.

–¿Ha puesto alguna pega para publicarlo?

–No, todo lo contrario. Cuando llevó usted aquel caso tan sonado, el de la calle Redondilla, Arriaga me pidió que me encargara de él. Le contesté que yo no escribía sucesos, pero él insistió tanto que una de las veces que intentó convencerme tuve que decirle que, si volvía a pedírmelo, se fuese buscando a otro redactor para el folletín y la revista de teatros.

–No me dijiste nada.

–No tuvo importancia. Pero a lo que vamos, esta tarde cuando le he enseñado el artículo se ha puesto como unas castañuelas.

–Entonces, ¿cuál es la mala noticia?

–Que me huele que al final no lo van a publicar.

–¿Y eso?

–Tenemos un redactor de tijera nuevo desde hace un par de meses. Julio Carrasco. Buen muchacho, trabajador, aunque algo desencantado con la vida. Escribe unos sonetos satíricos bastante mordaces. El caso es que un rato después de que llevase mi artículo a cajas, le ha llamado el director. Yo creo que pensaba que ya me había ido de la redacción porque ha sido verme y se le ha borrado de golpe la enorme sonrisa con que salía del despacho de Arriaga.

–No te sigo.

–Creo que la sonrisa de Carrasco se debía a que el director le ha dicho que van a publicar mañana uno de sus sonetos.

–Y al verte a ti, se le ha quitado la sonrisa...

–Porque lo van a publicar para llenar el hueco de mi artículo.

–¿Estás seguro?

–No. Carrasco me ha contestado con evasivas y el director ha dicho que no podía atenderme. No me he quedado para confirmarlo, pero yo diría que mi artículo ha terminado al final en la papelera.

–¿Y a qué crees que se debe el cambio de opinión?

–Con los suscriptores que tiene *El Observador* más la poca venta que se hace en la calle no pagamos ni el alquiler del establecimiento.

–Es decir, que os mantenéis gracias a los anunciantes, ¿no?

–Gracias al anunciante, más bien.

–¿Te refieres al señor Monasterio?

–Si echa un vistazo a la última página de *El Observador Imparcial*, verá que los anuncios de las compañías en las que Juan Miguel de Monasterio forma parte del consejo de administración, o es uno de los principales accionistas, ocupan casi tres cuartas partes del espacio. Si Monasterio retira esos anuncios, el periódico se hunde.

–Y, claro, al señor Monasterio no le iba a hacer la menor gracia leer en *El Observador* que algún miembro de la familia de su nuevo socio podría estar implicado en el crimen.

–Eso creo.

–Tú le conoces bien. ¿Le crees capaz de poner trabas a una investigación policial para proteger la reputación de un socio?

–Don Juan Miguel es amigo de la infancia de doña Rosario, la esposa de Ribalter.

–¿Te ha asignado González Cuesta al caso y nadie me lo ha dicho?

–¿No lo sabía usted?

–A ti no te puedo mentir.

–Pues sí. Se criaron puerta con puerta. Se lo oí contar al propio Juan Miguel hace tiempo. Al parecer de niños tenían un código secreto muy curioso. Ella salía al patio y entonaba una playera. Una que dice «No soy de esta tierra, ni en ella nací». Siempre la misma, pero según la tonalidad en que la cantase, el mensaje que le transmitía a su amiguito era distinto. Curioso, ¿no le parece?

–Realmente curioso.

–Así que si Monasterio está tratando de echar tierra al asunto de la carrera de San Francisco, no creo que lo haga solo por razones mercantiles.

–Pensaba hacerle una visita mañana, así que ya tengo otro motivo más para hacerlo. Quiero que me confirme la numeración de unos billetes y de paso ver si es cierta una información. Al parecer, Monasterio le ha dado un adelanto de 12.000 reales a Eusebio Ribalter por hacerle un retrato.

–¡12.000 reales de adelanto! No está mal.

–Nada mal.

–Pero... ¿qué relación tiene eso con el caso?

–La verdad es que no tengo ni la más remota idea, pero creo que no está de más asegurarme de que el ingreso que ha tenido el pintor viene de Monasterio y... no solo eso..., que el dinero no se lo ha dado por alguna otra razón.

–¿Qué quiere decir?

–Ni yo lo sé, pero... tal vez Eusebio Ribalter sabe algo que Monasterio quiera mantener callado.

Benítez permanece unos segundos en silencio. De repente, le ha venido a la memoria lo que ayer le contó Eusebio Ribalter. La partida de cartas en La Habana. Un rico y maduro comerciante gerundense que se enamora de una encantadora niña cuyo retrato decora la tapa de una cajita de rapé. La dulce niña gaditana que es obligada a casarse a la fuerza con un hombre mucho mayor que ella.

–Y si Monasterio y la señora de Ribalter... –dice Benítez, tratando de encajar en la historia a ese niño que oía cantar desde su casa a la pequeña Rosario.

Antes de que el inspector acabe la frase, un doble sonido le frena. Primero, la voz de Eugenia, anunciando que la comida está servida. Segundo, casi al unísono con la voz de su hija, el estridente y nervioso campanillazo que llega desde la puerta de la calle.

—Dame la segunda noticia –dice Benítez, levantándose de la butaca.

—He hablado con Elías y llevaba usted razón, tío –dice José Francisco de camino a la puerta de la calle–. Le ha encargado a Vilanova algunos de los dibujos de su próxima novela. Esta noche iba a llevarle un par de ellos. Me ha dicho que va a tratar de convencerle para que se entreviste con usted la próxima vez que se vean.

—¡Han detenido a Elías! –anuncia angustiado el doctor Gadea, cuando Benítez abre la puerta–. Se lo han llevado preso. A él y a uno de los cabecillas de Loja. Dicen que le tenía escondido en su casa.

—Calma, Emiliano, tranquilízate –dice Benítez–. Pasa y cuéntanos todo lo que sepas. Pediré que te preparen una tila.

—Un vaso de ron me vendrá mejor. ¿Y a usted qué le ha pasado? ¿Por qué lleva ese vendaje?

—Es cuento largo, Emiliano. Mejor lo dejamos para otro momento.

—¿Qué ocurre, Emiliano? –pregunta Eugenia, que acaba de aparecer en el recibidor–, ¿mi hermana está bien?

—Sí, sí, Matilde está perfectamente. Se trata de Elías. Le han llevado a la prevención.

Benítez se lleva la mano al vendaje en un acto reflejo. No tanto porque el dolor vaya en aumento como por la impresión causada por la noticia.

—No os podéis imaginar cómo estaba el Suizo esta noche –prosigue el doctor Gadea, después de dar un par de sorbos a la copa de ron que José Francisco le ha servido–. Parecía estar allí metido medio Madrid. Medio Congreso de los Diputados, al menos. Y el doble de bullicioso de lo habitual. Desde que he entrado en el café, no he parado de oír apuestas sobre lo que va a pasar mañana en la apertura de Cortes. Al parecer a media tarde se ha recibido un despacho telegráfico de París bastante alarmante. Agitación popular, barricadas y cosas por el estilo. Hasta que han asesinado al emperador se ha oído decir. Nadie sabía muy bien explicar el contenido del telegrama, pero lo cierto es que se ha extendido el rumor de que la cotización de los fondos franceses del cuatro y medio había bajado no sé cuántos puntos y ha cundido el pánico entre los capitalistas. Entonces, en lo más caliente de la polémica sobre qué había de cierto en los rumores que llegaban de Francia, alguien se ha subido en un taburete y ha pedido atención golpeando una copa con una cucharilla. Nunca había oído un silencio así en el Suizo. «¡Han prendido a Sánchez Medina! –ha soltado a voz en cuello–. Él y Elías Fernández Belmonte preparaban un atentado contra su majestad. Están en la prevención de la Costanilla de los Desamparados.» «Voten, voten mañana contra el Gobierno –ha voceado uno de los diputados de la mayoría–; si quieren ver a España en manos de la revolución, retírenle el apoyo mañana al general O'Donnell.» Ya os podéis imaginar el belén que se ha montado después de eso. Yo he tirado de inmediato para la casa de Elías. Desde antes de llegar al cruce entre Huertas y Amor de Dios, ya se oía a lo lejos el griterío de los vecinos en la calle. Se han llevado al de *La Calderona*, me ha gritado un muchacho nada más girar en Amor de Dios. Tenía escondido en su cuarto a Garibaldi. No os podéis ni imaginar la risa histérica que me ha cogido. Una mezcla de risa y llanto. Estaba tan nervioso que cuando he tenido delante al portero de la casa de Elías, no me salían las palabras. Al final, he conseguido preguntarle por él y me ha contado lo que ha pasado. Un poco antes de que cerrase la puerta del portal, se ha presentado un joven con acento catalán que venía a traerle algo a Elías, unos dibujos, según cree. El muchacho no tenía fósforos y el portero se ha ofrecido a subir con él las escaleras. Apenas ha abierto Elías la puerta de su

295

casa, se ha oído ruido en el portal y al poco el inspector del distrito, el señor García Centeno, su secretario y dos guardias civiles estaban en el rellano. Han pedido al portero que bajase a vigilar la entrada, así que no sabe decir qué ha pasado. La cuestión es que, unos minutos después, se los llevaban a los dos a la prevención.

—¿Le han hecho daño? —pregunta Eugenia, compungida.

—Al menos hasta llegar a la prevención, no. El portero dice que no parecía que los hubiesen maltratado. Lo que les hayan podido hacer después, no lo sé. Cuando yo he llegado a la prevención, ya no estaban allí.

—Supongo que los habrán trasladado al Gobierno Civil —dice José Francisco.

—Sí, uno de los guardias de la prevención de la Costanilla de los Desamparados me ha dicho que se los han llevado a la calle Mayor, escoltados por un piquete del cuartel de Santa Isabel.

—¿En la prevención te han confirmado la identidad del joven que iba con Elías? —pregunta Benítez.

—No. Solo sé lo que me ha dicho el portero. Un joven alto y moreno con acento catalán.

—Pues Sánchez Medina ni es alto ni tiene acento catalán —dice Benítez, convencido de que el joven a quien han arrestado es Nicolás Vilanova.

—Quizá le hayan prendido en otro sitio —sugiere el doctor Gadea—. Tal vez el que ha entrado en el Suizo ha mezclado las dos noticias.

—O quizá alguien se ha encargado de salpimentar un poco la información —insinúa José Francisco.

—¿Para qué? —pregunta Eugenia.

—Para crear alarma y que los diputados indecisos se decanten mañana por la mano dura y dejen para más adelante ese peligroso invento de la libertad.

—Tú no crees eso de que Elías fuese a atentar contra la reina, ¿verdad? —pregunta Eugenia.

—Claro que no, prima. Pongo mi mano en el fuego por él.

—¿Estás seguro? —insiste ella.

José Francisco dirige una mirada inquisitiva a Benítez. Quiere contarle algo a su prima Eugenia, pero para hacerlo necesita la aprobación de su tío. Este le devuelve un gesto afirmativo, mientras no puede dejar de pensar que si han detenido a Nicolás Vilanova ha sido por su culpa. Por confiar en Ortega. Por permitir que Carmona hablase de Elías delante de él. Delante de uno de los jóvenes cachorros de la Unión Liberal.

–¿Recuerdas una proclama muy ruidosa que circuló a principios del 54? –pregunta José Francisco, volviendo la mirada hacia su prima.

–¿Una en la que se llamaba «Nuevo Godoy» al conde de San Luis? –dice Eugenia.

–Sí, «Nuevo Godoy», entre otras lindezas. Pues resulta que alguien de tu familia estuvo detrás de esa proclama y precisamente Elías trató de evitar que se metiera en líos.

–¿A él no le parecía mal lo que pasaba en el país?

–Claro que le parecía mal, como a todos nosotros. Pero Elías nunca ha sido partidario de ciertos recursos. Ni pasquines ni conspiraciones ni revueltas...

–Ni mucho menos atentados, claro –añade Eugenia.

–Pero que conste que arrojo no le falta. De hecho, de no ser por los arrestos que le echó en el 54, alguien que tú conoces bien pudo acabar en el Saladero.

–¿Y me vas a decir quién fue ese miembro de mi familia por quien Elías se jugó el pellejo?

–Solo te puedo decir que está casado con una de tus dos hermanas y no es médico.

–¡Aurelio!

–Sí. Aurelio, el marido de Carlota.

–¿Y por qué nunca me lo habéis dicho?

–Por no preocuparte.

–¿Y ahora ya no hay motivos para preocuparme?

–Ahora es distinto. Ni la situación es la de entonces, ni Aurelio es el mismo que hace siete años.

–Bueno, por mi parte –interviene Benítez–, ya estoy listo para ir a ver qué pasa.

–Pero padre, si apenas ha probado la ensalada.

–No tengo más apetito.

–¿Y el estofado ya se lo ha comido?

Benítez agacha la mirada como un párvulo cogido en falta.

–Luego se quejará de que le sienta mal. Dile algo, Emiliano. Dile tú algo o llamo a Gregoria.

El olor a orina, sudor y sangre, a vómitos y escupitajos, es tan punzante que, a pesar de los seis o siete metros que lo separan de la celda del Gobierno Civil donde han encerrado a Elías y Vilanova, el inspector Benítez teme arrojar la cena en cualquier momento. El secretario del Gobierno Civil, por el contrario, parece sentirse en sus glorias en aquel siniestro y nauseabundo pasillo pobremente iluminado por un candil de aceite. Mientras le oye hablar, Benítez piensa que González Cuesta ha debido de disfrutar de lo lindo contemplando cómo sus esbirros trataban de arrancar a los detenidos el paradero de Sánchez Medina. No hay nada que satisfaga más a González Cuesta que sacrificarse en aras de la patria. Su fidelidad al excelentísimo gobernador de la provincia está tan fuera de duda como su entrega incondicional a la Unión Liberal. Por preservar la libertad, el orden público y, de paso, apuntalar al actual gabinete del general O'Donnell, González Cuesta sería capaz de cualquier cosa. De cualquier cosa. Y es eso precisamente, su enajenada y absoluta entrega a la causa, lo que el inspector cree leer en su rostro. Si la cara de Vilanova está sembrada de coágulos, mocos y moratones, lo está porque era necesario. Si el ministerio O'Donnell cae, la reacción volverá al poder. Hay que mostrar que el Gobierno puede controlar a esos demagogos e incendiarios de la Democracia. No necesitamos que vuelva Narváez para acabar de raíz con la lepra socialista. Nosotros también somos capaces de aplicar mano de hierro cuando es necesario. Ese es el mensaje que hemos de dar a los que nos tildan de estar dejando que cunda la anarquía en el país. Vilanova dice no saber nada de Sánchez Medina desde

298

que abandonaron su cuarto en la calle del Águila. Está bien. Tal vez sea cierto y Medina haya regresado a Antequera. Pero si el catalán ha mentido, pierda usted cuidado, inspector, que antes de que amanezca nos habrá dicho dónde está escondido Sánchez Medina. Eso sí que sería un golpe de efecto. ¿No le parece?

–Pero ¿por qué motivo se ha arrestado al señor Belmonte? –pregunta Benítez, después de escuchar estupefacto el discurso de González Cuesta–. Vilanova había ido a su casa a llevarle unos dibujos. ¿No es así?

–Entiéndalo, inspector. No podemos permitir que el escritorzuelo ese ande por ahí desmintiendo la versión oficial.

–¿La versión oficial? ¿Cuál es la versión oficial?

–No se haga el tonto, inspector, no le va el papel. Todo el mundo en Madrid cree a esta hora que hemos detenido a Sánchez Medina y otros dos agentes revolucionarios que planeaban atentar mañana contra su majestad.

–O sea, que no tienen nada contra él.

–Tenemos lo suficiente como para retenerle hasta mañana a las tres de la tarde.

–Después de que se haya votado en el Congreso la constitución de la mesa.

–No ve cómo, cuando quiere, las pilla usted al vuelo.

–No le van a hacer nada, ¿verdad?

–¿Acaso ve el menor signo de que se le haya maltratado?

En el rostro de Elías no se observan las brutales y obscenas señales de violencia del joven encogido que yace a su lado. Elías, sentado en el banco con ambas manos entrelazadas, no tiene la cara marcada por la paliza como su compañero de celda. Sin embargo, su mirada, perdida en la pared que tiene enfrente, es la mirada de un hombre que ha experimentado el miedo en una magnitud que jamás hubiese imaginado. Un hombre que ha sido testigo de la más salvaje crueldad, que sufrirá pesadillas por solo Dios sabe cuánto tiempo.

–No –contesta Benítez–. ¿Podría hablar con el señor Vilanova?

–¿Para?

–¿Se ha olvidado de que estoy investigando el asesinato de dos muchachas?

–Ah, sí, lo de las criadas esas.

–¿Puedo hablar con él? Será cuestión de minutos.

–Lo lamento, inspector, pero hasta que no hayamos acabado con él, acabado en el buen sentido de la palabra, me refiero, no podemos dejarle hablar con nadie. Váyase a casa y vuelva mañana.

–Estamos en un momento crucial de la...

–Mire, inspector, ese malnacido ha estado protegiendo a un peligroso agente subversivo. En cuanto pueda volver a hablar, hay preguntas más importantes que hacerle que si sabe o no sabe quién pudo matar a la criadita esa.

–A las criaditas esas, señor Cuesta. Han matado a dos. ¿Puedo, al menos, hablar con el señor Belmonte?

–Dígame lo que quiere decirle y yo se lo trasmitiré si lo estimo oportuno.

Váyase a paseo, señor Cuesta, piensa escupirle, pero las palabras se le atoran en la garganta. Una náusea más intensa que todas las anteriores juntas le trepa el esófago hasta provocarle un violento y fétido eructo.

–Váyase a dormir, inspector. Haga usted unas cuantas gárgaras con agua salada y échese a dormir. Siga mi consejo y tire para casa. Aquí está todo bajo control.

Lo primero que ve al salir del palacio de Cañete es el rostro angustiado de José Francisco. Poco a poco, a medida que le refiere lo ocurrido dentro, la preocupación de su sobrino va borrándose para dejar paso a otro sentimiento que Benítez no consigue descifrar.

–Me siento culpable.

–¿Culpable de qué?

–Por el artículo de *El Observador*.

–Eso no tiene nada que ver.

–Yo no estoy tan seguro.

–Elías está preso porque ha tenido la mala suerte de estar con Nicolás Vilanova cuando le arrestaron. Da lo mismo lo que tú hayas escrito en el periódico.

–Si usted lo dice.

–Sí, yo lo digo, José Francisco. Y tú quítate esa idea de la cabeza –brama Benítez, mientras por la suya se cruza la imagen de Ortega Morales.

–Pero ¿qué hace, tío? –pregunta alarmado José Francisco.

Benítez, con el rostro contraído por la rabia, pisotea el vendaje que acaba de arrojar sobre la acera.

XVIII
Pan comido

En unas horas se abrirán las Cortes y, pese a que los alarmantes rumores de magnicidio y revolución regados la pasada noche han captado la voluntad de un buen puñado de diputados indecisos, en el Gobierno Civil se respira la misma tensión en el ambiente que en días pasados. Hoy no es, desde luego, un sábado cualquiera para los dirigentes de la Unión Liberal.

Esta tarde, los diputados de la oposición se lamentarán en el Congreso del calamitoso estado en que se encuentra la Hacienda Pública; criticarán las numerosas torpezas diplomáticas del ministro de Estado –desde la cuestión italiana al asunto de México, pasando por la negociación con la embajada marroquí–; censurarán la deplorable actuación del Ministerio de la Gobernación en el levantamiento campesino de Loja; desaprobarán los irregulares indultos concedidos por el Ministerio de Gracia y Justicia a varios amigos del Gobierno, y, cómo no, condenarán las suculentas prebendas concedidas recientemente a ciertos diputados indecisos quienes ahora, ya *sentados en el festín del presupuesto*, han manifestado sin ambages su decidido apoyo al proyecto unionista.

La oposición en bloque pondrá el grito en el cielo por todos los desaciertos y arbitrariedades cometidos por la Unión Liberal en los tres años largos que lleva en el poder, pero por encima de todo, los diputados de la oposición gritarán esta tarde, hasta quedarse afónicos, contra la cruel persecución a que ha sido sometida la prensa desde que a principios del pasado mes de mayo fueran suspendidas por real decreto las sesiones de Cortes. En la mente de todos, a buen seguro, estará la interminable relación de multas, recogida de periódicos, causas judiciales y encarcelamientos, ocurridos merced a una ley de imprenta, la de Cándido Nocedal, predecesor en el Ministerio de Gobernación de don José Posada Herrera; una ley contra la que tanto se quejaron quienes hoy son gobierno, quienes tienen en su mano derogarla.

En solo unas horas se abrirán las Cortes y, pese al batallón de diputados unionistas llegado esta semana de provincias y a que los rumores de un intento de atentado por agentes socialistas han surtido efecto entre los diputados que ayer mismo se planteaban retirar su apoyo al gabinete del general O'Donnell, nadie puede estar seguro esta mañana de que las oposiciones coaligadas no le vayan a hacer la pascua al Gobierno, arrebatándole la presidencia de la mesa del Congreso.

Ningún prócer de la Unión Liberal debe de estar tranquilo esta mañana. Desde luego, no lo parece el marqués de la Vega de Armijo, gobernador civil de Madrid y uno de los hombres que más parte tuvo, junto con el general O'Donnell y el actual subsecretario de Gobernación, el señor Cánovas del Castillo, en la revolución de 1854.

—Entiendo que quiera hablar con el amigo de su sobrino y hasta entiendo que mi negativa le haya contrariado —concede el marqués de la Vega de Armijo—, pero ¿por qué tanto interés en interrogar a Vilanova?

Ha formulado la pregunta con extrema cortesía y en un tono asaz amable. Sin embargo, algo en su rostro de ojos claros, entrecejo ceñudo, nariz puntiaguda e inmensas patillas, augura que, en cualquier momento, el marqués puede ser presa de uno de sus célebres arrebatos de cólera.

El inspector Benítez está convencido de haberse explicado con toda claridad. No obstante, vuelve a repetir sus argumentos de la manera más sintética que puede. Y el marqués de la Vega de Armijo le responde lo mismo que González Cuesta anoche, aunque, en vez de cínicamente y sin rebozo, lo hace enmarañando su discurso y añadiendo a la causa de su detención un argumento de lo más peregrino.

–Ha llegado a mi poder una exposición que se pensaba dirigir a las Cortes. Ya sabe, pidiendo el sufragio universal, la abolición de quintas y consumos, y otras cosas por el estilo. Parecida a las del 54. Entre los firmantes, además de Vilanova, se encuentran algunos progresistas desbocados y la Democracia al completo. Pero lo que ahora más nos importa es que en ese papel están también las firmas de varios sujetos sospechosos de trabajar como agentes para el protestantismo. ¿Entiende?

Benítez no entiende nada, principalmente no entiende que el hecho de que Nicolás Vilanova haya firmado un papel reivindicativo –aunque absolutamente legítimo, por más que en ese papel esté también la firma de varias personas de quienes se sospecha que pueden estar contribuyendo a difundir el protestantismo en la católica España– pueda añadir nada al motivo de su detención: haber dado amparo en su casa a un prófugo de la justicia.

Benítez no entiende nada, pero se guarda de compartir su opinión. Lo mismo que, aunque se muere de ganas por saber si alguno de sus hombres, Ortega para ser más preciso, ha tenido que ver con la detención de Vilanova, no se le ocurre preguntárselo al señor gobernador, porque eso equivaldría a reconocer que él ha estado ocultando a sus superiores, de forma deliberada, una información importante.

Lo que sí entiende Benítez con claridad meridiana es que, por el momento, al menos hasta que las aguas del Congreso vuelvan a la calma, no se le va a permitir hablar con Fernández Belmonte ni interrogar a Vilanova. Así que opta por plegar velas, mostrando sumisión.

El gobernador parece agradecer la disciplina de su subalterno y, como deferencia, muestra cierto interés por las últimas novedades en el caso de la carrera de San Francisco.

El policía le explica que acaba de estar en casa de Juan López, el joven con quien se ha visto a Fernando Rodríguez, el mozo de cuerda asturiano que está en busca y captura. El padre de Juan perdió un ojo en el 54. No viene al caso, lo sabe, pero Benítez sentía la necesidad de decirlo. Cuando, tras el turbulento

304

y mal avenido Bienio Progresista, los moderados volvieron provisionalmente al poder, el inspector fue cesado de inmediato. El señor López Corella también. Con la diferencia de que, en cuanto la Unión Liberal formó gobierno, José María Benítez fue agraciado con un empleo de doce mil, mientras que al señor López se le van en pagar a los acreedores dos tercios de la mísera cesantía que cobra.

–Me ha dado el cuaderno de su hijo sin rechistar –informa Benítez–. Creo que anoche se durmió pensando que yo estaba equivocado y que cuando se despertase Juan iba a estar a su lado.

–Pero usted casi nunca se equivoca, inspector.

–Créame si le digo que esta vez hubiese preferido estar equivocado.

Bajo el enorme mostacho del marqués de la Vega de Armijo se adivina un atisbo de interés, una mueca de curiosidad que apenas se traslada al resto de su semblante de frente despejada, mirada seria y nariz picuda. Un gesto de interés que, enseguida, disimula, dando por concluida la reunión.

Sobre el solar que hasta 1838 ocuparon el convento y la iglesia de San José, en la calle del Caballero de Gracia esquina a la del Clavel, se alzan hoy tres modernos y lujosos edificios. Las plantas principal y segunda de uno de ellos están ocupadas íntegramente por oficinas y despachos de la Casa de Banca y Depósitos Monasterio & Cía. y de la Sociedad de Seguros Mutuos sobre la Vida La Familia, cuyo director general y principal accionista es el señor don Juan Miguel de Monasterio.

Para acceder al despacho del banquero es necesario atravesar una pieza contigua en la que tiene su escritorio Pantaleón Moreno, su secretario personal. Sobre el elegante bufete de caoba del secretario reposa un frasco cuya etiqueta atrae la atención del inspector Benítez. En la parte central de la misma aparece una estrecha cama en la que duermen abrazados un hombre y una mujer.

¿Dónde he visto yo antes a esa pareja de durmientes?, se pregunta mientras espera en el despacho de Monasterio a que este regrese con la información que le ha solicitado. Sí, ya recuerdo, se dice tras unos segundos escarbando en la memoria. En la última página de algún periódico, en la sección de anuncios. Savia de pino marítimo de Bélgica. Seguro. Del doctor Michiels, si no me falla la memoria. Uno de los muchos medicamentos milagrosos que se anuncian en la prensa y que, pese a estar avalados por el nombre de alguna supuesta eminencia médica, al final resultan más falsos que las llagas de sor Patrocinio.

El despacho de Monasterio es una enorme habitación bañada por la luz que penetra por tres estrechos balcones abiertos al mediodía. Del laborioso artesonado del techo al dibujo geométrico del entarimado, todo en esta estancia respira armonía. Separados por una invisible línea divisoria que une la puerta de entrada con un globo terráqueo situado junto al balcón central, se distinguen dos espacios diferenciados. El de la izquierda está ocupado por un conjunto de sofá y butacas, tres veladores y –a ambos lados de la chimenea que preside la pared lateral– un secreter con recado de escribir y una licorera. Sobre uno de los veladores reposa un *Romancero pintoresco*, una colección de romances antiguos dirigida por Juan Eugenio Hartzenbusch. El mobiliario de la otra parte de la habitación está compuesto por un amplio escritorio, una pequeña mesa auxiliar para escribiente y una elegante librería labrada cuyas estanterías albergan exclusivamente textos jurídicos, mercantiles y de consulta.

Los elementos decorativos del despacho se reducen a la media docena de bustos de personajes célebres que decoran la librería, a dos retratos que cuelgan a ambos lados de la puerta y a un reloj de sobremesa con figura de bronce que corona la repisa de la chimenea.

Pieza singular, se dice Benítez, mientras escudriña el reloj de sobremesa, cuya esfera acaba de marcar las diez. La escena esculpida en el bronce del reloj representa a un hombre famélico, de largas melenas y expresión atormentada, que está a punto de arrojarse al vacío desde un despeñadero, portando, por si la caída no produjese el resultado esperado, un largo puñal en su mano derecha. A los pies del precavido suicida, sin más prenda de vestir que una larga camisola, hay papeles, libros, un tintero y una pluma, objetos estos que sugieren el modo en que ese hombre desesperado pretendió ganarse el sustento. La escena magníficamente trabajada en un célebre taller francés está extraída de *Sátira del suicidio romántico*, un cuadro de Leonardo Alenza en el que, junto al literato en actitud de lanzarse al vacío, se ve a otro hombre ahorcado y a un tercero muerto de un disparo en la cabeza. Todo ello, «pintado con mucho chiste», como escribió cierto periodista en los días en que el lienzo era expuesto en la Academia de Bellas Artes de San Fernando, allá por 1839, cuando España se hallaba en plena efervescencia romántica.

El minutero del original reloj avanza inexorable en la esfera. El tiempo que él tiene de plazo para resolver los asesinatos de Lorenza Calvo y Engracia Fernández también se consume sin remedio. Esta misma noche se estampará la firma sobre la credencial de nombramiento del nuevo inspector especial de Madrid. La imagen del inspector García Centeno ocupando el anhelado cargo, mientras él acaba su carrera como inspector de distrito, le dibuja una amarga mueca en los labios. Cuando llegue el momento tragará el acíbar. Mientras tanto, cuanto menos piense en ello, mejor. No va a dedicar un solo segundo más a rumiar que García Centeno es el policía de Madrid que menos merece ocupar el deseado despacho en el Ministerio de Gobernación, se dice Benítez, mientras desplaza toda su atención hacia los dos cuadros que flanquean la puerta del despacho.

Uno de los retratos se debe al pincel de José Gutiérrez de la Vega, y en él está representada de medio perfil la difunta esposa de Monasterio. Vestida de negro con vaporosos encajes blancos en escote y mangas, una joven dama de nariz grande y ojos saltones mira hacia el espectador con un misterioso magnetismo, solo comparable con la fascinación que provoca la aterciopelada piel de sus manos, unas delicadas manos que piden a gritos ser acariciadas.

El segundo retrato es el de un hombre sentado tras una mesa de despacho llena de papeles y libros. Benítez, picado por la curiosidad, se levanta y camina hasta situarse frente al cuadro, en cuya parte inferior derecha se lee: A Mª Cortellini, Cádiz 1847. En el lienzo está representado un señor de edad avanzada con un gran parecido a Monasterio, salvo por un detalle: el hombre del cuadro exhibe, se diría que con orgullo, un llamativo hoyuelo en la barbilla.

–¿Es usted aficionado a la pintura, inspector?

El inspector Benítez se gira y contempla al banquero gaditano, que trae bajo el brazo una carpetilla.

–Hace siglos, estuve matriculado en la Academia de San Fernando –responde el policía–. Un par de cursos nada más. Al año de estar tomando lecciones, me pasó lo que casi con todo: apareció algo que me interesaba más y dejé la pintura a medias.

–Nunca es tarde para acabar lo que se ha dejado a medias, inspector.

–Yo tengo demasiadas cosas a medias –replica el policía y, a continuación, sin tiempo para alargar el tema, añade–: ¿Es su padre el caballero del retrato?

–Sí. Murió al año justo de hacérselo.

–Lo lamento.

–Murió feliz. En su cama. Rodeado de una caravana de hijos, nueras y nietos que le adoraban. Mis padres tuvieron siete hijos, todos varones, y yo soy el único que no vive en Cádiz.

–El autor del cuadro, el señor Cortellini, es paisano suyo, ¿no?

–Sus padres se trasladaron a Cádiz por las fechas en que pintó este cuadro, pero él es nacido en Sanlúcar. ¿Conoce usted al señor Cortellini?

–No personalmente. El retrato de su majestad que hay en mi despacho es suyo.

–Una copia de otro de Federico Madrazo, tengo entendido.

–A propósito de retratos, le ha encargado usted uno al señor Ribalter, ¿verdad?

–Sí, precisamente hace cosa de una semana le di un adelanto.

Le vendría de perlas, piensa comentar Benítez, aunque lo que finalmente sale de sus labios es una pregunta.

–¿Han empezado ya el trabajo?

–Todavía no. El señor Ribalter está preparando un cuadro para la Exposición del año próximo y le he propuesto que pospongamos el retrato unas semanas.

–Muy considerado por su parte.

–Cargo de conciencia, más que consideración. Cuando supe que estaba buscando un tema para hacer un cuadro de historia, le propuse la batalla de Lepanto. Un antepasado de su padre combatió en ella y pensé que podría ser un buen asunto.

–¿Y no lo es?

–Digamos que el proyecto está superando sus capacidades. Pero... ¿por qué me pregunta lo del retrato?

–No tiene importancia. Simple curiosidad.

–Será de los primeros en ver el resultado.

–Seguro que me gustará. Tuve la oportunidad de ver el retrato que el señor Ribalter hizo de Teodora Lamadrid y me pareció fascinante. Tiene mucho talento.

–Así lo creo yo también. Pero sentémonos, inspector. ¿Está seguro de que no quiere tomar algo?

–No, muy amable. ¿Ha encontrado la anotación original?

–Sí, aquí la tiene. Compruébelo usted mismo si quiere, pero me parece que la numeración de los billetes es la misma que ya tienen en la inspección. Al copiarlos, pude confundir algún número, pero... ¿todos?

–Estadísticamente imposible, ¿no? –dice Benítez, con gesto contrariado.

A través de la ventanilla del simón, Benítez ve desfilar ante sus ojos los innumerables paseantes y vehículos que pueblan Madrid esta soleada mañana de sábado. Alcalá, Puerta del Sol, Carretas, Concepción Jerónima, no está seguro de en qué punto ha comenzado a poner en claro sus ideas, pero lo cierto es que cuando el simón ha girado en la calle de Toledo, ya había resuelto no enfrentarse a su equipo hasta no tener completamente decididos los siguientes pasos a dar en la investigación.

El cochero ha seguido sus órdenes y Benítez se ha apeado frente a los Reales Estudios de San Isidro. Hartzenbusch, Larra, Alenza. Pupilos de la calle de Toledo que pasarán a la historia gracias a su genio, pero también gracias a su fuerza de voluntad, a su inquebrantable fe en el trabajo. Benítez nunca escribirá *Los amantes de Teruel,* ni *Vuelva usted mañana,* ni pintará *Sátira del suicidio romántico,* pero desde que decidió ganarse el garbanzo como policía, tesón y esfuerzo por no ser uno del montón no le han faltado.

La numeración de los billetes que escondía Fernando Rodríguez no coincide con la del dinero que Ribalter recibió de Monasterio, se dice mientras deja atrás el célebre colegio de los jesuitas. ¿Y qué?

Después del golpe, han podido cambiar los billetes. El hijo del señor López es un joven instruido. Quizá haya tomado la precaución de cambiarlos. Al menos parte del botín. Desde luego los treinta y cinco mil reales escondidos tras el espejo no han salido de casa de los Ribalter.

También puede darse el caso de que alguien con dinero haya estado detrás del golpe. La persona que organizó el robo se quedó con los seiscientos mil reales del botín y pagó a sus compinches con billetes limpios.

¿Organizó el señor Ribalter el robo en su casa?

¿Por qué discutió con Nicolás Vilanova?

¿Sabía Vilanova que el señor Ribalter o alguno de sus hijos abusaba de la criada?

Con estas preguntas en la cabeza pasa junto al cuartel de la Guardia Civil de la calle del Duque de Alba y llega a la plazuela del Progreso. Ha habido suerte, se dice para sí, al comprobar que el segundo simón de la parada es el de Manuel Calatrava.

Junto a la vieja que vende castañas en la plaza, se ha instalado esta mañana un ciego que, con vigorosa voz, reclama ahora la atención de hombres y mujeres, de mozalbetes y carcamales, de paisanos, guardias y militares, de jornaleros, menestrales

310

y banqueros, de ordenanzas, ujieres, senadores y diputados. «De todo aquel que quiera enterarse cumplidamente de *La verdadera y heroica vida del general O'Donnell, duque de Tetuán, conde de Lucena y Vizconde de Aliaga*», a través de los pareados que acompañan a las cuarenta y ocho viñetas del vistoso aleluya que cuelga de un bastidor tan rudimentario o más que los versos con que se da cuenta de la vida del espadón de la Unión Liberal.

Antes de que Manuel Calatrava le haya reconocido, el inspector Benítez se quita las gafas y las mete en un bolsillo de la levita.

–Buenos días –saluda el policía.

–Buenas –dice Calatrava–. ¿Quiere coche, caballero?

–¿No se acuerda de mí, Manuel?

–Disculpe *usté.* ¿Nos conocemos?

–Claro. Es usted Manuel Calatrava. ¿No?

–Esa es mi gracia, caballero. Pero no creo haber *tenío* el gusto de tratar con *usté* antes.

–Veo que no ha rotulado aún el farol del coche –observa Benítez, mientras cubre sus ojos castaños veteados de verde con las gafas de cristales levemente tintados que ha extraído del bolsillo.

–¡Por todos los diablos del infierno, inspector! Le juro que *afeitao* y sin sus gafas oscuras parece *usté* otra persona.

–Pues imagínese *usté* que me planto una peluca con patillas bien *cresías* –dice Benítez con deje canalla de los barrios bajos–, me pinto un par de chirlos en la jeta y me visto a lo chulo con calañés y faja *encarná.* ¿Cree *usté* que me *reconosería*?

–Por la Santa Virgen de Atocha que no.

–Pues eso te va a pasar si no me dices ahora mismo lo que quiero saber, que yo o cualquiera de mis agentes nos vamos a convertir en tu sombra hasta que cometas el más mínimo error para poder trincarte. ¿Entiendes?

–Si el que me enseñó los palotes se hubiese *explicao* tan cabal como *usté,* seguro que no me disgustaría tanto lo negro.

–¿Qué sabe usted de Nicolás Vilanova?

311

–¿De quién?

–¡Deje de tocarme las narices, señor Calatrava! La próxima respuesta equivocada que me dé, le confisco el coche y a usted me lo llevó a la prevención. Ya se me ocurrirá por el camino un motivo.

–El Nicolás ese por el que pregunta es el sobrino del portero de los señores donde trabaja mi Nicanora.

–Ya, lo que quiero saber es lo que vas contando por las tabernas.

–Está bien, inspector. Le diré *to* lo que sé, pero por lo que más quiera, que no se enteren en casa de los Ribalter que he *sío* yo.

–¿Qué sabes de la discusión que tuvieron el señor Ribalter y Nicolás?

–Discutieron por la Lorenza.

–Dime algo que no sepa.

–Según parece, al chico no le gustaban ciertas cosas que había visto en la casa y se las echó en cara al señor don José Antonio.

–¿Qué tipo de cosas?

–Pues qué va a ser, inspector.

–Eso te estoy preguntando.

–Ya me entiende *usté,* inspector. Que la Lorenza no solo fregaba los suelos.

–¿Mantenía relaciones con alguien de la casa?

–¿Y qué le estoy diciendo si no?

–¿Con quién?

–Eso sí que no lo sé, inspector. Ni yo ni mi Nicanora que es la que me lo ha *contao to.* Ella sabe que la bronca gorda fue porque el muchacho le echó en cara a don José Antonio que se estuviesen *provechando* de la muchacha, pero no sabe *sactamente* quién.

–Por el bien de tu dentadura, espero que así sea.

–Se lo juro por mis muertos, inspector. Eso es *to* lo que sé.

A espaldas del inspector, un nutrido grupo de viandantes, entre los cuales no falta algún diputado llegado de su provincia en los últimos días para agradecer con su voto el reciente nombramiento para él o algún allegado, atiende entretenido a cada uno de los hitos en la vida del insigne general O'Donnell.

Cuando ha llegado a la inspección, Ortega, Fonseca y Domínguez trabajaban en la sala de oficiales, junto a los escribientes, completamente engolfados con la montaña de papeleo atrasado. Carmona, según le han dicho, había salido a poner un giro a la viuda de su hermano. Esquinado y dormitando en un taburete, como siempre, estaba Marugán, el ordenanza. Tras enterarse de que no había novedad alguna sobre los dos hombres en busca y captura, Benítez ha sentido, por un breve instante, el deseo de compartir con su equipo lo que le acababa de decir Calatrava. Sin embargo, en vez de hacerlo, se ha limitado a trasmitirles una serie de órdenes precisas, sin casi darles oportunidad de abrir la boca. Domínguez, usted quédese aquí. En cuanto yo coma algo, volveré a la calle, así que si hay alguna novedad, me manda usted recado al Gobierno Civil. Pasaré por allí más tarde. Fonseca, vaya a la calle Mayor a ver si hay alguna novedad sobre Juan y Fernando. Si no hay novedades, échele algo ligero al cuerpo y después asegúrese de que todos y cada uno de los guardias de Madrid tienen en el bolsillo la orden de busca y captura. Ortega, después de comer, acuda usted al Congreso. El señor gobernador quería que se enviasen refuerzos de todos los distritos para integrarse en el retén de guardia. ¿Todo claro, señores? Pues al tajo.

Quince minutos más tarde, Benítez, sentado en el comedor de su casa, con la cabeza entre las manos, contempla pensativo una copa de vino que apenas ha probado, como si dentro de ella buscase la respuesta a alguna de las muchas preguntas que le acosan. Mientras espera a que le sirvan el almuerzo, no deja de pensar en que, de no ser por la traición de Ortega, habría tenido la oportunidad de interrogar a Vilanova antes de que lo encerrasen. De haber sido un poco más precavido con su nuevo secretario, ahora no estaría navegando ensimismado por el mar de dudas al que le ha arrojado la charla con Calatrava.

–¡Padre! –repite Eugenia desde la puerta del comedor, elevando la voz–, está afuera el oficial ese tan buen mozo. El sevillano.

Benítez le dedica una mirada no tan fría como distante.

–Dice que quiere hablar con usted –añade ella–. ¿Le hago pasar?

–No hace falta. Ya salgo yo.

–Cuénteme, Carmona –dice Benítez, una vez que se han instalado en la biblioteca.

–Anoche estuve hasta pasada la una vigilando la casa donde vive Soledad Velilla, la amiga de Vilanova. Por si aparecía por allí el catalán.

–¿Usted no duerme nunca?

–Sí, inspector, precisamente un poco antes de la una me empezó a entrar sueño, pero me quedé un par de minutos más. Entonces, cuando ya casi me iba, vi pasar una sombra por la calle del Águila en dirección a la de la Ventosa. Eché a andar tras el hombre y, al poco, reconocí al portero de los Ribalter.

–¿Y adónde iba a esas horas el señor Casimiro? ¿A por huevos?

–Pues no sé si a por huevos, pero lo que sé de cierto es que entró en la casa de la señora Amparo y se estuvo allí media hora larga.

–Se entiende con ella. Seguro.

–Eso mismo pensé yo, inspector.

–Tal vez Lorenza se enteró de sus escapadas nocturnas y, a cambio de no decirle nada a los amos, le pidió que le prestase la portería para sus citas galantes.

–La noche del crimen no fue la primera vez que estaba allí con un hombre.

–Los pelos en la almohada estaban de antes –concluye Benítez–. Todo va encajando, por fin.

314

Un sutil golpeteo de nudillos anuncia visita.

–Perdonen la interrupción –musita Eugenia, con una seductora sonrisa–. Padre, José Francisco está afuera. Dice que es importante.

–Que pase, dile que pase.

–Vengo de hablar con el tendero de ultramarinos de la calle de Toledo –anuncia José Francisco, tras saludar a Carmona.

–¿Con Moratilla? ¿Por qué?

–La señora de Ribalter les dijo que contrataron a Lorenza Calvo a través de él, ¿no?

–Así es.

–Pues o bien doña Rosario les mintió o bien no está muy enterada de cómo se contratan las criadas en su casa.

–¿Cómo?

–Esta mañana he estado revisando las notas del caso y, después de leerlas y releerlas un sinfín de veces, he recordado que, en una ocasión, estando en el Suizo, le oí decir a Sebastián Moratilla que su familia procedía de Pastrana.

Benítez y Carmona le miran con expresión de no tener ni la más remota idea de adónde quiere ir a parar.

–Es bastante común que las chicas alcarreñas, cuando llegan a Madrid, vayan donde algún paisano suyo para que las ayude a encontrar colocación –continúa el periodista–, pero habiendo tantas tiendas donde se vende miel y otros productos de Brihuega, de donde era Lorenza, me ha resultado un poco raro que fuese a la lonja de un tendero de Pastrana, que no queda precisamente al lado de Brihuega.

–Y por eso has ido a hablar con el señor Moratilla, ¿no?

–Matías Moratilla asegura que la primera vez que vio a Lorenza fue cuando un día apareció por la lonja a comprar unas galletas para el señor Ribalter. Se acuerda perfectamente porque el tendero la oyó mencionar a la Virgen de la Peña y le preguntó si era de Brihuega.

–¿No la conocía de antes?

–No. Dice que a su lonja van muchachas de Pastrana y las cercanías para que les busque colocación, pero que él no medió en la contratación de Lorenza.

–¿Y para qué iba a mentirnos doña Rosario?

–Quizá a ella le dijeron que la habían contratado a través de Moratilla.

–¿Y eso?

–En realidad he ido a ver a Moratilla para confirmar algo que ya sabía: que a Lorenza Calvo la contrataron a través de la agencia de colocación de criados que hay en la calle de la Montera.

–¿La misma a través de la que contrataron a la que hoy es su cocinera?

–Sí, aunque la gestión para contratar a Nicanora Alonso la hizo el ama de llaves y trató con un empleado, mientras que, para contratar a Lorenza, el que se presentó en la agencia fue el señor Ribalter y, en vez de con uno de los empleados, trató directamente con el director.

–¿El señor Ribalter?

–Sí. Y no era la primera vez que José Antonio Ribalter pedía gestionar la contratación de una criada negociando directamente con el dueño de la agencia. Hace ocho años, el señor Ribalter contrató del mismo modo a otra criada, una muchacha de La Lastrilla, un pueblecito a legua y media de Segovia.

–¿Hace ocho años?

–Sí, más o menos por las fechas en que Eusebio Ribalter iba a cumplir diecisiete años.

–Que son los que ahora va a cumplir su hermano Juan José –apunta Carmona.

–Efectivamente, señor Carmona –asiente José Francisco.

–¿Y qué fue de la segoviana? –pregunta Benítez.

–Hizo su trabajo y se fue. Después de un par de meses con los Ribalter, se presentó en la agencia para decir que dejaba el trabajo y se volvía a La Lastrilla. A poner un estanco de tabacos, me ha dicho, medio en broma medio en serio, uno de los empleados de la agencia.

–Bien, ya sabemos que el señor Ribalter contrató a Lorenza para iniciar a su benjamín –dice Benítez–. Ahora solo nos queda por saber si el robo fue planeado para matarla y quién lo organizó. ¡Pan comido!

En la cara de José Francisco y Carmona se dibuja una medio sonrisa. En la de Benítez se transparenta la satisfacción del que empieza a ver madurar la fruta que apenas hace unos días estaba completamente verde. De pronto, tras un confuso griterío, la puerta de la biblioteca se abre de par en par.

–¡Han prendido a los tipos de Capellanes! –anuncia Fonseca, recién llegado del Gobierno Civil–. López llevaba un dineral encima. El otro, el asturiano, lo ha confesado todo.

XIX
Dígaselo a mi padre

De camino a la Puerta de Moros, a Benítez se le pasan por la cabeza varios temas de conversación. Uno de ellos tiene que ver con su cuñado Manuel. Más concretamente, con el motivo por el que desde hace unas semanas José Francisco, para evitar a su padre, no ha asistido a la comida dominical en Tabernillas. También se siente tentado de iniciar una charla sobre asuntos del corazón. Del de su sobrino. Del de su hija Eugenia. Del suyo propio. Al final, se decanta por el tema del que menos le cuesta hablar.

–Te estás tomando mucho interés con este caso.

–Espero no estar siendo un estorbo, tío.

–Todo lo contrario, hijo. Solo que me extraña un poco tanto interés.

–¿Recuerda cuando la otra noche le hablé de la envidia que me producía ver al hijo pequeño de los Ribalter tan seguro de lo que quería hacer en la vida?

–Sí, claro que me acuerdo.

–Pues yo me estoy replanteando muchas cosas. Entre ellas, mi futuro profesional. Tengo casi treinta años y, para serle franco, tío, no sé si quiero pasarme el resto de mi vida en la redacción de un periódico.

–Algo te había notado.

–Ya que no hay hijos a la vista, ni amores siquiera, me gustaría al menos sentirme orgulloso de mi trabajo.

–¿Y no lo estás?

–No mucho, la verdad. Y, para colmo, lo de escribir sobre lo que otros escriben o llevan a escena empieza a aburrirme un poco.

–¿Y has pensado a qué quieres dedicarte?

–Por ahora, ya le he confesado mis inquietudes. Para lo otro, déjeme primero aclararme yo.

–Claro, hijo. Sabes que me tienes para lo que necesites y que, decidas lo que decidas, tendrás todo mi apoyo.

José Francisco adopta una expresión de gratitud. Un velo taciturno nubla sus grandes ojos almendrados. En la plaza de Puerta de Moros, el cochero que hace unos días llevó a Benítez a la Puerta de San Vicente está libre. Y despierto.

El simón estaciona frente al Gobierno Civil, apenas unos minutos después de que el lujoso carruaje del marqués de la Vega de Armijo haya echado a rodar en dirección al Congreso de los Diputados, donde en menos de una hora dará comienzo la sesión de apertura de Cortes. Hoy, como anoche, el retén de guardia impide el paso a José Francisco. «Órdenes expresas de su excelencia», se disculpa el sargento al mando. De todos modos, aunque le hubiesen dejado entrar, de poco le habría servido. A su amigo Elías y a Vilanova los han trasladado a los calabozos de incomunicación.

–¿Se ha presentado algún cargo contra él? –pregunta Benítez nada más oír de boca del secretario del Gobierno Civil que se ha aplicado la medida de incomunicación a Elías.

–No se preocupe, inspector –responde González Cuesta, mientras se enciende un cigarro con irritante parsimonia–. En dos o tres horas tienen ustedes al señor Belmonte en la calle. Se trata tan solo de una medida provisional.

–Espero que no suene a amenaza, señor Cuesta, pero como le hayan tocado un pelo de la ropa, esta sucia maniobra puede volvérseles en contra.

–Volvérsenos en contra, señor inspector, vol-vér-se-*nos* –responde el fiel secretario unionista, enfatizando en la primera persona del plural–. No olvide que es usted uno de los nuestros.

Benítez deja que se le escape un soplido sarcástico.

–Pero vayamos a lo importante –continúa González Cuesta después de arrojar una salva de espirales de humo al techo–. Aquí tiene el parte de detención de Fernando Rodríguez y Juan López.

Benítez le arrebata la cuartilla de mala manera y comienza a leerla.

–Estaban escondidos en una casa de mujeres públicas en la calle de las Huertas –explica el secretario, con gesto displicente, mientras Benítez lee el parte en silencio–. Un antro de mala muerte. Estuvimos a punto de clausurarlo en primavera. Un cliente le pidió la cartilla sanitaria a una de las prostitutas y, como ella se negó, lo denunció en la inspección del distrito. Cuando la policía fue a la casa, la mujerzuela ya no estaba. Ninguna de las matriculadas encajaba con las señas que dio el caballero, así que supusimos que debía de tratarse de una pupila a quien el médico que las reconoce habitualmente había mandado ingresar en San Juan de Dios un par de semanas antes y que no apareció nunca por el hospital. Al final se llegó a un acuerdo amigable y todo quedó en nada, pero ya ve usted, la dueña del prostíbulo se creía en deuda con la policía y gracias a ella hemos podido coger a los criminales. Anoche, la buena señora estaba algo indispuesta y no se enteró de la inmundicia que se había quedado a dormir en su casa; pero esta mañana, en cuanto se ha dado cuenta de lo que se cocía, ella misma ha ido a dar aviso a la Guardia Civil. El bajito, Juan López, llevaba encima treinta y cinco mil reales en billetes de banco.

–¿Han confesado? –pregunta Benítez.

–El mozo de cuerda ha cantado de lo lindo. A la primera. Dice que Juan López le convenció para dar el golpe, pero que le había asegurado que no iba a haber ningún muerto. López apenas ha hablado. Está como lelo. Cuando le iban a subir al furgón para trasladarle desde la prevención, ha oído que su padre estaba moribundo en la casa de socorro y desde entonces no ha vuelto a abrir la boca.

–¿Qué le ha pasado al padre?

–Se ha intentado quitar la vida. Con fósforos. No creen que vaya a salir de esta.

–Si me permite, me gustaría hablar con ellos antes de que llegue el juez.

–Claro, inspector, pero no vaya a tenerle en cuenta al asturiano lo del bastonazo de ayer. Que no se diga que el cuerpo de policía de Madrid no sabe tratar con arreglo a las leyes a los detenidos.

–Pues, si me da su permiso...

–Vaya, vaya.

Con la mano en el pomo de la puerta, Benítez oye carraspear a González Cuesta.

–Ah, se me olvidaba mencionarle algo que tal vez sea de su interés.

–Usted dirá.

–El señor gobernador parecía muy contento antes de salir para el Congreso.

–Pues me alegro por él.

–Hágalo también por usted.

–No entiendo.

–Después de lo de Vilanova, detener a estos dos bribones refuerza mucho nuestra imagen de partido de orden. Liberales, sí, pero implacables contra la subversión y la delincuencia. Créame, señor Benítez, ha prestado usted un valiosísimo servicio al partido.

–Yo solo cumplo con mi obligación.

–Pero no me dirá que ha sido una suerte que justo los hayan detenido esta mañana. Precisamente después de lo que ha publicado *La Iberia* sobre el inspector Centeno.

–No he tenido tiempo de leer la prensa. Además, sabe usted de sobra que yo no leo *La Iberia*.

–Al parecer el inspector Centeno ha estado haciendo la vista gorda con un garito de juego de la calle del Príncipe.

–¿Se supone que eso es una noticia?

–Algo sabíamos, sí, pero la verdad es que hay tanto que arreglar en este Madrid que... bueno, el caso es que hoy han publicado eso y otra información mucho más delicada. Según parece, desde su oficina se han estado facilitando cédulas de vecindad falsas a personas buscadas por la justicia.

–Vaya, eso sí que es serio.

–Sí, inspector. Muy serio. Bastante se nos ha difamado ya, como para que encima se nos acuse de manipular elecciones con cédulas falsas. ¿Entiende, no?

–Entiendo.

–Así que vuelta a empezar. Otra vez buscando a un candidato a la altura del puesto de inspector especial.

Por un instante, Benítez teme que el indeseable de González Cuesta vaya a ponerle otra vez a prueba. Vaya a volver a pedirle que actúe contra su conciencia. Pero esta vez se equivoca por completo.

–Lástima que su nombre ya no esté en la lista –apuntilla el secretario, con el brillo en la mirada que le produce ver destruidas las últimas esperanzas de Benítez–. Pero a lo hecho, pecho. ¿Verdad, inspector?

Absolutamente todos, incluidos Marugán, cuyos periodos de vigilia son hoy, motivados por la curiosidad, algo más largos de lo ordinario, vuelven los ojos hacia la puerta.

–Buenas –saluda Ortega, provocando una unánime mueca de decepción en sus compañeros.

–¿No vendrá usted de la calle Mayor? –pregunta Fonseca.

–No, vengo del Congreso, donde, a propósito, no esperaban a nadie del distrito.

Fonseca pone cara de circunstancias y agradece tener novedades que contar al secretario. Ortega escucha, con gesto de enojo, tal vez algo forzado, la noticia sobre la detención de Juan y Fernando, y, sin hacer el menor comentario al respecto, dice:

–¿Sería usted tan amable de acompañarme a la calle, señor Fonseca?

La pobre luz que se cuela a través de los barrotes del ventanuco que hay sobre la puerta del cuarto de interrogatorios dibuja un bailarín juego de claros y sombras sobre la cara cuadrada de labios abultados del detenido. Mientras repasa mentalmente la declaración que acaba de hacer Fernando Rodríguez Galguera, Benítez no puede dejar de pensar que tal vez haya sido gracias a esa mancha amarillenta que el mozo de cuerda tiene en la frente que él esté más cerca de resolver el caso. Más cerca, sí, solo más cerca, porque de creer lo que ha declarado el asturiano –y el inspector Benítez, por el momento, lo cree–, alguien contrató a Juan López para que dieran el golpe en casa de los Ribalter.

–¿Ha recordado algo más, señor Rodríguez? –pregunta Benítez.

–No, señor inspector. Con la mano sobre la Biblia, le juro a usted, por mi santo *agüelu*, que era lo que más quería en la vida, que si supiera algo más, lo diría.

Benítez se repite para sus adentros la declaración de Fernando Rodríguez. Juan López le dijo que un viejo le había dado un adelanto para que robaran en una casa de la carrera de San Francisco. El golpe iba a ser cosa sencilla. Una de las criadas de la casa era una chica facilona y el portero de la finca tenía cierta debilidad nocturna que hacía prever su colaboración. El plan era que, cuando el portero estuviese ausente, Juan drogaría a la criada con un vino que el viejo le daría. Una vez fuera de juego la criada, todo sería coser y cantar. En el pupitre del portero había una llave del piso principal, donde la noche del golpe solo quedaría el ama de llaves. En la alcoba del matrimonio había una fortuna en joyas. Pero entonces ocurrió algo que trastocó todos los planes. Al poco de ver salir al portero, mientras esperaba a que Juan le abriese la puerta, apareció un tipo que decía venir de parte del viejo.

–Un hombre de unos treinta años, bastante alto, flacucho, con pinta acanallada, sombrero calañés y faja roja.

–Sí, claro, con patillas de hacha y una enorme cicatriz en la mejilla –ha replicado Benítez con sarcasmo que el asturiano no ha percibido.

–No, inspector, no tenía ninguna cicatriz. Pero ahora mismo me estoy acordando de algo... La nariz..., sí, tenía la nariz torcida.

Benítez no sabría decir qué, pero algo en la cara del mozo de cordel le ha hecho considerar seriamente la posibilidad de que lo del tipo del calañés no era una invención urdida para evitar el garrote. Cuando Juan abrió la puerta, ha seguido contando el asturiano, el hombre de la nariz torcida le dijo que él tomaba las riendas del asunto. Le ordenó a Juan que se quedase abajo vigilando y ellos dos subieron al piso principal. Se pusieron las caretas, entraron en la casa, amordazaron al ama de llaves y se repartieron el trabajo. Fernando se encargó de la alcoba matrimonial, donde se suponía que estaban las joyas, y el otro, del gabinete del señor Ribalter, por si encontraba algo de valor. Estaba buscando en el armario de la alcoba, cuando el otro entró y le enseñó un fajo de billetes de banco. Picaron escaleras abajo como alma que lleva el diablo, el tipo del calañés le ordenó que se quedase en el vestíbulo vigilando y se metió en la portería con Juan. Al cabo de unos segundos, el de la nariz torcida salió y le preguntó si había cogido algo de arriba. Fernando le contó que una cruz de oro y perlas y un reloj de oro. Dámelos, dijo el otro. Obedeció y el del calañés le dio un fajo de billetes. Setenta mil reales, que luego él y Juan se repartieron en dos partes iguales. La suya, treinta y cinco mil reales, estaba toda escondida en un espejo de su habitación. Juan le dijo que en un par de meses, cuando todo se hubiese olvidado, podrían cambiar los billetes pagando una pequeña comisión. Fernando tenía dinero ahorrado y, además, pensaba seguir trabajando por una temporada, así que no había gastado ni un real de su parte.

–¿Quién cogió una cajita de rapé que había en el gabinete del señor Ribalter?

–Yo no, desde luego.

–¿La cogió el del calañés?

–Si lo hizo, yo no lo vi.

–Una última pregunta, señor Rodríguez. ¿Dice usted que no vio cuando el hombre del calañés mató a Lorenza?

–Eso es, inspector. Quedé en el vestíbulo, mientras ellos dos entraban en la portería.

–¿Y cómo sabe que fue ese hombre el que le cortó el cuello a la chica?

–Porque antes de irse, dijo: «Entra a por el mandria ese, asturiano. Al muy marica le ha dado un patatús».

–¿Tiene usted idea de por qué el inspector me ha mandado al Congreso? –pregunta Ortega, nada más poner un pie en la calle.

–Tal vez haya sido un malentendido –responde Fonseca.

–Vamos, hombre, que no me chupo el dedo. Lleva todo el santo día evitándome. Despreciándome más bien. ¿Se puede saber qué le he hecho?

–¿No ha hecho usted nada que pueda haberle enojado?

–¿Yo? Cumplir sus órdenes a rajatabla. Eso es todo lo que he hecho desde que he llegado al distrito.

–¿No habrá usted, en un descuido, sin mala intención, dicho alguna cosa que no debía en el Gobierno Civil?

–¡Acabáramos! Es eso, ¿no? El inspector piensa que si han detenido a Nicolás Vilanova es porque yo me he ido de la lengua. De eso se trata, ¿no?

–Yo no he hablado con él al respecto, pero me da a mí que por ahí pueden ir los tiros.

–Pues yo no he tenido nada que ver con la detención, ¡puñetas!

–Y yo le creo, señor Ortega. Yo le creo.

–¿De verdad?

–Sí, claro que le creo, pero como al inspector, que está muy encabritado con este asunto, no le va a bastar con su palabra para quedar convencido, voy a hacer algo más por usted.

–¿Algo más?

–Siempre que se invite usted a un trago esta noche, claro.

–Eso está hecho.

–A unos tragos más bien.

–Hasta que se achispe usted.

–No, no son todos para mí. He quedado a las diez con Domínguez y Carmona en el Clavijo. Va a haber un poquillo de cante y, como convidado convida a ciento, me parece una buena ocasión para que se gane usted unos puntos con los muchachos.

—Yo no la maté, inspector –insiste una y otra vez Juan López, cuando, por fin, Benítez ha conseguido hacerle hablar–. Por favor, inspector, dígaselo a mi padre. No podría soportar que... Tiene que decirle que su hijo no es un asesino. Tenga piedad de mí, inspector, dígaselo antes de que sea demasiado tarde.

–Convénzame de que es verdad lo que dice, y nada más salir de este cuarto iré a verle.

–¿Cómo puedo convencerle?

–Haga un esfuerzo y trate de recordar.

–Pregunte, inspector. Por Dios Padre, pregunte usted lo que quiera y le diré todo lo que sé.

–¿Cómo conocieron a las chicas?

–El viejo que me propuso lo del robo me dijo que irían a Capellanes y me dio dinero para que las invitásemos.

–¿El portero estaba en el ajo?

–No, el viejo me dijo que el portero iba algunas noches a visitar a una señora que vende huevos en la calle de la Ventosa. Le dije a Lorenza que le amenazase con contárselo a sus amos si no nos dejaba el cuarto, y ella, aunque se negó en un principio, terminó por aceptar.

–¿Cuándo se repartieron el botín?

–Cuando bajaron de la casa, el hombre me enseñó un fajo de billetes y me ordenó que entrase con él en la portería. En la cocina, dormida sobre la mesa, estaba Lorenza. Nada más entrar, el hombre la agarró del cabello y la degolló a sangre fría. Fernando se quedó fuera, así que supongo que el dinero se lo repartieron después, cuando él salió.

–¿Supone? ¿Qué hacía usted mientras tanto?

–Lorenza me gustaba, inspector. Acepté el trabajo porque estaba desesperado, pero al final terminé por cogerle cariño. Unos días antes del robo, nos vimos en la portería. Compré algo de comer, una botella de vino, y bueno, una cosa llevó a la otra.

Puede imaginar cómo me quedé al verla desangrarse frente a mí. Fernando se lo puede decir. Me tuvo que sacar arrastras de la cocina.

—¿Sabía usted que Lorenza Calvo esperaba un hijo?

—¡Eso es imposible! Solo lo hicimos una vez y tuve mucho cuidado.

—De otro hombre —aclara Benítez.

—¡Cómo!

—Lorenza no era virgen.

—Lo sé, inspector. Esas cosas se notan, pero no me imaginaba que la historia estaba tan reciente.

La cara de Juan López es una mezcla de desesperación y perplejidad. Si Lorenza aceptó el dinero que uno de los Ribalter le ofreció por irse de Madrid, este hombre no parece estar al tanto del asunto. Mejor dejar a los Ribalter a un lado. Al menos por el momento.

—¿Sabe si Lorenza tenía apuros de dinero?

—No, todo lo contrario. Al poco de conocerla, me contó que acababa de heredar un buen dinero. Un tío suyo, un hermano de su padre viudo y sin hijos, la había nombrado heredera universal.

Juan López se lleva las manos a las sienes. Su semblante no es el de alguien que trata de ocultar algo, sino más bien el de quien lucha por comprender los detalles de un drama en el que ha tomado parte sin haberse leído el argumento.

—No estoy seguro, inspector —prosigue el detenido—, pero tengo la sensación de que de no quedarse dormida por el vino, me habría propuesto que nos fuéramos de Madrid. Juntos. A cualquier parte donde empezar una vida nueva... Ahora lo entiendo todo... Fue a Capellanes en busca de un padre para su hijo.

—¿Del viejo que le hizo el encargo, que más me puede decir? ¿Cómo era?

—Barbas blancas, una nariz muy gruesa. Llevaba gafas tintadas. Parecidas a las suyas. Bajito. De mi altura, más o menos.

—¿Recuerda algo más?

López niega con la cabeza.

–Haga un esfuerzo, señor López. Hágalo por su padre y, sobre todo, hágalo porque de lo que nos diga puede depender su futuro. ¿Qué prefiere, pasarse una temporada a la sombra o que le den garrote en el Campo de Guardias? Dígame, señor López, ¿qué prefiere?

Juan López, angustiado, se lleva un puño a la boca y comienza a morderse el dedo índice con violencia. Al cabo de unos segundos, dice:

–¡Que tosía mucho! Sí, que tosía mucho. Sobre todo la primera vez que se acercó a mí. Chupaba una pastilla pectoral y, con todo y eso, no paró de toser.

–¿Qué emplearon para drogar a la chica?

–No lo sé, inspector. El día antes del robo me encontré por última vez con el viejo. Él me dio un frasquito con lo que debía echar en el vaso de Lorenza.

–¿Qué hizo con el frasquito?

–Se lo llevó el hombre del calañés.

–¡Qué oportuno!

–¡Por Dios, inspector, ha de creerme! –implora Juan López, uniendo las manos–. Vaya a hablar con mi padre, se lo ruego. Yo aceptaré la voluntad del Señor, pero no soportaría que mi padre, mi pobre padre... Por lo que más quiera se lo pido, inspector, vaya a hablar con mi padre, antes de que sea tarde. Dígale que yo no maté a Lorenza.

Benítez ve alejarse el carro en que trasladan el cadáver del señor López y la angustia que siente de un tiempo a esta parte, cuando piensa en la muerte, crece ahora hasta hacerse insoportable.

Sentado frente a un chato de vino en la primera taberna que ha encontrado, se repite una y otra vez la misma idea: si Juan López no ha matado a Lorenza, voy a demostrarlo; si la historia del viejo y el tipo del calañés es cierta, entregaré a los tribunales a los verdaderos responsables; quien esté detrás de la muerte de Lorenza y Engracia pagará por ello. Ya no puede decírselo a ese honrado cesante que perdió un ojo en la revolución, así que se lo promete a sí mismo.

Con el vaso a medio camino de su boca de labios finos, sobre la que ha comenzado a crecer su habitual bigote, y la mirada perdida en el rojizo líquido que tiembla dentro del vidrio, Benítez no se da cuenta de que es objeto de las curiosas miradas de los seis o siete parroquianos que matan la tarde del sábado en esta humilde taberna.

–¿Le puedo ofrecer algo para comer, caballero? –pregunta una camarera, que debe de tener más o menos los mismos años que tenía Lorenza Calvo–. Hay callos de vaca. *Riquismos*.

–En otra ocasión –contesta el policía–. Un par de huevos cocidos sí que me comería.

–Hay también magras con tomate y lengua de carnero. Por si se le antoja comer algo caliente.

–No, pero lo que sí se me ha antojado es un poco de queso. ¿Tienen?

–Claro, un queso manchego *buenismo*. Del pueblo de mi familia.

–Venga, pues, tráigame un plato de queso.

–También tenemos chorizos de Candelario. Si quiere le parto un par de rodajas. Invita la casa.

–No, muchas gracias, joven. Con los huevos y el queso está bien. Otro chato de vino sí que voy a beberme.

–Está rico, ¿verdad? Yo bebo a veces un vasito con la comida. ¿A qué no *adevina* de dónde es?

–¿Un valdepeñas?

–Casi, casi. Nos lo traen de una bodega de Manzanares. Aunque el vino lo crían en un pueblecito de al lado. Membrilla, se llama. Como en una obra de teatro que se hizo hace muchos años. En la época del Quijote, pizca más o menos. Pero bueno, me voy, que ya me estoy empezando a poner cotorrona.

–En absoluto, joven. Me han gustado mucho sus explicaciones.

La camarera toma el vaso de vidrio de la desnivelada mesa en que Benítez tiene apoyados los codos y se aleja, no sin antes haber dedicado al inspector una coqueta sonrisa que aún aletea en sus labios cuando regresa, después de que el tabernero haya servido otro chato de vino tinto de Membrilla.

–*El galán de la Membrilla* se llama la obra que le mentaba. De Lope de Vega. Me acaba de llegar a la imaginación, según venía para acá. Mi padre la tenía junto con otras cuantas comedias de aquella época, pero se nos quemaron todas en el incendio. No sé si se hallará en alguna librería... Lo digo por si le pica la curiosidad... Tiene usted pinta de leer *muchismos* libros.

–¿Ah, sí?

–Sí, pero no se vaya a molestar *usté,* eh. Que no lo digo con intención de faltarle.

–Mejor así. Hasta ahora nos estábamos llevando muy bien. Y ¿cómo dice que se llama la obra? –pregunta Benítez, mientras visualiza mentalmente el ejemplar que tiene en su biblioteca.

–*El galán de la Membrilla.*

–La buscaré. Me ha picado la curiosidad.

Benítez saca un lapicero, una libretita y se dispone a escribir en ella. La camarera le pone una mano sobre la muñeca y con la otra le arrebata el lapicero.

–Si me permite el caballero –dice la camarera, y escribe el título de la obra con una caligrafía insegura, pero legible–. Si la encuentra en alguna librería y quiere contarme qué le ha parecido, ya sabe usted dónde encontrarme.

–Tenga usted por seguro que si la encuentro, vendré a regalársela. Una vez que la haya leído, claro.

–Claro. Primero tiene que leerla usted. A ver si le gusta. Bueno, me voy a por su comida. Y perdone otra vez si le he molestado.

–Todo lo contrario –responde el inspector, con una amarga sonrisa en los labios–. Necesitaba dejar de pensar por un rato en mis cosas.

–Pues si son cosas tristes, como parece, deje de pensar en ellas ahora mismo. Por lo menos mientras esté en esta casa, queda *prohibío* pensar en preocupaciones. Si veo que se le pone la cara de andar cavilando amarguras, vengo y me siento con usted a pegar la hebra. Aunque solo sea *pa* decirle unos cuantos disparates.

Benítez se sonríe.

–A propósito, me llamo Concepción.

–Tanto gusto, señorita Concepción. Yo me llamo José María.

Después de andar sin rumbo durante más de media hora, tratando de encajar en su cabeza todas las escenas de este drama, el inspector Benítez llega a Tabernillas, 17, con unas cuantas ideas más o menos claras flotando en un confuso mar de incertidumbres.

Además de Juan y Fernando, un tercer hombre participó en el robo.

Ese hombre mató a Lorenza.

Alguien que conocía ciertas interioridades de los Ribalter está implicado en la organización del golpe.

Si esa tercera persona que planeó el robo es el mismo que amordazó al ama de llaves junto a Fernando, o si esa tercera persona mandó al tipo del calañés para asegurarse de cómo se hacía el trabajo, es otra cuestión.

Pero... ¿qué necesidad tenían Juan y Fernando de inventarse a un cuarto hombre?

Con cargar la responsabilidad del golpe sobre un tercero que los contrató era suficiente. El tipo que los metió en el lío se presentó en la casa y él fue quien mató a Lorenza. Así de sencillo. ¿Para qué inventarse un cuarto hombre?

El ama de llaves dijo que los dos hombres que la habían atado a la silla eran altos. Juan es más bien bajito. Salvo que... usará calzas... ¡No, por Dios, José María! Aférrate a las pocas cosas sólidas que tienes. Que hubo un tercer hombre es una de ellas. Un tercer hombre tan alto como Fernando participó en el robo.

Por otro lado, alguien que estaba al tanto de lo del portero de los Ribalter con la huevera de la calle de la Ventosa, alguien que, muy probablemente, creía que Lorenza estaba embarazada, alguien que tenía conocimiento del cajoncito secreto donde estaba guardado el dinero, organizó el golpe.

Ese alguien, disfrazado con barbas blancas, nariz postiza y gafas tintadas, aborda a Juan, un muchacho con apuros económicos que ha estado buscando colocación en infinidad de sitios, y le propone el asunto. Él acepta y busca como cómplice a Fernando. La noche del golpe, el hombre del disfraz envía a un matón para asegurarse de que se hace bien el trabajo. Va directo a la cómoda-escritorio donde el señor Ribalter guarda el dinero, lo encuentra, se esconde los seiscientos mil reales y le muestra a Fernando otro paquete de billetes con distinta numeración. Setenta mil reales en total. Bajan, se lleva los pocos objetos que Fernando había sustraído y, para no dejar ningún cabo suelto, acaba con la vida de Lorenza. La otra chica que podía identificar a Juan y Fernando, Engracia, ya estaba muerta y abandonada a la orilla del Manzanares. El hombre que organizó el robo solo perseguía el dinero.

Es una posibilidad; una posibilidad con un gran «pero». Según esta hipótesis, quien organizó el robo tuvo que confiarle un dineral al tipo del calañés. El cerebro del golpe tuvo que darle una buena cantidad de billetes a un rufián, mandarle a una casa donde había mucho más dinero y confiar en que no solo no se escapase con el botín entero, sino que matase a una criada que a él no le podía reconocer.

Es una posibilidad, sí. Una posibilidad con un gigantesco «pero».

Lo bueno de los «peros» es que, a veces, mientras se piensa en ellos, mientras se trata de darles una explicación racional, se encuentran otras posibilidades alternativas.

¿Y si en el compartimento secreto no había dinero?

Si alguno de los Ribalter organizó el robo, bien pudo haberse llevado el dinero que se suponía escondido en el cajón secreto y haber puesto en su lugar una cantidad más pequeña y con distinta numeración.

Eso reduce los riesgos considerablemente.

¿Lo hizo usted, señor Ribalter?

En vez de llevar a su hijo Juan José a un prostíbulo para que se iniciase en materia amatoria con una meretriz, metió en su casa una de esas muchachas que llegan a Madrid y se van derechas a una agencia de colocación de criadas. Una muchacha sin arraigo alguno. Como aquella chica de La Lastrilla con la que se inició Eusebio. Una muchacha que no se negaría a lo que su amo le pidiese y menos si mediaba una buena suma de dinero.

Pero Lorenza recibió una carta de su hermano en la que le decía que su padre le iba a poner a ganar un jornal mientras tuviese que seguir encamado por el accidente. Y eso la angustió. Ella no podía permitir que su hermano dejase la escuela. La angustió tanto que terminó perdiendo la menstruación. ¡Qué tontería! ¿Verdad? Todo se complicó porque la estúpida de Lorenza se creía encinta. Entonces usted pensó que la única manera de solucionarlo era fingir un robo en su casa, un robo en el que la criada resultara muerta.

Pero no lo organizó usted, señor Ribalter. ¿A quien confió tan delicado encargo?

¿A su mano derecha, al señor Villalpardo?

¿Es Luis Villalpardo el viejo de las barbas blancas y las gafas tintadas?

Cuando entra en la sala de oficiales, su personal, al completo, se le queda mirando fijamente. Él observa la expectación de sus caras sin decir nada. Todos esperan que dé la gran noticia: que los detenidos han confesado. Pero nada es tan sencillo. Además, el inspector no ha digerido aún lo de que Fernández Belmonte esté encerrado en el Gobierno Civil porque Ortega se haya ido de la lengua.

Entonces, antes de que Benítez haya dicho nada sobre los detenidos, a Marugán, el ordenanza, le entra un violento ataque de tos que le obliga a ponerse en pie, tumbando, al hacerlo, su desgastado taburete.

Si el hombre de las barbas blancas y las gafas tintadas existe, se dice Benítez para sus adentros, mientras Fernández Carmona sirve un vaso de agua a Marugán, es posible que alguien más le haya visto. Es posible que alguien le haya oído toser.

–Señor Fonseca, voy a salir –anuncia Benítez, obviando que Ortega está presente–. Si no he vuelto para las siete, hágame el favor de cerrar usted la inspección.

–Inspector, si tiene usted un momento...

–Ahora no, Fonseca, voy con prisa. Tengan todos un feliz domingo.

Benítez pasa las páginas de las *Doce joyas del teatro español contemporáneo* sin llegar a leer más que el título de la obra o el nombre de su autor. A través de las cortinas descorridas entra la anaranjada luz del atardecer. En el cercano convento de San Plácido acaban de dar las cinco.

–Aquí tiene, inspector, su vaso de leche –dice la señora Campos.

–Muchas gracias, señora Campos –responde Benítez–. La leche es lo que mejor me sienta cuando me ataca la gastritis.

Benítez toma el vaso con la mano que tiene libre y se lo lleva a los labios.

–Ayer me pareció verla en la calle de Fomento –observa con gesto distraído, sin haber llegado a probar la leche.

–¿En la calle de Fomento, dice?

–Sí. Yo estaba en la calle de Torija y me pareció verla bajar por la de Fomento.

–Sí, puede ser.

–Entró usted en la lonja de ultramarinos de José Martínez, ¿no?

–Ah, sí, fui a comprar unas cosas donde el señor Martínez.

–Un poco lejos de su casa, ¿no?

–Es que el señor Martínez me hace precio. Como somos paisanos.

–No le vi cesto.

–¿Ah, no?

–No. Ni paquetes al salir.

–Se le había agotado lo que había ido a comprar.

–¿Aprovechó para pagarle el dinero que le debía?

–¿Disculpe?

–¿Que si saldó la cuenta con el señor Martínez?

–Pues sí lo hice, inspector, ya que tanto parece interesarle si pago o no pago mis deudas.

–Pues sí, me interesa bastante, señora Campos. Principalmente me interesa saber de dónde procede el dinero que han recibido en los últimos días.

–¿Dinero? ¿Qué le hace suponer eso?

–¿Le gusta el teatro, señora Campos?

–Inspector Benítez, me está usted confundiendo. ¿Me podría decir adónde quiere ir a parar con tanta pregunta?

–Sí, claro que le gusta el teatro. Sin duda. Por eso, antes de ayer, el mismo día que, por algún motivo que aún ignoro, van y le cuentan al juez una sarta de mentiras, su hijo le regaló por su cumpleaños un costoso libro que incluye doce obras teatrales. Alejandro no la va a llevar al teatro, claro. Eso sería muy sospechoso en la vecindad. La gente podría preguntarse de dónde han sacado el dinero.

–Inspector Benítez –dice la señora Campos, levantándose–, lamento tener que invitarle a que salga de mi casa.

Benítez se bebe el vaso de leche de un sorbo, lo deja sobre el velador, se levanta, coloca las *Doce joyas* junto a los seis libros devotos, se gira, camina hasta donde está la señora Campos y, mirándola fijamente a los ojos, le dice:

–¿Qué le hace pensar que no van a hacer con usted y su hijo lo mismo que le hicieron a Engracia?

–Inspector, le ruego que salga de mi casa.

–Detrás de las muertes de Lorenza y Engracia no está un ladronzuelo de tres al cuarto, señora Campos. Se lo aseguro. Quien haya mandado matar a Engracia no es de los que van dejando por ahí cabos sueltos.

La señora Campos se dirige a la puerta de entrada, la abre y se aparta para que Benítez pueda salir. El inspector sale con pasos morosos al oscuro rellano. Mientras, la señora Campos enciende una vela. Con un pie en el primer peldaño de la escalera, Benítez vuelve la cabeza.

–¿Así piensa pagarle a Engracia que siguiera con usted pese a todo?

Ella le sostiene la mirada sin contestar. Su rostro, a la luz de la vela que arde en la palmatoria, es dolorosamente hermoso. Él adopta una expresión contenida, grave, gélida, aunque una hoguera le abrasa intramuros.

–¿Quiere llevar por el resto de su vida esa pesada carga sobre su conciencia? ¿Quiere ser usted encubridora de un crimen, encubridora de la muerte de una buena muchacha que trabajaba para usted, casi de balde?

Se ha roto por completo. Benítez lo nota en la expresión de su cara. En sus preciosos ojos negros. En su boca de líneas perfectas. Va a echarse a llorar en cualquier momento. Pero antes hace un último esfuerzo por no llorar y, con voz temblorosa, dice:

–Por favor, inspector, entre. Tenemos que hablar.

XX
Abrazos

El coche de punto enfila la calle de Tabernillas quince minutos después de las siete. Quizá Fonseca esté aún en la inspección, confía Benítez mientras sube las escaleras. Justo cuando abre la puerta, Fonseca se dispone a matar el último quinqué encendido.

–No apague la luz, Fonseca.

–¡Qué susto, san Dios! Parece usted un gato.

De repente le ha venido a la cabeza algo que solía decirle su madre. Cuántas veces le habrá dicho la señora Gregoria esa misma frase, «parece usted un gato», y, sin embargo, hacía siglos que no recordaba que su madre le llamaba así, gatito. «Mira, vecina, por ahí viene mi gatito. El gatito más guapo de la calle del Lobo.»

–Con mezcla de sangre asturiana, manchega y valenciana –responde Benítez–, pero nacido en los Madriles, así que gato, al fin y al cabo.

–¡Mire, usted! Tantos años conociéndonos y ahora me entero de que también tiene usted su tantico de horchata en el circulatorio.

–¿Qué le parece si dejamos las genealogías para otro momento? ¿Tiene hambre?

–Algún hueco se ha formado en las tripas en la última hora.

–Vamos a casa, comeremos algo mientras le pongo al día.

–A propósito de casa, creo que tiene visita.

–¿Visita?

–Han puesto en libertad a Fernández Belmonte. Ha venido con su sobrino un poco después de que usted saliera.

Benítez chasquea la lengua.

–Se había olvidado de él, ¿verdad? –pregunta Fonseca.

–Completamente –se lamenta Benítez.

–¿Quiere que vaya a buscarle una rodela?

–Una armadura completa mejor –dice el inspector, sonriéndose.

–Yendo conmigo, quizá la señorita Eugenia se contiene un poco.

–La verdad es que tiene motivos de sobra para quejarse de mí. Desde que ha vuelto de Badajoz no le he prestado demasiada atención.

–Ella lo entenderá. Hacía tiempo que no tenía usted entre manos un caso como este.

–No es excusa. He debido sacar un rato para sentarme a hablar con ella. Ya se enteró usted de que quiere ser maestra.

–Todavía falta mucho para que empiece el curso, inspector.

–Ya, pero yo sé lo voluble que es mi hija y lo mal que lo pasa cuando toma decisiones a la ligera. Tenía que haberle dedicado un rato para que me contara cómo está y... –Benítez hace una pausa. Tal vez la pausa que haría si fuese Eugenia con quien estuviera hablando– para decirle que decida lo que decida yo la voy a apoyar.

–Me parece que esta noche no es buena idea que se lleve a un oficial a cenar a casa.

–Pasemos a mi despacho, entonces. Prometo no robarle más de quince minutos.

–Yo también tengo que robarle unos minutillos, jefe –dice Fonseca, mientras Benítez prende el quinqué de su escritorio.

–¿Y eso?

–Creo que el señor Ortega no ha tenido nada que ver con que detuvieran a Vilanova.

–Ah, ¿no? Entonces, ¿cómo se explica que justo después de que nosotros le relacionásemos con Elías, el inspector Centeno le haya caído encima? ¿Casualidad?

–Desconfianza, más bien.

–¿Desconfianza? ¿Desconfianza de quién?

–De González Cuesta, inspector. Nada más informarle usted de que Vilanova podía haber tenido escondido en su casa a Sánchez Medina, el secretario del gobernador encomendó al inspector Centeno que le buscara. Me lo ha contado uno de sus oficiales hace un rato. Uno de buena ley.

–¿Sabe lo que le digo, Fonseca?

–¿Que tal vez le deba una disculpa al señor Ortega?

–Eso mismo.

–Si quiere dársela esta noche, después de las diez va a invitarse a unos tragos en el Clavijo. Está usted convidado.

Le ha prometido a Fonseca que trataría de olvidarse del trabajo, al menos, por el resto de la noche, pero cuando gira la llave en la cerradura de la puerta de su casa, algo se activa en su mente y la señora Campos está de nuevo frente a él, en la salita pobremente iluminada de la calle del Pez, confirmándole con los ojos aún llorosos lo que Benítez sospechaba: alguien les obligó, a ella y a Alejandro, a mentirle al juez. El jueves por la mañana, cuando volvía a casa de entregar la labor, oyó que su hijo la llamaba desde el interior de un carruaje. Se acercó al vehículo y vio que un hombre le apuntaba con un arma. La señora Campos subió al carruaje y el hombre les dijo lo que tenían que contarle al juez si no querían acabar como Engracia. Por un momento, Benítez ha temido que la descripción del hombre no se pareciese en nada a la del viejo de las barbas blancas y que las cosas siguieran como hasta ahora, de sorpresa en sobresalto. Pero no ha sido así. Por fin las cosas comienzan a ocurrir como se espera. El hombre que apuntaba con una pistola a su hijo era un hombre de barbas canosas, nariz gruesa y llevaba gafas tintadas.

–¿Era alto o bajo?

–No estoy segura, estaba sentado, pero no me pareció alto.

–¿Se fijó usted si tenía algún acento o rasgo en la voz?

–Una voz ronca. Creo que tosió un par de veces. No recuerdo ningún acento particular.

–¿Se fijó en cómo era el vehículo?

–No, estaba muy nerviosa, pero Alejandro me dijo que era como la berlina que usted describió, la berlina...

–Tranquila, Ana Isabel, tranquila, todo va a salir bien. Cogeremos a los culpables. Le doy mi palabra.

El viejo de la barba blanca no era un invento de Juan López. El hombre disfrazado que le contrató para dar el golpe en casa de los Ribalter era el mismo que había obligado a cambiar su declaración a la señora Campos y a su hijo, el mismo que había asesinado a Engracia.

Solo quedaba una cosa que aclarar y esa atractiva señora que ahora Benítez se imagina ante sí, le había ahorrado la pregunta.

–Lo del dinero para saldar mi deuda con el señor Martínez tiene una explicación bien sencilla, inspector: cuatro duros y medio que mi hijo había ahorrado haciendo recados en el Café de Platerías... Ingenua de mí..., creía que iba por las tardes a estudiar donde un compañero, pero ya ve... Mi Alejandro se ha hecho un hombre sin que yo me haya dado cuenta. El otro día se enteró de que Martínez nos había cortado el crédito y me dio todo lo que había ahorrado en este tiempo. Todo menos lo que se guardó para comprarme el libro... Siento mucho haberle mentido, inspector.

–Si alguien hubiese amenazado a una de mis hijas, yo hubiera hecho exactamente lo mismo que usted. Ahora lo que importa es asegurar que ni a usted ni a su hijo les pasa nada. ¿Dónde está Alejandro?

–En el café.

–Por el momento será mejor que deje el trabajo en el café. Por el dinero no se pre... Si le parece bien, voy a buscarle ahora mismo. De vuelta pasaremos por el puesto de la Guardia Civil para que la ronda aumente la vigilancia de esta calle. Hablaré también con el inspector del distrito y, si es necesario, pondré también a mis agentes a hacer turnos de vigilancia. Quédese tranquila, Ana Isabel. Todo va a ir bien.

–Lo sé, inspector, pero lamento tanto no haber tenido el valor de contárselo antes.

340

–Voy a por Alejandro.

–¿Me permite hacer algo, inspector?

–Sí, claro.

–Tiene la corbata hecha un desastre.

¿Cuánto tiempo lleva ahí con una mano en la cerradura, un cabo de vela consumiéndose en la otra y el bastón bajo el brazo?

Pasa de una vez a tu casa, José María. ¿A qué esperas?

Benítez gira la llave y empuja lentamente la puerta.

Antes de entrar, una última caricia a esa corbata que ella ha compuesto con sus manos, sus manos maltratadas por la costura, sus apetecibles manos de dedos largos y delgados que huelen a pasta de almendra.

–Buenas noches, don José María –dice Gregoria, mientras el inspector cuelga el sombrero–. ¡Qué bien compuesto trae *usté* el lazo del corbatín!

–Buenas noches, Gregoria. ¿Ha cenado ya mi hija?

–Hace rato que llevo diciéndole que cene, pero se ha *emperrao* en esperarle.

–¿Y el señor Fernández Belmonte, sigue en casa?

–Faltaría más que eso. El muchacho acaba de salir de un calabozo. No se iba a ir solo *pa* su casa. Le ha dicho el José Francisco que se quedara aquí hasta que él vuelva.

–Pues ha hecho muy bien en decírselo.

–Bueno, en cuanto quieran *ustés* les sirvo la cena.

–Deme unos minutos para saludar y refrescarme un poco la cara.

–Buenas noches, padre.

–Buenas noches, hija. Señor Belmonte. Me alegra mucho verle.

Fernández Belmonte se levanta del sillón, se dirige hacia donde está Benítez y le abraza efusivamente.

–Muchísimas gracias, don José María –dice Elías, con voz temblorosa–. Supongo lo que habrá tenido que pelear para que no me llevaran al Saladero. Gracias de corazón.

–No tiene nada que agradecerme, señor Belmonte. No tenían ningún motivo para retenerle y por eso le han soltado. ¿Cenamos?

–Padre, ¿sabe cómo ha ido la votación en el Congreso?

–No, no he oído nada.

–Martínez de la Rosa, el candidato propuesto por el Gobierno, ha obtenido más de doscientos votos –informa Eugenia.

–Con su pan se lo coman –dice Benítez, encogiéndose de hombros–. ¿Cenamos? Estoy hambriento.

El fantasma de la detención de Elías se ha sentado a la mesa como un comensal más. Callado, discreto, pero muy presente, esperando el momento para amargarles la cena. Sin embargo, a medida que pasan los minutos, cada vez parece más improbable que el incómodo convidado vaya a aguarles la fiesta. Y todo gracias a Eugenia, a la alegría que irradia, al acierto con el que ha ido enlazando un tema de conversación con otro hasta que el recuerdo del tenebroso calabozo del Gobierno Civil desaparece por completo del rostro del escritor. Sin atosigar lo más mínimo, cada vez que se instala en la mesa un silencio algo prolongado, ella saca algún asunto a colación que suscita de inmediato el interés de Belmonte. Está realmente encantadora, se dice Benítez. Su madre estaría muy orgullosa de ella.

–Sabe, señor Belmonte –dice Benítez, sin poder apartar los ojos de su hija–, Eugenia quiere ser maestra.

En el entrecejo de Eugenia se dibuja una sutil arruga.

Sorpresa, tal vez.

¿Desconfianza?

Benítez comprende que ella dude de sus intenciones. No la culpa.

–Una de las ocupaciones más nobles a las que puede dedicarse alguien –dice el escritor–. Felicito su decisión, señorita Eugenia.

–Muchas gracias, señor Belmonte –responde ella, con un atisbo de suspicacia latiéndole aún entre las cejas–. Aún no he tomado una decisión en firme, pero casi.

Es el momento. No hay duda. Tiene que mostrarle su apoyo. Decir en público algo así como «Estoy seguro de que vas a ser una magnífica maestra, cariño. Una de esas maestras a las que sus alumnas no olvidan jamás». Necesita oír que su padre confía en ella, en su capacidad.

Pero no es cuestión de capacidad. Capacidad le sobra. Eugenia ha demostrado infinitas veces que es capaz de destacar en casi cualquier cosa por la que se interese. De hecho, lo ha demostrado demasiadas veces.

A la cabeza de Benítez llegan, de golpe, decenas de ejemplos del polifacético talento de su hija.

Un *San Juan con el Niño Jesús* pintado por Eugenia a la edad de diez años. Un aria de *Lucia di Lammermoor* cantada a los quince. Una página de *Das Urbild der Menschheit* traducida, sin ayuda de diccionario, a los veinte.

Una larga relación de talentos que, apenas despuntados, se echaron a perder.

¿Por culpa de quién?

–Vas a ser una gran maestra, hija –dice finalmente, sin estar convencido de sus palabras–. Si decides dedicarte a ello y te esfuerzas, puedes llegar a ser una de esas maestras a las que sus alumnas no olvidan jamás.

–Muchas gracias, padre –dice ella, con un brillo frío en las pupilas–. Su apoyo significa mucho para mí.

¿Por culpa de quién?, se repite su padre, sin el valor de buscar una respuesta. Sin el valor para enmendar su tibieza.

De la entrada llegan las voces de Gregoria y José Francisco.

Podría ser su hija Eugenia. Le dobla la edad con creces. Pero es tan adorable. Sus ojos negros, chispeantes, soñadores. Sus labios rojos, con forma de corazón, que al sonreír muestran unos dientes parejos, blancos como la leche. Sus pequeños pechos de curva perfecta. Todo en ella le enloquece desde el mismo instante en que la vio. Ya no hay marcha atrás. Ha vuelto a caer. Como tantas y tantas veces. Enamorado como un cadete, pese a las canas. Así se sintió nada más conocerla. Y ahora ya es tarde para arrepentirse de miradas indiscretas, de requiebros susurrados al oído, de notitas clandestinas. Ya es demasiado tarde para intentar domar el violento deseo que le crece bajo el pubis. Ella le pide que siga. Se lo ruega. Él trata de resistirse, pero la entrepierna de la muchacha le impide separarse de ella. Sus dedos, pequeños, delicados, le arañan la espalda con una fuerza brutal. Sus ojos negros anulan por completo su voluntad. Al poco de entrar en ella, los gritos que lanza hacen aparecer en la ventana que da a la calle un aquelarre de viejas sin dientes que le sacan la lengua en contorsiones lascivas. Él cierra los ojos e insiste en las suaves y rítmicas embestidas hasta que Mariana, entre gemidos, contrae sus muslos y ambos explotan al unísono justo cuando suenan las campanas de la catedral. Debo irme, dice con el eco de la última campanada aún vibrando en el aire. Ella trata de retenerlo, pero es inútil. Él se viste precipitadamente y sale de la habitación. Mariana llega antes de que haya abierto la puerta de la calle y le entrega un libro, *Dos mujeres*, la novela de Gertrudis Gómez de Avellaneda. Te he escrito algo dentro. Ten cuidado, no vayan a encontrártelo. Sí, lo tendré. Ahora debo irme. Y entonces comienza su desesperada carrera hacia la calle de Comedias. Debe llegar cuanto antes. Presiente que algo malo va a pasarle a su familia. Pero el trayecto que, a buen paso, se cubre en menos de cinco minutos, se le hace eterno. De todas partes, de la Fonda de las Tres Naciones, del Café de la Lealtad, del Teatro del Campo de San Juan, salen personas que le agarran del brazo y le impiden avanzar. Hombres y mujeres con los que apenas ha cruzado dos palabras en su vida, le retienen y le preguntan con familiaridad maliciosa de dónde viene. Él se desembaraza de todos sin contemplaciones, pero cuando enfila la calle de Comedias una recia mano le retiene. Es Aurelio, el marido de su hija Carlota.

¿Adónde con tanta prisa, don José María? Debo llegar a casa. Es urgente. Pero si doña Inmaculada ha muerto hace rato ya. Por la puerta de Palmas dicen que han visto huir a los criminales. Benítez da un empellón a su yerno, que termina sobre la acera, riendo como un enajenado. Se niega a creer lo que Aurelio le ha dicho y echa a correr calle arriba, hasta que una patrulla de la Guardia Civil en la puerta de su casa le impide entrar. Entonces, entre gritos desesperados, se despierta tembloroso, empapado en sudor.

Ha sido la misma pesadilla que le persigue desde hace años, el mismo crimen no resuelto que, cada cierto tiempo, lo despierta de madrugada y le hace desear estar muerto. Con una diferencia. Hoy no se ha despertado en la soledad de su cama. Hoy se ha quedado dormido sobre el amplio bufete de la biblioteca, frente al atril donde reposa el tomo primero de las memorias de Eugène-François Vidocq, abierto por la misma página por la que estaba cuando hace una hora Benítez se sentó ante él, con la intención doble de continuar su traducción al castellano y de distraer la mente. Ha sido la misma pesadilla de siempre, pero al despertar no está solo. A su lado está Eugenia.

–¿Estás bien, papá?

–Sí, cariño. Solo ha sido una pesadilla. ¿Y tú qué haces que no estás en la cama?

–Entré a ver si necesitaba algo y me pareció que no tenía un sueño muy tranquilo.

–Gracias, cielo mío. Debe de ser el cansancio. Pero ¿tú estás bien?

Ella se encoge de hombros. Sus ojos húmedos brillan al resplandor del quinqué de aceite que descansa sobre el bufete. Benítez siente que una montaña de remordimiento le cae encima.

–Lamento no haber sido más claro antes con lo de ser maestra. Tienes todo mi apoyo, cariño.

–Muchas gracias, padre, pero no se trata de eso. Por una vez en la vida, estoy convencida de mi elección.

–Entonces, ¿qué tienes?

–Echo de menos a Marcos. Le echo muchísimo de menos.

–Pero...

El sentimiento de su hija le ha pillado tan de sorpresa que no sabe qué decir.

–Que fui yo quien rompió con él, ¿no? –dice Eugenia–. Sí, es verdad. Pero eso no lo hace menos doloroso.

–Pensé que simplemente tus sentimientos por él habían cambiado.

–Solo he estado enamorada dos veces en mi vida, padre. La primera me hizo sufrir mucho. El hombre del que estaba enamorada desde niña se hubiese casado conmigo en cuanto usted le hubiese hablado de mis sentimientos. Lo hubiera hecho sin pensárselo dos veces. Por usted, por mí, por nosotros. Por nuestra felicidad. Pero yo comprendí que jamás hubiese podido hacerle feliz a él. Y poco a poco dejé de verlo como el hombre del que estaba enamorada.

–¿Y la segunda ha sido de Acosta? –pregunta Benítez, turbado ante las confesiones de su hija.

–Sí, padre. Todos los demás caballeros con los que he bailado y paseado por el Prado no han sido nada más que juegos. Ellos jugaban a conquistarme y yo jugaba a fingirme conquistada. Solo eso.

–¿Puedo preguntar entonces por qué rompiste con Acosta?

–En la compañía de seguros de su padre están haciendo cosas irregulares.

–¿Qué tipo de cosas?

–Le ofrecen seguros de quintas muy económicos a personas sin educación a sabiendas de que, de salir sus hijos quintos, lo que el seguro les cubre no les alcanzará para redimirse.

–Pero eso es una estafa.

–No, en los contratos está todo muy claro. Es asqueroso, sí, pero no cometen ningún delito.

–¿Y por eso rompiste con él?

–No, rompí con él porque no tuvo el valor de enfrentarse a su padre. Porque prefirió el dinero al amor. Por eso le dejé.

–Hiciste bien.

–¿De verdad lo cree?

–¡Claro que lo creo! El hombre que se case con Eugenia Benítez Bejarano habrá de ser ante todo honrado. Yo no he sido un padre ejemplar, pero al menos el valor de la honradez sí creo habéroslo enseñado.

–¿Por qué dice eso?

–¿Lo de la honradez? –bromea Benítez, no muy acostumbrado a mantener este tipo de conversaciones con su hija.

–No, tonto. Lo de que no ha sido un padre ejemplar.

–Porque no lo he sido. Porque cuando tengo un caso entre manos, me olvido del mundo. Antes de irte a Badajoz, me dijiste que querías ser maestra y yo ni siquiera te he dedicado media hora para hablarlo.

–No me trate como a una niña pequeña, padre. Usted está resolviendo un asesinato. Bueno, dos. ¿Tan egoísta me cree como para no entender que eso es más importante ahora que si yo, dentro de un montón de meses, voy a matricularme o no en la Escuela Normal?

–Perdona, no quería decir eso.

–Perdonado –dice ella, con un brillo en los ojos que cada vez está más lejos de las lágrimas–. Lo que sí le voy a echar en cara es una cosa.

–Aprovecha, que hoy he hecho enmienda de corregirme en todo lo que esté en mi mano.

–Pues esto lo está. Es tan sencillo como que me prometa que va a ir a ver a Carlota antes de que dé a luz.

De pronto, aparece ante sí la imagen de su hija Carlota en la noche en que murió su esposa. «¿No va a decirme dónde estaba, verdad?», repite una y otra vez ella. «¿No me va a responder, padre? ¿No va a decirme dónde estaba mientras unos desalmados asesinaban a su esposa?»

–Lo intentaré –dice Benítez.

–No –replica Eugenia–. «Lo intentaré» no me vale.

–Te lo prometo.

–¿El qué? ¿Que antes de que acabe noviembre habrá ido a ver a su hija, a su yerno y a su nieto a Badajoz?

347

–Lo prometo –responde Benítez, sin poder evitar que una triste sonrisa se le dibuje en los labios.

–A propósito, ¿sabe que estoy muy enfadada con Carlota? –dice ella, con la graciosa mueca que de niña empleaba para exagerar teatralmente un enfado–. Me ha rechazado como madrina.

–¿Ya han pensado en los padrinos?

–Sí, José Francisco y Mariana.

–¿Mariana? ¿La hermana de Aurelio?

–Claro. ¿Qué otra Mariana conoce usted?

–No, ninguna. Es que me extraña. Como ella y Carlota ni siquiera se hablaban...

–Agua pasada. Si Carlota le había retirado la palabra por una bobada. Por un comentario que ella hizo sobre un vestido. ¿Se lo figura usted? Dejar de hablar a alguien porque te ha dicho que no te sientan muy bien unos trapos. ¡Menudo disparate!

–Sí que lo es, hija. Y no haberte elegido a ti como madrina, también. Anda y ven a darme un abrazo, cielo mío. Dale un abrazo a este viejecito.

Eugenia se le lanza al cuello y le da un abrazo fuerte y prolongado.

Ha sido la misma pesadilla que le persigue desde hace años, la misma que, cada cierto tiempo, le despierta de madrugada y le hace desear estar muerto. Con una gran diferencia. Hoy Eugenia estaba a su lado.

XXI
Un billete de mil reales

Se había propuesto no pensar en el trabajo en todo el domingo. Al menos hasta que, bien entrada la tarde, los invitados que tiene a comer en casa hubiesen despejado el principal izquierda de Tabernillas, 17. Sin embargo, la casualidad ha querido que, nada más salir de misa de doce en San Andrés, haya reconocido al señor Ribalter entre la multitud que hormigueaba en la plaza de Puerta de Moros.

–Id yendo vosotros a casa. Yo iré enseguida.

–¡Pero, padre! –le reprende Matilde.

–En quince minutos, como mucho, estoy en casa. Media hora a lo más.

Mientras el resto de su familia termina de salir de la iglesia de San Andrés, Benítez atraviesa a grandes zancadas la plazuela de los Carros y enfila la carrera de San Francisco.

–Justo donde está usted vi hace unos días a Lorenza –suelta Benítez, a modo de saludo, cuando logra alcanzar a Ribalter.

–Buenos días también para usted, inspector.

–Había epidemia de tortícolis cada vez que salía a la calle.

–Era muy bonita.

–Sí, lo era.

–¿Es verdad lo que dicen? ¿Han detenido a los culpables?

–Hemos detenido a dos de los hombres que participaron en el robo.

–¿Han recuperado el dinero que se llevaron?

–Entre los dos se llevaron solo setenta mil reales. Además, los números de serie no coinciden con los que nos ha facilitado el señor Monasterio.

349

–Quizá los han cambiado.

–Sí, cabe esa posibilidad.

–¿Cómo han dado con ellos? Si me permite la pregunta.

–Estaban escondidos en un prostíbulo de Huertas y el ama los ha delatado. Es todo lo que sé. Ya le darán más detalles a usted la próxima vez que vaya por allí.

–¿Cómo dice?

–La casa de citas queda muy cerca de la que usted frecuenta. Seguro que alguna de sus amiguitas le puede dar detalles sobre la detención. Me han soplado que es usted la mar de atento con todas ellas.

–Inspector Benítez, retire ahora mismo sus palabras o...

–¿O qué? ¿Va a solucionar este problema igual que solucionó el de su hijo?

–¿Se puede saber de qué demonios está hablando, inspector?

–Por supuesto. Hablo de la agencia de colocación de criadas de la calle de la Montera a través de la cual contrató a Lorenza. La misma agencia donde le encontraron una maestra a su hijo Eusebio en cuanto tuvo edad de aprender ciertas cosas. De eso hablo, don José Antonio.

El señor Ribalter suelta una mezcla de risotada y soplido por sus enormes orificios nasales y se queda mirando fijamente a Benítez.

–¿Seguimos caminando o me responde a las preguntas que tengo que hacerle en su casa? Puede que a su esposa le interesen las respuestas.

–Pregunte lo que tenga que preguntar, pero hágalo rápido. Me están esperando.

–Claro. A mí también me espera mi familia en casa.

–Pues dispare.

–¿Ha recuperado la cajita de rapé con el retrato?

–¿Qué cajita de rapé?

–¿No ha dicho que tenía prisa?

–No, no la he recuperado.

–¿Por qué no denunció su desaparición?

–Esa cajita no tiene el mismo significado para mí que para mi esposa. No puedo decirle más.

–¿Se refiere a que se la ganó al padre de doña Rosario en una partida de cartas en La Habana?

–Se cree usted muy listo, ¿verdad?

–No, pero no me gusta que me tomen por tonto.

–¿Tiene alguna pregunta más?

–Sí. No es importante, pero tengo curiosidad. ¿Sabe usted qué hizo Lorenza con los dos mil duros que le dieron por irse de Madrid?

–No sé de qué habla.

–Miente, señor Ribalter. Miente y hace que ambos lleguemos tarde a nuestros compromisos.

–Inspector Benítez, no sé adónde quiere ir a parar, pero se me está empezando a agotar la paciencia.

Ribalter se gira en redondo y echa a andar carrera de San Francisco arriba, desandando el camino recorrido.

–Adónde quiero ir a parar, me pregunta –replica el policía–. Pues se lo diré, don José Antonio, se lo diré. Quiero ir a parar a que usted contrató a Lorenza con el mismo propósito con el que contrató hace ocho años a una muchacha de un pueblo de Segovia para que su hijo Eusebio se iniciase en la coyunda. Como perro viejo que es usted, conoce bien los peligros sanitarios que conlleva visitar ciertos lugares, así que prefirió meter a la maestra en casa. Pero entonces ocurrió un contratiempo: la maestra anunció que se había quedado preñada. ¡Vaya por Dios! Y entonces, como hombre de recursos que es, le encargó a alguien que resolviese el problema que usted mismo había generado. Alguien que, fingiendo un robo en su casa, acabase con la vida de Lorenza. Justo a ese punto es adonde quería ir a parar, don José Antonio. Justo a ese punto.

–¿Sabe lo que le digo, inspector? –dice Ribalter a escasos diez metros de llegar a su casa.

–Sorpréndame, don José Antonio.

–Que mi hijo Eusebio lleva razón: es usted el mejor policía de Madrid con diferencia.

Benítez no puede evitar que la expresión de su rostro acuse la sorpresa.

–Es usted el mejor policía de Madrid y, si le dejasen, llegaría a superar con creces los éxitos del señor Antuñano. Pero en este asunto anda usted muy equivocado.

–¿No le ofreció dinero a Lorenza para que se fuera de Madrid?

–Por supuesto que se lo ofrecí –contesta el almacenista, mientras saca una llave–. Y, aunque se hizo al principio la remolona, terminó cogiéndolo. Y si no lo hubiese hecho, yo hubiese mejorado la oferta en la cantidad que hubiese sido necesaria.

–¿Y si ella no hubiese aceptado el trato?

–Todo el mundo tiene un precio, inspector. Todo el mundo. Lo cierto es que yo no podía permitir que mi hijo se arruinase la vida, casándose con alguien a quien no amaba. Puedo asegurarle que sé muy bien de lo que hablo.

–No lo dudo.

–No podía permitir que mi hijo se viese obligado a casarse con una muchacha analfabeta, pero de ahí a matarla... ¡Por Dios, inspector! Yo no soy de los que arreglan esas cosas a navajazos.

Se ha sentado a la mesa con las palabras de José Antonio Ribalter, «yo no soy de los que arreglan esas cosas a navajazos», revoloteando en su mente. Contra todo pronóstico, con el primer pedazo de jamón de Montánchez que han servido de aperitivo, todo lo que tiene que ver con el caso ha desaparecido por completo.

–Exquisito –exclama Fernández Belmonte, quien anoche aceptó gustoso la invitación que le hizo Benítez.

–Uno de los manjares preferidos de Carlos I –dice José Francisco, dirigiendo la mirada a su tío.

–Parece ser que ese formidable sabor del jamón se debe a que los marranos de esas tierras, además de bellotas, se alimentan de reptiles –añade Benítez–. Víboras, sobre todo.

–Ah, ¿sí? No lo sabía –ironiza Eugenia, dando a entender, con el tono de su voz, que no es la primera vez que escucha de padre y primo aquella observación sobre el jamón de Montánchez, la dieta de los cerdos y el emperador Carlos.

–Pues, hija –replica Matilde, que no ha captado la ironía ni en la voz ni en el gesto de su hermana–, no es la primera vez que yo le oigo hablar de esto mismo a padre.

Fernández Belmonte se muerde los labios. Eugenia le imita, intercambiando con él una mirada de complicidad. Benítez se siente relajado. Está feliz, muy feliz de que José Francisco y Elías hayan venido.

Cuando sirven el segundo plato, una becada rellena con salsa de higos, Benítez se da cuenta de que ha atravesado aperitivos y primer plato, una crema de patata, queso de bola y calabaza, sin pensar ni un instante en el caso. Ni un solo instante. Por breves momentos, frases sueltas de la conversación con José Antonio Ribalter cruzan por su cabeza. Pero esas frases atraviesan su pensamiento como un rayo, sin apenas hacer mella.

–Pero ¿otra vez habéis ido a ver *El hombre de mundo*? –pregunta Eugenia a su hermana Matilde–. ¿No os aburre la obra? Os la debéis de saber de memoria.

–¡Para nada! –responde Matilde–. Es tan real lo que se representa y los actores están tan inspirados que el conocer lo que va a ocurrir es lo de menos.

–¿Tú piensas igual, Emiliano? –pregunta Eugenia a su cuñado.

–Sí y no –responde el doctor Gadea.

–¿Cómo es eso?

–Tu hermana no se cansa de ver la comedia de don Ventura por los actores, por lo que dicen y por el mensaje de la pieza. A mí, sin embargo, lo que me fascina es el argumento, que, aunque aparentemente es sencillo, mantiene el interés de principio a fin. Cada vez que la veo descubro un nuevo resorte.

–O sea –replica Eugenia–, ¿que ves la obra con ojos de anatomista?

–¡Exacto! –responde el doctor Gadea–. No lo podría haber expresado mejor, Eugenia.

–¿Y usted, tío, ha visto la obra del señor De la Vega? –pregunta Matilde.

–No, hija –responde Manuel Bejarano, mientras trata, sin éxito, de establecer contacto visual con José Francisco.

–¿Y a usted qué le parece la obra, señor Belmonte? –pregunta Eugenia, con una deslumbrante sonrisa.

–Un tiro errado.

–¿Un tiro errado? ¿Sería tan amable de explicarse?

–Con mucho gusto, señorita Eugenia –replica el escritor, inclinando con elegancia su cabeza de gruesos labios, nariz grande y frente despejada–. Según yo lo veo, al hombre felizmente casado que ha sido un calavera en su juventud, no le quita el sueño que su esposa le sea infiel. Al menos no es eso lo que más le preocupa.

–¿Ah, no? –dice ella–. Y, usted, como hombre experimentado que aparenta ser, ¿qué cree que le roba el sueño al que, habiendo sido un donjuán en su juventud, está luego felizmente unido en matrimonio?

–Sencillo: que, con los años, le regresen las pasiones de la mocedad y, por no poder contenerse, tropiece con la primera mocita que le ponga ojitos zalameros.

–Y por una canita al aire, un desliz sin importancia, eche a perder la codiciada paz doméstica que tanto le ha costado conseguir –remata Eugenia–. ¿No?

–Me ha leído el pensamiento, señorita Eugenia. Por eso digo que en *Un hombre de mundo* don Ventura de la Vega desvía el tiro. Porque no apunta al verdadero conflicto del donjuán convertido en marido.

–Interesante punto de vista, Elías –observa el doctor Gadea–. Lo que no me explico es que quien tan atinadamente discurre, luego vaya y se descuelgue con unas novelas que no tienen ni pies ni cabeza.

–*La Calderona* no es tan disparatada –observa Matilde, llevándose la mano a la boca nada más concluir la frase–. ¡Huy! No quería decir eso.

–No se apure, Matilde –responde Belmonte, sonriente–, que no soy yo de esos padres que se niegan a reconocer los defectos de sus hijos.

–Entonces, señor Belmonte –dice Eugenia, con una graciosa inclinación de cabeza–, por rematar el tema del tenorio, según entiendo de sus palabras, ¿usted no cree que un hombre mujeriego pueda corregirse con los años?

–Supongo que sí, pero no creo yo que al que ha sido un mujeriego en su juventud le preocupe demasiado que su costilla vaya a decorarle la frente. Según mi experiencia, ese tipo de hombres son por lo común bastante pagados de sí mismos. El que ha sido un donjuán en la juventud, aún barrigón, calvo y sin dientes, se sigue creyendo irresistible. Lo último que pasará por su cabeza es que su afortunada esposa, la elegida, pueda serle infiel.

–Bueno, pues por si acaso está usted en lo cierto en eso de que la cabra tira al monte –dice Matilde–, a partir de ahora voy a vigilar más de cerca a mi señor marido.

–¡Va! –protesta el doctor Gadea–. No era yo peligroso de mozo, lo voy a ser ahora a mis años.

–¡A tus años! –le rebate Eugenia–. A partir de los treinta es cuando más peligro tenéis los hombres.

–¿Qué peligro voy a tener yo, cuñada? Si ni de estudiante era yo de los que iban por ahí echando requiebros a las modistillas.

–Ya, ya –dice Eugenia–. Pues a mí me ha soplado cierto pajarito que, mientras te doctorabas, se te veía muy a menudo en el Salón de Capellanes.

–¿En Capellanes a mí? –replica el doctor Gadea, con una pícara sonrisa en los labios–. Una o dos veces habré ido por allí. Tres, a lo sumo.

–Anda, come y calla, Emiliano –dice Benítez–. Mejor no digas nada, que al final, como sigas así, hasta te prohíben ir al café por las noches.

–Pero, don José María, ¿cómo se le ocurre tamaña atrocidad? Para un momento de expansión que tiene uno.

–Que conste que yo le dejo ir al Suizo porque allí me le tienen bien vigilado –añade Matilde–. ¿Verdad, padre?

355

–Más vigilado que un preso en capilla, hija. Por esa parte, descuida.

–Pues quiero dejar constancia de que me siento acosado por padre e hija –replica el doctor Gadea, levantando el puño cerrado con teatralidad–. Y no me levanto de la mesa y me voy..., porque esta becada que ha preparado su cocinera, don José María, está deliciosa.

–Pues la merluza con salsa de avellanas que te cociné ayer también lo estaba. ¿O no?

–Cuidado, Emiliano, arenas movedizas –bromea José Francisco–. Mide bien tus palabras o vas derecho al fondo.

Todos ríen, incluida Matilde. Todos salvo Manuel Bejarano, que lleva toda la comida ausente. Mustio.

Un rato más tarde, todos charlan apiñados en torno al piano, donde Eugenia ha interpretado con maestría unas fantasías de Pedro Albéniz sobre motivos de *Lucia di Lammermoor*, su ópera favorita.

–Elías –dice Eugenia, sentada aún al piano, acariciando las teclas sin llegar a pulsarlas–, el próximo día que venga usted a casa tiene que traerse el violín.

–Claro que sí, señorita Eugenia. Sus deseos son órdenes para mí.

–A ver si es verdad y de paso trae practicada la pieza de la que hablamos anoche. Si es que se acuerda de cuál es, claro.

–Por supuesto que me acuerdo. *Adiós a la Alhambra*.

–¿Y sacará usted tiempo para practicarla?

–Dejaré de ir al Suizo si hace falta, pero la próxima vez que tenga el honor de ser invitado a esta casa, traeré la pieza bien aprendida. Palabra de caballero murciano.

–¿Tú estás seguro de eso? –pregunta José Francisco.

–¿De qué soy un caballero o de que soy murciano?

–De lo único que tenía por cierto hasta que he leído lo que decían de ti en *El Contemporáneo* de esta mañana.

–¿Y se puede saber qué decían?

–Te llamaban «popular novelista manchego».

–Ah, bueno, pero es que eso es verdad.

–Claro, Cartagena es la capital de la Mancha, ¿no?

–No, por el momento, pero mi santa madre, doña Antonia Belmonte Verdugo, nació en Vara de Rey, provincia de Cuenca. Por lo cual se puede decir que yo soy medio manchego.

–¿Cómo has dicho que se apellida tu madre? –pregunta Benítez.

–Belmonte Verdugo.

–No, si al final va a resultar que somos parientes –dice Benítez–. Mi padre era Verdugo de segundo apellido y, aunque nació en Villar de Cañas, su madre procedía de Vara de Rey.

–¡Vaya casualidad! –dice Eugenia.

–No te aflijas, hija –dice Benítez, con una sonrisa burlona–. Que para este grado de parentesco no se precisa dispensa del Papa.

–¿Sabe lo que le digo, padre? –dice Eugenia, con las mejillas como la grana–. Que el señor Belmonte es un joven apuesto, de amena conversación y muy simpático, pero tiene un gran defecto.

–«¡Oh, pérfida!» –exclama Elías, con aire teatral–. «¿Te complaces en levantarme al trono del Eterno para después hundirme en el infierno?»

–¿Sabe usted cuál es ese defecto, padre? –añade Eugenia, divertida con el arranque histriónico del escritor–. Pues esa mezcla tan bonita de castaño y verde de sus ojos. Se parecen demasiado a los suyos, padre.

–Vaya, pues siento que la historia de amor se vaya a malograr por mi culpa. Pero que conste que mis ojos no vienen de la rama manchega. Estos ojos míos proceden de Asturias. Son herencia de mi abuelo materno. Estos ojos son Galcedo, no Benítez.

–A propósito de parentescos –dice Manuel Bejarano, levantándose de la butaca–. Tengo que daros una noticia importante.

Todos le miran de inmediato. A él primero y, acto seguido, a José Francisco, quien, por la expresión de su cara, parece conocer lo que va a anunciar su padre.

–La verdad es que no sé por dónde empezar... –balbucea Manuel, mirando al suelo mientras se frota la frente con su velluda mano–. Resulta que... –resopla–. ¿Por qué no me echas un capote, José Francisco?

–Tenéis una prima a la que no conocéis –anuncia José Francisco con crudeza–. Es hija de vuestro tío Manuel, vamos, de mi padre, pero no de mi madre. Así que tenéis una nueva prima y yo una nueva medio hermana. Se llama Tomasa, trabaja de lavandera en el río, su padre putativo murió en San Bernardino hace unos años y su madre ha muerto hace un par de meses en una miserable buhardilla atendida por el médico de la Beneficencia municipal.

–Ni siquiera yo sabía que tenía una hija –añade Manuel, avergonzado–. Hasta que, poco antes de morir, su madre me lo dijo.

–¿Y por qué no has dicho nada hasta ahora? –pregunta Benítez.

Manuel agacha la cabeza. Se lleva de nuevo la mano a la frente y se la frota.

–Tomasa es solo unos meses más joven que José Francisco –dice Manuel Bejarano, al cabo de unos segundos.

–¿Es guapa? –pregunta Matilde, tratando de llenar el incómodo silencio.

–Sí, muy guapa. Precisamente se parece bastante a ti, Matilde. Ha sacado el mismo hoyuelo en la barbilla que tú tienes.

–Es una herencia de la abuela –contesta ella–. Cuando era pequeña y lloraba porque quería ser tan bonita como mis hermanas, mamá siempre me decía que la más hermosa mujer de toda la familia era la abuela Francisca y que yo era la única que había sacado su hoyuelo. Con el tiempo, me di cuenta del engaño, pero de niña pensar en eso me servía para dejar de llorar.

–Perdonen que interrumpa –dice Gregoria, desde la puerta del salón–. Hay un caballero que pregunta por usted, don José María. Parece importante.

Jamás en su vida tan pocos pasos le fueron de tanto provecho. En la corta distancia que separa el salón del vestíbulo, una sucesión de ideas encadenadas le cruza el cerebro, iluminándole como una epifanía. Toda la información, todos los detalles relevantes del caso dormían en su cabeza, desordenados, inconexos, hasta que el fortuito comentario de su hija sobre el hoyuelo que heredó de su abuela Francisca ha obrado el milagro y, de pronto, como si de una explicación científica se tratase, cada causa ha precedido a un efecto. De repente, todo lo ocurrido desde que Monasterio se presentó en la inspección de La Latina con la invitación para la fiesta de apertura de su negocio de licores, hasta que hace unas horas Ribalter le ha dicho que todo el mundo tiene un precio, ha encajado en su sitio. Piezas sueltas de una compleja maquinaria que podría haber sido perfecta de no haberse introducido en su siniestro engranaje un elemento inoportuno: la inspección de vigilancia y seguridad del distrito de La Latina. Escenas deslavazadas de un drama con dos víctimas mortales desfilan ahora ante él, cobrando pleno sentido. El nombre de la Casa de Banca Monasterio en el cuaderno de Juan López. El frasco de savia de pino marítimo de Bélgica en la mesa de Pantaleón Moreno. Las barbas blancas del viejo de la tos cubriendo una cara picada de viruelas. La mentira de que José Francisco iba a dirigir un periódico literario. El adelanto que Monasterio le dio a Eusebio Ribalter. El entusiasmo del banquero por el negocio de los vinos. El horror en los ojos de Juan José Ribalter al enterarse de la muerte de Lorenza. Las maliciosas palabras de doña Rosario acerca de su criada. Los números de serie facilitados por Monasterio que no encajan con los billetes de banco incautados a Juan y Fernando. Al final, ha conseguido digerir todo lo rumiado durante esta última semana y la solución al caso ha emergido luminosa a la superficie. A falta, *tan solo,* de encontrar el modo de demostrarlo.

–Lamento mucho molestarle a estas horas y en un domingo, inspector –se disculpa Ortega–, pero creo haber descubierto algo importante sobre el caso de las Alcarreñas.

–¿Así lo llaman?

–Así lo llaman en algún periódico.

–¿Y qué es lo que ha averiguado?

Ortega saca un billete de mil reales del bolsillo y se lo entrega al inspector, quien lo mira extrañado, sin entender nada.

–Esta mañana, mientras repasaba las notas de la investigación –dice el secretario–, he recordado algo que usted declaró en el caso de la calle Redondilla.

–¿Leyó sobre ese caso en Málaga?

–Sí, señor. Ya le dije que si estoy en este distrito no ha sido por casualidad.

–¿Y qué fue lo que dije entonces?

–No recuerdo la cita exacta, pero venía usted a decir algo así como que cuando todos los indicios de un caso apuntan en una dirección y aparece algo que señala en la contraria, no es raro que detrás de ese «algo» esté la mano del culpable.

–Y en el caso de las Alcarreñas ese «algo» es...

–Los números de serie de los billetes que aparecieron detrás del espejo.

–¿Los colocó el culpable? –pregunta Benítez, con una sonrisa burlona.

–¡Mire usted! Esa posibilidad no la había contemplado –replica el malagueño, imitando a su jefe con otra sonrisa–. A mí lo que se me ha ocurrido es que tal vez Monasterio ha dado una numeración falsa.

Benítez asiente con la cabeza, mostrando su aprobación.

–Le he estado dando vueltas a la idea –continúa el secretario–, tratando de hallar un modo para demostrarlo, hasta que se me ha ocurrido que quizá Ribalter no guardó todo el dinero que le dio Monasterio en el compartimento secreto de la cómoda.

–¿Lo hizo?

–Precisamente ahora vengo de hablar con él. Al principio se ha negado a atenderme, pero al final he conseguido convencerle. Ha hecho un esfuerzo y ha recordado algo. La noche en que recibió el dinero, él y su señora iban a ir al teatro y luego a cenar, así que, además de lo que llevaba en la cartera, metió un billete de mil reales en un bolsillo del chaleco. Por si acaso. Cuando estaban llegando a la fonda, doña Rosario comenzó a sentirse indispuesta y regresaron a casa. Ese que tiene en la mano es el billete que llevaba en el chaleco. Y esta –concluye, sacando de un bolsillo una cuartilla doblada– es la numeración que dio Monasterio.

–Como siga usted así, señor Ortega, en un par de semanas no me va a quedar nada que poder enseñarle.

–Solo ha sido un golpe de suerte, inspector. Aún me queda muchísimo por aprender a su lado.

–¿Y tiene usted idea de por qué querría el señor Monasterio poner trabas a la investigación?

Ortega aprieta los labios. Tras unos segundos de duda, menea la cabeza en sentido negativo.

–Acompáñeme, por favor –dice Benítez–. Quiero mostrarle algo.

Ortega sigue a Benítez hasta la biblioteca y se acomoda en una de las dos butacas que hay junto al quinqué que el inspector ha encendido. Benítez se dirige hacia la sección de poesía contemporánea, extrae tres libros escritos por Juan Miguel de Monasterio –*Un sueño de vino y besos*, *El hijo que nunca tuvimos* y *Cárcel de amor*– y se sienta al lado de Ortega.

–¿Leyó usted algo del libro de Monasterio? –pregunta Benítez.

–Algo, aunque para serle franco...

–No es usted buen lector de poesía.

Ortega sonríe.

–Yo tampoco –prosigue Benítez–. Y menos de algo tan oscuro como los poemas de *Cárcel de amor*. ¿Me hace el favor de leer la última estrofa del poema titulado «El hijo que nunca tuvimos»?

Ortega abre el libro que Benítez le tiende por la página marcada con una cinta de registro en la que está el poema que da título al libro.

Los besos que te adeudaba
los cobraron otros labios,
labios de vino y sal,
labios de amor amargo.
Y el hijo que nunca tuvimos
crece hoy en otros brazos.

–¿Se imagina usted quién se cobró los besos que Monasterio le adeudaba a su difunta esposa?

Ortega arquea expresivamente sus pobladas cejas.

–Doña Rosario –dice Benítez—. Y el hijo que nunca tuvo con su esposa lo engendró al final una mujer prohibida. Casada con un almacenista de vinos.

–¿Juan José Ribalter es hijo natural de Monasterio?

–Estoy convencido.

–¿Por eso ha tratado de entorpecer la investigación?

–No solo eso, Ortega. Él urdió todo el asunto del robo, aunque el objetivo no era, por supuesto, el dinero, sino evitar que una criada le arruinase la vida a su hijo. Quien, por cierto, ha sacado el mismo hoyuelo en la barbilla que su abuelo paterno.

XXII
El cuento del viejo con tos

Extrañas cosas las del corazón, se dice Benítez. Hace apenas quince minutos, el gobernador civil le ha dado una noticia que, en otras circunstancias, le habría hecho dar saltos de alegría. Sin embargo, ahora, mientras cierra la portezuela del coche de punto, su rostro no es el de alguien a quien acaban de comunicar que el cargo que tanto anhelaba, el puesto que hasta hace un par de días creía inaccesible, es suyo.

Mientras escuchaba de labios del gobernador que pasado mañana, el miércoles, se publicaría su nombramiento en *La Gaceta* y que el mismo jueves Benítez podría ocupar su nuevo despacho en el Ministerio de Gobernación, no ha podido evitar sentir el deseo de mandar a freír espárragos a su excelencia, a González Cuesta y a la Unión Liberal al completo.

–No ha sido usted quien ha detenido a Vilanova –ha dicho el marqués de la Vega de Armijo–, pero ha sido gracias a sus pesquisas que le hemos podido prender en un momento tan decisivo.

–Hubiese sido mucho mejor echarle el guante a Sánchez Medina, claro –ha añadido el secretario–, pero a falta de pan, buenas son tortas.

Mientras escuchaba a sus superiores, Benítez no podía dejar de pensar en que Vilanova había sido trasladado al Saladero sin que a él se le hubiese permitido hacerle ni una sola pregunta, como tampoco podía dejar de pensar en que Fernández Belmonte había estado encerrado en los calabozos del Gobierno Civil de manera injustificada cerca de veinticuatro horas. Así que, llegado su turno de hablar, se ha limitado a dar las gracias en un tono carente de toda efusividad y, a renglón seguido, ha expresado su deseo de retomar lo antes posible el caso en curso.

–Pero ¿no están ya en el Saladero los culpables? –ha preguntado el marqués de la Vega de Armijo–. Ayer coincidí con Pérez Elgueta en una reunión y me dijo que hay pruebas suficientes para condenarlos.

–Sí, se trata solo de un par de flecos sueltos.

–Bueno, pues, vaya acabando con ese asunto: el jueves ocupará su nuevo despacho y sería bueno que hubiese dado carpetazo al caso.

Jamás hubiese pensado que la noticia de ser nombrado inspector especial podría despertar en él tan poco entusiasmo, pero lo cierto es que así ha sido. Y ahora, mientras el coche de plaza avanza en dirección a la Puerta del Sol, ni en su corazón hay espacio para el regocijo ni en su cabeza tiene cabida otra cosa que no sea encontrar el modo de demostrar que la mano de Juan Miguel de Monasterio está detrás de la muerte de Lorenza y Engracia.

Lo más irónico del asunto, se dice mientras se apea del simón, es que cuando lo consiga, lloverán las felicitaciones por parte del marqués de la Vega de Armijo y compañía. Aunque, por supuesto, el diluvio de parabienes no se deberá a que él haya puesto ante la Justicia a un criminal, sino a que el hombre al que darán garrote es un enemigo declarado del Gobierno.

El coche de punto se detiene al comienzo de la calle del Caballero de Gracia, Benítez se apea, paga al cochero y entra en una botica situada en la acera de los pares.

–Buenos días, caballero –saluda el único empleado que hay tras el mostrador, un joven mancebo de no más de veinte años–. ¿En qué puedo servirle?

–Buenos días. ¿Venden ustedes savia de pino marítimo de Bélgica?

–Sí, señor. Savia de pino marítimo del doctor Michiels. Nos la quitan de las manos, y eso que cuesta 16 reales la botella. ¿Quiere una?

–¿Me permite ver el prospecto?

–Sí, claro. Aquí tiene uno.

–¿Y sirve para todo esto? –pregunta Benítez tras leer una interminable lista de indicaciones.

–Entre nosotros, para la mayoría de las enfermedades que dice ahí hace pizca más o menos lo mismo que un vaso de agua con azúcar.

–Pantaleón Moreno, el secretario personal de don Juan Miguel de Monasterio, es cliente suyo, ¿verdad?

–Sí, señor.

–¿Y podría decirme para qué emplea este medicamento el señor Moreno?

–Lo lamento, caballero, pero ni siquiera sé si el señor Pantaleón consume este medicamento.

–No, que usa la savia de pino ya lo sé yo, y lo sé porque yo mismo le he visto un frasco en su escritorio antes de ayer. Lo que le estoy preguntando es... –Benítez enseña el dorado puño del bastón que le acredita como inspector de seguridad– para qué emplea ese medicamento.

–Para una afección pulmonar crónica –contesta el joven de inmediato.

–¿Y le funciona?

–Precisamente hace un ratillo, que ha estado aquí a recoger un medicamento para un pariente, ha dicho que la tos le ha mejorado bastante desde que toma la savia de pino.

–¿Podría decirme qué tratamiento seguía antes?

–No le puedo decir con seguridad. Debe de constar en su ficha. Pero el señor licenciado no está en este momento.

–Quizá pueda usted echar un ojo a esa ficha –dice Benítez, colocando un peso duro sobre el mostrador–. Se trata de un asunto muy importante.

–Es que si el licenciado se entera... –dice, dirigiendo maquinalmente sus ojos hacia la moneda.

–¿Tiene usted novia? –pregunta Benítez, engordando la tentación otros cuatro pesos duros.

–Sí, inspector. Remedios se llama.

–Un nombre muy apropiado. Sí, señor. Pues tome usted estos cinco duros y llévela a bailar y a cenar a Capellanes.

El mancebo asiente sonriente con la cabeza, coge los cinco duros y entra en la rebotica. En menos de un minuto está de nuevo tras el mostrador.

–¿Ha encontrado el tratamiento que seguía el señor Moreno antes de empezar con la savia de pino?

–Sí, inspector. Láudano de Sydenham.

–Muchas gracias, joven. Es usted muy amable. Tome otro par de duros por su colaboración y, si decide llevar a su novia a Capellanes, no deje de probar la tortilla de patatas. Dicen que la preparan muy buena.

–Buenos días –saluda, con un hilillo de voz, el empleado de la Banca Monasterio que ha salido a atenderle–. Me han dicho que un inspector de policía me buscaba.

–Buenos días –dice Benítez, levantándose del sillón–. ¿Es usted Santiago Ortuño?

–Para servirle. ¿En qué puedo ayudarle, inspector?

–¿Es usted el encargado de atender las demandas de colocación?

–Así es. Yo hago la primera criba. La contratación la llevan en dirección.

–¿El señor Monasterio en persona?

–Su secretario, el señor Moreno.

–¿Recuerda usted si ha venido en busca de trabajo un joven llamado Juan López? Juan López Cabrera. Con domicilio en la calle de Leganitos.

–¡Sí, claro que lo recuerdo! Ayer leí en *La Corres* que está implicado en el caso de las Alcarreñas. ¿Es verdad?

–Eso parece.

–Qué lástima. Parecía buen chico. Yo conocía la historia de su familia antes de que viniera por aquí. La había oído contar en el café. Una verdadera desgracia. En cuanto me entrevisté con él, bajé a hablar en persona con el señor Moreno.

–Pero no le contrataron.

–No.

–¿Le habló usted al señor Moreno sobre las circunstancias personales del joven?

–Sí, claro. No sé si hice bien, pero me pareció tan necesitado...

–Muy amable, señor Ortuño, no le robo más tiempo.

No es el prolongado y profundo silencio que ha seguido a su explicación lo que le inquieta, sino la sutil sonrisa que ha aparecido en los labios del juez instructor cuando él ha terminado de explicarse. Es esa leve sombra de desdén que se adivina en los labios de Pérez Elgueta lo que hace barruntar serias dificultades para conseguir una orden de registro en casa de Pantaleón Moreno.

–O sea que, según usted, ¿el señor Monasterio es padre de Juan José Ribalter? –pregunta por fin el juez.

–Así es, señoría.

–¿Y eso lo sospechó usted por una cajita de rapé que el señor Ribalter ganó en una partida de cartas?

–En realidad, lo de la cajita de rapé solo me sugirió que la señora de Ribalter nunca había amado a su marido. Lo que me dio pie a sospechar que Juan José podía ser fruto de una relación extraconyugal de doña Rosario con su amigo de la infancia fue lo del retrato.

–Oh, sí, el retrato –dice Pérez Elgueta, con una sonrisa tan cáustica que hace innecesario el tono de sorna con que pronuncia cada una de las palabras–. Por un hoyuelo que el padre de Monasterio tenía en la barbilla y que, según usted, ha heredado su nieto.

–Según yo, no, señoría. Que Juan José Ribalter tiene un hoyuelo en la barbilla es un hecho objetivo.

–Sí, pero también lo ha podido sacar de un tatarabuelo del Rosellón, ¿no?

–Supongo, señoría, pero es que, parecidos aparte, la hipótesis de que Monasterio es el padre del muchacho da respuesta a casi todos los interrogantes de este caso.

–¿Usted cree?

–Sí, así lo creo. Que Monasterio esté detrás del robo y las muertes explica muchas cosas: desde el porqué sabían los ladrones que en casa de los Ribalter iba a haber una suma tan importante de dinero hasta por qué los números de serie de los billetes encontrados no coinciden con los que Juan y Fernando se llevaron de la casa.

–¿Y el señor Monasterio también sabía dónde guardaba Ribalter el dinero?

–La esposa de Ribalter, sí. Su hijo Juan José, también. No sé quién de los dos le confesó a Monasterio lo de Lorenza, pero lo cierto es que quien lo hiciera, bien pudo mencionarle también lo del compartimento secreto.

–Y Monasterio le encargó el asunto a su secretario particular, ¿no es eso?

–Pantaleón Moreno trabajó muchos años en la contaduría del Teatro de la Cruz. Está familiarizado con el mundo del teatro y él mismo ha actuado en numerosas representaciones de aficionados. No me extrañaría que tuviese en su casa una colección de pelucas y narices postizas. Su altura cuadra con la del viejo que describió Juan López, y además está el asunto de la tos.

–Y eligió a Juan López para el trabajo por...

–Porque entre los muchos sitios a los que Juan acudió en busca de colocación, está la Banca Monasterio. El empleado que se entrevistó con él le contó después al señor Moreno la trágica historia de la familia López. Pantaleón Moreno, disfrazado, contrató a Juan para dar el golpe en casa de los Ribalter. Él le facilitó el láudano para drogarla. Estoy seguro de que en su casa hallaremos alguna prueba que lo demuestre.

–Pues yo de lo que estoy seguro es de que si su... ¿Cómo lo diría para no ofenderle? Estoy seguro de que si su elaborada teoría está errada, a quien van a hacer picadillo es a mí.

–Pero señoría...

–Don Juan Miguel es uno de los hombres más influyentes y respetables de este país. ¿Pretende usted que ponga en juego toda mi carrera profesional por un puñado de elucubraciones?

Benítez no se molesta en contestar. Se siente derrotado. Lo presentía desde hace unos minutos. Ahora está seguro. Aquí no queda nada que rascar. Intentar convencer a este hombre es perder el tiempo hablando con la pared. Dar cornadas al aire.

–¿Sabe usted cuántos miles de personas consumen láudano en Madrid? –continúa el juez.

Benítez le sostiene la mirada sin contestar.

–Inspector, si quiere que le firme la orden de registro, tráigame algo sólido, algo más que meras conjeturas. Aunque yo que usted concentraría mis esfuerzos en encontrar al compinche de Juan y Fernando. Vaya al Saladero y apriétele las tuercas a Juan López. Va a ver cómo termina por reconocer que la historia esa del viejo con tos es un cuento.

Cuando Benítez sale del palacio de Santa Cruz, en la iglesia de Santo Tomás dan las doce. Está convencido de todo lo que le ha explicado a Pérez Elgueta y piensa demostrarlo. Mientras pasa junto a la fuente de Orfeo, la idea de cómo hacerlo comienza a cobrar forma en su cabeza.

Es muy probable que el tipo de la nariz torcida, además de llevarse la cruz y el reloj que había cogido el mozo de cuerda, también se llevase la cajita de rapé que Ribalter guardaba en la cómoda. Por distinto motivo, claro. La cruz y el reloj se los arrebató a Fernando Rodríguez para evitar que una imprudencia del asturiano pudiera poner a la policía en la pista, mientras que la cajita de rapé la cogió por..., simplemente porque le gustó el retrato y no pudo resistirse. O, quién sabe, tal vez se la llevó para disponer de un modo con el que poder chantajear a la persona que lo contrató. Un movimiento disimulado y la cajita robada podría acabar en el sitio más comprometedor. Desde el bolsillo de una levita hasta el asiento de un coche de caballos. Una berlina negra con una banda verde, por ejemplo. Es solo una hipótesis, nada disparatada, pero solo una hipótesis. Lo cierto es que doña Rosario pareció sorprendida al enterarse de que habían robado la cajita. Si el tipo de la nariz torcida hubiese entregado la cajita, junto a la cruz y el reloj, a Pantaleón Moreno, es de suponer que la señora de Ribalter hubiese terminado por enterarse. Así que lo más probable es que el hombre de la nariz torcida no haya mencionado a la persona que le contrató que se llevó la cajita de rapé. Esa es nuestra baza. Hacer creer a Monasterio que gracias a una cajita de rapé vendida en una prendería en los últimos días, la policía está muy cerca de echarle el guante al cómplice de Juan y Fernando.

El rumor de carruajes, caballerías, empedradores, vendedores ambulantes y ociosos de la Puerta del Sol es atronador. Benítez atraviesa la plaza a grandes zancadas. Por la hora que es, José Francisco puede estar en el Café Suizo, en su casa o en la redacción de *El Observador Imparcial*. Necesita de su sobrino para llevar a cabo su plan, aunque esta vez no sea precisamente en *El Observador* donde convenga que se publique la noticia.

Avanza a paso ligero hasta que la duda se apodera de él. ¿De verdad piensas que publicar lo de la cajita de rapé va a funcionar? ¿Y si, pese a leer la noticia, Monasterio y Moreno no hacen nada que pueda comprometerles? Tal vez el tipo de la nariz torcida no sabe de la persona que lo contrató más de lo que sabía Juan López, que es un viejo de barbas blancas que tosía mucho. O lo que es peor, tal vez la cajita de rapé ya esté en poder del señor Monasterio.

No importa. Hay que intentarlo, se dice mientras pasa junto a la fachada de la Real Casa de Correos, en cuya primera planta está el despacho que ha de ocupar el próximo jueves.

Aunque tal vez fuera bueno..., se dice Benítez. No, nada de «tal vez fuera bueno», es necesario ir pensando en una alternativa. Se lo ha dicho para sus adentros, pero el movimiento afirmativo de cabeza con que ha acompañado a la reflexión ha sido tan exagerado que el soldado que hace guardia en la garita de la esquina de la calle Carretas no ha podido evitar que bajo su espeso mostacho brote una gran sonrisa.

370

Sí, es imprescindible pensar en un plan alternativo por si el anzuelo de la cajita de rapé falla, se repite mientras avanza en dirección a la carrera de San Jerónimo.

A pocos metros de donde está, pasadas la librería de Moro y la farmacia de los hermanos Borrell, un abigarrado gentío se apiña ante el escaparate de una peluquería, tras cuyos cristales el dueño del establecimiento ha tenido la feliz idea de pegar un par de docenas de retratos fotografiados. Su majestad doña Isabel II y el rey consorte, el padre Claret y sor Patrocinio, el señor don Leopoldo O'Donnell y su ministro de Gobernación, el general Prim y otros altos mandos y oficiales de la guerra de África y un buen puñado de actores y cantantes forman la selección que el peluquero ha elegido para la galería de celebridades con que atrae la atención hacia su negocio.

Entre la multitud de ociosos agolpada frente a la peluquería, un muchacho de unos quince años capta, nada más verle, la atención de Benítez. Vestido con un traje de paño barato, pero sin lamparones, barro ni remiendos, con su cartera de cuero deslustrado al hombro y su boina azul, cualquiera le tomaría por el hijo de un artesano, un tendero o un ordenanza de ministerio, recién salido del instituto. Pero esa cartera no alberga los apuntes que el chico ha tomado en clase. Ni acaba de salir del instituto.

Benítez se acerca al grupo. El mozalbete alarga el cuello, simulando gran interés por las celebridades expuestas tras el cristal, mientras su mano izquierda surge lentamente del bolsillo de su chaqueta para dirigirse al de la levita de un hombre de edad madura y traje elegante.

Pero antes de que el joven tomador del dos haya tenido oportunidad de robarle nada al caballero, Benítez planta su zarpa sobre el brazo del rapazuelo y le aparta del grupo sin que su intento de hurto haya trascendido.

–Eres Damián, ¿no?

–Sí, ¿le manda el tío Cernícalo?

–Sí.

–¿Y por qué me agarra así? ¿No lo estoy haciendo bien? Mire, ya he conseguido dos pañuelos.

–Anda, tira –dice, indicando hacia la carrera de San Jerónimo.

–A usted no le manda el tío Cernícalo, ¿verdad? Es usted policía.

–¿Ya no vendes los fijos de la lotería?

–Ah, ya recuerdo. Estaba usted el otro día en la plaza del Progreso. Cuando la castañera me dio la patata. Se ve usted distinto.

Justo cuando el raterillo se lleva el último trozo de bistec a la boca, por la puerta del Café Suizo aparece Fonseca. Benítez le hace una seña y el oficial, después de haberle ordenado una cerveza al camarero más próximo, se dirige hacia ellos.

–¿Y este mocoso quién es? –pregunta el oficial.

–El señor Damián Ramírez, un tunantuelo al que he pillado tratando de aligerarle el bolsillo a un incauto aficionado a la fotografía.

–Pues da gracias a que ha sido el señor inspector quien te ha prendido, golfillo. No muchos policías te convidan a comer en el Suizo antes de mandarte a la prevención.

–Me estoy pensando lo de la prevención –dice Benítez, sonriendo.

El camarero deposita la cerveza sobre el velador y, cuando se ha ido, Benítez prosigue:

–Tal vez le mande directamente al correccional de menores. Salvo que me eche una mano con un trabajillo y me dé su palabra de que no va a volver a hacerlo, claro. En ese caso, quizá lleguemos a un trato.

–Se lo juro, inspector, le juro que no volveré a hacer nada ilegal. Si ya le he dicho que ha sido el tío Cernícalo quien me ha obligado a hacerlo.

–No le crea una palabra, Fonseca. Es un teatrero de cuidado. Si le hubiese visto el otro día hablando con la castañera de la plazuela del Progreso... Daban ganas de llevárselo a casa.

Fonseca suelta una carcajada.

–Bueno, hechas las presentaciones, dígame –prosigue Benítez–, ¿todo bien por la calle del Pez?

–Todo en orden, jefe. En la inspección del distrito no han visto a nadie sospechoso rondando la casa de la señora Campos en todo el día de ayer. Ella tampoco ha notado nada extraño.

–¿Ha acompañado a Alejandro al instituto?

–Sí, claro, y le he ido a recoger. Muchacho simpático. ¿Sabe lo que me ha dicho? Que quiere ser policía.

–A mí también me gustaría ser policía –dice el chicuelo, deteniendo el vaso de leche a un par de dedos de la boca.

–A limpiar los calabozos de la prevención te voy a mandar yo como no guardes el debido respeto, sinvergüenza –dice Fonseca, con una mal disimulada sonrisa en la boca–. ¿Y está usted seguro de que este pillo puede ayudar en algo?

–Sí, completamente seguro –dice Benítez–. Es más listo que el cardenal de Lugo, tiene buena memoria y es un piquito de oro. Creo que nos será de gran ayuda.

El muchacho se sonríe con una sombra de rubor en las mejillas.

–¿Y en qué va a ayudar este charrán, si puede saberse?

–Mire, por ahí entra mi sobrino. Ahora se lo cuento a los tres.

–Buenas tardes –saluda José Francisco.

–Has recibido mi recado, por lo que veo.

–Sí, tío, parecía urgente.

–Más o menos. Siéntate y os cuento. A propósito, este caballerete se llama Damián y es agente de policía en pruebas.

–Mucho gusto en saludarle, agente Damián. José Francisco Bejarano, para servirle.

–Lo mismo digo, señor Bejarano.

El camarero que antes ha traído la cerveza a Fonseca se acerca a la mesa. Cuando se ha ido con la comanda, José Francisco dice:

–Antes de que se me olvide, creo que sé cómo se enteró Monasterio de que el juez iba a visitar a la señora Campos.

–Habla –dice Benítez–, este tunantuelo es de confianza.

–Me he enterado de que uno de los alguaciles que trabajan en el juzgado le debe una importante suma a Monasterio.

–Interesante –dice Benítez.

–Y aún falta –continúa José Francisco–. Hace un rato me han contado que uno de los hijos del alguacil que lleva sin colocación más de un año va a trabajar en la imprenta del nuevo periódico de Monasterio. Vamos, que no me extrañaría nada que los oídos indiscretos del juzgado a los que usted se refería el viernes fuesen los de este alguacil.

–Si Juan Miguel de Monasterio no está detrás de los asesinatos de Lorenza y Engracia, que me caiga un rayo encima ahora mismo.

El faenar de la sala de oficiales es mucho más sigiloso de lo habitual. Benítez, encerrado en su despacho desde hace más de dos horas, no ha dejado de pensar ni por un momento en Monasterio y Moreno. En la manera de demostrar su culpabilidad. Es descorazonador. Cuando la madeja, por fin, se desenmaraña, de donde menos se lo espera surge un revés. La fruta está en sazón, pero si no encuentra la forma de alcanzarla terminará pudriéndose en la rama. Puede que el cebo que aparecerá mañana en la prensa dé resultado, pero jugárselo todo a una carta le produce una desazón desesperante. Debe de haber otro modo de actuar. ¡Esto es el cuento de nunca acabar! Necesita pruebas para Pérez Elgueta. Algo sólido. Necesita algo más que meras conjeturas para conseguir la orden de registro de la casa de Pantaleón Moreno, pero resulta que precisamente ese *algo sólido* es lo que él va a buscar a casa de Moreno. Tengo que registrar esa casa, gruñe, hundiendo una uña en el cuero del cartapacio que hay sobre la mesa. Tengo que registrar esa casa, se repite en voz cada vez más alta.

–¿Se puede, inspector? –pregunta Ortega después de que, tras golpear varias veces con los nudillos, el inspector no haya contestado.

Hasta que su secretario no separa las hojas de la puerta, permitiendo que entre la luz de la sala de oficiales, Benítez no es consciente de que hace rato que la penumbra se ha hecho dueña y señora de su despacho.

–¿Está usted bien, inspector?

–Sí, sí –replica Benítez, buscando una cerilla para encender el quinqué.

–¿Quiere que vaya yo al Gobierno Civil?

Benítez levanta la vista y se queda mirando fijamente a su secretario.

–No, Ortega. Muchas gracias. Tengo que hacer algo antes, pero me dará tiempo. Es importante que hable yo personalmente con el gobernador.

–Como usted diga, inspector.

–Señor Ortega, si en algún momento ha sentido que desconfiaba de usted, le pido disculpas.

–No es necesario que se disculpe, inspector. Entiendo su recelo inicial.

–Se lo digo porque si no entro en detalles del motivo por el que debo ir yo en persona al Gobierno Civil no es por desconfianza. Créame, Ortega. Lo hago para evitarle problemas.

XXIII
La cajita de rapé

José Manuel Soalleiro, el cochero de confianza del inspector Benítez desde hace más de veinte años, se cala bien la chistera para proteger, con el ala del sombrero, sus azules y grandes ojos de los rayos del sol, que, pese a lo temprano de la hora, brilla hoy con bastante vigor, sugiriendo que este año también disfrutarán los madrileños de esa pasajera subida de temperaturas otoñal que se ha dado en llamar el veranillo de San Martín.

Soalleiro escucha la señal acordada con el inspector y el coche estacionado en la calle del Caballero de Gracia, unos metros más allá del oratorio, entrando por la Red de San Luis, se pone en movimiento.

Al poco de que el simón eche a rodar, Benítez le dice al muchacho que está sentado frente a él:

–Tú, tragaldabas, deja ese mantecado para después. Vamos a ensayarlo de nuevo.

El muchacho, que no ha llegado a quitar el envoltorio del mantecado, lo devuelve al bolsillo de la chaqueta y repite, punto por punto, lo que Benítez le ha indicado. Repite palabra por palabra lo que el inspector le ha dicho y con idéntica cadencia a la que usan los repartidores de periódicos para vocear su mercancía.

–Tienes buena memoria –dice Benítez.

–Para lo que me ha servido –se lamenta el chico.

–Por de pronto, gracias a tu memoria vas a poder ganar suficiente dinero como para no tener que meterte en líos durante un mes.

–Y hasta para tres meses me da, inspector. Si yo con seis realejos al día me doy un rumbo que ni el duque de Osuna.

–Pues agradéceselo a tu memoria, Damián. Si alguna vez alguien te dice que la memoria no te servirá para maldita la cosa, recuerda mis palabras. De no haber sido porque tienes buena memoria, no hubiese contado contigo para este trabajo.

–Recordaré sus palabras, inspector. Se lo juro.

El vehículo, según la consigna que Benítez le ha dado a Soalleiro, gira a la izquierda al final de la calle, recorre un pequeño tramo de las calles de San Miguel y de San Jorge y estaciona de nuevo en la calle del Caballero de Gracia, aunque esta vez en la acera de los impares, alejado unos cien metros del edificio donde está instalada la Casa de Banca Monasterio.

–Son muy buenos estos mantecados, inspector.

–Me alegra que te gusten.

–¿No quiere uno? Hace casi tres horas que desayunamos.

–No tengo hambre –responde Benítez, mientras se desplaza a lo largo del asiento hasta colocarse junto a la ventana desde la que poder vigilar la puerta principal del banco y la de las cocheras–. Pero gracias de todas formas.

–¿Quiere que le lea unos sueltos del periódico? –pregunta el muchacho–. Antes de cumplir los cinco ya leía de corrido. Me enseñó mi hermano Andrés. Luego, por cosas que pasan, no he ido mucho a la escuela. Pero sé leer bastante bien.

–A ver si es verdad eso –dice el policía, sin apartar la mirada de la ventanilla.

–«La votación del sábado para presidente del Congreso ha sido la más numerosa de que hay memoria en circunstancias análogas.» Análogas son parecidas, ¿verdad?

–¿Vas a leerme el periódico o quieres que te dé una clase de castellano?

–¿Se pueden hacer las dos cosas a la vez?

–Sí, se pueden –responde Benítez, sonriendo–. Y sí, análogo significa parecido.

–Sigo entonces: «Solo en las Constituyentes del 54, un gabinete ha cosechado tanto apoyo como el obtenido por la Unión

377

Liberal el sábado. La oposición denuncia que entre quienes han votado a Martínez de la Rosa hay más de cien empleados». ¿Qué quiere decir esto último?

–Que los diputados que tienen un empleo público no son libres para votar lo que quieran –explica el policía.

–Claro, porque si votan contra el Gobierno los ponen de patitas en la calle. ¿No?

–Eso mismo. Anda, sigue.

–«Debido a las numerosas bajas del servicio militar ocasionadas por las redenciones, se ha presentado a su majestad un proyecto para estimular el número de voluntarios y reenganchados.»

Se hace un silencio espeso. Benítez mira con el rabillo del ojo al chico. Por su cara de pícaro se cruza una sombra de tristeza.

–Mi padre estuvo pagando por un seguro de quintas –dice por fin el muchacho.

–¿Para ti?

–No, para mi hermano. Pero luego cuando le tocó en suerte ser *soldao,* con el dinero que le dieron los ladronazos de la compañía de Acosta no tenía ni para pagar la mitad de lo que se necesitaba para *redemirse.*

–Se dice redimirse. Re-*di*-mir-se. No Re-*de*-mir-se.

–Pues eso, inspector, que no tenía suficiente para re-*di*-mir-se y no le quedó otra que incorporarse a filas.

–¿Dónde está ahora?

–¿Le importa si leo otra noticia, don José María?

–Perdona, Damián. No pretendía meterme donde no me llaman.

–«Un periódico de Cádiz publica que el pasado día 7 ha debido de salir de La Habana la expedición española contra México.» ¿Se dice ha debido de salir o ha debido salir?

–Ha debido de salir, porque no es seguro. «Deber» más un verbo significa obligación. «Deber de» más un verbo, suposición. Por ejemplo, «los coches de punto deben tener el número del coche pintado en el farol».

–Porque están obligados a hacerlo, ¿no?

–Eso es –responde Benítez–. Y, sin embargo, se diría «ese cochero debe ser gallego».

–Porque aunque tiene acentiño gallego, quién le asegura a usted que sea nacido en Galicia. ¿Eh?

Benítez no puede evitar que una sonrisa le inunde el semblante.

–Mire esta otra, inspector, es de teatros. ¿Le gusta el teatro?

–Sí, aunque hace mucho que no voy.

–Pues esta obra parece que es buena. Mire lo que dice: «*El tanto por ciento,* del señor Ayala, se ha vuelto a poner en escena esta temporada en el Teatro del Príncipe con tanto éxito como en la anterior». ¿Qué es, drama o comedia, inspector? –Antes de que Benítez haya contestado, el muchacho suelta una risotada y dice–: Esta sí que es buena, inspector, escuche esto: «El *Don Juan Tenorio* se ha ejecutado en el teatro de Villanueva y Geltrú de un modo tan lamentable que un diario de aquella localidad dice que los responsables merecerían ser penados por la ley». ¡Al Saladero por actuar malo! Estaría bueno, ¿eh?

De pronto, se abre la portezuela del simón y entra Fonseca, ataviado de manera humilde, con chaqueta y gorra.

–¿Qué pasa, Fonseca?

–Buenas y malas noticias, inspector.

–Las buenas.

–Mientras hablaba con el encargado de las cuadras, creo haber visto a lo lejos una berlina que pudiera ser la que buscamos.

–¿*Cree* usted haber visto una berlina que *pudiera* ser la que buscamos? ¿Qué diantres quiere decir eso?

–Que las cocheras del palacio de Monasterio son inmensas y la berlina negra de la banda verde estaba al fondo, en penumbras y detrás de otra buena porción de carruajes. Además, me han despachado bastante rápido. Por el momento, no necesitan a nadie ni en las cuadras ni para el cuidado de coches.

–¿Y la mala? –pregunta Benítez, sin quitar un ojo de la calle.

–Monasterio se sentía indispuesto y se ha quedado en casa. Mientras estaba yo allí, he oído que llegaba el doctor Asuero.

Benítez chasquea la lengua.

–Pero igual saldrá el señor Moreno, ¿no cree?

–Pues no sé, Fonseca. Me ha dicho mi sobrino que suelen ir a desayunar entre nueve y media y diez. A veces un poco más tarde. Pero van los dos, Monasterio y Moreno. Si Monasterio se ha quedado en casa...

–¿Qué hacemos entonces, jefe?

–Por de pronto, vaya a avisar a Ortega. Está esperando en un coche en la calle de los Jardines. Aquí ya no es necesario. Vaya y dígale que vuelva a la inspección. Que se quede él vigilando la carrera de San Francisco y que mande a Carmona a recoger a Alejandro al instituto.

–¿Y yo?

–¿Usted? Usted vuelva aquí en cuanto hable con Ortega.

–¿Y el coche de plaza en que he venido?

–Que se espere. Aún no he decidido qué hacer. Es posible que tenga que quedarse usted aquí con el agente Dedos Largos.

–¿Y qué va a hacer usted?

–Poner en marcha un plan alternativo. Ahora le explico.

En los escasos cinco minutos que Fonseca ha tardado en ir a dar instrucciones a Ortega y regresar, Benítez ha decidido cómo actuar en caso de que Pantaleón Moreno no aparezca en breve.

–Fonseca, ¿recuerda usted que ayer por la tarde me ausenté cerca de una hora para ir a entrevistarme con un confidente? –pregunta Benítez, mirando con el rabillo del ojo hacia el exterior.

Fonseca pone cara de circunstancias.

–¿Se acuerda o no? –insiste Benítez, mirando ahora fijamente al oficial, con una extraña expresión, entre divertida y misteriosa.

–Sí, claro, inspector –responde Fonseca, siguiéndole el juego–. Al final, con tanto lío, no le pregunté de qué se trataba.

–¿Le dice a usted algo el nombre de Manuel Matamoros García?

–Un soldado andaluz al que reclutaron los protestantes, ¿no? Algo he leído en los papeles. Creo que está preso en Barcelona.

–Fue denunciado por el capellán de su regimiento por hacer proselitismo protestante y ahora está preso en Granada a espera de ser juzgado.

–¿Y ese herejote tiene algo que ver con el caso?

–El confidente con el que hablé ayer por la tarde se relacionó bastante con Manuel Matamoros cuando este vivía en Málaga. Hace unas semanas, la casualidad quiso que este colaborador de la policía se cruzase con un amigo de Matamoros, un caballero de acento extranjero del que mientras residió en Málaga se dijo que era un agente del protestantismo.

–Un inglesito, seguro.

–Supongo. Lo que sí puedo decirle es que ese caballero, sea hijo de la Gran Bretaña o de quien sea, ha visitado últimamente con bastante frecuencia a una persona que vive en Madrid. Y, según me informó el confidente, solía vérsele entrar en la casa de esa persona llevando muchos bultos.

–Llenos de biblias protestantes. Me juego el cuello.

–Pudiera ser, Fonseca.

–Y a esa persona a la que visita el caballero inglés, ¿la conocemos?

–Claro que la conocemos –responde Benítez–: Pantaleón Moreno.

–¡Por la Virgen de la Almudena! ¡Menuda casualidad!

–En el bolsillo llevo una orden para registrar su casa.

–Al final, ¿el juez ha entrado en razón?

–No, no. Pérez Elgueta no ha tenido que ver en esto. La orden me la firmó personalmente el marqués de la Vega de Armijo ayer noche.

Fonseca se sonríe con malicia.

–La verdad es que la aparición del confidente ese ha sido providencial –dice Benítez, con una pícara sonrisa apenas disimulada–. Nos viene de molde.

–Y tanto, inspector. ¡Nos ha venido Dios a ver! –exclama Fonseca–. El soplo del confidente ese nos viene que ni pintado. Vamos, nos viene tan a pedir de boca que, de no ser porque no es usted muy dado a teatros, diría que toda esta historia del inglesito ha sido una argucia suya para conseguir la orden de registro. Pero como decía mi padre, cuando viene a pelo, aunque la burra se caiga al suelo.

–¡Ahora, Damián, sal! –ordena Benítez, quien acaba de ver salir a Pantaleón Moreno por la puerta del banco–. Hazlo todo como he dicho.

–Sí, don José María –responde Damián–. Confíe en mí.

–Claro que confío. Nos vemos más tarde en casa. Hazle caso a Gregoria, eh.

El muchacho asiente con una amplia sonrisa, coge el fajo de periódicos y sale del simón.

–Fonseca, vuelva usted al otro coche: yendo por separado, aumentamos las probabilidades de no perder a Moreno. Si alguno de los dos se despista, nos vemos en la plazuela de Bilbao, junto a la fuente.

–¡*La Corres, La Corres*, compre *La Corres* con las últimas noticias sobre el caso de las Alcarreñas! –comienza a vocear el muchacho cuando Pantaleón Moreno ha cruzado la calzada en dirección a la calle Angosta de Peligros–. ¡La policía tras la pista de un tercer cómplice! ¡*La Corres, La Corres*, compre *La Correspondencia de España*!

Moreno se gira en redondo y echa a andar a paso ligero tras el muchacho, quien camina con aire distraído en dirección a la Red de San Luis.

–Eh, muchacho, dame un periódico.

–Aquí tiene, caballero.

–Quédate con el cambio.

–Mil gracias, caballero. Que tenga un buen día.

Moreno coge el periódico y, sin abrirlo, regresa al banco a toda prisa.

Apenas unos instantes después de que Moreno haya entrado en el banco, una elegante berlina negra sale de las cocheras. Benítez deja escapar una maldición y golpea con la contera en el testero de la cabina. Cuando el simón en que va Fonseca haya entrado en Caballero de Gracia, ellos ya estarán lejos, se lamenta.

Soalleiro descarga la fusta sobre la caballería para no perder de vista a la berlina que ha salido de las cocheras del banco.

A través de la ventanilla, Benítez va anotando mentalmente el trayecto.

Angosta de Peligros, Alcalá, Cedaceros, carrera de San Jerónimo, el Prado, paseo de la Ronda. Unos metros antes de llegar al portillo de Embajadores, el simón de Soalleiro se detiene en seco. Instantes después, tras oír la señal convenida con el cochero, Benítez abre la portezuela y se apea. A unos doscientos metros de distancia se ve la berlina negra y, un poco más allá, a Pantaleón Moreno atravesando el portillo de Embajadores.

El muy pájaro es desconfiado, se dice Benítez. Ha tenido la precaución de dejar el carruaje en un punto desde el que el cochero del banco no pueda ver adónde se dirige.

–Vamos para adentro, Soalleiro –dice Benítez–. En cuanto vea a ese hombre meterse por una calle se para usted.

El coche simón echa a rodar y, en menos de un minuto, sube por la calle de Embajadores tras Pantaleón Moreno. Instantes después de dejar atrás la fábrica de tabaco, el coche se detiene.

–Se ha metido por Tribulete –informa Soalleiro, cuando Benítez se apea del simón.

Apostado en la esquina de la calle de Tribulete, Benítez ve avanzar a Moreno hasta que, unos metros después del cruce con la calle de la Comadre, el secretario de Monasterio entra en un viejo edificio con la fachada constelada de estrechas ventanas sin barrotes. Benítez echa a correr y, en la esquina de la calle de la Comadre con la de Tribulete, se detiene un instante. La manzana le parece demasiado extensa como para que el edificio en el que ha entrado Moreno tenga otra salida por la calle que limita la manzana al norte. Eso es bueno.

El portal de la casa, de mínimas proporciones, oscuro y maloliente, está vacío. Benítez se adentra por un largo y mohoso pasillo que termina en una puerta de madera tras la cual hay un gran patio más o menos cuadrado. Alrededor del patio, distribuidas en tres plantas, están las minúsculas habitaciones, sin ventana hacia el interior, que componen esta colmena humana. Seis puertas en cada uno de los lados del patio, veinticuatro por planta, setenta y dos habitaciones en total, calcula el policía, en medio del infernal bullicio que reina a su alrededor. Un bullicio de vecinos que hablan a voces en las galerías, de chiquillos que se gritan y lanzan guijarros, de rebuznos de un burro amarrado en una esquina del patio.

Detiene su mirada en las tres plantas de galerías que quedan al sur. Esas habitaciones son las que pueden dar problema. Tienen ventanas a la calle de Tribulete por las que alguien con cierta habilidad puede descolgarse sin dificultad. Incluso las de la última planta no están demasiado altas.

–¿Busca algo el caballero? –pregunta una vecina que, a espaldas del inspector, coloca ropas a secar sobre el barandal de madera que rodea la galería.

–Hace apenas un minuto ha entrado aquí un caballero. Un señor bajito, con chistera y capa larga. ¿Le ha visto usted?

–Como *pa* no verlo con ese pedazo de chimenea que llevaba en la cabeza –responde la mujer, mostrando una dentadura medio despoblada–. Ha *entrao* en el cuarto de Carlitos. El número siete de la tercera planta.

–Me puede decir cómo es ese Carlitos.

–Alto y flaco.

–¿Tiene la nariz torcida?

–Sí, señor. De un escarmiento que le dio su padre de niño.

–Hágame un favor, señora. Vaya al puesto de la Guardia Civil que hay en la fábrica de tabaco y diga que el inspector Benítez, de La Latina, necesita ayuda. Que hay dos criminales en esta casa. Vaya, por favor. Su ayuda será recompensada.

–No me ofenda usted, señor *ispector,* que *semos* pobres, pero *honraos*. Aquí nos gustan los *creminales* lo mismo que le gustan a las gentes de *calidá*.

Mientras la mujer se pierde por el largo pasillo, le asalta una duda. ¿Y si mientras espera los refuerzos, Moreno y su cómplice se han deshecho de la cajita de rapé? Una bacinilla, unos papeles, un fósforo y, en unos minutos, adiós a la prueba definitiva. Unas cantoneras de plata, que será lo único que quede de la caja si termina en el fuego, no serán suficiente prueba. Al menos, no para Pérez Elgueta.

Antes de haber llegado a decidir nada, la puerta número siete de la tercera planta se abre de par en par. Benítez se agacha y, agazapado tras el murete de la galería, ve salir del cuarto a Pantaleón Moreno, tocado con el sombrero de copa y embozado en su rica capa.

Poco después, mientras el secretario del banquero ya enfila el pasillo que da al portal, la puerta número siete vuelve a abrirse y, del interior, sale un hombre alto, envuelto en una capa de paño pardo, la cabeza cubierta con un sombrero calañés. El inspector le ve cerrar la puerta con llave e, instintivamente, se lleva la mano a ambos bolsillos de la levita. Allí están. Dos pistolas cebadas. Listas para disparar, si fuese necesario. Mientras el del calañés avanza por la galería, a Benítez le parece distinguir que algo le abulta la capa en un costado. Cuando ha recorrido el último tramo de escaleras, Benítez se levanta y le apunta con una de las pistolas, blandiendo el bastón con la otra mano.

—Ni un paso más o te mando al otro barrio –advierte Benítez, estudiando al hombre del calañés de arriba abajo: la altura que encaja con la de uno de los dos hombres que ataron al ama de llaves de los Ribalter, la nariz torcida que describió Fernando Rodríguez, los enormes botines de cuero negro que bien pudieron dejar su huella sobre el charco de sangre encontrado en la cocina del portero.

—Me confunde con algún otro, inspector.

—Métanse en sus casas y cierren la puerta –grita Benítez, sin apartar una pulgada sus ojos del asesino de Lorenza–. Soy policía.

En el patio y las galerías no se ve ya más ser vivo que el policía, el sospechoso y el burro que rebuzna en una esquina.

–Pon las manos donde pueda verlas –ordena Benítez–. ¡Despacio!

–Yo no he hecho nada.

–He dicho que saques las manos para que pueda verlas.

En un movimiento vertiginoso el hombre de la nariz torcida lanza hacia Benítez un pequeño hatillo que guardaba bajo la capa. Benítez esquiva el bulto sin perder el equilibrio, pero para cuando quiere darse cuenta el hombre de la nariz torcida empuña con la zurda una pistola que debía de llevar escondida tras la faja. Benítez comprende que va a dispararle. Pero una milésima de segundo antes de que el otro apriete el gatillo, él se arroja hacia un lado. Mientras cae al suelo, una doble detonación casi simultánea retumba en la galería, provocando un desquiciante coro de gritos, voces de alarma y rebuznos.

Durante unos minutos ni un alma sale de las habitaciones. Tras las puertas con números pintados de rojo, los inquilinos de esta misérrima vecindad elucubran sobre lo que habrá ocurrido afuera. Si al menos tuvieran una ventana al patio por la que ver qué está pasando. Mientras todo se aclara lo mejor será mantener la tranca echada. Solo cuando la atronadora voz de un sargento de la Guardia Civil Veterana les anuncia que el peligro ha pasado, los vecinos comienzan a salir de sus nichos.

–¿Seguro que está bien, inspector?

–Completamente seguro, sargento –contesta Benítez, sentado sobre el suelo de la galería con la espalda apoyada en la pared. A su lado, sobre un pedazo de tela mugrienta brillan las pistolas y navajas que Carlos Pérez Pareja llevaba envueltas en el hatillo–. ¿Ha mandado a buscar el coche?

–Sí, inspector. Soalleiro, ha dicho que se llama el cochero, ¿no?

–Sí. En cuanto llegue tenemos que irnos.

–¿Hay más implicados?

–Los que pagaron a este para dar el golpe.

–Espero en Dios que les pueda echar el guante.

–Yo también lo espero.

–Los que pagan para que otro haga una muerte son peores que los mismos asesinos.

–Hay ciertos grados de maldad en los que me es imposible establecer comparaciones. Pero creo que los que dieron la orden se merecen acabar igual que ese que está ahí tirado.

–Desde luego que sí, inspector.

Benítez se levanta, camina hasta el cadáver del hombre de la nariz torcida y le extrae un cuchillo de arzón que lleva escondido tras la caña del botín del pie izquierdo.

–¿Quiere que registremos el cuarto del criminal? –pregunta el guardia civil.

–No. No creo que encontremos nada. Ya mandará a registrarlo su señoría. Lo que sí quiero es que guarde esto como oro en paño. –Le entrega el cuchillo–. Por el momento es la prueba más sólida que tenemos.

–¿Con este cuchillo mataron a la criada de los Ribalter?

–No. Con este mataron a su amiga.

–Ah, sí, la Engracia. ¿No se llamaba así la criada que apareció en el Manzanares?

–Veo que está usted muy bien informado sobre el caso.

–En el puesto solemos leer los periódicos.

–Pero no se creerán todo lo que dicen los papeles, ¿verdad?

–Ni la mitad de la mitad. Aunque yo diría que en las noticias de crímenes es donde menos mentiras meten. A propósito, ¿Pérez Pareja es el que vendió la cajita de rapé a la prendera?

Antes de que el inspector haya tenido tiempo de contestar al guardia civil, por la puerta del pasillo aparece Pepe Soalleiro.

–Mi sargento –dice Benítez–, si fuera usted tan amable de dar parte al inspector del distrito.

–No hay problema, inspector.

–Dígale que, en cuanto pueda, me pasaré para redactar el informe.

–Descuide.

–A la señora que ha ido a avisarles, le da esto –dice Benítez en voz baja, mientras tiende seis monedas de cinco duros al sargento de la Guardia Civil Veterana–. Es una recompensa que mandan desde el Gobierno Civil de Guadalajara.

No dispone de mucho tiempo para tomar la decisión de adónde acudir primero, si al palacio de Monasterio o a la casa de su secretario. Si el hombre de la nariz torcida guardaba en su habitación la cajita de rapé, lo más probable es que Moreno se la haya llevado. Puede haberse deshecho de ella por el camino o puede haber ido a esconderla en el banco o en su casa. La otra posibilidad es que se haya dirigido directamente al palacio de Monasterio. No es extraño que la noticia publicada en *La Correspondencia de España* haya llegado a oídos del capitalista, así que, en cuanto Moreno ha recuperado la cajita, lo primero en que habrá pensado es en ir a tranquilizar a su jefe.

–Pepe, ¿sabe usted dónde está el palacio del señor Monasterio? –pregunta Benítez.

–Sí, señor inspector –responde Soalleiro.

–Pues a escape.

–Volando, inspector.

Mientras el coche de plaza recorre el paseo de Ronda, Benítez organiza en su cabeza el plan de actuación. Es muy probable que su declaración asegurando que ha visto a Pantaleón Moreno visitando al hombre de la nariz torcida, junto con el resto de datos, sea suficiente para condenarlos a él y a Monasterio, pero la prueba definitiva sería encontrar en su poder o en el de Monasterio alguno de los objetos robados. Con un buen abogado, y no hay duda de que Monasterio y Moreno lo tendrán, no se puede descartar una sentencia absolutoria.

El simón de Soalleiro asciende al galope por el paseo del Prado, flanqueado por una abigarrada mezcla de olmos, acacias, sóforas, llorones y chopos. Pasada la fuente de Cibeles, apenas unos metros después de girar en la calle de Recoletos, el coche de plaza se detiene y el inspector oye extrañado la señal del cochero. Nada más poner un pie en la acera, Benítez comprende por qué Soalleiro ha estacionado el simón tan alejado de la puerta principal del palacio de Monasterio. A unos cien metros de ellos, acaba de estacionar otro coche de plaza cuya portezuela se está abriendo en este preciso instante.

Cuando el pasajero se apea del simón, Benítez se lleva una sorpresa mayúscula.

—¡Fonseca! ¿Qué hace usted aquí? —pregunta, mientras recorre los metros que los separan.

—Inspector, menuda sorpresa. Vengo siguiendo a Pantaleón Moreno. Su coche acaba de entrar en las cocheras del palacio.

—¿Ha estado Moreno en su casa?

—Sí, apenas cinco minutos. Luego se ha venido directamente aquí. ¿Qué tal le ha ido a usted? ¿Ha funcionado el cebo?

—Luego le cuento, Fonseca. Ahora déjeme pensar.

Fonseca aguarda en silencio a que el inspector Benítez tome una decisión. El ruido de carruajes que llega del arbolado paseo de Recoletos, a poniente, y del paseo de la Ronda, a oriente, lo hace tan atenuado que apenas se oye algo más fuerte que el débil piar de los pajarillos que revolotean en los jardines de las magníficas casas construidas a ambos lados de la calle de Recoletos, en la que, exceptuando a Benítez, Fonseca y los dos cocheros, no se ve un alma. No se oye aquí el pregón de los vendedores ambulantes, ni el estribillo de los repartidores de periódicos, ni los llantos de chiquillos lastimados en una pedrea, ni la cháchara de comadres hablando a gritos de un balcón a otro. Si la decisión no llega no se le puede echar la culpa al ruido.

—Fonseca.

—Dígame, inspector.

—Imagínese que es usted Monasterio.

—Me lo imagino, jefe.

—Imagínese que yo soy Pantaleón Moreno y le acabo de contar que he puesto la cajita de rapé a buen recaudo. Había pensado en deshacerme de ella nada más ha llegado a mi poder, pero temía que alguien pudiese verme. Ni siquiera del cochero del banco me fío, así que he decidido esconderla en mi casa, debajo de una tabla del suelo. Más tarde me desharé de ella.

–Me deja usted mucho más tranquilo, señor Moreno –dice Fonseca, metiéndose perfectamente en el papel del banquero.

–De repente, golpean la puerta –dice Benítez–. No, no se asuste, señor Fonseca, quiero decir, no se asuste, señor Monasterio. No está usted cometiendo ningún delito. Está usted enfermo y su secretario ha venido a despachar con usted algunos asuntos. Aquí no está ocurriendo nada al margen de la ley.

–Sí, claro.

–Entra el mayordomo y le anuncia que el inspector Benítez desea hablar con usted. Se trata de un asunto relacionado con el señor Pantaleón Moreno.

–¡Miércoles! –exclama Fonseca–. La policía sospecha algo.

–¿Qué hace, señor Monasterio? ¿Recibe o no al inspector Benítez?

–Sí, claro, soy el señor don Juan Miguel de Monasterio. Sería una descortesía no hacerlo.

–¿Y con Moreno, qué hace?

–Que se esconda mientras hablo con usted –responde Fonseca–. En mi palacio hay cientos de escondrijos.

–Pongamos que me recibe usted, ahora ya soy el inspector Benítez, en una pieza que se comunica con un gabinete desde el que se oye todo lo que hablemos.

–Entiendo, jefe. En ese gabinete es donde está escondido Moreno.

–Buenos días, don Juan Miguel, digo. Me temo que le traigo malas noticias relacionadas con uno de sus empleados.

–¿Qué ha ocurrido, inspector?

–Y aquí tengo mis dudas, señor Fonseca. No sé si decirle que vamos a registrar la casa de Pantaleón Moreno por el asunto de las biblias protestantes o que lo vamos a hacer porque se sospecha de su participación en el caso de la carrera de San Francisco.

–Creo que el resultado va a ser el mismo, inspector.

–¿Cuál?

–Que en cuanto Moreno pueda escabullirse, se irá derecho a su casa.

–Para deshacerse de las pruebas, claro.

–Eso pienso.

–Quizá el gabinete donde está escondido tiene una salida secreta –sugiere Benítez.

–Sí, claro. Una salida que lleva directamente a las cocheras.

–Lo que Moreno no imagina es que usted, ya como Fonseca, no en su papel de banquero, está escondido en el paseo de Ronda y que, en cuanto le vea salir, va a ir detrás de él.

–Le sigo, y cuando vaya a entrar en su casa, le retengo hasta que usted llegue.

–Pues ya tenemos el plan, señor Fonseca. Otra cosa es que funcione.

–Claro que funcionará, jefe. ¡Adelante con los faroles!

XXIV
Una absurda teoría

—Buenos días, inspector —saluda el banquero con una cortés inclinación de cabeza, desde el butacón de cuero del gabinete al que el mayordomo ha conducido a Benítez—. Perdone si no me levanto. Me encuentro un poco débil.

A pesar del vigoroso fuego que arde en la chimenea y de que, sobre el traje de casa, lleva un batín de terciopelo y un pañuelo al cuello, su postura es la de alguien que siente frío. El brillo de sus ojos es, sin duda, de fiebre.

—Lo lamento mucho, señor Monasterio.

—Pero tome asiento, inspector. Siéntese y dígame qué es eso tan urgente de lo que quería hablarme.

Benítez hace un barrido visual del gabinete. Si no se equivoca, la doble mampara de roble labrado que hay en un lateral comunica con la biblioteca del palacio. Tras el butacón en el que está sentado Monasterio se divisa la arboleda del paseo de Ronda y, tras la cerca, la plaza de toros. Monasterio deposita el libro que estaba leyendo sobre un velador. Mientras toma asiento en el butacón que queda frente al del banquero, Benítez no puede evitar dirigir una fugaz mirada al libro.

—Una joya —observa Monasterio, con orgullo—. La *Cárcel de amor* de Diego de San Pedro, traducida al catalán, al año siguiente de su primera edición sevillana. Es uno de los primeros libros con ilustraciones impresos en España. Pero dejemos los libros aparte, inspector. Si nos ponemos a hablar de libros, me olvido hasta de tomar las medicinas que me han recetado. ¿En qué puedo ayudarle?

—Lamento tener que darle una mala noticia sobre uno de sus empleados.

—¿Sobre uno de mis empleados? ¿De quién se trata?

—El señor Moreno.

—¿Mi secretario? –dice el banquero, con una fingida expresión de sorpresa, mientras desvía sutilmente la mirada hacia la puerta de la biblioteca.

—Sí, el señor Pantaleón Moreno.

El inspector Benítez espera unos segundos a que el banquero mueva ficha, pero Monasterio aguarda impasible, rígido como una estatua, a que el policía prosiga su narración.

—El señor Moreno ha visitado esta mañana a uno de los hombres que robaron en casa de los Ribalter.

—¿Cómo dice?

—Concretamente se le ha visto en casa del hombre que mató a la criada.

—¿Está seguro de eso? ¿No se trataría de otra persona?

—Completamente seguro. Lo he visto con mis propios ojos.

—No entiendo nada, inspector.

—Creemos que después ha ido a su casa, en la Costanilla de Capuchinos, donde sospechamos que ha podido esconder una prueba incriminatoria.

—¿Una prueba incriminatoria? ¿Incriminatoria de qué?

—Una cajita de rapé que robaron en casa de los Ribalter la noche del crimen. El señor Moreno ha leído en *La Correspondencia de España* que esa cajita había sido vendida en una prendería de la calle Tudescos y ha ido en persona a la casa de su cómplice para saber de primera mano qué había de cierto en la noticia.

—Pero eso no tiene ni pies ni cabeza, inspector.

—En cuanto salga de aquí iremos a registrar la casa del señor Moreno.

—Muy amable por su parte venir a comunicármelo en persona, inspector.

—Tratándose de su secretario personal, me parecía lo más correcto.

–Se lo agradezco mucho, inspector Benítez. Le agradezco la deferencia. Sobre todo porque así nos va a dar la oportunidad de aclarar este malentendido.

–¿Perdón?

–Lo que ha oído, inspector, que me parece que al final va a ser usted quien tenga que darnos las gracias a nosotros por evitar que haga usted el ridículo.

El banquero se levanta, se dirige a pasos lentos hacia la mampara que da a la biblioteca, la abre y, del otro lado, emerge Pantaleón Moreno con una expresión serena en su rostro picado de viruelas.

–Buenos días, inspector Benítez –saluda Moreno, con el semblante tranquilo.

Monasterio regresa al butacón con pasos cada vez más resueltos y, sobreponiéndose a la debilidad producida por la fiebre, dice:

–Efectivamente, el señor Moreno ha ido a su casa para coger la lista de invitados a una fiesta que celebraremos cuando salga a la calle el primer número del *Semanario Económico y Mercantil*. Íbamos a repasar la lista después de almorzar. De lo del hombre ese a quien ha ido a ver no sé nada. Mejor pregúnteselo a él.

A Benítez le cuesta reaccionar. Nada está saliendo como había imaginado. La cosa se vuelve a poner cuesta arriba y a él se le acaban los naipes bajo la manga. Al cabo de unos segundos, totalmente desalentado, se levanta del butacón y deja que una sonrisa sarcástica se dibuje en sus labios, antes de dirigirse al fiel esbirro de Monasterio.

–Señor Moreno, ¿podría usted decirme qué hacía hace cosa de una hora y media en la calle de Tribulete?

–Por supuesto, inspector. He ido a visitar a un pariente.

–¿A un pariente?

–Sí. Ayer le compré una medicina en la farmacia de Caballero de Gracia y esta mañana he ido a llevársela.

–¿Y ha ido precisamente esta mañana que su jefe no está en el banco?

–¿Eso es una pregunta?

–Sí, sí lo es, señor Moreno, pero no es necesario que se invente una excusa. Ya soy mayorcito para cuentos chinos.

–Yo también.

–Dígame, señor Moreno, ¿qué parentesco le une a ese hombre al que ha ido a visitar?

–Somos primos hermanos por parte de madre.

–¿Cuál es su segundo apellido, señor Moreno?

–Pareja. Pantaleón Moreno Pareja. Pero dígame, ¿le ha pasado algo a mi primo Carlos?

–Lamento tener que informarle de que el señor Carlos Pérez Pareja se ha visto envuelto en un tiroteo.

–¿Está herido?

–Ha fallecido.

–¿Carlos, muerto? ¡No puede ser!

Benítez estudia detenidamente la expresión de Pantaleón Moreno. Su rostro expresa dolor, aparentemente sincero, pero a la vez el policía cree atisbar en él una sombra de alivio. El alivio de tener que preocuparse por un cabo suelto menos.

–Se le ha encontrado el arma con la que mataron a la amiga de Lorenza.

–¿A la amiga de quién?

–¡Vaya, señor Moreno! Parece ser usted la única persona de Madrid que no sabe que la criada de los Ribalter se llamaba Lorenza.

–La verdad es que no estoy muy al tanto del caso.

–Pues esta mañana, cuando ha comprado *La Correspondencia de España*, más bien daba la impresión de todo lo contrario.

–Disculpe.

–Ha leído usted que un tipo alto, zurdo y con la nariz torcida había vendido un objeto robado en una prendería y, ¡qué casualidad!, acto seguido se ha ido a visitar a esa persona.

–Ya le he explicado el motivo, inspector.

–No, el motivo por el que ha ido a ver a Carlos Pérez Pareja es que su primo, si es que de verdad les une a ustedes ese parentesco, estuvo la noche del domingo en casa de los Ribalter para participar en el golpe. Ese es el motivo.

–¿Se le ha vuelto a usted el seso del revés o qué?

–Usted, señor Moreno, disfrazado con unas barbas blancas y una nariz postiza, le encargó el trabajo a Juan López Cabrera, un joven que había estado en Caballero de Gracia solicitando colocación. Le encargó el trabajo a este pobre infeliz, pero para asegurarse de que todo salía bien, mandó al hombre al que hace un rato ha ido a visitar. Porque después de leer en...

–Perdone la intromisión, inspector –le interrumpe el banquero, con una voz muy alejada del tono cortés que usó al principio–, pero como doctor en jurisprudencia que soy, debo hacerle ver que, por el momento, lo único que está haciendo es formular una absurda teoría que le puede acarrear muchos problemas.

–¿Una absurda teoría? ¿Eso cree?

–¿Tiene usted alguna prueba que la apoye?

–Apuesto a que la encontraremos en la Costanilla de Capuchinos.

–Ni siquiera va a necesitar una orden, inspector –replica Monasterio, tan rápido que parece llevar rato esperando el momento propicio para jugar esta baza–. ¿Verdad, señor Moreno?

–Por supuesto que no, don Juan Miguel –contesta Moreno, mientras juguetea con una pequeña llave dorada que ha sacado del bolsillo del chaleco–. Yo soy el primer interesado en que se aclare cuanto antes este absurdo y desagradable malentendido. Cuando quiera nos vamos, inspector. Señor Monasterio, vendré más tarde para arreglar lo de la fiesta.

Antes de salir del gabinete, Benítez lanza una ojeada al retrato de la difunta esposa de Monasterio que cuelga de la pared que hay frente a la puerta de la biblioteca, un retrato muy similar al que decora su despacho del banco.

Mientras avanza hacia la puerta, en su cabeza resuenan los versos del libro de poemas que el banquero escribió poco después de que naciera Juan José Ribalter. Ahora sí, esos versos cobran todo su sentido. No le cabe la menor duda.

No dudes nunca, ángel mío,
del infinito dolor
que desgarró mis entrañas
al ver escapar tan pronto
de este valle tu alma.

Pero el Amor es Amor
por más que pasen los años.
Y, sin saber cómo, un día,
aún sin haberte olvidado,
me bañé en sus ojos garzos,
como cuando sobre la arena
de chiquillos nos besamos.

Los besos que te adeudaba
los cobraron otros labios,
labios de vino y sal,
labios de amor amargo.
Y el hijo que nunca tuvimos
crece hoy en otros brazos.

Aún no hemos acabado, señor Monasterio, se repite Benítez mientras baja, acompañado por Pantaleón Moreno, la majestuosa escalera de honor del palacio. Aún no hemos acabado, don Juan Miguel, se lo prometo. Ha sabido usted encajar la jugada con inteligencia, lo reconozco, pero encontraré la manera de buscarle las vueltas. La partida aún no ha acabado. Y como bien sabe usted, don Juan Miguel, las partidas entre criminales y policías no pueden quedar en tablas. O consigo que pague por lo que ha hecho o no lo consigo. O se hace justicia o no se hace y puede disfrutar usted de ver convertirse en un hombre de provecho a ese muchacho que, aunque no lleve su apellido, lleva su sangre.

–¿Me permite acompañarle en su coche? –pregunta Benítez.

–Por supuesto, inspector –responde Moreno.

Mientras un mozo de cuadra engancha dos soberbias yeguas inglesas al coche de Moreno, Benítez recorre con la mirada las inmensas cocheras del palacio. Si allí ha habido alguna vez una berlina negra con una banda verde, ahora ya no está.

–Le espero fuera, señor Moreno –dice Benítez, tratando de disimular la contrariedad en su rostro–. Voy a decirle al cochero del simón en que he venido que ya no es necesario su servicio.

Benítez sale de las cocheras a toda prisa y, justo en el momento en que da las últimas instrucciones a Soalleiro, ve aparecer la berlina de Pantaleón Moreno.

Apenas unos instantes después de que la berlina de Moreno estacione frente a un elegante y moderno edificio en la Costanilla de Capuchinos, un coche de alquiler lo hace a escasos cien metros.

–Veo que ha pedido refuerzos, inspector –dice Moreno, nada más poner pie en tierra–. Le aseguro que no es necesario.

Medio escondido tras la portezuela del simón que acaba de estacionar, está la achaparrada figura de Fonseca.

–Nunca se sabe –contesta Benítez mientras llama, con una seña, a su oficial.

–Basilio, lleve la berlina al banco –ordena Pantaleón Moreno.

–Sí, señor –contesta el cochero.

–Pues si tienen ustedes la bondad de acompañarme –dice Moreno una vez que Fonseca se ha unido a ellos.

A medida que, una tras otra, van registrando sin resultado alguno las habitaciones, la sensación de derrota es mayor. Una vez inspeccionada a conciencia toda la casa, regresan al gabinete de Pantaléon Moreno, donde Benítez experimenta el mayor desaliento de su larga vida profesional. Fonseca, con la cabeza gacha, dirige miradas de reojo a su jefe, quien no para de darse pequeños pellizcos nerviosos en la nuez.

–¿Quiere que registre de nuevo los cuartos de la servidumbre, inspector? –pregunta Fonseca, movido por la tensión del momento.

Benítez reflexiona unos segundos, sin dejar de pellizcarse el cuello.

De pronto, sus ojos se iluminan con un brillo de esperanza.

–Disculpe, señor Moreno, el cuarto que linda con esa pared –dice, dirigiendo la contera del bastón hacia una pared cubierta en su totalidad por un mueble librería– es el de su ama de llaves. ¿Verdad?

–Sí, así es.

–¿Sería usted tan amable de acompañar al señor Fonseca a esa habitación?

–¿Me puede explicar para qué? –pregunta Moreno.

–Me gustaría que dieran unos golpecitos sobre la pared que linda con este gabinete. La casa tiene la forma de un rectángulo distribuido alrededor de un patio de luces, y este lado del rectángulo, si sumamos la longitud de su alcoba, la de este gabinete más la del cuarto de su ama de llaves, que son las piezas que conforman este lado, me parece bastante más corto que el lado opuesto. Tres metros más corto, a ojo de buen cubero.

–¿Insinúa usted que hay una habitación secreta tras la librería?

–No lo había pensado, señor Moreno, pero ahora que lo dice, creo que sí. Creo que detrás de esa librería hay una habitación que podríamos llamar secreta. Tal vez por eso los libros que hay en esas estanterías no están colocados en ningún orden. Ni por materia, ni por autor, ni por fecha de publicación. Simplemente, porque esos libros no se leen nunca. Son un mero adorno. Puro *atrezzo*.

Moreno avanza unos pasos hasta colocarse de espaldas a la librería, cierra los ojos, levanta el brazo izquierdo con el dedo índice señalando hacia una de las esquinas de la librería y comienza a recitar los títulos de cada uno de los libros situados en la hilera más alta.

–Si lo prefiere, también puedo decírselos de derecha a izquierda.

–No, señor Moreno –responde Benítez sin que se le altere el semblante–. Preferiría que acompañase usted al señor Fonseca hasta el cuarto de su ama de llaves. Yo, con su permiso, voy a extraer unos cuantos volúmenes para oír mejor los golpes que den en la pared.

–No se moleste, inspector. Voy a facilitarle a usted el trabajo.

Moreno se dirige hacia la pesada mesa que hay en mitad de la sala, la empuja, desplazándola dos o tres centímetros, y se pone en cuclillas. Bajo el lugar que ocupaba una de las patas de la mesa, incrustado en el entarimado de madera, reluce un pequeño botón de nácar. Tras presionarlo, se oye un chasquido metálico y, a continuación, el cuerpo central de la librería comienza a girar lentamente hacia el interior del gabinete.

–¡Buen trabajo, sí señor! –exclama Benítez–. Mire, Fonseca, ni la menor marca en el suelo. Un trabajo de primera. Muy profesional. Me quito el sombrero.

–Vinieron expresamente de París para montarla. Seis días tardaron.

–Y al séptimo descansó usted tranquilo, ¿no? –dice Benítez, con el corazón a punto de salírsele por la boca.

Un instante después, el módulo giratorio de la librería se detiene, dejando ver, a través del hueco que ocupaba, un cuarto en el que reina una densa oscuridad. Una habitación en la que Benítez cifra todas sus esperanzas.

–¿Qué guarda ahí dentro, señor Moreno? –pregunta el inspector, angustiado, temeroso de que, una vez más en este caso, aquello sea solo un golpe en vago–. ¿Biblias protestantes?

–No precisamente –contesta Moreno, con una sonrisa cínica en los labios–. Esa habitación es donde guardo las pocas cosas de valor que tengo cuando voy a ausentarme de Madrid. Por eso no les había hablado de ella. No es que desconfíe de ustedes, claro. Pero hubiera preferido que nadie conociese la existencia de ese cuarto.

—Le comprendo muy bien, señor Moreno. Hoy en día no se puede fiar uno de nadie. Ni siquiera de la policía.

—No quería decir eso, inspector.

—¿Me permite echar un vistazo?

—Por supuesto. Permítame que le encienda un quinqué.

La luz del quinqué que Pantaleón Moreno ha colocado sobre una consola descubre un cuarto con varios armarios roperos, una mesa-tocador con espejo y varios maniquís vestidos con ropas de carnaval. Sobre la mesa se ven multitud de frasquitos, pinceles, esponjas, bacinillas y artículos de peluquería.

—¿Qué hay en los armarios? —pregunta Benítez.

—Disfraces de carnaval —contesta Moreno—. Me gusta cambiar de disfraz cada año y luego me da pena tirarlos.

—¿No tendrá por casualidad una peluca de pelo blanco? —Moreno niega con la cabeza—. ¿Y unas barbas blancas en plan patriarca bíblico?

—Pues no, no tengo barbas de ningún tipo, inspector.

—Ni una nariz postiza. Ni gafas tintadas. Claro que no. No es usted tan descuidado como para que esas pruebas sigan en su poder. Ya hará días que se ha deshecho de ellas. Pero entonces... ¿a qué ha venido antes? —Benítez hace una pausa de varios segundos, tras la que continúa pensando en alto—: Tal vez no ha sido hasta esta mañana que se ha empezado a preocupar. El hombre que mató a Lorenza Calvo es pariente suyo. Sí, es verdad eso de que es su primo. Al mozo de la botica también le dijo que el medicamento era para un pariente. Así que, tarde o temprano, cuando le detuviéramos, terminaríamos por sospechar de usted. Por eso, después de hablar con él, se ha venido para acá como alma que lleva el diablo. Ha buscado todo lo que le comprometiese, lo ha cogido y se ha ido a ver a Monasterio para destruir las pruebas allí.

—¡Qué talento, inspector! ¡Qué gran novelista se ha perdido España!

—¿Usted cree?

—Por supuesto, inspector. Eso de sugerir que el señor Monasterio es mi cómplice es muy imaginativo.

–Me ha entendido mal. Don Juan Miguel no es su cómplice. Usted es su sicario.

–¡Esa sí que es buena! Se supera usted por momentos, inspector.

–Ha ido usted a casa de Monasterio con el propósito de destruir allí las pruebas. Por eso él ha sugerido que registrásemos su casa. Porque sabía que aquí ya no quedaba nada que los vinculase con los crímenes.

–Le repito que he venido a por la lista de invitados.

–¿Qué tenía aquí que le comprometía, señor Moreno?

–Dígamelo usted, inspector. Parece saber usted más de mi vida que yo mismo.

–El disfraz que usó las veces que habló con Juan, no. Del disfraz se habrá deshecho en cuanto haya sabido que le habíamos detenido. ¿La cruz y el reloj? No. Demasiado comprometedor. Hace días que el metal estará fundido y ya no quedará ni rastro de la joya original.

–¿Le queda mucho, inspector? Tengo bastante trabajo pendiente.

–¡Ya lo tengo! –exclama Benítez.

–Dinero. Sí. Seguro que alguna parte del dinero robado le tocó a usted y, aunque han tenido la precaución de darnos una numeración falsa, guardar una parte del botín en su casa era muy arriesgado. Aunque haya descubierto que lo de la cajita de rapé era un cebo, lo cierto es que la descripción que hacía el periódico del tercer cómplice ha debido de inquietarle. En cuanto le echásemos el guante al hombre alto de la nariz torcida, a poco que hurgáramos, descubriríamos que era su pariente. Por eso ha venido usted a su casa. A por el dinero.

Benítez se queda contemplando la reacción de Moreno. Si su intuición no le engaña, acaba de descubrir el motivo por el que Moreno ha ido a su casa antes de dirigirse al palacio de Monasterio. Descontados los setenta mil reales que les dieron a Juan y Fernando, lo demás hasta llegar a los seiscientos mil reales que guardaba Ribalter se lo han debido de repartir entre Moreno y su primo.

–A cualquier juez –prosigue Benítez, mientras se acerca a la cómoda sobre la que reposa el quinqué– le resultaría sospechoso que el empleado de un banco tenga tanto dinero en su propia casa. ¿No cree usted?

–Lo que creo es que está diciendo en alto todo lo que se le viene a la cabeza, porque ni usted mismo sabe cómo salir de este embrollo.

Benítez coge el quinqué y, con él en una mano, se agacha para inspeccionar los cajones de la cómoda. De los tres, solo el de arriba está sin echar la llave y, a la derecha de la cerradura, se aprecia un raspón sobre la madera.

–¿Por qué no tiene echada la llave el cajón de arriba? –pregunta Benítez.

–Ya le he dicho que solo tomo medidas de seguridad cuando me ausento de la Corte.

–Se lo preguntaré de otro modo: ¿por qué tiene echada la llave de los otros dos cajones?

–¿Quiere ver su contenido?

–Por favor.

Moreno sale del cuarto, se dirige hacia la mesa escritorio del gabinete y abre un cajón. En unos segundos está de vuelta y abre con una llave dorada los dos cajones inferiores de la cómoda.

–¿Por qué ha abierto el cajón del escritorio? –pregunta Benítez.

–Para buscar la llave de esta cómoda.

–¿Otra mentira más, señor Moreno?

–Disculpe.

–La llave con la que ha abierto la cómoda es la misma con la que ha estado jugueteando mientras hablaba conmigo en casa de Monasterio. La llevaba usted en un bolsillo del chaleco.

–¿Ah, sí?

–Sí, señor Moreno. Y voy a explicarle por qué la llevaba en el chaleco. No sé qué le habrá dicho Pérez Pareja cuando ha ido a verle, pero lo cierto es que no ha debido de tranquilizarle demasiado. Tal vez su primo le ha asegurado que él no había vendido la cajita de rapé de la que hablaba *La Corres* y hasta

403

puede que se la haya dado, pero el caso es que usted no se ha quedado nada tranquilo. Por eso ha venido a su casa, porque aquí guardaba usted parte del botín, en este cajón. Y tan nervioso estaba, que como no atinaba a abrirlo ha dejado una pequeña marca sobre la madera. Hecho un manojo de nervios, ha cogido usted el fajo de billetes de banco y se ha ido a ver a Monasterio, dejando el cajón sin cerrar y llevándose consigo la llave, que suele guardar en la mesa del gabinete.

–Inspector Benítez, hasta aquí ha llegado mi amabilidad. Si me va a detener, hágalo ya. Si no, le rogaría que saliese de mi casa.

Benítez siente sobre sí la mirada de Fonseca. No tiene la menor duda de que Monasterio y Moreno tramaron todo, pero no está seguro de que con lo que ha conseguido hasta ahora vaya a ser suficiente para procesarlos. Tiene una orden de registro firmada por el gobernador. Podría sacarla. Pero ¿para qué? Allí no va a encontrar nada más. Y ese hombre no va a soltar prenda. Ya está. Fin del capítulo. Todo está ahora en manos de Pérez Elgueta. Su señoría tiene la última palabra.

–¿Qué pasa? –pregunta Moreno malhumorado, al oír que su ama de llaves, que acaba de entrar en el gabinete, le reclama.

–Lo siento mucho, don Pantaleón –se disculpa la mujer–, pero es que afuera está la policía. Y una patrulla de la Guardia Civil. Un tal Ortega Morales dice que abra inmediatamente o echa la puerta abajo.

–Señor Fonseca, hágame el favor de quedarse con el señor Moreno –ordena Benítez.

No quiere hacerse ilusiones, pero lo cierto es que mientras avanza por el largo pasillo no puede dejar de pensar en que Ortega le trae algo, algo más de lo que ya tienen, algo sólido con lo que poder llevar preso y con todas las de la ley a Pantaleón Moreno. Cuando en la puerta del palacio de Monasterio le ha indicado a Soalleiro que fuese a Tabernillas para informar a su secretario de que se dirigían a la Costanilla de Capuchinos, no lo ha hecho con un propósito claro. Ahora, mientras recorre el último trecho del pasillo, siente que quizá la orden de mantener vigilada la casa de los Ribalter haya sido más importante de lo que él pensaba. Siente que, por fin, se acerca el final.

Nada más abrir la puerta, la expresión en el rostro de Ortega le confirma que no estaba equivocado.

–La señora de Ribalter ha confesado –suelta Ortega, sin más preámbulos.

–¡Que ha confesado! ¿Qué es lo que ha confesado?

–Que ella le pidió a Monasterio ayuda y que ella le dijo dónde guardaba su marido el dinero.

–¿Seguro que ha confesado?

–Sí, nada más llevarla a la prevención.

–Guardias, vengan con nosotros –ordena Benítez, dirigiéndose a los tres números de la Guardia Civil Veterana que acompañan a su secretario.

Benítez avanza por el pasillo con la sensación de que las piernas le pueden fallar en cualquier momento. Lleva despierto desde las seis de la mañana y hace horas que no prueba bocado. Sin embargo, pese a las muchas horas de ayuno, no siente hambre. Al menos, no el hambre que le hacía retorcerse de dolor cuando la Ratona aún le roía el estómago. Parece que hiciera años que ese molesto inquilino abandonó definitivamente su cuerpo. Parece que hiciera años, pero apenas hace unos días que Benítez ha comenzado a sentirse así.

En el gabinete, Pantaleón Moreno aguarda sentado en una butaca. Frente a él, Fonseca, pistola en mano, saluda a los recién llegados con una gran sonrisa.

–Pantaleón Moreno Pareja, queda usted preso por el robo cometido la noche del domingo 3 de noviembre en la casa de la familia Ribalter en la carrera de San Francisco, así como por los asesinatos de Lorenza Calvo Olmeda y de Engracia Fernández Clemente. Mi cabo, bajen al señor Moreno al furgón. Enseguida estamos con ustedes.

–A su orden, inspector.

Cuando los tres policías se han quedado solos, Fonseca pregunta:

–¿Vamos a por Monasterio?

–Sí, señor Fonseca –contesta el inspector, mientras se sienta en la mesa–. Vamos a por Monasterio, pero antes deme usted un minuto.

–Les he traído unas rosquillas –dice Ortega, sacando un paquetito de papel de estraza del bolsillo derecho de la levita.

–¿Son de anís? –pregunta Fonseca, que, imitando a su jefe, no ha tardado ni un segundo en tomar asiento sobre el hueco que Benítez ha dejado en la mesa.

–Sí –responde Ortega.

–Que el Señor se lo pague con una buena esposa, señor Ortega –dice Fonseca, alargando la mano hacia el secretario–. Las de anís son mis preferidas.

–¿Cómo ha ocurrido? –pregunta Benítez, mientras coge una de las rosquillas que le ofrece su secretario.

–Luego les cuento en detalle, si le parece, pero para resumirles la historia, les diré que a media mañana el coche de punto que conduce Manuel Calatrava se ha detenido frente a la casa de los Ribalter. Al poco ha salido su esposa y le ha entregado una carta. Total, que esa carta, que ha escrito doña Rosario y que el cochero debía hacerle llegar a Monasterio, ha terminado en mi poder.

–¿Y qué dice esa carta? –pregunta Fonseca, regando el suelo con una lluvia de rosquilla desmigajada.

–Le pide a Monasterio que no crea nada de lo que publica *La Corres*. Le dice que la cajita de rapé la escamoteó ella la noche del robo antes de salir para la fiesta. Pero léala usted mismo, si quiere, inspector –dice Ortega, sumergiendo una mano en el bolsillo izquierdo de la levita–. No he querido arriesgarme a que se perdiese.

Benítez rechaza el ofrecimiento con la cabeza.

–¿O sea que todo este tiempo ha sido ella quien tenía la dichosa cajita? –pregunta Fonseca.

—No, qué va —contesta Ortega—. La echó al fuego al día siguiente de la fiesta. No soportaba que el marido la tuviese ni un día más y por eso la cogió de la cómoda con la intención de destruirla. Le dice a Monasterio que, de no haber sido por esa cajita, ellos dos habrían sido muy felices. Le promete que nunca ha dejado de amarle y termina la carta encomendándose a la misericordia del Señor por lo que han hecho.

—Entonces, ¿qué? —insiste Fonseca—. ¿Vamos a prender a Monasterio o nos comemos antes otra rosquillita?

Epílogo

Esta vez sí, Indalecio Arriaga, director de *El Observador Imparcial,* ha considerado oportuno dar dilatada cabida en las páginas de su periódico al caso de las Alcarreñas. Anoche, en la redacción y la imprenta de *El Observador,* se trabajó a marchas forzadas para que la edición matutina del 13 de noviembre de 1861 incluyera una extensa crónica sobre el caso. A la media hora de haber pisado la calle los repartidores de periódicos, todos los ejemplares con la detallada crónica escrita por José Francisco Bejarano habían sido vendidos. Poco después, de una punta a otra de Madrid, un regimiento de vendedores pregonaba a voces que, antes de las tres de la tarde, una nueva edición de *El Observador Imparcial* estaría en la calle con las informaciones de última hora.

El caso de las Alcarreñas ha sido, sin la menor duda, la comidilla del día. Nunca antes, salvo quizá en el crimen de la calle de Redondilla, una investigación dirigida por el inspector Benítez había levantado tanto revuelo.

Sin embargo, cuando un cuarto de hora antes de las once de la noche, Benítez sale del Café Suizo tiene la sensación de que en breve ya nadie se acordará ni de Lorenza Calvo Olmeda ni de Engracia Fernández Clemente. Al menos, nadie volverá a acordarse de ellas hasta que se anuncien las condenas para los procesados y su ejecución pública movilice a medio Madrid hacia el Campo de Guardias.

Esta misma tarde se ha celebrado la reunión de la comisión del Congreso encargada de redactar la contestación al discurso de la Corona pronunciado tras la apertura de Cortes y, al parecer, todos los diputados –los que proceden del Partido Moderado, los que presumen de representar al progreso y, por supuesto, ¿cómo no?, los diputados que dicen ser hijos del *justo medio* que encarna la Unión Liberal–, han manifestado que el discurso escrito por el Gobierno y leído por su majestad ha satisfecho plenamente sus expectativas. Todos se han mostrado satisfechos, incluido el señor Leal Romero, uno de los muchos diputados que en los días previos a la apertura de Cortes abandonó el *barco unionista*, tal vez movido por los pingües emolumentos que Monasterio le ofrecía por dirigir el *Semanario Económico y Mercantil*, y que, ahora, con el fúcar gaditano a la sombra, ha vuelto a declararse partidario de la Unión Liberal.

Lo ha proclamado a voz en cuello un parroquiano que venía del Congreso y, acto seguido, no había una sola mesa en el Café Suizo en la que no se hablase de que Leal Romero volvía al redil unionista.

Si ha de darse crédito al runrún más extendido, el señor Leal Romero ha modificado su posición respecto al gabinete O'Donnell porque, a raíz del cambalache de cargos y destinos que traerá consigo el próximo nombramiento del marqués de la Vega de Armijo como ministro de Fomento, a él, según han insinuado varios de los presentes, le caería en suerte el puesto de secretario del Gobierno Civil de Madrid.

¡Vaya, vaya! Leal Romero, secretario del Gobierno Civil, se dice Benítez mientras sale del Suizo. Solo faltaría que González Cuesta ocupase el cargo de gobernador. ¡Esa sí sería buena! El señor González Cuesta, gobernador civil de Madrid.

Frente al Café Suizo hay estacionados un par de coches de plaza. El cochero de uno de los simones se desemboza la capa con la intención de ofrecer coche al inspector. Antes de que lo haga, Benítez rechaza con un gesto el ofrecimiento y encamina sus pasos hacia la Puerta del Sol.

La vacilante luz de los faroles de gas arranca tenues destellos a los adoquines de la calle de Alcalá, perlados por la lluvia caída esta tarde. El cielo sigue tan encapotado como hace unas horas, aunque Benítez no pierde la esperanza de que el próximo sábado amanezca soleado.

Al pasar junto al Café del Iris, no puede evitar que le venga a la memoria el recuerdo de la última vez que estuvo allí con su esposa. Fue en una noche de diciembre del año 51, unos días después de haber sido nombrado comisario del distrito Centro. Ella había pedido uno de esos bizcochos que tanto le gustaban y él, en un descuido de su esposa, tuvo el atrevimiento de besarla en público para rebañar el hilillo de crema que le había quedado en los labios.

De pronto, Benítez se sorprende imaginando lo que su querida Inmaculada le habría dicho al enterarse de su ascenso. ¡Inspector especial de Madrid, nada más y nada menos! ¡José María Benítez Galcedo, el policía más importante de Madrid!, habría dicho ella con sus ojazos negros chispeantes de orgullo.

No es consciente del tiempo que ha permanecido frente al Iris, emborrachándose con un océano de recuerdos felices, hasta que al llegar a la Puerta del Sol oye cómo un sereno canta las once y media.

Gira a la derecha, sube unos pasos por la calle de la Montera y se detiene frente a la tienda de Los Alemanes, un negocio con más de ochenta años de historia. En esa misma tienda, cuando aún estaba al frente de los célebres almacenes el viejo Pedro Schropp, compraba su abuelo José Ramón el aguinaldo todas las navidades. ¡Cuánto ha llovido desde entonces!, piensa Benítez, mientras sus ojos, herencia de ese asturiano que hace un siglo *dexó la sua tierrina* en el concejo de Tineo para iniciar una nueva vida en los Madriles de Carlos III, vagan por el variado surtido de objetos expuestos tras el cristal. Bisutería, servicios de metal inglés, carteras de piel de Rusia, artículos de escritorio, adminículos de viaje, utensilios para practicar gimnasia y juguetes. Muchos juguetes.

Cuando, por fin, después de casi media hora parado frente al escaparate de Los Alemanes, Benítez se da media vuelta y echa a andar de nuevo hacia la Puerta del Sol, su rostro es

411

el rostro de alguien que se siente reconciliado con su pasado, el rostro de un hombre ansioso por comprobar qué le deparará el futuro.

Mañana, por más ocupado que esté en su primer día como inspector especial, sacará un rato para ir a comprarle a su nieto esa cometa con avecillas pintadas que ha visto en el escaparate de Los Alemanes. Tal vez, en un futuro cercano, pueda ir con Ramoncito al cerrillo de las Vistillas a volar esa cometa. Mientras ese día llega, la volarán juntos en Badajoz.

Grandes nubarrones negros copan el cielo de Madrid. Sin embargo, Benítez está cada vez más convencido de que de aquí al sábado el tiempo habrá mejorado y él podrá ir a dar un paseo por el Salón del Prado. Una comida en la Fonda de Perona, un paseo por el Prado en la tarde y, tal vez, una comedia por la noche. En el Príncipe siguen dando *El tanto por ciento*.

Benítez alza la mirada hacia el reloj del Ministerio de Gobernación. Apenas falta un minuto para que expire el día, el último al frente de la inspección de vigilancia y seguridad de La Latina. Mira en derredor y se recrea contemplando el escenario que desde mañana observará a través de la ventana de su nuevo despacho. Quién sabe, tal vez José María Benítez siga siendo el policía más importante de Madrid cuando la fuente monumental aprobada en el plan de reforma de la plaza por fin comience a arrojar por su boca las aguas del Lozoya. Si es cierto lo que anuncia hoy *La Corres*, mañana derribarán la fuente provisional que ahora preside la Puerta del Sol.

–A Tabernillas, 17 –le indica al cochero de un simón.

–¿Acorto por la calle de Lucientes o prefiere que entre por la Puerta de Moros?

Es el mismo cochero que hace unos días lo llevó de vuelta a casa después de que su amigo Valdivieso le diese qué pensar con aquello de que no tenía la menor intención de dejar el corazón en barbecho para los restos.

–Por la Puerta de Moros, si no le importa.

–Ninguna molestia, don José María.

Benítez se sonríe y sube al coche de alquiler, algo azorado.

412

Es su última noche al frente de la inspección de vigilancia y seguridad de La Latina. La última noche que, antes de que el simón gire en Tabernillas, él echará un vistazo fugaz al edificio de la prevención, en la calle de Don Pedro. Su última noche como simple inspector de distrito.

Será esta una noche que Benítez nunca podrá olvidar. La noche en que abrirá una polvorienta caja de madera que alberga, desde hace siglos, un puñado de velas de sebo. De la primera remesa que fabricó su padre. Esta noche encenderá una de esas velas y, embriagado por el intenso tufo a grasa animal, quemará, una por una, las páginas que lleva traducidas de las memorias de Vidocq. Inmensamente agradecido por todo lo que les debe a quienes ya no están a su lado, descorchará una botella de vino rancio de Peralta y beberá una generosa copa por el alma de los suicidas. Por Larra, por el señor Ignacio López, por todos los infortunados náufragos del amor, de la política, del dinero. Después, cogerá unas cuantas cuartillas en blanco y comenzará a escribir en ellas retazos de sus años como inspector de vigilancia y seguridad de La Latina. Recuerdos a vuelapluma de un policía español. Casos como el de las Alcarreñas, que, tal vez, algún día, se conviertan en libro.

Nota del autor

Es difícil decir el momento exacto en que una novela comienza a crecer en la mente de un escritor. Yo, al menos, sería incapaz de decir cuándo empezó a cobrar vida en mi imaginación la historia que narro en *La cajita de rapé*. Lo que sí tengo claro es cuándo se despertó en mí el gran interés que siento por el periodo histórico en el que está ambientada. Fue en el otoño de 1992. Cursaba yo tercero de Medicina en la Universidad Autónoma de Madrid, había elegido el Hospital de la Princesa para hacer las rotaciones clínicas del resto de carrera y hacía mis pinitos de escritor en *Feedback*, la revista de la facultad de Medicina.

Pues bien, en aquel otoño visité La Solana, el municipio manchego del que procede mi familia materna, y allí mi querido tío Tomás (hermano de mi abuela Alfonsa) me contó innumerables historias acontecidas en el pueblo durante la II República y la Guerra Civil. Historias desgarradoras, de vidas truncadas, que no olvidaré jamás y que, en cierto modo, explican por qué mi primera novela es una novela histórica con un alto contenido político. El protagonista de una de esas historias fue mi bisabuelo, un herrero más o menos acomodado que, «sin haber metido nunca el hocico en políticas», lo perdió todo en aquellos años. Lo perdió todo por culpa de la política. Las historias que me contó mi tío Tomás no son muy distintas a las que muchos de nuestros mayores han vivido, pero oírselas contar a alguien tan querido, sin el menor atisbo de rencor, fue una experiencia impagable. A través del relato de mi tío Tomás comprendí lo bárbaros que podían ser mis compatriotas. La crueldad con la que

414

habían actuado ambos bandos. Lo infames que podíamos llegar a ser los españoles cuando estaba en juego el pan de nuestros hijos. O la defensa de una idea que solo Dios sabe quién nos metió en la cabeza.

De vuelta a Madrid, tomé la decisión de no conformarme con lo que ya sabía sobre la Guerra Civil. Decidí escarbar un poco en el pasado, en la historia de mi país, en las páginas que me explicasen cómo habíamos podido llegar a perder la cabeza del modo que lo hicimos. Cogí un tratado de historia de España que había en casa y me remonté de manera intuitiva a donde yo creía que habían empezado las disputas entre las dos formas irreconciliables de concebir España: a la Guerra de la Independencia.

A aquel lejano otoño de 1992 se remonta mi afición a acumular libros y más libros de historia del siglo XIX español, sobre todo los relacionados con los cruciales años del reinado de Isabel II (1833-1868). Precisamente durante su reinado, en el año de 1861, está ambientada *La cajita de rapé*, mi primera novela y el primer caso protagonizado por el inspector José María Benítez Galcedo, nacido en el Madrid de José I, pero con sangre manchega y asturiana en sus venas.

Madrid, 29 de septiembre de 2016